本书为国家社科基金项目《钱锺书学术著述的文体学研究》（项目编号20BZW020）最终成果

本书获淮阴师范学院中国语言文学学科（江苏省"十四五"重点学科）资助

钱锺书
学术著述的文体学研究

焦亚东　著

上海三联书店

天才不可能完全逃避传统。他必须在盛行的或者说现有的文化传统中发挥想象和语言表达的天赋；这一传统为他提供了文化资源的弹性极限。这些资源首先是语言，其次是他与之接触的特定作品所代表的体裁和体现出来的范型。

——希尔斯《论传统》

　　详夫文体多名，难可拘滞，有沿古以为号，有随宜以立称，有因旧名而质与古异，有创新号而实与古同，此唯推迹其本原，诊求其旨趣，然后不为名实玄纽所惑，而收以简驭繁之功。

——黄侃《文心雕龙札记》

目　录

引　言

一、选题缘起

首先，"钱锺书学术著述的文体学研究"这一选题，是笔者长期以来学术研究的"接着往下说"。大约20年前，在选择将钱锺书作为自己今后的研究对象并确定以"钱锺书文学批评的互文性特征研究"作为博士论文题目时，① 就已埋下今日这一选题的种子。当年在阐发钱著的互文性特征时，我就感觉到钱先生的文学批评非常独特，尤其是他旁征博引的文风，其实暗含了一种互文性的阐释策略，即：通过发掘大量具有指涉关系的文学现象，构建特定的阐释语境，达成意义最大程度抉发的目的。这使我隐约地认识到：钱锺书学术文体的特点，与他谈艺的观念、旨趣、方法有密切的关系，是不能简单地以"学识渊博"或"掉书袋"这种泛泛之论来概括的。这一看法，在我的博士后研究期间就变得更清晰了。如果说，"钱锺书文学批评的互文性特征研究"关注的是本土学术与西方文论的对话关系，讨论的是钱著某一方面的突出特征，那么，博士后研究报告"钱锺书文学批评话语研究"，② 则是从文学批评学角度展开的整体性研究。在研究中，我对钱著文体特征的认识进一步加深，越来越感到学术文体这一"形式"，与学术思想、治学方法之间紧密、复杂、微妙的关系，换言之，在钱锺书这里，谈艺之事，"谈什么"和"怎么谈"既不是割裂的关系，也不是主次的关系，而是相互依存、融而不分的关系。这里还要提一下我在钱学之外的一项"业余"成果——"中国

---

① 该博士论文后经修改，以《文之门——钱锺书文学批评的互文性特征》为题，于2007年由广西师范大学出版社出版。

② 该书稿获2011年度国家社科基金后期资助，2013年由中国社会科学出版社出版。

古典诗歌的互文性研究"，①在这个研究中，接触到的大量的古典诗话，更使我坚信，传统诗文评"断片"式的学术样式，虽散乱不成体系，但其中的吉光片羽，于艺事亦能有启人心智的见解，实不输西方文论严谨系统的体式。这也促使我试图去探讨钱锺书采用传统学术文体撰写《谈艺录》（诗话）、《管锥编》（札记）、《宋诗选注》（选本）的原因。此外，我最近的一项研究"《容安馆札记》文论内容的整理与研究"，②梳理了《容安馆札记》中的部分文论内容并进行了校释和阐发，这项研究对于本课题的启发有二：一是认识到"札记"这种中国传统学术文体的独特魅力以及其中体现出的传统学人的治学精神与方法；二是认识到《容安馆札记》与同为札记体著述的《管锥编》之间的微妙区别，尽管按杨绛的话说，后者"在在都是"在前者基础上的充实与发挥，但作为私人读书笔记的《容安馆札记》，与作为公共出版物的《管锥编》，在内容、观点尤其是体式、体貌等方面，依然存在诸多差异，这对于"钱锺书学术著述的文体学研究"这个选题的生成，也是具有启发意义的。

其次，这一选题还受到国内学界对文论"失语症"、传统文论的现代转换、中国文论话语的重构等研究成果的影响。20 世纪 90 年代，曹顺庆等人提出中国文论"失语症"的问题，引发学界持久的讨论，其中有很多学者关注到百余年来传统文论现代转换的经验与教训，并将目光聚焦于传统文论的言说方式上，如曹顺庆等人指出："除概念和范畴的整理外，对中国传统文论的言说方式和文化架构的清理，也是发掘传统话语的两个重要内容。如果说基本概念、范畴或术语是一套学术话语的外在表现形态的话语，那么其固有的言说方式则构成了其内在的动作规则和精神内蕴。"③陶东风认为："由于语言的组织方式决定语言的意义内涵，因而文本的形式——结构层，应当说，较之文本的内容——意义层是更为基本的，也更为决定性的。"④与这些

---

① 该成果 2017 年由上海三联书店出版。

① 该成果 2017 年由上海三联书店出版。
② 该选题为 2017 年教育部人文社科基金项目，最终成果后以《〈容安馆札记〉谈艺录》为题，于 2021 年由上海三联书店出版。
③ 曹顺庆、李清良、傅勇林、李思屈：《中国古代文论话语》，巴蜀书社 2001 年版，第 31 页。
④ 陶东风：《文体演变及其文化意味》，云南人民出版社 1994 年版，第 265 页。

观点相比，李建中等人由于长期思考传统文论"怎么说"的问题，对学术文体及其言说方式有更深入的探讨，认为古代文论的现代转型至今未见实质性的成效，一个重要原因就是对"说什么"的过度关注导致了对"怎么说"（言说方式、批评文体）的忽视。① 陈平原在《现代中国的述学文体》中也明确指出，相比而言，"说什么"的政治立场远不如"怎么说"的文体选择更能显示研究者的个人趣味。② 他们都认为以往对学术"内容"的过度重视实际上掩盖了学术"形式"这一重要的研究维度，而这一维度对于中国文论的现代建构实际上有着更为关键的意义。上述这些研究，无一例外都提到了钱锺书的学术文体在 20 世纪学术转型大背景下的独特表现，尽管很多只是点到为止，但对于一直从事钱学研究的我来说，无疑是很有触动的，这不仅给了我研究的信心，也使我意识到这个选题具有的价值和意义。

此外，还要说明的是，最初萌生这个选题也受到了钱瑗文体学研究的影响。据杨绛说，钱瑗于 1978 年秋至 1980 年夏，在英国兰开斯特大学语言系交流学习，重点研究的就是文体学。钱锺书曾写信给她说："Structuralist stylistics is not a bad thing if kept in its proper place（结构文体学如运用得当并非坏事），无奈治文学者十之八九不能品味原作，不仅欲以显微镜、望远镜佐近视眼之目力，而径以显微镜、望远镜能使瞎眼者见物，以繁琐冒充精细，于是造成 René Wellek 所叹 'Linguistic imperialism'（*Essays in Cricism* 1979, p.120）。世间一切好方法无不为人滥用，喧宾夺主，婢学夫人。The anogation over the end by the means, the handmaid usurping the place of the mistress. 如考据本为文学研究之 means，而胡适派以考据代替文学研究。世事莫不然，非独文学！"③ 细究信中之意，是说文体学研究其实有裨于文学研究不浅，就像考据之于文学研究的价值一样，然而它毕竟只是文学研究的方法，而非文学研究本身，如果这种研究过度强调形式符号的分析，即所谓"显微镜"云云，则难免"以繁琐冒充精细"，导致对文学本身的疏离。信中

---

① 李建中、李小兰：《批评文体论纲》，武汉大学出版社 2013 年版，第 1-2 页。
② 陈平原：《现代中国的述学文体》，北京大学出版社 2020 年版，第 276 页。
③ 吴学昭：《听杨绛谈往事》，生活·读书·新知三联书店 2008 年版，第 318-319 页。

说的"无奈治文学者十之八九不能品味原作",即是此意。可见钱锺书对西方文体学研究颇为熟稔,且有所批评,语之于钱瑗,启迪后学之心跃然纸上。以上钱瑗赴英研读文体学一事,在我寻找新的研究选题时,就曾带给我灵感,于此亦可见学术研究的缘起也不全是理性的思考,其中也不乏偶然的触发。

韦勒克尝言:"只有文体学的方法才能界定一件文学作品的特质。"①这句略显夸张的话虽然是就文学文体而发,但也可以移用到学术文体上。文体学视域下的钱锺书学术著述研究,不仅是从"形式"层面对钱著的修辞学分析,同时也是从"内容"层面上对钱锺书学术思想和方法的窥奥。正如刘再复所言,"对批评文体的把握,就是对文学批评本体的内在把握"。②正是经由上述思考,本选题最终被提炼出来,它的研究意义:一是为现代中国学术史上的述学文体研究提供一个极具个性的个案;二是反思百余年来传统学术转型中的经验教训;三是揭示钱锺书学术文体对于中国学术话语重构的意义。本书认为,在钱著中,那些精妙启人的见解,固然给读者留下了深刻印象,但相比而言,为表达这些见解而采取的言说方式,似乎更具阐释的空间和价值。从这个角度说,体现在钱著中的相对稳定的"体类""体要"和"体貌"特征以及它们与钱氏学术思想观念和治学策略、方法等的内在关系,作为一种"有意味的形式",实有深入阐发之必要。

二、研究综述

钱学发端于20世纪40年代,截止到目前,成果颇为丰硕,主要集中在三个方面:其一,关于钱锺书文学创作的研究,因与本课题无涉,此处不赘;其二,关于钱锺书生平的研究,其中一些与本课题有关,如李洪岩《智者的心路历程——钱锺书的生平与学术》(河北教育出版社1997年版)就对《谈艺录》《宋诗选注》《管锥编》的著述体例有所论述,惟受制于传记之性

① [美]韦勒克、沃伦:《文学理论》,刘象愚等译,江苏教育出版社2005年版,第203页。
② 刘再复:《论八十年代文学批评的文体革命》,《文学评论》1989年第2期。

质，尚不够深入细致；其三，关于钱锺书学术思想与方法的研究，其中有不少涉及文体学方面的成果。这里对后两类研究梳理如下：

（1）胡范铸《钱锺书学术思想研究》（华东师范大学出版社1993年版）：除"文体论"一节外，"喻象论""谐谑论""风格论"等节也对钱著的文体特色有所论及。作者从"传统语文"和"现代语文"两个角度论述钱著的语体特征，从"文各有体与文无定体""体用相合与体用分离""规范与反规范"等角度阐发钱锺书的文体学思想，并附有一个详细复杂的图示，以"理出钱锺书著述的逻辑格局"。

（2）胡河清《真精神与旧途径——钱锺书的人文思想》（河北教育出版社1995年版）：第六章"钱锺书的文章家法"认为钱氏的文风融会了汉魏风骨与六朝文章的精髓，又受到近代大文章家的影响，追求个性化的神韵风格，是古典文体写作史上意义重大的风格变革。

（3）陆文虎《论〈管锥编〉的比较艺术》（郑朝宗编选《〈管锥编〉研究论文集》，福建人民出版社1984年版）：专门讨论了钱著的文体结构，将其比喻为"连珠式文体"并予以阐发。

（4）蔡田明《〈管锥编〉述说》（中国友谊出版公司1991年版）：较详细地梳理了钱锺书对不同文体的特征与功能的看法，书中第二章"《管锥编》的文体"论及钱锺书的札记体著述以及行文特点（组织架构、布局谋篇等），内容颇细致。

（5）刘玉凯《鲁迅钱锺书平行论》（河北大学出版社1999年版）：论及钱著最重要的文体特征"破体"，惜乎未做更深入的探讨。

（6）陈子谦《钱学论》（四川文艺出版社1992年版）：有多处论及钱锺书的文风及成因，并对《管锥编》的札记体特征有详细的阐发。

（7）许厚今《钱锺书诗学论要》（黄山书社1992年版）：书中收录的"说神韵""说圆""比喻论"等文章，对钱著的文体特色多有讨论，但因其重心是钱锺书的诗学思想，所以对文体问题的分析未及深入。

（8）季进《钱锺书与现代西学》（上海三联书店2002年版）："绪论"中有专节论及钱著的文章体貌，认为钱锺书将逻辑性的历史叙述还原成本然的话语现象，构建了一种典型的"现象学式话语空间"。

（9）龚刚《钱锺书：爱智者的逍遥》（文津出版社 2005 年版）：第六章"挑战西学范式"从钱锺书的反体系论、钱著中片断思想的价值、《谈艺录》作为诗话的复兴等角度，对钱著的文体特征进行了较全面的论述。

（10）胡志德《钱锺书》（中国广播电视出版社 1990 年版）：对《谈艺录》的言说方式与言说内容之间关系的思考很有新意，如认为钱氏谈艺看似将各种评论随意搜集在一起，但其中却隐含了对关键观念的不懈关注，自有一套稳定的言说系统；如认为《谈艺录》独特的行文风格有其特殊用意所在，"读者可消除先入之见，结论是势所必然"。这些看法较准确地把握了《谈艺录》的文体特征及意义，对本课题很有启发。

（11）莫芝宜佳《〈管锥编〉与杜甫新解》（河北教育出版社 1998 年版）：以《管锥编》为例，深入论述了钱锺书旁征博引的文风，认为钱著的"引文丛林"暗含了某种意义阐释之道。

（12）田建民《诗兴智慧：钱锺书作品风格论》（河北教育出版社 2001 年版）：较集中地论述了钱著"庄者谐之""谐者庄用"的语言特征。

（13）蒋寅《学术的年轮》（中国文联出版社 2000 年版）：书中收录的《解构钱锺书的神话》《大师与博学家的区别》和《钱锺书学术方式的古典色彩》三篇文章，对钱锺书的文体特征有较深入的探讨。

（14）黎兰《钱锺书的述学文体——以〈管锥编·老子王弼注〉为个案的研究》（三晋出版社 2015 年版）：作者的个案细读，主要从篇章结构、论述思路等文体学角度展开，此外该书后半部分还在此基础上对《管锥编》的文体特征进行了总结。

（15）吕嘉健《论"钱锺书文体"》（冯芝祥编《钱锺书研究集刊》第 2 辑，上海三联书店 2000 年版）：认为钱锺书小说的格调是"评论式"的，是一种"随笔叙事"，而文论的格调是"意境式"的，是"随笔议论"。此外他对钱锺书的札记体文体也有详细的论述。

（16）吴子林《"毕达哥拉斯文体"——维特根斯坦与钱锺书的对话》（《清华大学学报》2017 年第 3 期）：对钱锺书学术著述的"反黑格尔主义"有详

细深入的探讨，认为钱著的特点在于从"知性智慧"转为"诗性智慧"。

（17）沈童《从"钱学无体系论"谈作为思想家的钱锺书》（《南方文坛》2021年第3期）：提出"圆桌会议"这个概念，以之比喻钱锺书的学术是开放、平等、民主的，是一种"无体系"的"复调"。

（18）王先霈《〈管锥编〉的体式、成就及其局限平议》（《深圳大学学报》2017年第1期）：认为《管锥编》对大量西学文献的征引使中国传统的学术笔记达到一个新的境界。

（19）舒炜《〈谈艺录〉的内在思路与隐含问题》（《当代作家评论》1994年第4期）：认为钱著以引文引出议论，层层引申，逻辑和材料上都极周密。作者还对钱锺书著述的语体特点进行了分析。

（20）黄鹤《从不同语体看钱锺书的语言风格》（《暨南学报》1994年第1期）：指出钱著的语体是艺术与科学交融的语体。

（21）柯灵《促膝闲话中书君》（《读书》1989年第3期）：对钱锺书的学术语言有生动细致的论述。

（22）何明星《〈管锥编〉诠释方法研究》（华中师范大学出版社2006年版）：指出《管锥编》的每则均遵循了较稳定的体例结构，使得这部札记体著作具有统一的形式。

（23）李洪岩、范旭仑《为钱锺书声辩》（百花文艺出版社2000年版）：认为《管锥编》是"约守其例"的：体例极其严整，从遣词造句到布局安排都费尽苦心，绝不失体破例，这在其他札记体著述中是看不到的。

（24）张隆溪《论钱锺书语言艺术的特点》（陆文虎编《钱锺书研究采辑》第2辑，生活·读书·新知三联书店1996年版）：对钱锺书学术文章的语言特色有深入的分析，认为钱锺书的文章之所以使人觉得活泼生动，一个重要的原因就是深得"文字游戏三昧"，同时又绝非词浮意浅的游戏文字。

（25）王水照《〈对话〉的余思》（《随笔》1990年第3期）：同样论及钱锺书的学术语言，认为钱著具有点到即止的特点，很多观点是蕴而不发、发而不尽的。

（26）刘梦芙《钱学研究门外谈》（《甘肃社会科学》2005年第1期）、

《〈石语〉评笺》（冯芝祥编《钱锺书研究集刊》第 2 辑，上海三联书店 2000 年版）：前文论及钱著文言语体的特点，认为相比于白话，钱锺书的文言更为精粹，更见雅人深致，是钱氏自觉的选择。后文则分析了《谈艺录》《管锥编》的骈体风格，认为钱锺书于散体单行中时杂骈偶，极见才华。

（27）李小兰《钱锺书批评文体的立与破——兼谈其批评文体的当代价值》（《长江学术》2010 年第 2 期）：认为钱锺书的批评文体既是旧体，又不为旧体所限，其文论著作看似无逻辑实则暗含逻辑，具有"旧而弥新"之特点。

（28）还有不少文章或直接或间接论及钱锺书的学术文体，如敏泽《论钱学的基本精神和历史贡献——纪念钱锺书先生》（《文学评论》1999 年第 3 期）、罗韬《钱锺书与朴学》（《学术研究》1990 年第 6 期）、马钧《片断思想的哲学功能——钱锺书学术思想衍论》（《贵州大学学报》1993 年第 4 期）、胡晓明《陈寅恪与钱锺书：一个隐含的诗学范式之争》（《华东师范大学学报》1998 年第 1 期）、党圣元《钱锺书的文化通变观与学术方法论》（《中国社会科学》1999 年第 4 期）、杨义《钱锺书与现代中国学术》（《甘肃社会科学》2004 年第 4 期）、刘阳《以言去言：钱锺书文论形态的范式奥蕴》（《文艺理论研究》2004 年第 5 期）、赵一凡《钱锺书的通学方法》（《中国图书评论》2008 年第 8 期）、艾朗·诺《〈管锥编〉对清儒的承继与超越》（汪荣祖主编《钱锺书教授百岁纪念国际学术研讨会论文集》，台湾中央大学出版中心 2011 年版）等。这些成果中的相关观点在本书的论述中也有引用。

除上述研究外，一些成果还关注到钱锺书的旁征博引及不立体系等问题，这其实也是对钱锺书学术著述文体特征的讨论，由于这方面的论题较为集中，本书在第 3 章第 1 节第 1 小节"言必有征：学界的争议"中另作详细梳理。

综上，对于钱锺书的学术文体，前人的研究成果很丰富，也颇多新见，但是少有全面、系统、整体的阐发，上述研究在以下几方面尚需进一步深化：其一，文体学角度的综合性研究。从文体意识、文体选择、文体运用等角度，在体类、体要、体貌等层面，对钱锺书学术著述展开的综合性研究，目前尚未得见。其二，"有意味的形式"。学术文体与学术思想、学术方法有密切的关系，是一种"有意味的形式"，上述成果大多论及钱著"怎么说"，而对于"何以这样说"以及"怎么说"与"说什么"之关系，关注尚不够。其三，学术范式的意义。百余年来，中国学术的现代转型一直被西学范式所主导，在日渐严格同时日渐呆板的书写规则统治下，钱锺书学术文体的个性特征与独特魅力无疑具有现实的参照意义，这一论域目前还有很大的拓展空间。

三、核心概念界定

关于书题中的"学术著述"。钱锺书治学，虽然涉及经史子集，但重心还是文学研究，也即"谈艺"，因此本书中的"学术著述"如无特别说明，实际上与"文论著述""批评著述""文学研究著述"以及"诗文评""谈艺之作"等概念，是基本一致的，在书中根据具体语境选择使用。

关于书题中的"文体学研究"。文体学研究精细深微，本书不是单纯的修辞学意义上的文体学研究，而是以文体学为视角对钱锺书学术著述的考察。因此取以简驭繁之原则，根据文体学研究的三个基本向度，从"体类""体要""体貌"三个层面展开论述。由于这是本书使用的核心概念，此处有必要进行详细的梳理和说明。

在文体学研究中，对于文体的构成要素，历来说法不一，代表性看法有以下几种：

（1）二分法。如罗根泽认为，文体有两层含义：一是体派，即文学的风格（Style），像元和体、西昆体之类；一是体类，即文学的类别（Literary kinds），如诗体、赋体等。[①] 王运熙说："体有时仅指作品的体裁、样式"，"但在不少场合是指作品的体貌，相当于我们现在所谓风格。"[②] 两家均认为"体"包括"体类"和"风格"两大要素，唯使用的概念有出入：文体类别，罗根

---

① 罗根泽：《中国文学批评史》，上海古籍出版社 1984 年版，第 146 页。
② 王运熙：《中国古代文论管窥》，上海古籍出版社 2014 年版，第 23 页。

泽称"体类"，王运熙称"体裁、样式"；文体风格，罗根泽称"体派"，王运熙称"体貌"。

（2）三分法。如马建智认为，"体"或"文体"有三层含义：体类指体裁、文体类别；语体指语言系统、语言特征；体貌指文章风格。① 詹锳指出，《文心雕龙》中的"体"，一是"体类"之体，即体裁；二是"体要"之体，指文体的规范要求；三是"体貌"之体，指文体的风格要求。② 徐复观称文章之"体"包含三种"次元"，一是体裁，二是体要，三是体貌。③ 童庆炳认为，文体具有丰富的涵义，既指文类，也指语体、风格等；他将中国古代文论中的"体"分为三个层次："体裁的规范""语体的创作"和"风格的追求"，三者之间的关系表现为"体裁制约着一定的语体，语体发展到极致转化为风格"，"体裁、语体、风格不但相联系而且也相融合"。④ 李建中结合中国文论中具有民族特色的术语，将文体的要素确定为：体制、体势、体貌。⑤ 他还认为古代文论一般是按"一体三义"来研究文体的，体制是文体分类，体势是修辞手法，体貌是文章风格。⑥ 主张三分法的人还有很多，如李士彪认为文体包括体裁、篇体和风格三个层次，吴作奎认为包括体裁、语体和风格，李小兰认为包括体裁、语体和体貌。⑦

（3）四分法。郭英德持此观点，他认为文体包括四个层次："体制"指文体的形貌，如人的外形；"语体"指文体的语言，如人的谈吐；"体式"指文体的表现，如人的体态；"体性"指文体的精神，如人的性格。⑧

（4）六分法。吴承学、沙红兵认为，文体有多重含义：体裁（文体类

---

① 马建智：《中国古代文体分类理论研究》，四川大学博士学位论文［2005年］。

② 詹锳：《文心雕龙义证》，上海古籍出版社1989年版，第1010页。

③ 徐复观：《〈文心雕龙〉的文体论》，见徐复观：《中国文学精神》，上海书店出版社2006年版，第161页。此文原载台湾《东海学报》第1卷第1期，1959年6月。

④ 童庆炳：《文体与文体的创造》，云南人民出版社1994年版，第1页，第39页。

⑤ 李建中：《文备众体：中国古代文论的言说方式》，《文艺研究》2006年第3期。

⑥ 李建中：《文心雕龙讲演录》，广西师范大学出版社2008年版，第105页。

⑦ 李士彪：《魏晋南北朝文体学》，上海古籍出版社2004年版，"绪论"第3页。吴作奎：《冲突与融合——中国现代批评文体论》，武汉大学出版社2010年版，第5页。李小兰：《古代批评文体分类研究》，《江汉论坛》2012年第12期。

⑧ 郭英德：《中国古代文体学论稿》，北京大学出版社2005年版，第4页。

别）、语体（语言系统和语言特征）、结构（章法结构和表现形式）、体要（大体）、体性（体貌）、本体（文章或文学之本体）。①

由此可见，"三分法"是目前学界最通行的观点，即认为这三层涵义基本上概括了"文体"这个概念的内涵和外延，但因各家使用的术语不同，在表述上又存在细微的差别：文体的类别，或称"体类"（詹锳、马建智），或称"体裁"（徐复观、童庆炳、李士彪、吴作奎、李小兰），或称"体制"（李建中）；文体的语体及表达方式，或称"语体"（马建智、童庆炳、吴作奎、李小兰），或称"体要"（詹锳、徐复观），或称"体势"（李建中），或称"篇体"（李士彪）；文体的风格，或称"体貌"（詹锳、马建智、徐复观、李建中），或直接称"风格"。对此，本书作如下思考：

首先，取哪种划分方法？"六分法"太过繁琐，对于本书的研究来说达不到以简驭繁的目的。"四分法"中的"语体"和"体式"其实是一而二、二而一的关系：一方面，"体式"既然"指文体的表现方式"，也就包含"语体"的选择与运用；另一方面，作为表现方式的"体式"，也离不开具体的"语体"即语言系统，这也正是"三分法"将其合二为一的原因。基于此，本书取三分法作为钱锺书学术著述文体学研究的基本思路。

其次，"风格"是否应纳入文体学研究？"风格"是否属于"文体"的范畴，曾因徐复观的文章而引发广泛持久的讨论，至今仍有争议。徐复观认为，文体三"次元"的关系是："体要之体与体貌之体，必须以体裁之体为基底；而体裁之体，则必在向体要和体貌的升华中，始有其文体中艺术性的意义。"②这里的"体貌"其实就是"风格"，也即他说的"文体中艺术性的意义"。对此，李建中评价说：徐复观的"文体三次元"从《文心雕龙》文体论的实际出发，借鉴西方文体论的genre（文类）和style（风格）概念，较为深入地分析了刘勰从低次元之体制到高次元之体要、体貌的文体思想，从

---

① 吴承学、沙红兵：《中国古代文体学学科论纲》，《文学遗产》2005年第1期。
② 徐复观：《〈文心雕龙〉的文体论》，见徐复观：《中国文学精神》，上海书店出版社2006年版，第161页。

而较为准确地把握到了刘勰的"尊体"意识。① 但是，对于徐氏的观点，学界也存在争议，如王澍在《论风格学不宜隶入文体学》一文中就曾梳理了很多学者的看法，指出他们都不赞成将风格纳入文体学研究的范畴，如胡家祥就区分了"艺术形体学"和"艺术神态学"，认为二者要分开来研究。这里的"艺术形体学"指的就是文体学，"艺术神态学"则指风格学，一个关注作品的内部结构，一个关注作品的审美风貌，分属不同的研究领域。② 王澍本人也持此观点，他认为文体的本义是"文章之体"，风格的本义则是"文章之体的风味"，二者显然是两码事。③ 可见风格是否应纳入文体学，存在两种对立的看法。本书倾向于将风格归入文体学研究的范畴，原因有三：其一，从目前通行的认识看，文体学本就被定义为"用语言学方法研究文体风格的学问"。④ 其二，style（文体）也可译成"风格"，故"风格"是"文体"这个概念中的题中应有之义。如蒋原伦、潘凯雄就认为，"文体"这个词，"它兼有风格的涵义，但更多的是指包括作家全部个性在内的话语方式，话语秩序等等"。⑤ 詹福瑞也指出，"古人谈文体，总是要讨论文体风格"；古代所谓的"体派"或"体貌"，也即现在说的"风格"，最早是产生于文体论的。⑥ 其三，对于钱锺书学术著述这一特殊、个别的研究对象而言，其极具个性化魅力的言说风格早已为读者和学界所熟知和认可，"风格"显然也不应排斥在钱著的文体学研究范围之外。

第三，具体使用哪几个术语？本书以三分法作为钱锺书学术著述文体学研究的基本思路，在各家所持的术语中，选择詹锳的"体类""体要""体貌"三个术语作为统摄全书的核心概念。其中，在"体裁""体制""体类"等概念中，之所以取"体类"，是因为与"体裁"相比，"体类"的"类"更接近文体的"文类"这一内涵，至于"体制"，因其另有他意且此意用途广泛，

---

① 李建中、李小兰：《批评文体论纲》，武汉大学出版社 2013 年版，第 59 页。
② 胡家祥：《论艺术形态的构成及其嬗变规律》，《中南民族大学学报》2010 年第 5 期。
③ 王澍：《论风格学不宜隶入文体学》，《学术界》2020 年第 8 期。
④ 刘世生、朱瑞青编著：《文体学概论》，北京大学出版社 2006 年版，第 1 页。
⑤ 蒋原伦、潘凯雄：《历史描述与逻辑演绎——文学批评文体论》，云南人民出版社 1994 年版，第 9 页。
⑥ 詹福瑞：《古代文论中的体类与体派》，《文艺研究》2004 年第 5 期。

故弃而不用；在"体势""语体""体要"中，之所以取"体要"，是因为"体要"的"要"，点出了语言类型、表达方式、行文特点等文体学研究的"关键"，相比而言，"体势"在字面上与"体貌"的区分度不大，"语体"则容易被理解成狭义的语言类型（如文言语体、白话语体）而失去其中表达方式、行文特点等应有的含义；在"体貌""风格"中，之所以取"体貌"，主要是想与"体类""体要"这两个术语相协合，此外，也考虑到"体貌"包含"文体风貌"之意，与"风格"相比，其综合性、整体性的意味更强，与本书对钱锺书学术著述文体风格的多层面考察也更为契合。

第四，如何界定这三个核心概念？"体类"是从整体上对文体类别的判断和裁定。"体要"是对文体具体表现方式的认识，由于文体的各项特征终究是通过语言呈现出来的，所以"体要"主要是指某种文体的语体选择（如文言或白话）、表达手法（如修辞技巧的运用）、行文方式（如谨严或随意、简洁或铺陈等）。"体貌"是基于"体类"和"体要"而综合呈现出来的文体的总体风貌，也即文体风格。

对于"体类"和"体要"，这里以曹丕、陆机的看法为例进一步说明。曹丕《典论·论文》："夫文本同而末异。盖奏议宜雅，书论宜理，铭诔尚实，诗赋欲丽。此四科不同，故能之者偏也。唯通才能备其体。"[①] 陆机《文赋》："诗缘情而绮靡，赋体物而浏亮。……奏平彻以闲雅，说炜晔而谲诳。虽区分之在兹，亦禁邪而制放。"[②] 曹丕说的"此四科不同"，陆机说的"区分之在兹"，指的就是"体类"，如"奏议""书论"等，如"诗""赋"等。而"体类"的不同，决定了"体要"的不同，使得不同的文体在语言上呈现出不同的表达特点，如"雅""丽"等，如"绮靡""浏亮"等，这就是"体要"之"体"，也即"唯通才能备其体"中的"体"。

对于"体貌"，这里以刘勰的看法为例来说明。《文心雕龙·体性》："夫

---

① （魏）曹丕：《典论·论文》，见黄霖、蒋凡主编：《中国历代文论选新编·先秦至唐五代卷》，上海教育出版社 2007 年版，第 113 页。

② （晋）陆机：《文赋》，见黄霖、蒋凡主编：《中国历代文论选新编·先秦至唐五代卷》，上海教育出版社 2007 年版，第 125 页。

情动而言形，理发而文见，盖沿隐以至显，因内而符外者也。然才有庸俊，气有刚柔，学有浅深，习有雅郑，并情性所铄，陶染所凝，是以笔区云谲，文苑波诡者矣。……若总其归途，则数穷八体：一曰典雅，二曰远奥，……七曰新奇，八曰轻靡。典雅者，熔式经诰，方轨儒门者也；……轻靡者，浮文弱植，缥缈附俗者也。"① 这一段就是在谈"体貌"。先谈风格的显现："沿隐以至显""因内而符外"；再谈风格的形成：先天的"才""气"、后天的"学""习"影响所致；接着谈风格的类型：有"典雅""轻靡"等八种；最后谈每种风格的具体表现。不难看出，文体风貌的形成，是由语言的表达方式所决定的，所谓"典雅者，熔式经诰"，"轻靡者，浮文弱植"等，即是此意。

"体类""体要""体貌"这三个概念既有边界又有跨界，不是绝对的划分，存在不同程度的交叉和渗透。这里以《文心雕龙·诔碑》对"诔"的论述为例："详夫诔之为制，盖选言录行，传体而颂文，荣始而哀终。论其人也，暧乎若可觌；道其哀也，凄焉如可伤：此其旨也。"② "诔"即"体类"，刘勰明言其属于"传记体"；"颂文"则是"体要"，刘勰指出"诔"的文辞要像颂文一样组织和表达，"选言录行"，"荣始而哀终"；在"体类"和"体要"的影响下，"诔"呈现出的整体风格就是"体貌"，所谓"暧乎若可觌"，所谓"凄焉如可伤"。因此，我们可以这样理解它们之间的关系："体类"决定"体要"，"体要"生成"体貌"，此即徐复观说的："若将文体所含的三方面的意义排成三次元的系列，则应为体裁—体要—体貌的升华历程。……体貌是'文体'一词所含三方面意义中彻底代表艺术性的一面。"③

综上，本书确定以"体类""体要""体貌"三个核心概念作为研究的基本向度，从这三个层面阐发钱锺书学术著述的文体学特征，并在此基础上揭示其之于中国文论现代建构的价值与意义。

---

① （梁）刘勰著；韩泉欣校注：《文心雕龙》，浙江古籍出版社 2001 年版，第 156 页。
② （梁）刘勰著；韩泉欣校注：《文心雕龙》，浙江古籍出版社 2001 年版，第 59 页。
③ 徐复观：《〈文心雕龙〉的文体论》，见徐复观：《中国文学精神》，上海书店出版社 2006 年版，第 162 页。

最后需要说明的是，文体学研究中的其他一些重要概念如"尊体"和"辨体""破体"和"变体"等，本书将它们放在具体章节中进行界定，此处不再重复。

第一章　钱锺书学术著述的体类

第一节　文备众体

一、中国传统的学术文体

中国传统文体的种类具有多样性。如《典论·论文》将文体分为奏议、书论、铭诔、诗赋四组八类，《文赋》分为诗、赋、碑、诔、铭、箴、颂、论、奏、说等类别且各有定义，《文心雕龙》更细分为三十三种：骚、诗、乐府、赋、颂、赞、祝、盟、铭、箴、诔、碑、哀、吊、杂文、谐、隐、史传、诸子、论、说、诏、策、檄、移、封禅、章表、奏、启、议、对、书、记等，到姚鼐《古文辞类纂序目》则简化为十三种：论辩、序跋、奏议、书说、赠序、诏令、传状、碑志、札记、箴铭、颂赞、辞赋、哀祭。上述各"体"可归为几类：（1）学术文体。如曹丕之"书论"、陆机之"论""说"、刘勰之"史传""诸子""论"、姚鼐之"论辩"等。这些论说之体是较纯正的学术文体，其中，"论"体从诸子文章中来，刘勰说，"圣哲彝训曰经，述经叙理曰论"，他以《论语》为例，称："盖群论立名，始于兹矣。"① 姚鼐也认为："论辩类者，盖原于古之诸子，各以所学著书昭后世。"② "说"体则源于战国策士游说之词，刘勰说："披肝胆以献主，飞文敏以济辞，此说之本也。"③ 他认

---

① （梁）刘勰著；韩泉欣校注：《文心雕龙》，浙江古籍出版社 2001 年版，第 96 页。
② （清）姚鼐：《古文辞类纂》，上海古籍出版社 1998 年版，第 19 页。
③ （梁）刘勰著；韩泉欣校注：《文心雕龙》，浙江古籍出版社 2001 年版，第 102 页。

为："原夫论之为体，所以辨正然否。"① 强调论说体是用来明辨是非和评价事理的。徐师曾《文体明辨》将"论"分为理论、政论、经论、史论、文论、讽论、寓论、设论等，可见此体之繁盛。较之诸子散文，先秦之后的论说体以单篇见长，如贾谊《过秦论》之"论"，韩愈《师说》之"说"、《进学解》之"解"，蔡邕《释诲》之"释"，柳宗元《桐叶封弟辩》之"辩"以及黄宗羲《原君》《原臣》之"原"等，称名各异，其实都属于论说之体。（2）兼有学术功能的文体。如"奏议""奏""策""书""记""书说""传状"等。像传状文，是记录人物生平事迹的文体，包括"传"和"状"。徐师曾认为，"传者，传也，纪载事迹以传于后世也"，司马迁《史记》"创为'列传'，以纪一人之始终，而后世史家卒莫能易"。② "状"则包括"述""行述""行略""行实"等，刘勰认为"状"即"貌"，其意是"体貌本原，取其事实"。③ 传状之文，本属应用之体，实兼学术之功，现在的史学研究或年谱编纂仍沿用其体。除传状外，"记"也是兼具学术文体功能的文体。此体出现于先秦时期，徐师曾《文体明辨序说》称："《禹贡·顾命》乃记之祖，……厥后扬雄作《蜀记》。"又称："汉魏以前，作者尚少；其盛自唐始也。"④ 说明其自唐才兴盛起来。记体之文，涉及社会生活的诸多方面，清人吴曾祺《文体刍言》说："杂记者，所以叙见闻所及，或谓之杂志，或谓之杂识，其义一也。凡遗闻遗事，下至一名一物之细，靡所不有。"⑤ 如马第伯《封禅仪记》、陶渊明《桃花源记》、方苞《狱中杂记》、欧阳修《醉翁亭记》、归有光《项脊轩志》等，都是这类文体的名篇，沈括《梦溪笔谈》、顾炎武《日知录》等，也可归入记体这个大类中的笔记体。记体的种类非常驳杂，林纾《春觉斋论文》就认为杂记文"综名为记，而体例实非一"，并细分出六大类十一种体例，涉及甚广。⑥ （3）应用文体。如"铭诔""碑""颂""封禅""章表""箴铭""哀

---

① （梁）刘勰著；韩泉欣校注：《文心雕龙》，浙江古籍出版社 2001 年版，第 99 页。
② （明）徐师曾著；罗根泽校点：《文体明辨序说》，人民文学出版社 1962 年版，第 153 页。
③ （梁）刘勰著；韩泉欣校注：《文心雕龙》，浙江古籍出版社 2001 年版，第 148 页。
④ （明）徐师曾著；罗根泽校点：《文体明辨序说》，人民文学出版社 1962 年版，第 145 页。
⑤ （清）吴曾祺：《文体刍言》，燕京大学国文系 1938 年印，第 138 页。
⑥ 林纾：《春觉斋论文》，见江中柱编：《林纾集》(5)，福建人民出版社 2020 年版，第 383 页。

祭"等。应用文本非学术文体，但所载内容流传至今，很多已成重要学术文献，其体也相应地成为典范性学术文体或具有学术文体色彩的文体。（4）文学文体，如"骚""诗赋""乐府""辞赋"等。值得注意的是，某些文学文体同时也是学术文体，如历代"论诗诗"，就是以诗之体谈艺。此外，一些原本属于文学文体的言说方式也会渗透到学术文体中，甚至成为学术文体重要的表达特点，如《文心雕龙》以骈体成文，《文赋》以赋体成文，再如传统文论热衷使用"象喻"来阐发事理、文评诗品中充盈着优美的清词丽句等。以上种种，足征传统学术文体之多样性与复杂性。

如果我们把视线收拢一下，聚焦于文论文体，更能看出中国学术文体多样化和复杂化的这个特点。在中国文论史上，伴随着源远流长的批评实践，批评文体也从简单走向繁复，从附庸走向独立，从传统走向现代。从某种意义上说，用"文备众体"来形容中国传统文论文体种类的多样化，实不为过。①

先秦是中国文论的滥觞期，文论的载体主要是诸子百家的著述，如孔子的诗学观，孟子的知人论世、知言养气说，庄子的语言思辨等，都以片断的形式散见于《论语》《孟子》《庄子》中。此外，历史文化典籍如《尚书》《周易》，或多或少也留存有零星的文艺观点，它们也算得上是早期的文艺批评。就此而言，先秦时期，处在萌生状态的文论是以寄生的方式存在的，独立意义的文体尚未形成。

到汉代，文论开始摆脱寄生的地位，逐渐形成特定的、自足的文论形态。汉代较早出现的带有一定独立色彩的文论文体，是在对《诗经》阐释中

---

① "文备众体"出自宋人赵彦卫《云麓漫钞》，赵氏称唐传奇"文备众体，可以见史才、诗笔、议论"。（宋）赵彦卫撰；傅根清点校：《云麓漫钞》，中华书局 1996 年版，第 135 页。类似的说法还有吴充《欧阳公行状》："盖公之文备众体，变化开阖，因物命意，各极其工。"刘壎《隐居通议》评欧阳修诗亦云："公之所作，实备众体，有甚似韦苏州者，有甚似杜少陵者，……。"洪本健编：《欧阳修资料汇编》，中华书局 1995 年版，第 54 页，第 447 页。另可参阅李建中：《文备众体：中国古代文论的言说方式》，《文艺研究》2006 年第 3 期。按，这里需说明这个表述的两层意义：一是字面含义，指文体的多样化；二是实际含义，指不同文体的渗透与融合。此处用第一义，后面其他章节在讨论钱锺书的文体兼采众家之长时，则是在第二种意义上使用。

分别为《毛诗序》《毛传》和《郑笺》所采用的"序""传""笺",其中"序"
最为典型也最重要。毛诗在《诗经》各篇前均撰有"小序",是针对每首诗
所作的具体批评,首篇《关雎》题下的小序后另有一长序,称"大序",是
一篇关于诗歌创作的专论。这种总论与分论结合,既有整体把握也有具体分
析的文体样式,成为后世较多使用的体式,如东汉王逸《楚辞章句》的总序
之下即为各篇的小序。同时,这种文体样式还成为其他一些文体的组成部
分,如小说戏曲评点的体例明显就受到其影响。此外,由于汉代史传文学繁
荣,其中涉及文学家的传记篇章如《史记·屈原贾生列传》《汉书·司马相如
传》等,也带有一定的文论色彩,因之而催生出"传记批评"这一新的文论
文体。"序""传"之外,汉代还出现了书信体文论,司马迁《报任安书》以
自述的口吻畅论文学,对后世有较大影响,白居易的《与元九书》、韩愈的
《答李翊书》、柳宗元的《答韦中立论师道书》等,都是中国文论史上书信体
的佳构。

　　魏晋六朝时期,中国文论进入相对自觉的时代,各种具有独立品格的文
体也相继出现。曹丕的《典论·论文》、陆机的《文赋》,都以独立单篇的形
式呈现,而且《文赋》在结构上已较完整系统。这一时期还出现了"选本"
这种独特的文论体式,如萧统编选的《文选》,为现存最早的诗文总集,有
较严格的编目标准和编排体系,对后世影响很大。选本指选录诗文以成其
集的本子,兼有文献汇编和文学批评两种功能。鲁迅曾指出选本"往往能
比所选各家的全集或选家自己的文集更流行,更有作用",原因不仅在于选
本"册数不多,而包罗诸作",更主要的是"近则由选者的名位,远则凭古
人之威灵,读者想从一个有名的选家,窥见许多有名作家的作品"。① 对选本
的特点、价值有很精当的分析。"选本"之外,"著述"和"诗话"这两种完
全不同的文体也在这个时期问世,前者如刘勰的《文心雕龙》,后者如锺嵘
的《诗品》。章学诚说:《诗品》之于论诗,视《文心雕龙》之于论文,皆
专门名家,勒为成书之初祖也。"② 作为文论专著,《文心雕龙》的内容非常丰

　　① 鲁迅:《集外集·选本》,见《鲁迅全集》(7),人民文学出版社 2005 年版,第 138 页。
　　② (清)章学诚著;叶瑛校注:《文史通义校注》,中华书局 1985 年版,第 559 页。

富，涉及创作、批评、文体、风格、技巧等诸多问题，其结构之严密，体系之完备，为后世所推崇。而《诗品》的出现，则直接影响到唐宋以后诗词曲话的繁荣。因此，章学诚称"《文心》体大而虑周"，称"诗话之源，本于锺嵘《诗品》"，① 所言不虚。

六朝以降，文论文体的发展进入相对稳定的时期，已有的文体在批评实践中逐渐完善成熟，新的文体仍不断出现。如唐以后，以"论诗诗"完成的批评之作就有很多，其中杜甫的《戏为六绝句》、元好问的《论诗三十首》都是脍炙人口的名篇。成熟于明清时期的"评点体"无疑更值得一提。作为中国独有的文论文体，评点在唐已具雏形，到宋代刘辰翁批校老子、庄子、班固、司马迁、刘义庆等人的著作及王维、杜甫、李贺、苏轼、陆游、王安石等人的诗作，对此体的发展起到积极的推动作用，特别是他对《世说新语》的评点，将评论和圈点结合起来，实已具备评点体的基本特征，可视为中国文论史上第一部小说评点之作。② 明清时，小说戏曲的评点非常繁荣，体例体式也趋于稳定和成熟，李贽、金圣叹、毛宗冈、张竹坡等人对《水浒传》《西厢记》《三国演义》《金瓶梅》的评点，均是这方面的经典。

总体来说，中国古代文论在漫长的发展过程中，产生了一批极具本土特色的文体，同时，在长期的批评实践中，这些文体又与中国文人的思维方式以及中国文学的传统越来越契合无间。毋庸讳言，传统文体也有其固有的局限性，其中最为人诟病者即其体制的零散，举凡笔记、序跋、书信、诗词曲话、文话、评点等，在体例结构上都难以形成完整的体系，相应地也缺少严谨的范畴和严密的论证。在晚清以来西学东渐大潮的冲击下，伴随着传统文论的现代转型，"旧的格局已经倒塌，新的文体正悄然萌动"，③ 绝大多数传统

① （清）章学诚著；叶瑛校注：《文史通义校注》，中华书局 1985 年版，第 559 页。
② 宋代评点《世说新语》者，除刘辰翁外还有刘应登。有研究者认为：刘应登的评点虽不及刘辰翁，但其批注本刊刻在刘辰翁之前，对小说评点有首创之功。刘强：《刘辰翁与〈世说新语〉》，《古典文学知识》2010 年第 1 期。也有学者认为：二刘乃同籍同里同时之人，二者之批注是否有渊源关系还有待进一步考辨。范子烨：《〈永乐大典〉残卷中的〈世说新语〉佚文与宋人批注》，见《庆祝卞孝萱先生八十华诞：文史论集》，江苏古籍出版社 2003 年版。
③ 冯光廉等：《中国近百年文学体式流变史》，人民文学出版社 1999 年版，第 454-455 页。

文体也逐渐被边缘化了，不过，转型背后的种种阵痛及经验教训，到今天仍有值得反思的意义。

二、钱锺书的学术文体

钱锺书学术文体的多样化同样可以用"文备众体"来形容，他的学术著述，既有以传统文体样式完成的《谈艺录》(诗话)、《宋诗选注》(选本)、《管锥编》(札记)，也有完全符合现代学术规范的《七缀集》(学术论文)，至于他在漫长的学术生涯中写就的其他文字，文体的选择就更加多样，涉及散文、随笔、随感、书评、对话、序跋、论诗诗、书札等多种文体。此外，在文学创作中，钱锺书也常常表现出"谈艺"的取向，换言之，他那些幽默风趣的小说、充满哲思的散文、严谨整饬的诗作，时不时也承担了文学批评的功用。为呈现这种多样化的文体风貌，同时也为便于本书以后的论述，此处对钱锺书的学术文体进行简要的梳理。

（1）诗话。即大雅之作《谈艺录》。此书 1942 年夏完成初稿，因正值战乱，遂"麓藏阁置，以待贞元"，1948 年始由上海开明书店出版，其后又经过三次修订，分别是 1986 年的"补订"、1987 年的"补订本补正"、1993 年的"补订本补正之二"。① 从文体特征上看，《谈艺录》既是古典诗话的延续，同时又是古典诗话的终结，这是因为此书虽大体上采用了传统诗话的体式，但在内容上注重中西诗学的互释互补，在表达上追求诗性言说与学理分析的渗透，此外，概念术语的使用也较规范，论题也较集中，除个别"则"外，绝大多数的篇幅远非传统诗话所能比拟，已不复是古典诗话中常见的感性、零散、片断的言说了。这在本章"辨体"一节中有详细的分析。

（2）选本。除广为人知的《宋诗选注》外，还有新近面世的《钱锺书选唐诗》。《宋诗选注》成书于 1957 年，次年由人民文学出版社出版，其后多

---

① 生活·读书·新知三联书店：《〈谈艺录〉重排后记》，见钱锺书：《谈艺录》，生活·读书·新知三联书店 2001 年版，第 855 页。

次重印、重排，均有校订。《钱锺书选唐诗》完成于 1983 至 1991 年间，由钱锺书选定、杨绛抄录，堪称"琴瑟和鸣"之作。① 此手稿一直未对外公布，2022 年才由人民文学出版社出版。《钱锺书选唐诗》与《宋诗选注》在文体上最大的不同，是前者没有注和诗人小传，但这无妨其学术价值，因为从钱锺书选诗独特的角度，读者颇可一窥其文心所在。张宗子在《选诗自家事——读〈钱锺书选唐诗〉》中就认为，这是一部"个人兴趣主导的选本"，如李白是人们公认的大诗人，但钱锺书仅选了他的二十二首作品，比陆龟蒙、施肩吾还少，"钱先生身上是有些孩子气的，这部唐诗选，处处可见他的'顽皮'，选李白，可能是他顶顶顽皮的一例，这是我最觉得好玩的地方"。② 这里的"顽皮"，说的就是钱锺书选诗与众不同的标准，所谓"好玩"，正是钱锺书论诗谈艺的耐人寻味之处。

（3）札记。除皇皇巨著《管锥编》外，还包括《钱锺书手稿集》以及《宋诗纪事补订》，以下分别说明：《管锥编》的写作时间约在 1972 年至 1976 年间，③1979 年由中华书局出版，1981 年、1989 年、1993 年经过三次较大的补益，即"增订一""增订二"和"增订三"，中华书局 1994 年重印时合为《管锥编》第五册。钱先生去世后，杨绛将他留存的读书笔记作了细致的整理，交由商务印书馆分类影印出版，这就是《钱锺书手稿集·容安馆札记》（2003 年）、《中文笔记》（2011 年）、《外文笔记》（2014—2015 年）。自 20 世纪 40 年代起，钱锺书批注清人厉鹗所辑《宋诗纪事》，积数十年之功而形成一部珍贵的宋诗研究文献，此手稿现有两个版本，一是栾贵明主持的排印本《宋诗纪事补正》（辽宁人民出版社 2003 年版，以下简称《补正》"），一是杨绛主持的影印本《宋诗纪事补订》（生活·读书·新知三联书店 2005 年版，简称《补订》"）。《补正》有杨绛的"序"，《补订》有她写的"说明"。《补正》的问题主要是：第三稿钱锺书只做了部分校阅；栾贵明的文字和钱锺书

---

① 手稿首册的首页上，有钱锺书题写的"全唐诗录，杨绛日课"字样。
② 张宗子：《选诗自家事——读〈钱锺书选唐诗〉》，《读书》2021 年第 11 期。
③ 据杨绛回忆，《管锥编》是钱锺书 1972 年春从干校回京后开始动笔的，1976 年冬完成初稿。杨绛：《我们仨》，生活·读书·新知三联书店 2003 年版，第 149-155 页。

的文字有混而未分之处；错讹较多。①因此，杨绛就将《补正》中钱锺书"认可的和未认可的"文字进行了区分，并根据钱锺书日记中"阅《宋诗纪事》补订一卷"等语，定名为《补订》。②上述这些著述，笼统而言可以"札记"名之，实则又各具特色。比如，《容安馆札记》是纯粹的札记体，不仅因其以"札记"命名，更因其文体样式完全是私人读书笔记的结构体例，而《管锥编》虽然如杨绛所说，"在在都是"《容安馆札记》中内容的充实与发挥，但作为公共出版物，其结构体例已有所变化，两书中的关联内容，在观点表述、措辞选择、行文特点、格式规范上有很多差异。这在本章"辨体"一节中也有详细的说明。

（4）学术论文。主要是《七缀集》收录的七篇文章，1985年由上海古籍出版社出版。按作者的说法，书名的由来是因为它由原先的《旧文四篇》（上海古籍出版社1979年版）和《也是集》（香港广角镜出版社1984年版）两书"拼拆缀补"而成。这七篇论文是《中国诗和中国画》（1942）、《读〈拉奥孔〉》（1962）、《通感》（1962）、《林纾的翻译》（1964）、《诗可以怨》（1981）、《汉译第一首英译诗〈人生颂〉及有关二三事》（1982）、《一节历史掌故、一个宗教寓言、一篇小说》（1983），写作时间跨越四十余年。这些学术论文，无论是从论题的提炼、论据的选择、论证的逻辑，还是从篇幅的长短、概念的使用、文献的格式看，都与《谈艺录》《管锥编》的诗话体、札记体体式大异其趣，是钱锺书在迷恋传统学术体式的同时又自觉顺应文论转型潮流的真实表现。本章"辨体"一节对此有详细的论述。

（5）思想随笔。包括收录于《写在人生边上》的散文，《人生边上的边上》中除序跋、书评、译文之外的散文、随笔。其中，《写在人生边上》包括《魔鬼夜访钱锺书先生》《窗》《论快乐》《说笑》《吃饭》《读〈伊索寓言〉》《谈教训》《一个偏见》《释文盲》《论文人》等十篇散文。《人生边上的边上》

---

① 如按语与补事的疏失，增补之诗多有误收，违例与重见、失校、迟出等。傅璇宗、张如安：《〈宋诗纪事补正〉疏失举正》，《南京师范大学文学院学报》2003年第4期。

② 杨绛：《〈宋诗纪事补订（手稿影印本）〉说明》，见杨绛：《杂忆与杂写（1992-2013）》，生活·读书·新知三联书店2015年版，第253-254页。

包括《论俗气》《谈交友》《说"回家"》《小说琐征》《读小说偶忆》《中国文学小史序论》《论不隔》《中国固有的文学批评的一个特点》《小说识小》《小说识小续》《谈中国诗》《杂言》等十二篇文章，还包括误归入书评的《作者五人》一文。需要说明的是，这些文章在文体类别上虽属散文，但思想性、学术性都很强，并非一般写景抒情之作，因此可称为"思想随笔"或"学术随笔"；但同时，它们在体例上又不能与《七缀集》中的学术文章等而视之，这主要是因为这样几个原因：一是作者的态度。钱锺书亲自拟题的"写在人生边上"以及杨绛拟题的"人生边上的边上"，本身就说明这种写作是作者所说的"一种业余消遣者的随便和从容"。二是格式的规范。这些文章尽管多数也有注释，但相比《七缀集》中的现代学术论文，注释远不够稠密，也不够规范。三是行文的风格。这些文章多带有"漫笔"之性质，论述过程、论证逻辑都不如《七缀集》中的论文系统严谨。因此，本书认为将这些思想性、学术性较强的文章视为随笔体著述更为恰当。

（6）序跋。相比许多文化名人，钱锺书为他人所作序跋并不算多，较重要的有：

《〈复堂日记续录〉序》。原载徐彦宽辑《念劬庐丛刻初编》（1931年铅活字印本）。此序是钱锺书少作，1981年12月13日他在致汪荣祖信中称此序"成于十九岁暑假中，方考取清华，尚未北游"。①

《〈慎园诗选〉序》。原载卢弼《慎园诗选》（1956年油印本）。

《〈忏庵诗稿〉跋》。原载《忏庵诗稿》（1964年油印本）。1992年台湾中正大学校友会编印《胡先骕先生诗集》亦收此跋。

《〈干校六记〉小引》。原载杨绛《干校六记》（生活·读书·新知三联书店1981年版）。

《〈记钱锺书与围城〉附识》。原载《文汇读书周报》（1998年1月17日）。

《〈壮岁集〉序》。原载陈凡《壮岁集》（香港何氏至乐楼1990年刊印）。

---

① 钱锺书：《〈复堂日记续录〉序》，见《人生边上的边上》，生活·读书·新知三联书店2002年版，第216页注释②。

《〈走向世界〉序》。为钟叔河主编《走向世界丛书》所作，也是钟叔河所著《走向世界——近代知识分子考察西方的历史》的序。原载《人民日报》(1984年5月8日)。

《〈徐燕谋诗草〉序》。原载香港《文汇报》(1987年2月23日)。序中说："昔同寓湘西山间，僭为君诗稿作长序，稿既仅剩烬余，序亦勿免摧烧，余自存底本又佚去。"实则原序因郑朝宗抄录而得以保存。郑朝宗《续怀旧》："其实他的序文尚在人间，1942年我有幸得读此序，酷爱其文字之美，特把它抄录在一破旧的练习簿里，几十年来，几经劫难，书籍、笔记本散失殆尽，而此破本子赫然犹存。"①

《徐燕谋诗序》。作于1941年，即上钱锺书所说"僭为君诗稿作长序"之"序"。

《〈史传通说〉序》。原载汪荣祖《史传通说》(台湾联经出版事业公司1988年版)。

《〈管锥编与杜甫新探〉序》。原载陆文虎编《钱锺书研究采辑》第2辑(生活·读书·新知三联书店1996年版)。

《〈吴宓日记〉序言》。原载《吴宓日记》(生活·读书·新知三联书店1998年版)。

《〈周南诗词选〉跋》。原载《周南诗词选》(香港香江出版有限公司1996年版)。

《〈国学概论〉序》。此序钱锺书集未收录。原载钱穆《国学概论》(上海商务印书馆1931年版)，署名钱基博，但应是钱锺书"代写"。②

此外，钱锺书为自己所作的序、引言、前言也有不少，如《〈谈艺录〉序及引言》《〈管锥编〉序》《〈宋诗选注〉序》《香港版〈宋诗选注〉前言》《〈七缀集〉序及修订本前言》《〈写在人生边上〉序》《〈槐聚诗存〉序》《〈围

---

① 郑朝宗：《续怀旧》，见郑朝宗：《海滨感旧集》，厦门大学出版社2014年版，第99页。
② 杨绛说："那时商务印书馆出版钱穆的一本书，上有锺书父亲的序文。据锺书告诉我，那是他代写的，一字没有改动。"杨绛：《将饮茶》，生活·读书·新知三联书店2015年版，第127-128页。

城〉序》《〈围城〉重印前记》《〈围城〉日译本序》《〈围城〉德译本前言》《台湾版〈钱锺书作品集〉前言》《重刊〈中国诗与中国画〉题记》以及《也是集》《旧文四篇》的原序等。

上述序跋，除少量应酬之作外，大多具有重要的文献价值。如《中国文学小史序论》《〈复堂日记续录〉序》《徐燕谋诗序》《〈宋诗选注〉序》《香港版〈宋诗选注〉前言》等，或涉及钱锺书的文化史观及对文章体制、文体流变、文学形式等问题的论述，或涉及他对札记与读书笔记的认识、或涉及他关于中西诗学融会的态度与立场，或涉及他对宋诗创作特点及"诗史"等问题的看法，或涉及他在特定年代的学术心态等，都属于钱学研究的重要资料。

（7）书评。钱锺书曾放言："西方的大经大典，我算是都读过了。"① 对于他这样一位"饱蠹"天下诗书的学人来说，② 写书评自是情理中事。钱锺书撰写的书评有：

《为什么人要穿衣》。评佛流格尔（John Carl Flügel）《衣服的心理》（The Psychology of Clothes），原载《大公报》（1932 年 10 月 1 日）。

《〈一种哲学的纲要〉》。评卜纳特（E.S. Bennett）《一种哲学的纲要》（A Philosophy in Outline），原载《新月月刊》（第 4 卷第 3 期，1932 年 10 月 1 日）。

《〈大卫·休谟〉》。评格莱格（J.Y.T. Greig）《大卫·休谟传》（David Hume），原载《大公报》（1932 年 10 月 15 日）。

《〈中国新文学的源流〉》。评周作人《中国新文学的源流》，原载《新月月刊》（第 4 卷第 4 期，1932 年 11 月 1 日）。

《休谟的哲学》。评莱尔德（John Laird）《休谟之原人哲学》（Hume's Philosophy of Human Nature），原载《大公报》（1932 年 11 月 5 日）。

《鬼话连篇》。评白克夫人（Jane Revere Burke）《让我们进来》（Let us in, A record of communications believed to have come from William James），原载

---

① 李慎之：《千秋万岁名　寂寞身后事——送别钱锺书先生》，见李明生等编：《文化昆仑：钱锺书其人其文》，人民文学出版社 1999 年版，第 6 页。

② 钱锺书曾将牛津大学总图书馆 Bodleian 译为"饱蠹楼"，自比书虫，以示自己读书成癖。杨绛：《为有志读书求知者存——记〈钱锺书手稿集〉》，《读书》2001 年第 9 期。

《清华周刊》（第 38 卷第 6 期，1932 年 11 月 7 日）。

《英译千家诗》。评晚清蔡廷干所译《唐诗英韵》（Chinese Poetry in English Rhymes），原载《大公报》（1932 年 11 月 14 日）。

《〈美的生理学〉》。评西惠儿（Arthur Sesell）《美的生理学》（The Physiology of Beauty），原载《新月月刊》（第 4 卷第 5 期，1932 年 12 月 1 日）。

《约德的自传》。评约德（C.J.M. Joad）《在第五肋骨之下，一本挑衅的自传》（Under the Fifth Rib，A Belligerent Autobiography），原载《大公报》（1932 年 12 月 22 日）。

《旁观者》。评加赛德（José Ortega y Gasset）《现代论衡》（The Modern Theme），原载《大公报》（1933 年 3 月 16 日）。

《马克斯传〉》。评英国史学家卡尔（Edward Hallett Carr）《马克思传》（Karl Marx，A Study in Fanaticism），原载《人间世》（第 19 期，1935 年 1 月 5 日）。按，三联版《人生边上的边上》中，作者 E.H. Carr 为 E.F. Carr，查这一期《人间世》中的原文，亦为 E.F. Carr，显系钱锺书笔误。

《补评〈英文新字辞典〉》。原载《观察》（第 3 卷第 5 期，1947 年 9 月 27 日）。

《白朗：咬文嚼字》。评白朗（Ivor Brown）《咬文嚼字》（Say the Word），原载《大公报》（1947 年 11 月 22 日）。

《〈英国人民〉》。评奥威尔（George Orwell）《英国人民》（The English People），原载《大公报》（1947 年 12 月 6 日）。

《〈游历者的眼睛〉》。评卡林顿（Dorothy Carrington）《游历者的眼睛》（The Traveller's Eye），原载《观察》（第 3 卷第 16 期，1947 年 12 月 13 日）。

《〈落日颂〉》。评曹葆华诗集《落日颂》，原载《新月月刊》（第 4 卷第 6 期，1933 年 3 月 1 日）。这是钱锺书唯一一篇关于新诗的评论，且对曹葆华的诗多持批评意见，语含讥讽，文中有不少诸如"粗手大脚""狼藉的斧凿痕迹""拔山盖世的傻劲""结构重复""刺眼的俗"之类的评语，仅有的几处赞扬也是因为新诗具有或接近古典文学的审美旨趣，如评《五桥泛舟》时就称："夷犹骀荡，有一点儿，只是一点儿，旧诗的滋味。"应该说，这样的批评态度是耐人寻味的。

《〈近代散文钞〉》。评沈启无编《近代散文钞》，原载《新月月刊》（第 4 卷第 7 期，1933 年 6 月 1 日）。

《读〈道德定律的存在问题〉书后》。评朱公谨《道德定律的存在问题》，原载《光华大学半月刊》（第 2 卷第 2 期，1933 年 10 月 25 日）。另有《阙题》一篇，原载《光华大学半月刊》（第 2 卷第 4 期，1933 年 11 月 25 日），是对包玉河发表于《光华大学半月刊》（第 2 卷第 3 期，1933 年 11 月 10 日）的对《读〈道德定律的存在问题〉书后》所作批评的回应。

《论复古》。评郭绍虞《中国文学批评史》，原载《大公报》（1934 年 10 月 17 日）。

《〈不够知己〉》。评温源宁《不够知己》（Imperfect Understanding），原载《人间世》（第 29 期，1935 年 6 月 5 日）。

《〈韩昌黎诗系年集释〉》。评钱仲联《韩昌黎诗系年集释》，原载《文学研究》（1958 年第 2 期）。

总体上看，这些书评的写作时间主要集中在 1932 至 1933 年间，正是钱锺书在清华外文系读书时期。当时，外文系的课程即如吴宓设想的那样，几乎将西方文学包罗殆尽，而钱锺书在课余又泛览群籍，兴之所至便写下很多书评。钱锺书的清华校友饶余威回忆，当时诸同学受钱锺书的影响很大，"他的中英文造诣很深，又精于哲学及心理学，终日博览中西新旧书籍"。[①] 另一校友许振德也称钱锺书"中英文俱佳，且博览群书"。[②] 还有一些描述更为生动夸张，如称他读书，一周阅中文之经典，一周读欧美之名著，"交互行之，四年如一日"；到图书馆借还书，"必怀抱五六巨册，且奔且驰"；每读一书即以札记记之；读书很是驳杂，于清华图书馆库"逐排横

---

① 杨绛：《记钱锺书与〈围城〉》，见杨绛：《将饮茶》，生活·读书·新知三联书店 2015 年版，第 128 页。
② 许振德：《水木清华四十年》，《清华校友通讯》1973 年新 44 期。按，期号带"新"字者为台湾新竹清华大学所编，下同。

扫"等等。①同学之外，老师们的回忆也大致如此，如钱穆称自己在清华任教时，钱锺书留给他的印象就是"兼通中西文学，博及群书"。②从以上"终日博览""博览群书""读中文经典""阅欧美名著""逐排横扫""博及群书"等等描述不难看出，这应该是钱锺书在清华求学期间留给人们最深刻的印象了，以至于几十年过后当事者道来仍如在目前。清华四年是钱锺书学术的萌生期，其学术思想、观念、旨趣、方法乃至文体风格等都已初步定型且在后来的学术研究中一以贯之。汤晏在《一代才子钱锺书》中说："钱锺书在清华四年所学，对他来说，一生受用不尽，他日后著作，无不旁征博引，经常一句话，同时引用数种不同欧洲语文写出来，这是他从清华学来的绝招。"③这一点从上述书评中就能一窥全豹。钱锺书的书评以及他在此期间的其他著述，除内容上多为中西文学、诗学的比较外，文体特点也趋于稳定：在文体选择上，这些文章包括文论、随笔、杂感、书评等多种文体，呈现出多样化的特点。在语言表述上，或中文，或英文，或中英夹杂，或白话，或文言，或文白相兼，译文均为作者本人随手译出，言简意赅，精妙雅致，与正文融合无间，已彰显娴熟的语言驾驭能力。在文体风格上，几乎每篇文章都广泛地征引古今中外的典籍文献，旁征博引的文风已初现端倪。

（8）对话录。1996 年中国社会科学出版社初版的《石语》，是钱锺书唯一的一部对话体著述。按钱锺书所述，这是 1932 年除夕，"丈召余度岁，谈燕甚欢"，"退记所言"。不过从实际内容上看，《石语》更像是陈衍和钱锺书的对话录，这一老一少在旧诗小天地里品藻诗艺、臧否人物、月旦文苑的洋洋自得之情，记录得可谓生动传神。从文体学研究的角度说，《石语》的价值主要在于其最真实地呈现了钱氏为人为文之作风、之做派，对于更深入地理解他学术著述的语言风格是大有帮助的。

---

① 许振德：《忆钱锺书兄》，《清华校友通讯》1963 年新 3-4 期合刊。甘毓津：《离校五十年》，《清华校友通讯》1983 年新 38 期校庆专辑。
② 钱穆：《八十忆双亲·师友杂记》，生活·读书·新知三联书店 1998 年版，第 133 页。
③ 汤晏：《一代才子钱锺书》，上海人民出版社 2005 年版，第 72 页。

（9）论诗诗。《槐聚诗存》有不少诗作，从稍宽泛的意义说，属于"论诗诗"，主要有：

《还乡杂诗》其二、其四、其五（1934）

《秣陵杂诗》其一、其二、其六（1935）

《莱蒙湖边即目》（1935）

《石遗先生挽诗》其一、其二（1937）

《戏赋一首》（1937）

《读杜诗》（1937）

《答叔子》《再示叔子》（1938）

《叔子寄示读近人集题句腾以长书盍各异同奉酬十绝》（1939）

《叔子赠行有诗奉答》（1939）

《耒阳晓发是余三十初度》（1939）

《愁》（1940）

《笔砚》（1940）

《小诗五首》其五（1940）

《题燕谋诗稿》（1940）

《戏燕谋》（1941）

《留别学人》（1941）

《重九日李拔可丈招集犹太巨商别业》（1941）

《少陵自言性癖耽佳句有触余怀因作》其一、其二（1942）

《题某氏集》（1942）

《沉吟》其一、其二（1942）

《赠宋悌芬君索观谈艺录稿》（1942）

《题新刊聆风簃诗集》（1943）

《胡丈步曾远函论诗却寄》（1943）

《贺病树丈迁居》（1945）

《拔丈七十》其一（1945）

《周振甫和秋怀韵再用韵奉答君时为余勘订谈艺录》（1947）

《寻诗》（1949）

《答叔子花下见怀之什》其四（1953）

《苏渊雷和叔子诗韵相简又写示寓园花事绝句即答仍用叔子韵渊雷好谈禅》（1953）

《向觉明［达］属题 Legouis 与 Cazamian 合著英国文学史》其二（1956）

《赴鄂道中》其二（1957）

《龙榆生寄示端午漫成绝句即追和其去年秋夕见怀韵》（1959）

《偶见江南二仲诗因呈振甫》（1973）

《燕谋以余罕作诗寄什督诱如数奉报》其一、其二（1977）

《陈百庸［凡］属题出峡诗画册》（1978）

在这些涉及谈艺的旧体诗中，又以《叔子寄示读近人集题句縢以长书盍各异同奉酬十绝》最为经典，其中很多诗句，如其一之"月旦人多谭艺少，覃溪曾此说渔洋"，其四之"哑然数典参傍证，意取诗坛两录中"，其五之"人情乡曲惯阿私，论学町畦到品诗"，其六之"临汉论诗有别裁，言因人废亦迂哉"，其八之"虚心肯下涪翁拜，掲赵推袁亦所安"，其十之"摩诘文殊同说法，少陵太白细论诗"等，均是谈艺之妙论。

（10）书札。钱锺书的书信略可分为以下几类：一是公开发表的，如《上家大人论骈文流变书》（《光华大学半月刊》第 1 卷第 7 期，1933 年 4 月 10 日）、《与张君晓峰书》（《国风》半月刊第 5 卷第 1 期，1934 年 7 月 1 日）等。二是私人信件但收信人将其刊布的，此类甚多，如致储安平信函（《观察》周刊第 1 卷第 4 期，1946 年 9 月 21 日）、致董秀玉信函（《读书》1985 年第 8 期）、致赵景深信函（《南京文教资料》1986 年第 4 期）、致陈漱渝信函（《鲁迅研究动态》1987 年第 6 期）、致舒湮信函（《人民日报》1990 年 2 月 23 日）、致郭晴湖信函（《文汇报》1990 年 10 月 23 日）、致林子清信函（《文汇读书周报》1990 年 11 月 24 日）、致黄裳信函（《文汇报》1996 年 1 月 13 日，1 月 20 日，1 月 27 日）、致钟来因信函（《江苏社会科学》2000 年第 3 期）等。三是未刊布的私人信件但收信人在相关著作中有所引用的，其中的只言片语也成为公共学术资料。上述书札也是钱学研究的珍贵文献。如

《与张君晓峰书》，写于文白之争尘埃落定之时，畅论这场论争的得失，认为"文言白话，骖骦比美"，称二者将来有可能"合之一境"，并从"文艺欣赏"和"文化史了解"两个角度分析了文言、白话的功用，① 展示出钱氏客观、辩证、通脱的学术立场，对于考察他的语言观念、语体选择等，都具有重要的意义。再如在致许渊冲的信中他说："我对这些理论问题早已不甚究心，成为东德理论家所斥庸俗的实用主义者，只知 The proof of pudding lies in eating."② 这种大胆的直言足以佐证他曾说过的"我想探讨的，只是历史上具体的文艺鉴赏和评判"这一学术兴趣。又如在致朱晓农的信中，他明确表示"我一贯的兴趣是所谓'现象学'"，并对有些人不注重现象而热衷于"由表及里"的做法进行了批评。③ 这是目前见到的直接表明钱锺书重视和熟稔现象学的资料，对于考察他的现象学思想和尊重现象、关注现象、研究现象的治学理念，无疑也有重要的参考价值。

最后作几点说明：其一，诗话体《谈艺录》、选本《宋诗选注》、札记体《管锥编》、学术论文《七缀集》以及《写在人生边上》《人生边上的边上》中的学术随笔，是本书重点关注的对象。其二，《写在人生边上》《人生边上的边上》中的随感、序跋、书评、短论等，根据具体内容，大多也纳入了本书的研究视野。其三，《石语》并非单独记录陈衍之言行，实际上是陈衍与钱锺书的对话录；论诗诗虽是文学文体，承担的却是谈艺之功能。它们均在本书的研究中有所论及。其四，钱锺书小说中的谈艺，本书第 1 章第 3 节有专论，以见钱氏谈艺之体的多样性和灵活性。其五，《钱锺书选唐诗》与同样作为选本的《宋诗选注》在文体上最大的不同是前者没有注和诗人小传，本书虽有涉及，但不作重点。其六，钱锺书信函凡有讨论学术问题者均视为学术著述，本书多有征引。其七，本书仅论及《钱锺书手稿集》的《容安馆札记》，这既是个人学识及精力所限，无法兼顾《中文笔记》《外文笔记》，也

---

① 钱锺书：《与张君晓峰书》，《国风》第 5 卷第 1 期，1934 年 7 月。
② 钱锺书：《致许渊冲》，见《钱锺书散文》，浙江文艺出版社 1997 年版，第 422 页。The proof of pudding lies in eating："布丁好不好，吃了才知道。"意即："实践出真知。"
③ 钱锺书 1983 年 7 月 23 日致朱晓农信。罗厚辑：《钱锺书札书钞》，见陆文虎编：《钱锺书研究》(3)，文化艺术出版社 1992 年版，第 305 页。

是考虑到了《容安馆札记》与同为札记体著述的《管锥编》之间的密切关系。其八，《钱锺书英文文集》（外语教育与研究出版社 2005 年版）中收录的学术论文，包括原载《图书季刊》（第 1 卷第 4 期及第 2 卷 1-4 期）的 China in the English Literature of the Seventeenth and the Eighteenth Centuries（《17、18 世纪英国文学中的中国》），《清华周刊》（第 35 卷第 2 期）的 Progmatism and Potterism（《实用主义与逍遥派》），《中国评论周报》（第 6 卷第 50 期）的 On "Old Chinese Poetry"（《谈中国古诗》），《天下月刊》（第 1 卷第 1 期）的 Tragedy in Old Chinese Drama（《中国古代戏曲中的悲剧》），《书林季刊》（第 1 卷第 4 期）的 The Return of the Native（《还乡》）等，因学力有限，不作重点论述，偶有征引。

三、钱锺书小说中的"谈艺"

小说是文学，不是学术，这个话题似非本书题中之义，但其实很有论述的必要，因为于此可以一窥钱锺书开放、包容、通变的文体意识，也即他所说的"文评诗品，本无定体"，"齐谐志怪，臧否作者，揣摭利病，时复谈言微中"。①

钱锺书在小说中常有谈艺之妙见，此处以《围城》中的两例进行阐发。小说曾描写：苏文纨读了董斜川的诗句"好赋归来看妇髻，大惭名字止儿涕"，称赞说："活画出董太太的可爱的笑容，两个深酒涡。"不料董听了并不领情，反而板着脸说："跟你们这种不通的人，根本不必谈诗。我这一联是用的两个典，上句梅圣俞，下句杨大眼，你们不知道出处，就不要穿凿附会。"② 这里的"上句梅圣俞"，指梅尧臣《初冬夜坐忆桐城山行》："吾妻尝有言，艰难壮时业。安慕终日闲，笑媚看妇髻。""下句杨大眼"，出自《魏书·列传》：杨大眼为南北朝名将，"装束雄竦"，"见称当世"，民间有传言称小儿啼哭不止可以"杨大眼至"恐之。这两个典故，一取自名家诗作，一

① 钱锺书：《管锥编》，中华书局 1986 年版，第 656 页。
② 钱锺书：《围城》，人民文学出版社 1991 年版，第 90—92 页。

出自史书典籍，各有来头，蕴意丰富，因此在董斜川看来，苏小姐这种停留在字面上的解释，未窥及其中之阃奥，当然是"不通"了。

其实，《围城》中的这段描写，并不仅仅是表现人物性格的情节，它同时也是钱锺书某种文学观念的流露，这就是他对诗文用典这个问题的看法。用典是中国文学的传统，但自锺嵘始，批评之声就从未间断过。新文化运动起，胡适在《文学改良刍议》中称用典"皆文人之下下工夫，一受其毒，便不可救"，认为文学改良应从八事入手，第六便是不容质疑的三个字："不用典！"① 相比之下，钱锺书的态度要温和得多。他写诗偏好用典，写信也喜欢征引典故，谈艺则更注重考辨典故的出处。早在20世纪30年代，在与友人的信中他就指出，典故从原则上说并无可非议，"盖与一切比喻象征，性质相同"。② 在同时期发表的《论不隔》一文中他也指出，典故"在原则上是无可非议的"，否定了典故，也就等于将大半的甚至全部的文学作品给否定掉了。③ 钱锺书反复强调典故在原则上无可非议，是因为在他看来，典故的使用实际上是一种"婉曲语"（periphrasis），其用意在于不说破，"俾耐寻味而已"。④ 他说："诗人要使语言有色泽、增添深度、富于暗示力，好去引得读者对诗的内容作更多的寻味，就用些古典成语，仿佛屋子里安放些曲屏小几，陈设些古玩书画。"⑤ 不难看出，上述对于用典的看法，与《围城》中这段精彩的描写，传达的意思是完全一致的。

《围城》还曾描写：曹元朗的诗《拼盘姘伴》，每句都细注出处，真可谓"无一字无来处"，他很得意地说："诗有出典，给识货的人看了，愈觉得滋味浓厚，读着一首诗就联想到无数诗来烘云托月。"而唐晓芙却说："曹先生，你对我们这种没有学问的读者太残忍了。"⑥ 对于这段描写，很

---

① 胡适：《文学改良刍议》，见《胡适全集》(1)，安徽教育出版社 2003 年版，第 4 页，第 13 页。

② 钱锺书：《与张君晓峰书》，《国风》第 5 卷第 1 期，1934 年 7 月。

③ 钱锺书：《论不隔》，见《人生边上的边上》，生活·读书·新知三联书店 2002 年版，第 112-113 页。

④ 钱锺书：《管锥编》，中华书局 1986 年版，第 1474 页。

⑤ 钱锺书：《宋诗选注》，生活·读书·新知三联书店 2002 年版，第 67 页。

⑥ 钱锺书：《围城》，人民文学出版社 1991 年版，第 68-70 页。

多人只关注到钱锺书对宋诗尤其是江西诗派"无一字无来处"的讥讽，其实此中还暗含了他对于用典这个问题更深一层的思考。我们知道，废名的小说喜欢用典，李健吾曾指出废名小说中典故对一般读者来说已成为一种"隔阂"，但同时他又对小说用典有所肯定，认为尽管一般读者视其为"隐晦"，学识渊博者却视其为"星光"。① 这个看法假如反过来说，那么一个问题就会凸显出来：学术渊博者视为"星光"的，却是普通读者视为隐晦的！有多少人能像钱锺书那样腹笥充盈，学养深厚，对于典故的出处及蕴意了如指掌呢？事实上，钱锺书自己也意识到了这个问题，针对宋人的用典他就批评说："最可恼大概就是他们的显示学问和好用典故，这使得欣赏宋诗即便在中国人当中，也在很大程度上是少数人才可以享有的一种奢侈（the luxury of the initiated）。"② 在评黄庭坚诗中的典故时他也指出："读书多"的人知道是什么意思，"读书少"的人"只觉得碰头绊脚"，不明所以。③ 这种对于用典既爱且恨的复杂感情，实际上与《围城》中曹元朗的妙论及唐晓芙的讥讽是暗中契合的。钱锺书的这种认识，最突出地表现在他对王安石用典的评价上。④ 王安石《书湖阴先生壁》中"一水护田将绿绕，两山排闼送青来"一联，看似平易晓畅，其实暗藏玄机。"护田""排闼"均出自《汉书》，《汉书·西域传》："……遣屯田卒诣故轮台以东，置校尉二人分护。"《汉书·樊哙传》："高帝尝病，……诏户者无得入群臣，哙乃排闼而入。"理解王安石诗中这两个典故的出处及蕴意，对于更深入地解会诗人要表达的意义是大有裨益的，这不正是《围城》中曹元朗的那一番得意之论？但问题在于，并非任何人都能像钱锺书一样轻而易举地完成这样的解读。"护田""排闼"这两个典故，不要说普通读者，即使是一些学问家也未必知晓，对此，笔者就曾发现两例，一是《琵琶记》有云："坐对送青排

---

① 李健吾：《画梦录》，见李健吾：《咀华集·咀华二集》，复旦大学出版社 2005 年版，第 85 页。

② 张隆溪：《论钱锺书的英文著作》，见张隆溪：《走出文化的封闭圈》，生活·读书·新知三联书店 2004 年版，第 260 页。

③ 钱锺书：《宋诗选注》，生活·读书·新知三联书店 2002 年版，第 156 页。

④ 钱锺书：《宋诗选注》，生活·读书·新知三联书店 2002 年版，第 76 页。

闽青山好，看将绿护田畴绿水潋。"钱南扬先生《元本琵琶记校注》引王安石这一联相参，但仅注"排闽"之出处而漏"护田"，① 未能抉发无余。另一例是宋人葛立方在《韵语阳秋》中称王安石此联"乃以樊哙排闽事对护田，岂护田亦有出处邪"？② 学问家尚有此遗漏，更何况一般读者！因此，这就像《围城》中唐晓芙回应曹元朗的话一样："对我们这种没有学问的读者太残忍了。"对于这个问题，钱锺书岂能不晓？因此在点出王安石诗的出处后，他还有一段精彩的议论，指出即便读者不了解这两个典故，也并不影响他们对这两句诗的理解和欣赏，读者会认为"护田""排闽"只是两个生动的比喻，而不是生僻的典故。他因此称赞这是比较"健康"的用典，"读者不必依赖笺注的外来援助"就能领会，所谓"用事不使人觉，若胸臆语也"。③ 这就和《围城》中的描写照应上了！对诗人而言，驱使典实，因彼言此，自然称得上是得意之举。对读者来说，读懂典故，彼此参印，当然也算得上是大有斩获。然而，人之学识有深浅，腹笥有厚薄，阅读的语境也因此有广狭之别，难以一概。所以在钱锺书看来，曹元朗的话没有错，唐晓芙的反驳也有理，小说中人物的对话，也正是作者谈艺的看法。换言之，小说中董斜川、曹元朗等人也许不是作者理想中的人物，但从他们口中说出的这些"妙语高论"，则未必不是钱锺书本人的所念所想了。有研究者评价钱锺书，称他在文学创作中点缀着精妙的学问，学术研究中又随处可见小说家手眼，两者相得益彰。④ 可谓切中肯綮之论。钱锺书自己在谈到《管锥编》时也说过，"弟本作小说，结习难除"，故此书中很多内容，"皆以白话小说阐释古诗文之语言或作法"。⑤ 可见在小说中谈艺，作为钱锺书"学人小说"极为突出的表现，是他自觉拓展文体边界的行为，也是文学文体承担学术功能的佳例。

---

① （明）高则诚著；钱南扬校：《元本琵琶记校注》，上海古籍出版社 1980 年版，第 13-14 页。
② （宋）葛立方：《韵语阳秋》，见何文焕辑：《历代诗话》，中华书局 1981 年版，第 492 页。
③ 钱锺书：《宋诗选注》，生活·读书·新知三联书店 2002 年版，第 76 页。
④ 季进：《钱锺书与现代西学》，上海三联书店 2002 年版，第 33 页。
⑤ 郑朝宗：《〈管锥编〉作者的自白》，见郑朝宗：《海滨感旧集》，厦门大学出版社 2014 年版，第 80 页。

第二节　辨体明性

一、“尊体”“辨体”

“辨体”是文体学研究的重要概念，这一概念常与“尊体”并置，二者关系密切，因“尊”而“辨”，以“辨”示“尊”，“尊体”是对文体规范的尊崇与坚持，“辨体”是对文体规范的辨析与探讨，总之都是对“文章体制”的关注与分析。

“尊提”“辨体”是文体学研究最基础的一环，即宋人倪思说的“文章以体制为先”。① 类似的看法还有很多，如吴讷《文章辨体序说》称：“文辞以体制为先。”② 徐师曾《文体明辨序说》称：“文章必先体裁。”③ 胡应麟《诗薮》称：“文章自有体裁。”④ 张戒《岁寒堂诗话》称：“论诗文当以文体为先。”⑤ 均是此意。同时，“尊体”“辨体”又是文体学研究最关键的一环，遍照金刚《文镜秘府论》云：“凡文章体制，不解清浊规矩，造次不得制作。制作不依此法，纵令合理，所作千篇，不堪施用。”⑥ 徐师曾《文体明辨序说》说得更生动形象，他认为凡物皆有制度法式，“陶者尚型，冶者尚范，方者尚矩，圆者尚规”；因此在他看来，“文章之有体也，此陶冶之型范，而方圆之规矩也”，“文章之体裁，犹宫室之有制度，器皿之有法式也”；写文章应遵守基本的文体规范，“苟舍制度法式，而率意为之，其不见笑于识者鲜矣”。⑦ 于此可见“尊体”“辨体”在文体学研究中的重要性。亦因为此，在

---

① （宋）王应麟：《玉海》，江苏古籍出版社 1987 年版，第 3692 页。
② （明）吴讷著；于北山校点：《文章辨体序说》，人民文学出版社 1962 年版，第 9 页。
③ （明）徐师曾著；罗根泽校点：《文体明辨序说》，人民文学出版社 1962 年版，第 78 页。
④ （明）胡应麟：《诗薮》，上海古籍出版社 1958 年版，第 11 页。
⑤ （宋）张戒：《岁寒堂诗话》，见丁福保辑《历代诗话续编》，中华书局 1983 年版，第 459 页。
⑥ ［日］遍照金刚著；周维德校注：《文镜秘府论》，人民文学出版社 1980 年版，第 141 页。
⑦ （明）徐师曾著；罗根泽校点：《文体明辨序说》，人民文学出版社 1962 年版，第 75-77 页。

中国古代的文体学研究中，还衍生出一种重要的研究方法，这就是"辨体批评"。有研究者指出："辨体批评作为一种批评方法，至少在汉末即已出现，至明清时期发展到前所未有的高度。对诗文体制规范及其源流正变的探讨辨析成了明清文学批评的核心。"①事实上，早在《尚书》中就有"辞尚体要"等语及对典、谟、训、诰、命之体的划分，这已是辨体批评的先声；到《典论·论文》的"文本同而末异"和奏议、书论、铭诔、诗赋之"四科不同"，《文章流别论》以诗、颂、诔、赋、颂、铭等辨名析理，《文心雕龙》"原始以表末，释名以章义"，《诗品》称"五言居文词之要"，以及严羽《答吴景仙书》所谓"辨尽天下体制"，祝尧《古赋辨体》所谓"得赋之正体而合赋之本义"等等，从汉到元，辨体批评一直都很盛行；演至明代，不仅有一浪高过一浪的"文必秦汉，诗必盛唐"的复古潮流，而且辨体批评的理论成果也层出不穷，吴讷《文章辨体》、徐师曾《文体明辨》之外，以"辨"命名的文体学著作还有许多，如贺复徵《文章辨体汇选》、许学夷《诗源辨体》、潘援《诗林辨体》、孙鑛《排律辨体》等；清代词学大盛，词学研究中大量关于"尊体""辨体"的论说，依然是辨体批评的余音，而《四库全书总目》对文体的渊源、谱系、类别的梳理，对骈文、散文、史传、小说等文体本色的认识，更是趋于全面细致，"其考察视野之开阔，涉及问题之纷繁与广博，是许多文体学专著所无法比拟的"。②辨体批评之源远流长和繁荣兴盛，由此可见一斑。

在文体学研究中，辨体的意义在于：通过确认文体的类别和规范，可以更好地分析不同的文体在语言表达及言说风格上的"体要"和"体貌"特征。以曹丕《典论·论文》说的"四科八种"为例：只有先确立"奏议宜雅""书论宜理"等基本的文体分类及规范，才有可能开展进一步的研究。如"奏议宜雅"，是对奏议这种文体的规范性要求，如果有人破"体"而为，所写奏议在"体要"和"体貌"上不太符合"雅"这个规范，就会引发"尊体"和"破体"之争，创造出文体再认识的空间。在这方面，《管锥编》举出的一个例子就很有启发性：钱锺书在论宋人任昉的奏疏《奏弹刘整》时，

---

① 何诗海：《明清文体学研究的学术空间》，《文学遗产》2011年第3期。
② 吴承学、何诗海：《论〈四库全书总目〉的文体学思想》，《北京大学学报》2007年第4期。

指出任昉文中所记范氏上诉状，陈说夫弟抢物打人之事，生动形象，"颇具小说笔意"。① 任昉"奏疏"中的"小说笔意"，显然与"奏议宜雅"的要求大异其趣，引起钱锺书的关注就是自然之情事了。再如，后世文学创作常突破"诗赋欲丽"这一文体规范，梅尧臣所谓"以俗为雅"，② 陈师道所谓"以文为诗"，③ 钱锺书所谓"诗文相乱"④ 等，均揭示出创作中这种破体而为的现象。吴承学指出，从宋代一直到近代，文学创作、文学批评中存在着辨体和破体两种对立的倾向，一个主张文各有体，反对以文为诗、以诗为词，一个则强调突破文体的界限，使各种文体互相融合。⑤ 其实，二者的关系是辩证统一的关系，没有"尊体""辨体"，何来"破体""变体"？正由于先有对文体规范的研究，才有立足于这种规范而展开的其他方面的研究。正因为此，"辨体"为"先"就成为文体学研究的首要任务，成为文体学研究中"贯通其他相关问题的核心问题"。⑥

从这个意义上说，研究钱锺书的学术文体，首要的任务就是"辨体"。钱锺书学术著述的文体复杂多样，梳理其文体的种类，追溯其文体的渊源，明确其文体的规范及特点，是后续研究的前提和基础。换言之，只有首先完成对钱锺书学术著述"体类"的辨析，才有可能在接下来的研究中分析其学术著述在语言、表达、行文等方面的"体要"，阐发其学术著述在创作个性、言说风格上的"体貌"，最后思考其独具魅力的学术文体对于中国文论现代建构的价值与意义。

二、《谈艺录》辨体

钱著的文体，有些到眼即辨，则不必辨，如选本、随笔、书评、序跋、

---

① 钱锺书：《管锥编》，中华书局 1986 年版，第 1420-1421 页。
② 钱锺书认为"以俗为雅"之说并非出自黄庭坚，而实出自梅尧臣。钱锺书：《谈艺录》，生活·读书·新知三联书店 2001 年版，第 42 页。
③ （宋）陈师道：《后山诗话》，见何文焕辑：《历代诗话》，中华书局 1981 年版，第 303 页。
④ 钱锺书：《谈艺录》，生活·读书·新知三联书店 2001 年版，第 93 页。
⑤ 吴承学：《辨体与破体》，《文学评论》1991 年第 4 期。
⑥ 吴承学：《中国古代文体学研究》，人民出版社 2011 年版，第 14 页，第 16 页。

书信、对话等。一些必须辨，如《谈艺录》《管锥编》《容安馆札记》《七缀集》等，这是因为它们表现出的文体特征比较复杂。黄侃《文心雕龙札记》尝言："详夫文体多名，难可拘滞，有沿古以为号，有随宜以立称，有因旧名而质与古异，有创新号而实与古同，此唯推迹其本原，诊求其旨趣，然后不为名实玄纽所惑，而收以简驭繁之功。"① 所言甚是。钱锺书这几部重要的学术著述，文体特征较为复杂，或采用传统的文体样式而兼有现代学术的特点，如《谈艺录》《管锥编》，或本为现代学术论文又杂糅传统诗文评的言说方式，如《七缀集》中的文章，或虽属一体之作但由于从私人读书笔记转向公共出版物而变化甚大，如《管锥编》的札记体体式，与《容安馆札记》又有不同。上述情况，即如黄侃所言，"有因旧名而质与古异，有创新号而实与古同"，因此，唯有一方面追源溯流，对文体的演变及钱氏的写作进行历时性的考察，"推迹其本原"；一方面衡铢剖粒，对这些文体的特点进行共时性的分析，"诊求其旨趣"。如此才能最大程度地"辨"钱著之"体"，而"不为名实玄纽所惑"。

这里先"辨"《谈艺录》之"体"。按钱锺书自述，此书的写作酝酿于1939年夏，彼时他刚从滇返沪，受友人的鼓励，遂有撰写一部诗话的念头，而正式的写作则始于同年秋赴湖南蓝田师范学院之后。至于此书的成稿，又分两个阶段：一是写作与出版。书稿"甫就其半"，钱锺书就于1941年夏"养疴返沪"；其后，"人事丛脞，未遑附益"，写作因此中断；太平洋战争爆发后，钱锺书困守孤岛，"销愁舒愤，述往思来"，日积月累，终于在1942年夏完成初稿，但无意出版，而是"麓藏阁置，以待贞元"；直到抗战胜利后的1948年才由上海开明书店出版。可见"《谈艺录》一卷，虽赏析之作，而实忧患之书也"！② 二是修订与补正。这个时间跨度更大：《谈艺录》初版时就附有"补遗"，显然是自初稿完成到正式出版期间所补，此后又经过三次较大的修订，分别是1986年的"补

---

① 黄侃：《文心雕龙札记》，古吴轩出版社2018年版，第72页。
② 钱锺书：《谈艺录》，生活·读书·新知三联书店2001年版，"序"第1页，正文第1页。

订"、1987 年的"补订本补正"和 1993 年的"补订本补正之二"。① 足征此书"犹昔书、非昔书也"！② 据此算来，《谈艺录》的写作实际上跨越了近半个世纪，它的写作过程使我们认识到这样一个事实：钱锺书选择诗话体来谈艺，并非一时心血来潮，而是出于对这种文体自觉的体认和持久的兴趣，个中自有深心所寄的用意。

　　首先，从写作缘起上看，《谈艺录》的撰写带有强烈的私人写作性质。钱锺书开篇就说："余雅喜谈艺，与并世才彦之有同好者，稍得上下其议论。"又云："友人冒景璠，吾尝言诗有癖者也，督余撰诗话。……因思年来论诗文专篇，既多刊布，将汇成一集。即以诗话为外编，与之表里经纬也可。"③ 冒景璠即冒效鲁，号叔子，精于旧诗，是近代诗坛老宿冒鹤亭之子。钱锺书 1938 年归国时在船上邂逅冒效鲁，一见如故，相谈甚欢，并得以拜见冒鹤亭，获其所著《后山诗天社注补笺》。④ 钱锺书说："余谓补笺洵善矣，胡不竟为补注耶。景璠嗤余：'谈何容易。'少年负气，得闲戏别取山谷诗天社注订之。"⑤ 这段话与前引"冒景璠……督余撰诗话"可相互印证。⑥ 其中提到的"别取山谷诗天社注订之"，指的就是后来收入《谈艺录》中的《黄山谷诗补注》。由此可见，钱锺书撰写《谈艺录》的初衷，是要与诗坛前辈、同好相互探讨诗艺，属于传统意味很浓的谈艺衡文，与刊布于现代学术报刊上的"论诗文专篇"是大不相同的。温儒敏认为：中国传统批评依赖的不是

---

① 生活·读书·新知三联书店：《〈谈艺录〉重排后记》，见钱锺书：《谈艺录》，生活·读书·新知三联书店 2001 年版，第 855 页。

② 钱锺书：《谈艺录》，生活·读书·新知三联书店 2001 年版，"引言"第 1 页。

③ 钱锺书：《谈艺录》，生活·读书·新知三联书店 2001 年版，第 1 页。

④ 关于两人这次邂逅，冒效鲁有诗谈及，如 1938 年的《马赛归舟与钱默存（锺书）论诗次其见赠韵赋束两首》其一云："我读杜韩诗，向往未能至。抒达胸中言，驱使古文字。后生欲变体，所患薄才思。邂逅得钱生，芥吸真气类。行穿万马群，顾视不我弃。谓一代豪贤，实罕工此事。言诗有高学，造境出新意。滔滔众流水，盍树异军帜。换骨病未能，嚼蜡岂知味。"其二云："我诗任意为，意到笔未至。君诗工过我，戛戛填难字。云龙偶相从，联吟吐幽思。苦豪虽异撰，狂狷或相类。君看江海成，曾弗细流弃。欲拓诗界宽，包举尽能事。骑牛东去人，倘会西来意。登高试一呼，响应万邦帜。舍我其谁软？孟言愿深味。"冒效鲁：《叔子诗稿》，安徽文艺出版社 1992 年版，第 22 页。

⑤ 钱锺书：《谈艺录》，生活·读书·新知三联书店 2001 年版，第 79-80 页。

⑥ 钱锺书曾со信冒效鲁："此书之成，实由兄之指使，倘有文字之祸，恐兄亦难逃造意犯之罪耳。"卞孝萱：《钱锺书冒效鲁诗案》，《中华文史论丛》2006 年第 4 期。

固定的理论和标准，而是文人在大致相同的阅读背景下形成的相近的审美趣好，以及由此而形成的共同的欣赏力和判断力，因此传统批评基本上是在相对封闭的"阅读圈子"中进行的。①夏济安也称："西洋人的批评文章，是写给钝根人读的，所以一定要把道理说个明白。……中国人的批评文章是写给利根人读的，一点即悟，毋庸辞费。"②在中国传统文论中，最具这种私相交流性质的文体，莫过于诗话了。"既曰'诗话'，就暗示着还有一个想象中的听话人。"③这其实就是卡勒在《结构主义诗学》中提到的"理想读者"，④有了这样一位想象中的读者，"说者"与"听者"就能保持高度的默契，诗话也因此成为极具私密性的文体，这种私密性主要表现在两方面：一是仅限于圈内人彼此的交流，即钱锺书说的"大抵学问是荒江野老屋中二三素心人商量培养之事"，⑤"听者"的范围实在有限。二是多采取圈内人熟知和习惯的语言进行表达，简练含蓄，点到为止，也就是钱锺书说的"自成'语言天地'（the universe of discourse）"。⑥由此观之，无论是从"理想读者"还是从"语言天地"看，《谈艺录》一书都带有很强的私密性。夏志清曾称《谈艺录》不是两三天读完就算的书，他将其比喻成"供旧诗读者不时参阅的良

---

① 温儒敏：《中国现代文学批评史》，北京大学出版社1993年版，第3页。

② 夏济安：《两首坏诗》，台湾《文学杂志》第3卷第3期，1957年11月。

③ 周英雄：《结构主义是否适合中国文学研究》，见黄维樑、曹顺庆编选：《中国比较文学学科理论的垦拓——台港学者论文选》，北京大学出版社1998年版，第196页。

④ 卡勒认为，"一个人的理论主张将受到他的读者接受与否的充分检验"，"倘若读者们不接受他所提出的认为与他们的知识和文学经验有关的、需要加以解释的事实，那么，他的理论就没有多大意义"；因此，他提出了"理想读者"这个概念，以避免上面所说的"不接受"这一阅读和理解的问题，他说："所谓理想读者只是一个理论构想，或许最好看作是可接受性这一中心概念的化身。"［美］乔纳森·卡勒：《结构主义诗学》，盛宁译，中国社会科学出版社1991年版，第186页。

⑤ 柯灵：《促膝闲话中书君》，《读书》1989年第3期。"素心"一词见陶渊明《移居》："昔欲居南村，非为卜其宅。闻多素心人，乐与数晨夕。"这种清谈之趣与悠游之乐乃旧式文人崇尚的生活境界，所谓"士大夫闲居野处，必有同道同志之士相与往还，方称其乐"。（明）季汝虞纂述：《古今诗话》，见张健辑校：《珍本明诗话五种》，北京大学出版社2008年版，第333—334页。

⑥ 钱锺书：《管锥编》，中华书局1986年版，第1109页。他的《中国诗与中国画》一文也曾提到语言的这种私密性："一个社会、一个时代各有语言田地，各行各业以至一家一户也都有它的语言田地，所谓'此中人语'。譬如乡亲叙旧、老友谈往、两口子讲体己、同业公议、专家讨论等等，圈外人或外行人听来，往往不甚了了。"钱锺书：《七缀集》，生活·读书·新知三联书店2002年版，第4页。

伴"。① 应该说，"良伴"这个词就很生动地点出了《谈艺录》的私人写作性质。杨绛也说《谈艺录》《管锥编》是钱锺书的读书心得，"供会心的读者阅读欣赏"，"他偶尔听到入耳的称许，会惊喜又惊奇。《七缀集》文字比较明白易晓，也同样不是普及性读物"。② 这番话说得既得体又傲慢，其中，"会心的读者""偶尔听到入耳的称许""不是普及性读物"等语，正可以用来说明《谈艺录》私人写作的这个特点。

其次，从体例结构上看，《谈艺录》既是古典诗话的延续，同时又是古典诗话的终结。通观全书不难发现，钱锺书对诗话这一传统文体有继承，更有发展。与传统诗话形式零散、内容琐碎的特点相比，该书的结构显得较完整，论题也较集中，全书计九十一则，大致可分几种情况：（1）小部分篇目如《性情与才学》《宋人论昌黎学问人品》《朱子论荆公东坡》《放翁二痴事二官腔》《随园论三都两京赋》《长干一塔一诗人》《堤远意相随》《王延年梦》《周栎园论诗隽语》《咏始皇》《随园推杨诚斋》等，或品评人物，或发掘资料，或记载轶事，因此形式比较零散，篇幅也很简短，属于结构的完整性、论题的集中性较弱的篇目。（2）《黄山谷诗补注》篇幅很长，但其实是由一条条各自独立的诗注缀连而成，散乱不成体系，与上面的篇目并无实质性区别。（3）《李长吉诗》《长吉诗境》《长吉字法》《长吉曲喻》《长吉用啼字》《长吉用代字》《长吉与杜韩》《长吉年命之嗟》等八则，在内容上彼此系连，如连篇成章堪称一本关于贺诗歌创作的专论。（4）其余篇目如《诗分唐宋》《王静安诗》《诗乐离合、文体迁变》《摹写自然与润饰自然》《妙悟与参禅》《说圆》等，都能围绕某个特定的诗学命题展开讨论，不仅结构较为完整连贯，而且论题也更集中明确，问题意识突出，篇幅也较长。这部分的篇目，与传统诗话的差别很大，因为后者的话题往往比较随意，热衷列举现象，甚少提出问题，针对问题的多层次阐发就更是少见。胡志德曾指出："乍一看去《谈艺录》就像玄学家的奇思异想：用了将近四百页的札

---

① 夏志清：《追念钱锺书先生——兼谈中国古典文学研究之新趋向》，台湾《中国时报》1976年2月9—10日。按，此文是夏志清误信钱锺书去世的传言而作的悼念之文。

② 杨绛：《钱锺书对〈钱锺书集〉的态度（代序）》，见三联版《钱锺书集》。

记，来探寻一个正题。尽管钱在书中的确没有陈述一种理论，或者他所要依循的一套主题；初看起来，好像是把各个论题上跳来跳去的评论，随意搜集在一起。但是，通过仔细释读，此中却显示出对传统文学中一些关键观念的一贯不懈的关注。"① 这一看法是很准确的。尤其应强调的是，《谈艺录》还有一个贯穿全书始终的总体精神，串联起众多看似没有关系的松散话题，这就是钱锺书对古今中外文学艺术共同的诗心文心的阐发，这样一个隐含的思路使其比传统诗话更具相对的完整性和严密性。像袁枚《随园诗话》，尽管已在这方面超越前代众多诗话，但由于缺少这样一个统领全书的批评思路，在内容上就存在不少自相抵牾之处，钱锺书就指出："子才立说，每为取快一时，破心夺胆，矫枉过正"，"胸中实未能化却町畦，每执世之早晚，以判诗之优劣，此已与前说矛盾矣。且时而崇远贱近，时而雄今虐古，矛盾之中，又有矛盾焉"。② 此外，相比于传统诗话，《谈艺录》讨论的问题非常丰富，大大地拓展了谈艺的边界。有研究者认为，从内容上看，《人间词话》有别于传统诗话的地方在于：《人间词话》包括本体论、创作论、鉴赏论、发展论等内涵，有"一套较为成熟的文论话语体系"，是"一种既传统又现代的诗学话语"。③ 以这样的标准看，《谈艺录》亦是如此。在周振甫等人所编《钱锺书〈谈艺录〉读本》中，《谈艺录》的内容就被梳理为"鉴赏论"（21 则）、"创作论"（21 则）、"作家作品论"（31 则）、"文学评论"（17 则）、"文体论"（9 则）、"修辞"（24 则）、"风格"（6 则）等七大类共一百二十九则。这种分类和细化方式是否合理、钱锺书本人对这种"七宝楼台碎拆不成片段"的"读本"是否满意，这里暂不讨论，单从它梳理、编排出的内容看，我们也可以说钱锺书的这部诗话已最大程度地克服了传统诗话零散琐碎的缺点，同样称得上是一部"既传统又现代的诗学话语"。夏志清说，《谈艺录》是中国诗话的"集大成"之作，也是一部广采

---

① ［美］胡志德：《钱锺书》，张晨等译，中国广播电视出版社 1990 年版，第 60 页。
② 钱锺书：《谈艺录》，生活·读书·新知三联书店 2001 年版，第 329 页，第 633 页。
③ 吴作奎：《冲突与融合——中国现代批评文体论》，武汉大学出版社 2010 年版，第 107-111 页。

西洋批评诠注中国诗学的"创新"之作。① 对此，颜元叔颇不以为然，他称《谈艺录》只是"一部现代人的旧式书，一部诗话而已"；② 夏志清为此专门撰文予以反驳，③ 引发两人之间的一场笔战。其实，这两种看法都有道理，对于《谈艺录》，颜氏强调的是"旧"，夏氏着眼的是"新"，评价的角度和重心不同而已。也正是在这个意义上，我们才称《谈艺录》既是古典诗话的延续，又是古典诗话的终结。

三、《七缀集》辨体

《七缀集》所收七篇论文中，《中国诗和中国画》写于 1942 年，《一节历史掌故、一个宗教寓言、一篇小说》写于 1983 年，时间跨度四十余年，正是钱锺书学术生涯最重要的时期，因此对其文体特征的考察无疑具有重要的意义。

在体例结构上，与《谈艺录》《管锥编》相比，《七缀集》属于现代学术论文，不过，钱锺书自己却称它们是"半中不西、半洋不古的研究文章"。④这种略带调侃的说法实际上很生动地揭示了这七篇文章一个共同的特征：西方现代学术范式与中国传统诗文评在文体上的相互渗透和融合。

总体上看，七篇论文采用了较规范的西学体式，主要表现在：首先，篇幅都较长。其中，最长的是《林纾的翻译》，二万三千余字，最短的《通感》也接近一万字，这与诗话、札记"断片"式的体例是大不相同的，与当下长篇大论的学术文章比也毫不逊色。其次，论题集中。不同于诗话的"以资闲谈"、札记的"随笔正之"，现代学术论文一个很重要的特点就是论题的明确和集中。《七缀集》中的每篇论文，都能紧密围绕某个特定的诗学命题进行论述，对问题的阐发是多角度和多层面的，也是全面和深入的，这是结构松

---

① 夏志清：《追念钱锺书先生——兼谈中国古典文学研究之新趋向》，台湾《中国时报》1976年 2 月 9-10 日。

② 颜元叔：《印象主义的复辟？》，台湾《中国时报》1976 年 3 月 10-11 日。

③ 夏志清：《劝学篇——专覆颜元叔教授》，台湾《中国时报》1976 年 4 月 16-17 日。

④ 钱锺书：《七缀集》，生活·读书·新知三联书店 2002 年版，"序"第 1-2 页。

散、话题琐碎的传统诗文评无法比拟的。第三，结构谨严。这些论文，从提出论题、界定概念、使用论据到论证观点、得出结论，整个过程均能做到层层推进，逻辑严密。第四，格式规范。与《谈艺录》《管锥编》一样，在《七缀集》中，钱锺书同样旁征博引大量文献，但不同的是，《谈艺录》征引文献是随征随注，或在正文中直接说明出处，或在引文后注明出处，书后不再列参考文献；《管锥编》稍有变化，征引的中文文献仍如《谈艺录》，西文文献则使用脚注，不过格式较简略，而且不是所有引文都加注。与之相比，《七缀集》就显得规范得多了，每篇文章均使用尾注，标注文献出处（以西文文献为主，也包括少部分中文文献）。这些文献出处，注释稠密，内容详尽，格式统一，堪为后学典范。

《七缀集》中的论文，篇幅较长，论题集中，结构严谨，注释规范，在文体类型上无疑属于现代学术论文。采用并遵守这样的文体规范，实出自钱锺书的自觉。我们注意到，这七篇论文最初全都刊载于公共学术刊物上，①这与诗话、札记的私人写作性质是不同的。在学术刊物上发表论文，将自己的观点晓之于众，就必须要考虑到概念的清晰、逻辑的周密、表达的准确、语言的流畅等问题，这是我们判断《七缀集》属于现代学术论文的主要标准。不过，认真阅读这些论文又不难发现，它们与严格意义上的现代学术论文也不尽然相同，不同程度地带有某些中国传统诗文评的特征。

首先，在材料和例证的使用上，依然是钱氏一贯的旁征博引，细大不捐，这与现代学术论文对材料和例证的处理原则是不同的。例如，《诗可以怨》一文，征引文献七十九则，涉及中外作家学者七十余位，书名篇名八十余种。②再如，《汉译第一首英语诗〈人生颂〉及有关二三事》，文后所附参

---

① 其中，《中国诗与中国画》载《国师季刊》1942 年第 6 期；《通感》《读〈拉奥孔〉》《诗可以怨》分别载《文学评论》1962 第 1 期、1962 年第 5 期、1981 年第 1 期；《林纾的翻译》载《文学研究》集刊 1964 年第 1 册；《汉译第一首英语诗〈人生颂〉及有关二三事》载《国外文学》1982 年第 1 期；《一节历史掌故、一个宗教寓言、一篇小说》载《文艺研究》1983 年第 4 期。

② 这是笔者的统计，按郑朝宗所说，上述数据分别是六十、六十、四十。估计他未将文后参考文献中补引的文献也算进去。郑朝宗：《读〈诗可以怨〉》，见陆文虎编：《钱锺书研究采辑》（第 1 辑），生活·读书·新知三联书店 1992 年版。

考文献就多达八十三条。在论述时，钱锺书举例不厌其"繁"，如在《诗可以怨》中，为了说明"穷苦之言易好"，他写道，"我只想举四个例子"，然后一气列举四个材料，并附海涅诗相参。其实，关于"穷苦之言易好"这个小论点，前面已列举了包括六首西方诗歌和克罗齐等人观点在内的不少材料和例证。① 如果按现代学术论文的惯例或规范，材料的取舍和例证的使用，只需做到精当、典型即可，实不必如此叠床架屋。夏承焘先生在日记中曾称《谈艺录》"取证稠叠"，② 其实"取证稠叠"者非仅限于以传统文体完成的《谈艺录》，在《七缀集》这种现代学术论文中表现得也很突出。

其次，在语言表述上，不少地方带有较浓重的随笔体特征。现代学术的语言讲求严谨、客观、准确，是一种科学语言、理性语言，与传统诗文评自由随意的个性化语言是大异其趣的。在《七缀集》中，现代学术语言当然是主流，试举两例说明：

> 在中国旧传统里，"文以载道"和"诗以言志"主要是规定各别文体的职能，并非概括"文学"的界说。"文"常指散文或"古文"而言，以区别于"诗""词"。③

> "古文"是中国文学史上的术语，自唐以来，尤其在明清两代，有特殊而狭隘的涵义。并非文言就算得"古文"，同时，在某种条件下，"古文"也不一定和白话文对立。④

像这样的表述，严谨、客观、准确，逻辑性也很强。在第一例中，钱锺书试图说明散文、"古文"、诗、词这些文体是平行的关系，同一个作家既可以用"文"来"载道"，也可以以"诗"来"言志"，还可以以"词"来"言"诗说不出口的"志"。这段话很清晰地表明了他的这个观点："载道"

---

① 钱锺书：《七缀集》，生活·读书·新知三联书店 2002 年版，第 125-129 页。
② 夏承焘：《天风阁学词日记》，见《夏承焘集》(7)，浙江古籍出版社、浙江教育出版社 1998 年版，第 2 页。
③ 钱锺书：《中国诗与中国画》，见《七缀集》，生活·读书·新知三联书店 2002 年版，第 4 页。
④ 钱锺书：《林纾的翻译》，见《七缀集》，生活·读书·新知三联书店 2002 年版，第 92 页。

和"言志"是规定文体的"职能"而非概括文学的"界说"。① 在第二例中，钱锺书要阐明的是"古文"的两重含义，他认为所谓"古文"，一是指"义法"，如"开场""伏脉""结穴""开阖"等叙述和描写的技巧，因此，"白话作品完全可能具备'古文家义法'"；一是指"语言"，颇多清规戒律，"不但排除了白话，也勾销了大部分的文言"。② 因此这段话也很清楚地表明了他上面的看法：古文的涵义"特殊而狭隘"，文言不等于古文，白话也未必就与古文对立。

但是，我们也注意到，《七缀集》中还有很多表述并不都是如此严谨、客观、准确，与此完全不同的表述也是随处可见的，为更好地说明这个看法，此处仍以上引两篇文章为例，看看钱锺书在紧接其后的论述中是怎么说的：

> 这两句话（即上文中的"文以载道""诗以言志"——引者注）看来针锋相对，实则水米无干，好比说"他去北京""她回上海"，或者羽翼相辅，好比说"早点是稀饭""午餐是面"。③
>
> 受了这种步步逼进的限制（即上文中的"清规戒律"——引者注），古文家战战兢兢地循规蹈矩，以求保卫语言的纯洁，消极的、像雪花而不像火焰那样的纯洁。④

这样的语言就让文章变得活泼起来，趣味盎然了。它们与那些"一本正经"的学术语言杂糅在一起，为枯燥的学术文章增添了或幽默或诗意的色彩，而且也并不令人感到突兀和不适。周作人曾说："读好的论文，如读散文诗，因为他实在是诗与散文中间的桥。"⑤ 宗白华在《美学散步·小言》中

---

① 钱锺书：《中国诗与中国画》，见《七缀集》，生活·读书·新知三联书店 2002 年版，第 4 页。
② 钱锺书：《林纾的翻译》，见《七缀集》，生活·读书·新知三联书店 2002 年版，第 92-93 页。
③ 钱锺书：《中国诗与中国画》，见《七缀集》，生活·读书·新知三联书店 2002 年版，第 4 页。
④ 钱锺书：《林纾的翻译》，见《七缀集》，生活·读书·新知三联书店 2002 年版，第 94 页。
⑤ 周作人：《美文》，《晨报》1921 年 6 月 8 日。

也说："散步与逻辑并不是绝对不相容的。"① 在《艺苑趣谈录序》中他也指出："真正理想的美学著作恰恰是追求学术性和趣味性的统一。"② 就此而言，钱锺书在《七缀集》中的这种个性化的学术语言，在"破坏"现代学术文体的纯洁性的同时，更赋予现代学术论文一种难得的灵气与趣味。

第三，在言说方式上，通过大量比喻阐发学理，具有典型的中国传统文论"象喻"的论说特点。这是《七缀集》"反"现代学术体式最突出的一个表征。仍以《中国诗与中国画》和《林纾的翻译》为例：

> 这种事后追认先驱（préfiguration rétroactive）的事例，仿佛野孩子认父母，暴发户造家谱，或封建皇朝的大官僚诰赠三代祖宗，在文学史上数见不鲜。③

> 但是，不知道是良心不安，还是积习难改，他一会儿放下，一会儿又摆出"古文"的架子。古文惯手的林纾和翻译生手的林纾仿佛进行拉锯战或跷板游戏；这种忽进又退、此起彼伏的情况清楚地表现在《巴黎茶花女遗事》里。④

第一例中的三个比喻，是为了说明"新风气的代兴"有一个重要的特点，那就是"要表示自己大有来头，非同小可，向古代也找一个传统作为渊源所自"。⑤ 钱锺书用博喻将这个意思说得既生动又透彻。第二例中的比喻，是要说明林纾在语言的清规戒律和自由运用之间的"尝试"和"摇摆"，一方面他作为服膺桐城派的人物，对古文是心存敬畏的，但另一方面，他要翻译西洋小说，就只能"不理会'古文'的约束"，这样一束矛盾体现在他的翻译中，就成了钱锺书说的"仿佛进行拉锯战或跷板游戏"。⑥ 不难看出，钱

---

① 宗白华：《宗白华全集》(3)，安徽教育出版社 1994 年版，第 284 页。
② 宗白华：《宗白华全集》(3)，安徽教育出版社 1994 年版，第 604 页。
③ 钱锺书：《中国诗与中国画》，见《七缀集》，生活·读书·新知三联书店 2002 年版，第 3 页。
④ 钱锺书：《林纾的翻译》，见《七缀集》，生活·读书·新知三联书店 2002 年版，第 97-98 页。
⑤ 钱锺书：《中国诗与中国画》，见《七缀集》，生活·读书·新知三联书店 2002 年版，第 3 页。
⑥ 钱锺书：《林纾的翻译》，见《七缀集》，生活·读书·新知三联书店 2002 年版，第 95-97 页。

著中这类精妙的比喻，在生动幽默的同时，还承担着阐明观点的作用。有研究者指出："现代文学批评受西方文论影响，逻辑的与抽象的说理方式大行其道；但是，一些批评大家，如王国维、鲁迅、茅盾、朱自清、李健吾、钱锺书等，他们的文学理论批评文章仍然保留了'说理而深于取象'的传统语言表达方式。"①这个看法是很准确的。现代学术论文中本该尽量避免的文学性极强的比喻，在《七缀集》中是大量存在的，这就在很大程度上赋予这些学术论文某种传统诗文评的色彩和意味。②

阅读《七缀集》，我们常常感到，作者似乎总能够用一种漫不经心的方式，将新旧中西不同的文体特征奇妙地、自然而然地糅合在一起。钱锺书曾戏言《七缀集》里面的文章是"半吊子""二毛子"，称它们"半中不西""半洋不古"，③抛开其中他惯有的谦虚之意，这或多或少也透露出了他对这些"学术论文"文体特点的认识。

四、《管锥编》辨体

札记是读书笔记，是中国传统学术文体之一种，主要功能是记录读书的摘要和心得，非常契合传统学人熟读精思、厚积薄发的治学精神。在体例上，札记和私人日记很接近，两者的区别在于功能之不同。日记记录的是日常生活和感受，而札记的功能有二：其一是钩玄提要，即"记事者必提其要，纂言者必钩其玄"，④将书中精辟的地方、需商榷的地方、可引申的地方摘录出来，以备反刍之用。其二是记录心得，即"或学而有得，或思而有得，辄札记之"，⑤以备申说之用。不过，也有将札记与日记混杂使用的，如胡适在美国留学期间的日记，亚东图书馆1939年排印时题为《藏晖室札

---

① 李建中、李小兰：《批评文体论纲》，武汉大学出版社2013年版，第281页。
② 钱著"象喻"的言说特点，本书另有专节论述（参看第2章第2节第1小节），此处仅为说明《七缀集》有别于现代学术论文的地方，故只作简略讨论。
③ 钱锺书：《七缀集》，生活·读书·新知三联书店2002年版，"序"第1—2页。
④ （唐）韩愈著；马其昶校注：《韩昌黎文集校注》（1），上海古籍出版社1986年版，第45页。
⑤ （清）王筠：《菉友肊说及其他一种》，商务印书馆1959年版，第1页。

记》，商务印书馆 1947 年重排时又改为《胡适留学日记》，原因在于该书前面两卷属私人日记，后面的十五卷又属读书札记，因此以宽泛的"日记"相称似乎更合适些。胡适称这些札记是"为自己记忆的帮助的"，是"自言自语的思想草稿（thinking aloud）"，① 显见是指后十五卷而言，明言其内容一是读书摘要（"记忆"云云），二是读书心得（"草稿"云云），与前两卷是有区别的。钱锺书也曾将札记和日记混用过，杨绛回忆说，"他开始把中文的读书笔记和日记混在一起"，但到了 1952 年思想改造时，他听说学生可检查老师的日记，就"用小剪子把日记部分剪掉毁了"。② 可见札记、日记，体例虽接近，功能却各异，这对于更好地辨析《管锥编》的文体类属是有帮助的。

对于札记的特点及价值，钱锺书很早就在《〈复堂日记续录〉序》中有较深入的论述。他先是指出："简策之文，莫或先乎日记。左右史记言动，尚已；及学者为之，见彼不舍，安此日富。"强调了学者们对于札记的青睐。接下来他说："然参伍稽决，乃真积力充之所得。控名责实，札记为宜。未有详燕处道俗之私，兼提要钩玄之箸。本子夏'日知'之谊，比古史'起居'之注，如晚近世所谓'日记'者也。"③ 认为学术研究中的比较参会、分析判断，实得力于长期的学养积淀，因此从名实相符的角度说，显然札记更能担当此任，而不宜将其和私人记事日记相混同，这是因为日常生活之详尽与熟读精思之扎实，无法兼得。所以他认为像顾炎武《日知录》那样的读书笔记，应按照春秋时期左右史记录人君言行的体例，简明扼要地逐条书写。需要指出的是，这篇序是钱锺书的少作，④ 彼时他的学术生涯才刚刚开始，就已流露出对札记的浓厚兴趣，这也许是他后来以札记体写作《管锥编》的一

① 胡适：《胡适留学日记·自序》，见《胡适全集》(27)，安徽教育出版社 2003 年版，第 101-102 页。
② 杨绛：《为有志读书求知者存——记〈钱锺书手稿集〉》，《读书》2001 年第 9 期。
③ 钱锺书：《〈复堂日记续录〉序》，见《人生边上的边上》，生活·读书·新知三联书店 2002 年版，第 213 页。
④ 钱锺书 1981 年 12 月 13 日致汪荣祖书信中称此序："成于十九岁暑假中，方考取清华，尚未北游。"钱锺书：《〈复堂日记续录〉序》，见《人生边上的边上》，生活·读书·新知三联书店 2002 年版，第 216 页注释②。

个原因吧。①

《管锥编》的札记体特征主要表现在以下几个方面：在渊源上，它是钱锺书读书笔记的充实与发挥；在功能上，它兼具读书摘要和读书心得两方面的内容；在体例上，它结构松散，话题驳杂，与札记作为读书笔记随读随记的特点也是一致的。

首先，在渊源上，《管锥编》是钱锺书读书笔记的充实与发挥。资料表明，钱锺书很早就养成了记读书笔记的习惯，②钱基博就曾很自豪地说："每叹世有知言，异日得余父子日记，取其中之有系集部者，董理为篇，乃知余父子集部之学，当继嘉定钱氏之史学以后先照映；非夸语也！"③这里提到的"日记"，推测起来应是读书笔记，因其内容"有系集部者"，显见不是私人记事的日记。及入清华，钱锺书"博览中西新旧书籍"，④"阅毕一册，必作札记"。⑤到牛津后，他读书更勤奋，在他的"饱蠹楼读书记"第一、二册上就有"与绛约间日赴大学图书馆读书"，"各携笔札，露钞雪纂"以及"提要勾玄"等语。杨绛说："他只是好读书，肯下功夫，不仅读，还做笔记。"⑥又说："锺书深谙'书非借不能读也'的道理，……无数的书在我家流进流出，存留的只是笔记。"⑦根据整理，钱锺书的读书笔记共有三类："日札""中文

---

① 在《吴宓日记·序》中钱锺书尝言："不才读中西文家日记不少。"据钱之俊统计，钱著中涉及的日记包括《复堂日记》《龚古儿兄弟日记》《郭嵩焘日记》《涧于日记》《螺江日记》《水东日记》《越缦堂日记》《湘绮楼日记》《翁文恭公日记》《观光纪游》《英轺日记》《使德日记》《卡夫卡日记》以及各种文人的日钞、笔记等。钱之俊：《钱锺书的日记》，见钱之俊：《钱锺书生平十二讲》，上海社会科学院出版社 2013 年版，第 137 页。

② 傅敏说："他（钱锺书——引者注）一直写日记，我知道的，从小就有这个印象。"沉冰：《听傅敏谈钱锺书先生》，见沉冰主编：《不一样的记忆——与钱锺书在一起》，当代世界出版社 1999 年版，第 286 页。

③ 钱基博：《读清人集别录》，《学术世界》第 1 卷第 11 期，1936 年 5 月。并见《光华大学半月刊》第 4 卷 6 期，1936 年 3 月。钱基博去世后，曾留下五百余册的《潜庐日记》，由女婿石声淮保管。"文革"期间，这批笔记遭到查抄，被付之一炬。一说是石担心招祸，遂将其全部销毁。傅宏星：《钱基博年谱》，华中师范大学出版社 2007 年版，第 203 页。王继如：《钱锺书的六"不"说》，《文汇报》2009 年 8 月 24 日。

④ 杨绛：《记钱锺书与〈围城〉》，见杨绛：《将饮茶》，生活·读书·新知三联书店 2015 年版，第 128 页。

⑤ 许振德：《水木清华四十年》，《清华校友通讯》1973 年新 44 期。

⑥ 杨绛：《为有志读书求知者存——记〈钱锺书手稿集〉》，《读书》2001 年第 9 期。

⑦ 杨绛：《为有志读书求知者存——记〈钱锺书手稿集〉》，《读书》2001 年第 9 期。

笔记"和"外文笔记"。这些笔记数量惊人，约有七万多页，其中"日札"共二十三册，二千多页，八百零二则。①《管锥编》的写作，就是在这些读书笔记尤其是"日札"的基础上完成的。钱锺书在《管锥编》"序"中说："瞥观疏记，识小积多。学焉未能，老之已至！遂料简其较易理董者，锥指管窥，先成一辑。假吾岁月，尚欲赓扬。"②意思说得很明确，"瞥观疏记，识小积多"，指的就是锱铢积累的读书笔记，"遂料简其较易理董者，锥指管窥，先成一辑"，指的就是从读书笔记中提炼而成的《管锥编》。杨绛也称《管锥编》"在在都是"这批日札"经发挥充实而写成的文章"。③周振甫在审读《管锥编》时更明确指出："本稿是读书札记。"④由此可见，《管锥编》是钱锺书在"日札"的基础上结合其他读书笔记（"中文笔记""外文笔记"）而完成的学术著述，这是我们判断其文体类型属于札记体的一个最重要的依据。

其次，在功能上，《管锥编》鲜明地体现出札记摘录文献和记录心得这样两个功能。《管锥编》中，每一"则"的写作大体都遵循了较固定的模式：首先简要摘录所阅典籍中的有关内容，然后征引前人的某些观点相参，最后畅谈自己的看法。其中，对典籍的摘录比较简略，或直接引关键内容，或对文意进行概括，这显然是读书笔记"钩玄提要"功能的体现。而观其摘录典籍的标准，不外以下几种情况：或者是有发挥申论之兴趣，或者是有与前人相左之见解，或者是有新材料可与之相参证，这显然是读书笔记"思而有得"功能的体现。也正因为将对学术问题的思考立足于资料的爬梳辨析上，

---

① 杨绛：《为有志读书求知者存——记〈钱锺书手稿集〉》，《读书》2001 年第 9 期。这些笔记得以保存，固然是一大幸事，然恐仍有散落遗失者。据无锡博物院陈瑞农回忆，1981 年夏他在无锡"二清办"就发现了一批钱锺书遗失的日记。日记全是手写，毛边纸，大八开本，精装，封面左下款署"钱锺书"。从内容上看，是钱锺书 1935 年留学前的日记，包括他代钱基博为钱穆《国学概论》作序的经过，在清华读书和杨绛相识的过程，内容非常丰富。推测这些日记是文革时被红卫兵从新街巷"钱绳武堂"老宅中抄出来的。钱之俊《钱锺书的日记》，见钱之俊：《钱锺书生平十二讲》，上海社会科学院出版社 2013 年版，第 127 页。

② 钱锺书：《管锥编》，中华书局 1986 年版，"序"第 1 页。

③ 杨绛：《为有志读书求知者存——记〈钱锺书手稿集〉》，《读书》2001 年第 9 期。

④ 周振甫：《〈管锥编〉选题建议及审读报告》，见丁伟志主编：《钱锺书先生百年诞辰纪念文集》，生活·读书·新知三联书店 2010 年版，第 284 页。

熟读精思，厚积薄发，钱锺书在《管锥编》中的见解才会如此具体，如此扎实，如此厚重，以"体大思深"四字来作评价，① 实不为过。认真阅读过《管锥编》的读者或许都能感受到，书中最精彩之处，正是作者在摘录典籍之后发表的那些深入透辟、精妙启人的观点，它们是这部学术著作中最华彩的乐章。可见《管锥编》一书的核心内容，是钱锺书长期以来读书心得的引申和发挥，这与札记随读随记、有感则发的特点也是相一致的。

第三，在结构上，《管锥编》一共讨论了十一部中国古代文化典籍，每部典籍论及若干问题，以"则"作编目，其中，《列子张湛注》最少，计九则；《太平广记》最多，计二百一十五则；其余多少亦不等：《周易正义》二十七则、《毛诗正义》六十则、《左传正义》六十七则、《史记会注考证》五十八则、《老子王弼注》十九则、《焦氏易林》三十一则、《楚辞洪兴祖补注》十八则、《全上古三代秦汉三国六朝文》一百四十则、《全上古秦汉三国六朝文》一百三十七则。共计七百八十一则。对于从上述典籍中所摘引的内容，钱锺书生发的论题往往不是单一的，故一则之中，或论及一个话题，或论及多个话题，为此还有人专门作过细致的统计，指出全书可细分出一千五百多个"小则"，② 这就意味着钱锺书讨论的话题非常之多，从一个侧面也说明《管锥编》是符合札记体著述结构松散、话题驳杂的特点的。

综上，《管锥编》是钱锺书将长期以来锱铢积累的读书笔记经提炼、充实、发挥而完成的一部札记体学术著述。王先霈认为今人亦有读书札记，如吕思勉的《吕思勉读书札记》、陈登原的《国史旧闻》等，皆有裨于后学不浅，而钱锺书在《管锥编》中大量运用西方学术资料，更"使中国的学术笔记进到一个崭新的境界"。③ 明确指出了《管锥编》的文体类属及学术价值。当然，对于这部著述的文体特征，学界也有不同的看法，如黎兰《钱锺书的述学文体——以〈管锥编·老子王弼注〉为个案的研究》一书就认为：《管锥编·老子王弼注》共19则，其结构可分为序言、大纲、正文、结尾几个

---

① 李铁映：《深切缅怀学术文化大师钱锺书》，《江南论坛》2000年第2期。
② 蔡田明：《〈管锥编〉述说》，中国友谊出版公司1991年版，第5页。
③ 王先霈：《〈管锥编〉的体式、成就及其局限平议》，《深圳大学学报》2017年第1期。

部分。其中，序言包括：第 1 则说明研究立场，第 2 则正面立论；大纲包括：第 3 则说明研究的总目标；正文包括：第 4 则到第 10 则、第 12 则到第 15 则、第 17 则到第 18 则，涉及辩证观、语言批判、身体批判三条主线；结尾包括：第 16 则、第 19 则。① 基于此，黎兰称："《管锥编·老子王弼注》有个庞大的结构，而结构内部的细密性、勾连性、呼应性，使得对它的任何研究，都必须在整体把握的前提下进行。"② 她因此认为不能简单地将《管锥编》称为"札记体"，像《管锥编·老子王弼注》其实就是结构完整的"专著"。对此，本书认为，黎兰的研究精细扎实，不乏新见，但如此分析《管锥编·老子王弼注》的结构，似有强为之之嫌，须知《老子》仅五千言，钱则用十九篇文章大谈特谈，因此无论如何都是可以按照阅读者自己的理解，赋予这十九篇文章一个"完整""严密"的论述结构的，尽管这个结构经过反复推演还不能完全严丝合缝，以至于最后黎兰要用"圆活"来加以弥合。在我看来，对文体特征较为复杂的学术著述，如前论"不中不西""不洋不古"的《七缀集》，以及这里讨论的《管锥编》，我们对其文体类属的判断主要是依据其在语言特点、表述方式、体例结构以及写作渊源、价值功能等方面的整体性表现而分析和确认的，是一种综合性考察。考虑到钱锺书本人所处的传统学术现代转型这个大背景，以及他那无法掩饰的学术个性，我们并不简单否定《管锥编》在札记体体式之外还兼具其他文体的特点，带有如黎兰说的"结构完整的专著"这样的文体特征。从这个角度说，尽管不同意黎兰的结论，但笔者仍认为她的研究是非常具有价值的，也极具启发意义，它使我们认识到：当钱锺书《容安馆札记》中的诸多内容，从私人读书笔记转移到《管锥编》这一公共出版物时，其文体特点必然会发生某些变化，从而导致体式纯正的《容安馆札记》与作为札记体著述的《管锥编》在文体上的差异，这正是下文将讨论的问题。

---

① 黎兰：《钱锺书的述学文体——以〈管锥编·老子王弼注〉为个案的研究》，三晋出版社 2015 年版，第 87-89 页。
② 黎兰：《钱锺书的述学文体——以〈管锥编·老子王弼注〉为个案的研究》，三晋出版社 2015 年版，第 250 页。

五、从《容安馆札记》到《管锥编》

前文提到，《管锥编》是钱锺书在读书笔记尤其是《容安馆札记》的基础上完成的，按作者的说法是："料简其较易理董者，锥指管窥，先成一辑。"① 按杨绛的说法是："《管锥编》里，在在都是日札里的心得，经充实发挥而写成的文章。"例如，《管锥编》的"楚辞洪兴祖补注"共十八则95页，出自日札读《楚辞》笔记一则16页；"周易正义"二十七则109页，出自日札读《周易》笔记一则12页；"毛诗正义"六十则194页，出自日札读《毛诗》笔记二则17页。杨绛说："日札里的心得，没有写成文章的还不少呢。"② 这与钱锺书在《管锥编》"序"中说的"假吾岁月，尚欲赓扬"，③ 也是相互印证的。

不过，尽管有这样的渊源，两书在文体特征上还是有很多不同之处，造成这种现象的原因，主要是写作性质发生了变化：《容安馆札记》作为体式纯正的札记，在从私人读书笔记转向公共出版物的过程中，其在内容的取舍、观点的斟酌、结构的安排、表述的方式等方面，均发生了不同程度的变化。

首先，在内容和观点上，相比于《容安馆札记》，《管锥编》的私密性大为减弱。这里需要说明的是，内容和观点，表面上看似乎与文体无关，但由于涉及内容取舍之宽严、观点斟酌之疏密，实际上就会牵涉到表述方式的变化，因此也是影响文体特征的因素。比如，发表在公共学术刊物上的论文，与传统诗话相比，私密性已降至最低，其在表述上就必然讲求严谨性和逻辑性，以让普通读者准确、清晰地把握文章的思路和主旨，这与传统诗话由于是圈内人的谈艺而追求三言两语即能切中肯綮的语言特点是大不一样的。同理，公开出版的《管锥编》，私密性是无法与作为私人读书笔记的《容安馆札记》相比的，后者即胡适在留学日记的"自序"中说的"留着我自己省察的参考"，本不欲示人，

---

① 钱锺书：《管锥编》，中华书局 1986 年版，"序"第 1 页。
② 杨绛：《为有志读书求知者存——记〈钱锺书手稿集〉》，《读书》2001 年第 9 期。
③ 钱锺书：《管锥编》，中华书局 1986 年版，"序"第 1 页。

更没想到会公之于众。这就在很大程度上造成了钱锺书这两部著述的差别。比如，《容安馆札记》在臧否人物时放言无忌，在记录猥事猥语时大胆直白，这在《管锥编》中是很少能看到的。此处略举几例说明。《容安馆札记》提到的近现代学人，如李宣龚、胡先骕、陈衍、陈寅恪、鲁迅、俞平伯、钱仲联、姜亮夫、王季思、邓广铭、冒效鲁等，粗略统计有百余位。因是私人读书笔记，钱锺书在月旦人物时往往无所顾忌，出语刻薄。如第六百四十则评钱仲联，称其《韩昌黎诗系年集释》虽"荟萃群言，细大不捐"，"惜发明不多"，"好附会史事，尤其大病"。这番议论尚属学术批评，而接下来的话就很难听了："仲联字蘤孙，常熟人，出唐蔚芝丈之门。二十五年前余于先君客座曾与一面，渺然侏儒，衣履华鲜。作诗亦小有才藻。"① 这一段文字非常"放肆"，不仅无关学问，而且还隐含恶讽，以至于刘梦芙说自己读至此处，"心中巍峨光彩的钱锺书形象顿时萎缩，比'侏儒'还要'渺然'"。他认为钱氏这几句话看起来漫不经心，实则大有讲究："小"与"侏儒"、"才藻"与"华鲜"相互照应，故用"亦"字关联，可谓"字字藏锋，一句不苟下"。② 《容安馆札记》中此类嘲弄语、刻薄语，还有很多，如第五百九十九则评俞平伯校订《红楼梦》，先是称赞"择善从长，固徵手眼"，紧接着就嘲讽"见异思迁，每添疮痏"，最后有"平伯诗学甚浅"等批语，举出的例子是俞在读《红楼梦》笔记中引石湖诗，仅知"铁门坎"为智永故事，"余告以上下句皆用梵志诗，始恍然"。③ 不屑之情和自炫之意溢于言表。又如第八十四则先引《桯史》卷十二所记译者将"顾兹寡昧""眇予小子"译为"寡者，孤独无亲；昧者，不晓人事；眇为瞎眼；小子为小孩儿"之事、《癸巳存稿》卷十二所记某人将"昆命元龟"译为"明明说向大乌龟"之事，然后说："按此鲁迅直译之祖也。"④ 嘲讽之意隐含笔端。

---

① 钱锺书：《容安馆札记》，商务印书馆 2003 年版，第 1257 页。

② 刘梦芙：《二钱诗学之研究》，黄山书社 2007 年版，第 316—317 页。刘梦芙此文原题《魔镜背后的钱锺书——〈容安馆品藻录〉读后》（《中国诗歌研究动态》2006 年第 2 辑），针对范旭仑《容安馆品藻录·钱仲联》一文而发。范旭仑的系列文章《容安馆品藻录》，摘录钱锺书笔记中品藻人物的内容并加以点评和发挥，自 2004 年 2 月至 2005 年 12 月刊载于《万象》第 6 卷第 2 期、第 4—7 期、第 10 期和第 7 卷第 1—4 期、第 6—12 期等，影响较大。

③ 钱锺书：《容安馆札记》，商务印书馆 2003 年版，第 692 页。

④ 钱锺书：《容安馆札记》，商务印书馆 2003 年版，第 146—147 页。

他如评陈寅恪"迂谬可笑"（第二百十则）、称王季思"舍曲外无所知"（第十六则）等，① 不一而足。札记中的这些言论，本来极具私密性，只是后来影印出版才为人知晓。而相比之下，《管锥编》在这方面就显得"小心翼翼"了，其月旦古人时还有一些放言高论处，但涉及近人就颇警惕，现当代人物更是连姓名都很少提及。

除上述品藻人物之语外，《容安馆札记》中还有不少难以见诸公开出版物的秽事秽语。这类内容可参看韩石山《钱锺书的"淫喻"》、谢泳《无"性"不成书》、刘铮《〈容安馆札记〉中的性话题》等文，② 尤其是刘铮此文，对札记中的这类内容有详细梳理，作者称：札记共八百余则，与性有关的便有几十则之多，虽然凡所议论未越学术阃域，"但话题之广泛，用语之直露，恐怕那些对钱先生知之不深的读者见了要骇怪不已了"。笔者在阅读《容安馆札记》时对此也多有发现，此处仅举一例以窥全豹。札记第二百一则，钱锺书就无锡光复门内的"牛屎弄"改名"游丝弄"发表议论，他说："北京坊巷名此类尤多"，"皆欲盖弥彰，求雅愈俗"，如"狗尾巴胡同"改为"高义伯胡同"、"王寡妇胡同"改为"王广福胡同"、"奶子府"改为"乃兹府"、"王八盖胡同"改为"万宝盖胡同"等等，"尤奇者，'臭屁胡同'西四之改'受璧胡同'，几如'文学家'之改称'文学工作者'矣"。③ 最后这句中的秽词，竟然不用常见的符号"×"来代替，而是坦然书之，这在《管锥编》中是难以想象的。这使人联想到《宋诗选注》中一则类似的例子。《容安馆札记》第二百六十则曾论及明代女诗人陆娟的《送人还新安》，钱锺书有"咬人矢橛"之评语；而同样的内容到了《宋诗选注》中，对陆娟的评价变为一种非常客观的叙述："陆娟《送人还新安》又把愁和恨变成'春色'。"④ 这种变化，应该也是出于对私密性高低差异的一种考虑吧。

---

① 钱锺书：《容安馆札记》，商务印书馆 2003 年版，第 310 页，第 11 页。
② 韩石山：《钱锺书的"淫喻"》，见韩石山：《谁红跟谁急》，中国友谊出版公司 2006 年版，第 112–113 页。谢泳《无"性"不成书》，《万象》第 10 卷第 4 期，2008 年。刘铮：《"人类的一切于我皆不陌生"——〈容安馆札记〉中的性话题》，《万象》第 7 卷第 1 期，2005 年。
③ 钱锺书：《容安馆札记》，商务印书馆 2003 年版，第 279 页。
④ 钱锺书：《宋诗选注》，生活·读书·新知三联书店 2002 年版，第 4–5 页。

其次，在体例结构上，两书也有区别。《管锥编》以"则"为结构单位，每则均有细目，类似于小标题，充作目录。需要指出的是，最初送到出版社的手稿并没有这个细目，周振甫在审读后建议"拟编一细目"，提纲挈领，便于读者查阅。① 与之相比，《容安馆札记》虽然也以"则"作为结构单位，但只有序号而无细目（小标题）。且所阅书目也无一定之规，如第一则读曹庭栋《宋百家诗存》（卷一至卷四）、胡昌基《续檇李诗系》（卷一至卷七），第二则读 The Complete Works of Thomas Shadwell（《托马斯·沙德韦尔全集》）中的 The Libertine（《浪子》，也译《风流才子》《浪荡子》）和 The Virtuoso（《学究》，也译《大师》），第三则读《绿野仙踪》，第四则又读《续檇李诗系》（卷八至卷三十五）等。有些"则"所读书目非常驳杂，如第六百七十六则既有王符的《潜夫论》、桓宽的《盐铁论》、荀悦的《申鉴》等政论，又有《牡丹亭》、金檀辑注《青邱先生诗集》等戏曲、诗歌。与《管锥编》按典籍的年代由远而近的阅读顺序和全书及每则集中明确的阅读内容相比，《容安馆札记》的体例结构显然更松散随意，远不如《管锥编》规范严谨。

第三，在论说逻辑上，相对于《容安馆札记》，《管锥编》思路更缜密，条理更清晰。读书笔记记录的阅读心得，原本是为以后治学的参考之用，达意即可，但当这些内容演绎成公开出版的学术著述中的内容时，那就必须像杨绛说的那样，来一番"发挥充实"了。此处举两例来作说明。一例是《容安馆札记》第七百八十则论"一色不辩"。全文七百余字，以马第伯文"见移知是人"、尹穑诗"石动知是鸥"等描写为例，引出论题，然后征引大量作品来说明诗文这种描写"物物不分"的手法。此外，这则札记还注有"补一九〇则"之语，又涉及第一百九十则中近六百字的相关内容，主要意思是：古人诗中写月色与梅花融为一体的景象，"固唐宋名家所常有"，唐人雍陶、李郢、李洞，宋人尹穑、姚勉、谢逸等人的诗作，均以"物物不分"状写"景色相融"，"胥同手眼"；类似的写法则是马第伯等人的描写，即先写"物物不分"，再写"移过乃知"。将这两则札记合观，不难看出，钱锺书实

---

① 周振甫：《〈管锥编〉选题建议及审读报告》，见丁伟志主编：《钱锺书先生百年诞辰纪念文集》，生活·读书·新知三联书店 2010 年版，第 283 页。

际上讨论了描写"一色不辨"的两种相关联的手法:"物物不分"与"移过乃知"。尽管论述周详,分析细致,但作为读书笔记,这两则札记主要还是摘录资料和记录心得,对问题的讨论并未作逻辑性展开。而从这两则札记中生成出的《管锥编》"诗咏保护色"一则,就变得清晰和深入得多了,钱锺书分四层意思对问题进行阐发:首先,论"物物不分"。他将平曾诗"月下牵来只见鞍"、崔涯诗"黄昏不语不知行"进行比较,认为一誉马毛之白,一讥女肤之黑,"而机杼全同","皆言其人其物与所处境地泯合难分,如所谓'保护色'者"。其次,论"移过乃知"。他以马第伯的描写为例,认为"词章家以'移过乃知'之事合于一色莫辨之状,刻划遂进一解",并新增了杨万里诗"酴醾蝴蝶浑无辨,飞去方知不是花"这个例子。第三,论"不移乃知"。钱锺书指出,"飞去方知不是花",是从蝶"动"才知其"非花"生发诗意,但诚斋另有一诗云"却有一峰忽然长,方知不动是真山",则从山"不动"才知其"非云"这一相反的思路刻画景象,同样也描写了"物物不分"之境,称得上是"反面着眼""与古为新"。第四,论诗文创新。钱锺书由此感慨道:"反其道以行,以鲁男子之不可仿柳下惠之可,亦模仿而较巧黠焉。"对诗人手法之变化大加赞赏,并指出西方学人尝言"模仿不特有正仿,亦且有反仿","诚斋两诗,恰可各示其例"。① 如此,《管锥编》的这则内容,从"物物不分",到"移过乃知",再到"不移乃知",最后上升到诗文创新,层层推进,条理清晰,逻辑严谨,对"一色不辨"的手法作了深入的探讨,堪称一篇结构完整的谈艺专论,其论说之特点,与内容几乎完全相同的《容安馆札记》有很大的不同。

另一例见《容安馆札记》第四百五则。此则有三百余字关于郭璞《江赋》用词虚实的内容,钱锺书除了征引晋谢灵运、唐皮日休、金赵秉文、明姚旅、清袁枚等人的五则文献外,未著一字,但实已启后来《管锥编》对谢诗之妙与袁评之失的一番精彩议论。在《管锥编》中,钱锺书认为:与《江赋》一样,谢灵运诗也以"海月""石华"作对,而姚旅《露书》中的看法,

---

① 钱锺书:《管锥编》,中华书局 1986 年版,第 746–748 页。

"中肯抵瑕，具征左思《三都赋·序》所讥'假称珍怪''匪本匪实'，几如词赋家之痼疾难瘳矣"，指出《江赋》在用词上虚虚实实的特点；接下来他就从谈艺的角度进行了充实与发挥：

> 李善注云："'扬帆''挂席'一事也"；则"采石华"与"拾海月"亦二事之并行一贯者。袁氏意中当有李白采石江中捉月事及严羽"镜花水月不可凑泊"等语，遂不顾上下句之对当，遽以此意嫁之于谢诗。非蚌蠯之"海月"固妙在"不可拾"，然亦妙在不可拾而可拾，于良史《青山夜月》不云"掬水月在手"乎？若"石华"之可"采"与否，均何"妙"之有？袁氏谬赏一句，遂使一联偏枯。
>
> 皮日休《病中有人惠海蟹》："离居定有石帆觉，失伴惟应海月知"；使非蠯蚌，岂得为蟹"伴"哉？然袁氏此解亦足以发。谢诗因"石华"之名，用"采"字以切"华"字，一若采折花卉者；其用"拾"字，亦当以"海月"之名，双关"水鉴月而含辉""取水月之欢娱"，一若圆月浮漾水面，俯拾即是者。赵秉文《闲闲老人滏水集》卷六《海月》："沧波万古照明月，化为团团此尤物，为君挂席拾沧溟，海岳楼头研冰雪"；正说破月、蠯双关。故袁氏之失，在不识两意虚涵，而胶粘一意耳。①

谢灵运"扬帆采石华，挂席拾海月"一联中的"海月"，一般多认为指"蚌"，而袁枚主张释为"海中月"，认为此解"妙在海月之不可拾也"，否则"作此诗者不过一摸蚌翁耳"！对于袁枚的看法，钱锺书从三方面进行了分析：首先，皮日休诗云"失伴惟应海月知"，可见"海月"可作"蠯蚌"解，不然如何与诗题中"惠海蟹"的"蟹"为"伴"？其次，袁枚释"海月"为"海中月"，也颇有新意，"意中当有李白采石江中捉月事及严羽'镜花水月不可凑泊'等语，遂不顾上下句之对当，遽以此意嫁之于谢诗"。也即是说，单从字面义看，既然"石华"和"海月"属对，则前者为海中物，后者也应

---

① 钱锺书：《管锥编》，中华书局 1986 年版，第 1235-1236 页。

是海中物，袁枚对"海中月"的解释显然不是谢诗的本意；但如果以诗家之心揣度，既然谢诗中的"采石华"，以"采"字切"华"字，"一若采折花卉者"，那么与之对应的"拾海月"同样也可以含有两意，既有拾蚌之实意，亦兼"圆月浮漾水面，俯拾即是"之虚意，这就是"'海月'固妙在不可拾，然亦妙在不可拾而可拾"。第三，钱锺书说："故袁氏之失，在不识两意虚涵，而胶粘一意耳"，"谬赏一句，遂使一联偏枯"。认为袁枚只在"海中物"（"蚌"，实意）和"海中月"（"圆月浮漾水面"，虚意）两个意义之间作非此即彼的选择，而未意识到这一表述的多义性（即新批评说的"复义"），如此一来，就只注意到下句之妙，"谬赏一句"（"妙在'海月'之不可拾也"），"遂使一联偏枯"（不察上句中"采石华"亦兼虚实两意）。由此可见，《管锥编》中这段对谢诗之妙与袁评之失的分析，精深细微，入情入理，令人信服，堪称文本细读的典范，在观点的完整、论说的严密、条理的清晰上，都是《容安馆札记》第四百五则的内容无法比拟的。

综上，尽管《管锥编》里的文章，"在在都是日札里的心得，经充实发挥而写成的"，[①] 但二者的文体特征还是有所不同的。正是在这个意义上，我们认为：在文体类属上，《容安馆札记》属于体式纯正的传统学术文体"札记"，而《管锥编》虽然在基本的体例结构上属于"札记体学术著述"，但在很多方面又不同程度地带有现代学术文体的特征。这一"辨体"，以及前面对《谈艺录》《七缀集》的"辨体"，对于确定钱锺书这几部重要学术著述的文体体类，尤其是对于后文阐发钱锺书学术文体的个性化特征、钱锺书学术文体的破体特征等，都具有基础性的意义。

六、断片与体系

"断片"是钱锺书学术著述最突出的文体特征。所谓"断片"，指话语本身虽能构成一个内容与形式自洽的论说单元，但各个论说单元之间并没有形

---

① 杨绛：《为有志读书求知者存——记〈钱锺书手稿集〉》，《读书》2001 年第 9 期。

成严密的逻辑和学理关系，缺乏理论体系的建构。对于钱著的这种文体特征，学界多有论述，以至于有各式各样的命名，这里简要梳理如下：

（1）"片断"。如张隆溪说："简约的文字、片断的思想，并不输于庞大的体系和详尽的论述。"他还引葛洪所言"合锱铢可以齐重于山陵，聚百十可以致数于亿兆，群色会而衮藻丽，众音杂而韶濩和"，认为"这几句话也许可以借用来形容钱先生著作的文体"。①

（2）"现象学话语"。如季进认为，钱锺书的学术著述"创辟了一个深刻而独特的现象学式的话语空间"。②

（3）"毕达哥拉斯文体"。如吴子林将钱锺书、毕达哥拉斯的文体进行比较，认为在后者的《哲学研究》里，"一系列思想断片直接面对问题，在看似只能各说各话的事情里，总能发现可深入问题的端绪"，对此"我们只能慢慢读、慢慢体悟"；同样的，"钱锺书通过'断片'式的述学文体，以动的观点代替静的观点，其'中心'在不断生成之中，极不易把握"，也"须慢慢品读才有可能得其精髓"。③

（4）"圆桌会议"。如沈童认为，钱锺书治学不立体系，其学术著述就像一个"圆桌会议的现场"，具有开放、平等、自由的结构，是众多声音的复调，在争辩中破执去蔽，逐步走向澄明圆融。④

（5）"钱锺书文体"。如吕嘉健用最直接、最简单的方式为钱著的文体命名，指出"人或微词'钱锺书文体'在文评中是札记语录，却不知道钱锺书常常在札记语录中使用一种手法：片断中寓系统"；因此在他看来，"钱锺书文体"具有旁逸丰沛、旁征博申、散漫扯淡、旁敲侧击、小题大做、比喻类比等基本特征。⑤

---

① 张隆溪：《自成一家风骨：谈钱锺书著作的特点兼论系统与片断思想的价值》，《读书》1992年第10期。
② 季进：《钱锺书与现代西学》，上海三联书店2002年版，第1页。
③ 吴子林：《"毕达哥拉斯文体"——维特根斯坦与钱锺书的对话》，《清华大学学报》2017年第3期。
④ 沈童：《从"钱学无体系论"谈作为思想家的钱锺书》，《南方文坛》2021年第3期。
⑤ 吕嘉健：《论"钱锺书文体"》，见冯芝祥编：《钱锺书研究集刊》（2），上海三联书店2000年版，第109–110页。

（6）"巴洛克文风"。如胡志德他认为钱锺书行文，每一层都有"新的语调或重点"，"都赋予第一层所表述的论断以新的理解"，可称之为"巴洛克文风"。他还以一个生动的比喻来描述这种文风："我们可以将其比作一块宝石或棱镜顺其轴心转动，受到不同方向光照后连续的闪亮。"①

（7）"片段性的文本"。如黎兰认为文体问题一直是钱锺书研究中争议的焦点，而无论是褒是贬，"面对的是《管锥编》《谈艺录》这种片段性的文本，却是不争的事实"。②

通过以上梳理，不难看出，尽管各家命名不同，但均指出钱著在文体上具有"断片"这一鲜明、突出的特征。综合上述观点，本书认为：散见于钱著中的"断片"，是钱锺书学术思想一种独特的载体，是一种"有意味的形式"。

首先，"断片"是钱锺书不立体系这一治学理念的具体体现。中国传统学术重格物致知，讲经世致用，对形而上的抽象理论和逻辑思辨并不太热衷，因此也不注重理论体系的构建，此即王国维所言："抑我国人之特质，实际的也，通俗的也；西洋人之特质，思辨的也，科学的也，长于抽象而精于分类。"又云："吾国人之所长，宁在于实践之方面，而于理论之方面，则以具体的知识为满足。"③ 以文论来说，中国传统文论自滥觞之日起，基本上就处于"有术无学"的状态，始终未能形成一套完整的文艺理论体系。张隆溪说："中国和西方有各自的文化传统，在许多方面都很不相同。即以哲学或文艺理论的表述而言，西方多详尽的系统和条分缕析的著述，中国则相比之下缺少系统性和大部头的专著。"④ 正因为此，建构一套本土的文论话语体系，在晚清以来的文论转型中就成为人们急切的学术理想。陈平原曾如此描述当时中国知识界对于"体系"的追捧："五四以后的学术著述，注重'脉络'与'系统'，鄙视传统诗文评和札记、注疏的'不成体系'，甚至有讥为

---

① ［美］胡志德：《钱锺书》，张晨等译，中国广播电视出版社 1990 年版，第 121–122 页。

② 黎兰：《钱锺书的述学文体——以〈管锥编·老子王弼注〉为个案的研究》，三晋出版社 2015 年版，第 205 页。

③ 王国维：《论新学语之输入》，见《王国维全集》（第 1 卷），浙江教育出版社 2009 年版，第 126 页。

④ 张隆溪：《自成一家风骨：谈钱锺书著作的特点兼论系统与片断思想的价值》，《读书》1992 年第 10 期。

'简直没有上过研究的正轨过'的。"① 在这一潮流中，人们从传统中能够找到的自信，就只剩下一部《文心雕龙》了，以至于半个多世纪后人们依然坚信：说到文艺理论、文艺美学的体系，有两位人物的著作值得参考和借鉴，一是黑格尔的美学，一是刘勰的《文心雕龙》，因为"这两部著作都可以称得上具有自己理论体系的著作"。② 黑格尔在逻辑学、自然哲学、精神哲学三个层面创建了庞大的哲学体系，并以辩证法贯穿其始终，恩格斯称赞说："近代德国哲学在黑格尔的体系中达到了顶峰。"③ 至于《文心雕龙》，其体系建构主要体现在两方面：一是内容完备，结构严谨，以"原道""征圣""宗经""正纬""辨骚"等篇为总论，以"明诗"到"书记"二十篇为文体论，以"神思"到"总术"十九篇为创作论，以"时序""物色""才略""知音""程器"等篇为批评论，最后一篇"序志"讲写作缘起及宗旨。二是体系宏大，立论周密，存在"道"－"圣"－"文"这样完整的理论系统。因此，章学诚《文史通义》称其"体大而虑周"，④ 诚非虚言。

《文心雕龙》在体系建构上的成就，西学东渐以来逐渐被强调和推崇，个中缘由在于人们迫切地想从中找到一个参照，拾取一份信心。在潮流的推动下，知识界的认识越来越趋于一致，其中，体系的建构更被视为传统学术转型的关键一环。然而，身处这样的潮流之中，钱锺书的学术选择却极具个性，自始至终表现出一种对于体系的不屑之态。即从对《文心雕龙》的评价而言，他的看法就和通行的观点不太一致。据《白敦仁日记》，钱锺书曾说："刘彦和不知庄子、史迁、陶渊明。他的文学见解并未跳出当时窠臼，也谈不上什么完整体系，事实是原道、宗经之类是装上去的，和全书并无内在联系。小说在当时已很发达，刘勰连公文之类的东西都谈到了，却一字未提到小说，怎能说无体不包呢？"⑤ 显见对人们推崇的《文心雕龙》的这个"体系"

---

① 陈平原：《中国现代学术之建立——以章太炎、胡适之为中心》，北京大学出版社 2010 年版，第 218-219 页。
② 王元化：《文学沉思录》，上海文艺出版社 1983 年版，第 2 页。
③ ［德］恩格斯：《反杜林论》，见《马克思恩格斯选集》（3），人民出版社 1972 年版，第 63 页。
④ （清）章学诚著；叶瑛校注：《文史通义校注》，中华书局 1985 年版，第 559 页。
⑤ 钱锺书 1979 年 12 月 31 日与白敦仁的谈话。见许世荣：《白敦仁年谱》，《杜甫研究学刊》2013 年第 2 期。

并不是很认同。郑朝宗评价钱锺书："他深感古今中外这方面的名家都只是凭主观创立学说，在一个时期里可以惊动一世，过了些日子，则又如秋后的蚊蝇，凉风一扫，不见踪迹！其中有站得住脚的，也只剩下片言只语可供参考，整个体系算是垮了。"① 周振甫说："钱先生治学是非常严谨的，提出的观点一定是要颠扑不破的，他不愿为勉强形成一个体系而去讲一句空话，违反自己治学的基本精神。"② 余英时也认为，钱锺书对理论体系没有兴趣，"他捕捉的是一种很小的真理，但是加起来很可观。所谓大系统，往往没有几年就被人丢掉了，忘记了"。③ 事实正是如此。在钱锺书看来，古典诗话、文论虽然谈不上有什么体系，它们对于纷繁现象的关注，看似"鸡零狗碎""不成气候"，其实比空洞的理论系统更具有探究的价值，因为"自发的孤单见解是自觉的周密理论的根苗"。他说：

> 更不妨回顾一下思想史罢。许多严密周全的思想和哲学系统经不起时间的推排销蚀，在整体上都垮塌了，但是它们的一些个别见解还为后世所采取而未失去时效。好比庞大的建筑物已遭破坏，住不得人、也唬不得人了，而构成它的一些木石砖瓦仍然不失为可资利用的好材料。④

---

① 郑朝宗：《但开风气不为师》，《读书》1983 年第 1 期。
② 钱宁：《曲高自有知音——访周振甫先生》，见周振甫：《周振甫讲〈管锥编〉〈谈艺录〉》，江苏教育出版社 2005 年版，第 12 页。
③ 傅杰：《余英时时隔十年谈钱锺书》，《东方早报》2008 年 5 月 25 日。
④ 钱锺书：《读〈拉奥孔〉》，见《七缀集》，生活·读书·新知三联书店 2002 年版，第 33-34 页。钱锺书这段话可与恩格斯、尼采的看法相参照，而且由于三人所用比喻惊人的一致，我们甚至怀疑钱锺书所言本有所据。恩格斯说："由于'体系'的需要，他在这里常常不得不求救于强制性的结构，……但是这些结构仅仅是他的建筑物的骨架和脚手架；人们只要不是无谓地停留在它们面前，而是深入到大厦里面去，那就会发现无数的珍宝，这些珍宝就是今天也还具有充分的价值。"［德］恩格斯：《路德维希·费尔巴哈和德国古典哲学的终结》，见《马克思恩格斯选集》(4)，人民出版社 1972 年版，第 215 页。尼采则称迷恋体系是"哲学家的谬误"，他说："哲学家相信，他的哲学价值存在于他揭示的整体，存在于思想大厦之中。他的后裔是在他用以建筑思想大厦的砖块中发现了这种大厦，尔后这种砖块又被用来建筑更好的大厦。事实上，那就是说，这种大厦可以被摧毁，他所具有的价值只不过是材料。"［德］尼采：《各种意见及准则》，见《上帝死了——尼采文选》，戚仁译，上海三联书店 1989 年版，第 25 页。

除了这段被广为引用的话外，钱锺书还多次谈到自己对体系的看法。在《汉译第一首英语诗〈人生颂〉及有关二三事》中他说："在历史过程里，事物的发生和发展往往跟我们闹别扭，恶作剧，推翻了我们定下的铁案，涂抹了我们画出的蓝图，给我们的不透风、不漏水的严密理论系统捅上大大小小的窟窿。"① 在致友人信中他坦言："我不提出'体系'，因为我以为'体系'的构成未必由于认识真理的周全，而往往出于追求势力或影响的欲望的强烈。标榜了'体系'，就可以成立宗派，为懒于独立思考的人提供了依门傍户的方便。"② 终其一生，钱锺书没有创建自己的体系，也没有写过体系完备的著作，他的著作最突出的文体特征，不是"体系"，而是"断片"。正因为此，在阅读钱著时，一个有趣的现象就是：读者可以从任何一处开始，而无需顾及全书全篇。对此，张隆溪就深有感触，他提倡用一种"散点式的读法"阅读钱著，认为《管锥编》《谈艺录》既可像一般系统性的学术著作那样从头到尾读，也可像辞典那样挑选某部分来读，这是因为"钱先生无意建立严密周全的体系，他的著作没有空话，没有非从头看起便不知其定义的特别术语，却处处是启发人的思想和见解"。③

钱锺书不立体系，或许有这样几方面的考虑：其一，体系与断片各有不可替代的价值，体系宏大周密，影响深远，断片精巧深刻，启人心智。其二，体系与断片不是完全对立的概念，完整的体系中可以包含精妙的观点，如此才不至于苍白空洞，个别的见解中也可能蕴含理论的萌芽，等待合适的时机由小变大。三是谈艺衡文，本就重具象与细节，从批评史上看，庞大的体系并不比零星的见解更有意义。据张隆溪回忆，他曾与钱锺书谈及为何不立体系的话题，钱锺书称"自己想法太多，如一一展开，时间不够"。④ 所谓"想法太多"，指的就是他对于纷繁的文学现象的研究兴趣，因此也就只能在

---

① 钱锺书：《汉译第一首英语诗〈人生颂〉及有关二三事》，见《七缀集》，生活·读书·新知三联书店 2002 年版，第 156 页。

② 舒展：《表示风向的一片树叶——钱锺书与两岸文化交流》，《文汇报》2009 年 2 月 9 日。

③ 张隆溪：《自成一家风骨：谈钱锺书著作的特点兼论系统与片断思想的价值》，《读书》1992 年第 10 期。

④ 张隆溪：《自成一家风骨：谈钱锺书著作的特点兼论系统与片断思想的价值》，《读书》1992 年第 10 期。

创建体系与"具体的文艺鉴赏和批评"① 中有所为有所不为了。也许正是这些想法影响了他，使他"不耻支离事业",② 花费大量心血对具体的文学现象衡铢剖粒，展开精细深微的研究。如此一来，他的学术著述自然就呈现出"断片"这种特征了。

其次，在钱著中，"断片"不是"碎片"，大量零星的见解在彼此的参照中同样可以结构成一套系统、全面的"体系"。通观钱著不难发现，钱锺书谈艺，大到文艺的本质、特征、规律、功能等理论问题，小到典故、语词、句法、意象、命意、手法、技巧等具体问题，几乎都有详细深入的阐发，如果认真梳理，将它们缀连成章，加以结构性的联系，未始不是一部完整意义上的文艺理论著作。有研究者就认为，《管锥编》论述的重心是从先秦到唐代，《谈艺录》是从宋代到清代，而《宋诗选注》则居中衔接，再加上钱锺书的一些单篇论文，从某种意义上看，它们"实际上共同构成了一部特殊形式的'文学史'"。③ 一些研究者对钱著的梳理也能证明这一点，如周振甫等人在《〈谈艺录〉读本》中，将《谈艺录》拆分为鉴赏论、创作论、作家作品论、文学评论、文体论、修辞论、风格论等七大部分，然后每部分再细分出更具体的内容，层次非常丰富，凸显出钱锺书文艺批评无所不包的特点。蔡田明《〈管锥编〉述说》、舒展《钱锺书论学文选》也做过类似的工作。前者将《管锥编》分为文字、文学、修辞、艺术、史学、心理学、文化、治学考订等十二门，每门再分出更小的细目。④ 后者按内容将钱著分门别类，整理出思辨论、人事论、创作论、鉴赏论、文学批评共六卷五编，各编下又设专题条目，以至于编者自诩"可为读者像使用工具书那样，根据各自的需要，提供翻检之便"。⑤ 更重要的是，钱锺书在撰写这些内容时，原本就很注意它们之间相互参照的关系，因此读者在钱著中不时能看到这样的提醒：

---

① 钱锺书:《中国诗与中国画》，见《七缀集》，生活·读书·新知三联书店 2002 年版，第 7 页。
② 钱锺书:《管锥编》，中华书局 1986 年版，第 854 页。
③ 许龙:《论钱锺书〈中国文学小史序论〉中的文学史观》，《福建师范大学学报》2003 年第 5 期。
④ 蔡田明:《〈管锥编〉述说》，中国友谊出版公司 1991 年版，第 477–539 页。
⑤ 舒展选编:《钱锺书论学文选》，花城出版社 1990 年版，"出版说明"第 1 页。

"均资参印""互相发明""均可参印""可相发明""可相参印""可相参证""皆相发明""均相发明""足相发明""颇可参印""颇资参印""相映成趣""相视莫逆""均相印证""均相映发""互相印可""复相映发""遥相应和""可以参观"等等。① 何开四认为，钱锺书是通过文献学和目录学的方法，把自己的学术观点有机组织在了一起，而"这些相互参照的内容，你把它串起来，就是相对完整的观点，这个观点就可以是一个小的学问体系"。② 张隆溪也说："钱先生的著述也并不全然是散杂无章，《管锥编》《谈艺录》等书中常有'参观'某处之语，就把各条相关之处联系起来。"③ 胡范铸《钱锺书学术思想研究》也指出，钱著"或一气呵成，或锱铢累积，彼此却并非散漫毫无规律性联系可求"。④ 这几位较早从事钱学研究的学者的看法，充分说明在钱著中，那些散乱不成体系的学术"断片"，如果组织起来，内容之丰富，论述之全面，实不输其他标榜"学术体系"的著作。⑤

就此意义而言，我们不妨说，钱著自有隐含的学术思路和思想体系。王水照曾提出钱著的"潜体系"一说，认为评估学术著作价值的大小，与"体系"之有无并没有直接关系，"作者虽然没有提供明确的理论框架，但在其具体学术成果之中，确实存在着一个潜在的、隐含的体系"，"钱先生就是如

---

① 钱锺书：《管锥编》，中华书局 1986 年版，第 19 页、第 27 页、第 29 页、第 106 页、第 264 页、第 322 页、第 328 页、第 393 页、第 543 页、第 907 页、第 958 页、第 1054 页、第 1057 页、第 1120 页、第 1157 页、第 1169 页、第 1267 页、第 1275 页、第 1386 页。

② 庞惊涛：《悟道全在体用间——钱锺书与何开四》，见庞惊涛：《钱锺书与天府学人》，四川人民出版社 2018 年版，第 128-129 页。

③ 张隆溪：《自成一家风骨：谈钱锺书著作的特点兼论系统与片断思想的价值》，《读书》1992 年第 10 期。

④ 胡范铸：《钱锺书学术思想研究》，华东师范大学出版社 1993 年版，第 8 页。

⑤ 当然，此说仅为说明论题，并不表示本书赞同这种将钱著分门别类进行整理的做法。其实钱锺书本人对此就很不认可，他对周振甫编《〈谈艺录〉读本》很生气，一度到了要与对方绝交的地步。参见刘梦芙：《二钱诗学之研究》，黄山书社 2007 年版，第 317-318 页。张隆溪也认为："好事者也许可以由散而聚，把各条内容组合成系统的论述，总括出体系和结构来。但以我的愚见，这样的做法仍然固于系统必优于片断的偏见，从根本上与钱先生思想和著作的性质相违，而且必然丧失钱先生著作具体论述中无数启人心智的机锋。"张隆溪：《自成一家风骨：谈钱锺书著作的特点兼论系统与片断思想的价值》，《读书》1992 年第 10 期。胡范铸也持同样的看法，他认为钱著中各种内容的"规律性联系"往往在"有""无"之间，"若强求强按之，则难免生硬偏至"。胡范铸：《钱锺书学术思想研究》，华东师范大学出版社 1993 年版，第 8 页。

此"。① 在另一篇文章中他也认为钱著中"存在着统一的理论、概念、规律和法则，存在着一个相互'打通'、印证生发、充满活泼生机的体系"。② 其实，这种学术现象并非钱著所独有，很多大学者的著作都有这样的"潜体系"。如韦勒克在评价法国文学批评时就指出，瓦勒利的五卷本《文集》虽然是"以断简零篇的形式写成的"，但如果将它们有机地组合起来，"就会产生一种引人注目的、新颖的、自成体系的诗歌理论"。③ 罗兰·巴特也喜欢"断想的思考方式和片断的写作方式"，他甚至计划开设讨论班来研究简短而散落的文体形式，但终因去世而未果。④ 在《文门》这篇文章中他说："我不拟阐述此文；我只是列出若干断片，自某种意义说去，它们是文的门。"⑤ 在《S/Z》中他这样描述"断片"的意义："在这理想之文内，网络系统触目皆是，且交互作用，每一系统，均无等级。"⑥ 可见在巴特眼中，"断片"不仅是通向意义阐释的"门"，同时也是"理想之文"，是"无等级"且"交互作用"的"系统"。同样对这种写作方式充满兴趣的还有维特根斯坦，人们评价说，他那些"哲学史上最动人心魄的著作纵然由'断片'组成，其'结构'依然完整无缺"。⑦ 这些事例使我们认识到，"断片"与"体系"并非截然对立的概念，再宏大严密的体系，也是由零星的断片构成的，同时，断片本身也自有其不可忽视的价值，或作为蕴含丰富的萌芽，生长成宏大的思想体系，或作为启人心智的见解，勾连成内容全面的理论。在《容安馆札记》首页的页眉，钱锺书曾引赫尔德的观点："...so war es meistens ein neues Bild, Eine Analogie, ein auffallendes Gleichnis, das die grössten und kühnsten Theorien geboren." 此语意为："义理之博大创辟者每生于新喻妙譬。"⑧ 这个意思，与钱锺书致胡乔木

---

① 王水照：《〈钱锺书手稿集·容安馆札记〉与南宋诗歌发展观》，《文学评论》2012 年第 1 期。

② 王水照：《记忆的碎片——缅怀钱锺书先生》，见王水照：《王水照文集》（第 10 卷），上海古籍出版社 2003 年版，第 30 页。

③ ［美］韦勒克：《二十世纪西方文学批评》，刘让言译，花城出版社 1989 年版，第 41 页。

④ ［法］罗兰·巴特：《S/Z》，屠友祥译，上海人民出版社 2000 年版，第 58–59 页译注③。

⑤ ［法］罗兰·巴特：《S/Z》，屠友祥译，上海人民出版社 2000 年版，第 59 页译注③。

⑥ ［法］罗兰·巴特：《S/Z》，屠友祥译，上海人民出版社 2000 年版，第 62 页。

⑦ 刘云卿：《颠覆哲学学科的哲学家：论〈维特根斯坦谈话录 1949–1951〉》，《光明日报》2012 年 3 月 25 日。

⑧ 钱锺书：《管锥编》，中华书局 1986 年版，第 11 页。

的信中所说的"哲学思想往往先露头角于文艺作品"，① 实无二致。就此而言，"断片"作为钱锺书学术文体极其鲜明、突出的特征，具有重要的研究价值，是不应该被轻视和忽视的。

第三节　破体为文

一、"变体""破体"

　　"断片"之外，"破体"也是钱著极为突出的文体特征。在中国古代文体学研究中，与"尊体""辨体"一样，"变体""破体"也是一组重要的概念。文体是实践的产物，它的体类及相应的规范不是静止不动的，在"常"与"变"的矛盾关系中，文体的规范也在不断发展变化，这就是袁中道说的"天下无百年不变之文章，有作始自有末流，有末流还有作始。"② 文体这种或快或慢、或强或弱的变异，就是"破体"。"破体"原是书法的用语，指突破正体，于正体中渗透新的书写风格。唐张怀瓘《书断》曰："王献之变右军行书，号曰破体书。"③ 唐戴叔伦《怀素上人草书歌》云："始从破体变风姿。"④ 所说的"破体"均指书法艺术的特点。推而广之，文体的"破体"也是此意，指的是突破文体的规范性束缚，通过各种方式为旧文体增添新面貌。这些被赋予新风格的文体，就是"变体"。王士禛《池北偶谈》中《尔雅翼》序体"一则称："宋淳熙初，罗端良撰《尔雅翼》，其自序皆四言，间杂五六言"，"文甚奇肆"，"序之变体也"。⑤ 罗氏自序因采用独特的言说方

---

　　① 钱锺书：《钱锺书散文》，浙江文艺出版社 1997 年版，第 423 页。
　　② （明）袁中道：《花雪赋引》，见阿英编；晗实、玉铮标点：《晚明二十家小品》，河北人民出版社 1989 年版，第 205 页。
　　③ 王伯敏、任道斌、胡小伟主编：《书学集成·元明》，河北美术出版社 2002 年版，第 327 页。
　　④ 王启兴主编：《校编全唐诗》（上），湖北人民出版社 2001 年版，第 1230 页。
　　⑤ （清）王士禛著；文益人校点：《池北偶谈》，齐鲁书社 2007 年版，第 229 页。

式"破体而为",而具有了"奇肆"之风,并形成他人追摹的《尔雅翼》序体",此即"序"之"变体"。可见,"破体""变体"的实质就是文体的变革。

"尊体""辨体"和"变体""破体",这两组概念有辩证的关系。对此,古人早有明确的认识,如刘勰认为,每一种文体都是"名理相因"的,故"文之体有常",文体的规范是存在的,如果不遵守这种规范,那就是"讹体""乖体""谬体";但他又认识到,文体也不是一成不变的,常常会发生各种变异,这就是"变文之数无方"。在他看来,二者并不矛盾,各有其考辨的路径:文体之"常","必资于故实",即应着眼于过去,在旧作品中通过"辨体"以确认文体的规范;文体之"变","必酌于新声",即要着眼于现在,在新作品中考察"破体"以揭示文体的变革。①明人顾尔行在《刻文体明辨序》中从"体"和"用"两方面来考察文体的"常"与"变",提出"体欲其辨""用欲其神"的观点。②这里的"体"和"用",即文体的规范和变异,"体欲其辨",是指要确认文体的规范,"用欲其神",是指不拘泥于规范而有所新变。凡文体皆有其体类及与之相对应的文体规范,这是文体的"体"和"常",而在实际言说活动中每个人又有自己个性化的书写,这就是文体的"用"和"变"。对此,今人表述得更加明晰,如任竞泽说,辨体与破体"是一对既互相对立又互相依存的概念范畴,二者也是正体和变体即正变关系"。③吴承学也指出,辨体和破体在宋以后成为两种对立的倾向,一个坚持文各有体的传统,强调各种文体规范,一个则力求突破文体的界限,使不同的文体渗透融合。④也就是说,每种文体都有其特定的规范,但这种规范又是动态的、发展的,历史上,富于创造力的作者出于个性化书写的需要,常能挣脱文体的束缚,突破文体的规范,赋予旧文体以新形式、新面貌。没有"立"就没有"破",没有"正"就没有"变",这就是二者相互对立又相互依存的关系。需要指出的是,"破体"早在宋以前就一直存在,所

---

① (梁)刘勰著;韩泉欣校注:《文心雕龙》,浙江古籍出版社 2001 年版,第 164 页。
② (明)徐师曾著;罗根泽校点:《文体明辨序说》,人民文学出版社 1962 年版,第 75 页。
③ 任竞泽:《辨体与变体:朱熹的文体学思想论析》,《厦门大学学报》2016 年第 6 期。
④ 吴承学:《辨体与破体》,《文学评论》1991 年第 1 期。

谓 "四言蔽而有《楚辞》,《楚辞》蔽而有五言,五言蔽而有七言,古诗蔽而
有律绝,律绝蔽而有词",① 此消彼长,前赴后继,文体的 "破" 与 "变" 几
乎是伴随着文体发展之始终的。

　　钱锺书说:"名家名篇,往往破体,而文体亦因以恢弘焉。"② 对于文体学
研究来说,"破体" 的价值在于:它是文体创造意识和创造能力最鲜明的体
现。希尔斯在《论传统》中曾指出:"传统之中包含着某种东西,它会唤起
人们改进传统的愿望。"③ 韦勒克更明确地将这个意思指向文体的变革,他说:
"优秀的作家在一定程度上遵守已有的类型,而在一定程度上又扩张它。"④
当某种文体通行已久,逐渐形成一套具有规训意义的言说范式时,就会有人
出来挑战这种规范,打破这种成例,通过借鉴其他文体的特点,尝试创造一
种新的文体风格。这就是王国维说的:"盖文体通行既久,染指遂多,自成
习套。豪杰之士亦难于其中自出新意,故遁而作他体,以自解脱。一切文体
所以始盛终衰者,皆由于此。"⑤ 不难看出,历史上推动文体变革的人,不仅
具有在 "影响的焦虑" 驱使下改造传统的冲动,而且具有在文体规范中改造
这种传统的能力,只有具备这两个条件,他们才能跳出文体的窠臼而自创新
境,钱锺书说的 "名家名篇",韦勒克说的 "优秀作家",王国维说的 "豪杰
之士",正是此意。以刘勰的《文心雕龙》为例,有研究者就说,刘勰虽然
清楚地了解 "文" 与 "笔"、"诗" 与 "论" 的不同,但他依然选择用骈文
这一纯粹的文学样式来讨论文学理论,这就是 "破体",从而开创了中国古
典文论一个悠久的传统:诗性言说。⑥ 在文论著作中采用骈体进行言说,使
抽象的理论笼罩诗性的光芒,这就是刘勰破除文体壁障的创造性书写,陆机
《文赋》之 "赋体"、司空图《二十四诗品》之 "诗体",也可作如是观。

　　在《文之悦》中,罗兰·巴特用他惯有的天马行空式的语言写道:"文

---

① 王国维:《人间词话》,见《王国维全集》(1),浙江教育出版社 2009 年版,第 476-477 页。
② 钱锺书:《管锥编》,中华书局 1986 年版,第 890 页。
③ [美] 爱德华·希尔斯:《论传统》,傅铿、吕乐译,上海人民出版社 2009 年版,第 229 页。
④ [美] 韦勒克、沃伦:《文学理论》,刘象愚等译,江苏教育出版社 2005 年版,第 279 页。
⑤ 王国维:《人间词话》,见《王国维全集》(第 1 卷),浙江教育出版社 2009 年版,第 477 页。
⑥ 李建中、李小兰:《批评文体论纲》,武汉大学出版社 2013 年版,第 8 页。

之悦与文之法则两者间可有何种关系呢？关系稀薄若无。文论假定了醉，然而它几乎没有什么法则上的作为：它所确立的，它的确切的实现，它的假设，是一种实践（作家的实践），而不是一种科学，一种方法，一种探究，一种教学法。"① 巴特在这里含蓄地表达了他对文体规范的漠视：他称"文之法则"与自己追求的"文之悦"几乎没有什么关系，并用一个"醉"字生动地描述"文之悦"呈现出来的诱人境界，认为这种恣意的书写源自一种创造性的"实践"，而非一套人所共知的规则。可以说，巴特这段充满玄思的妙语，对于我们更好地理解"破体""变体"的特点及意义是极具启发的。

二、学术畛域之"破"

所谓学术畛域之"破"，指钱锺书在学术研究中，能够超越旧学新知之壁障，促进传统现代之融会，将不同时代和民族的人文学科"打通""比较"和"参会"。要讨论钱锺书的学术文体之"破"，就不可不先讨论他的学术畛域之"破"。因为钱锺书经历的时代，正是中国学术现代转型的时期，中西古今文体的渗透和融合是这一转型中文体之"破"的要义。换言之，考察钱锺书的学术畛域之"破"，是理解其学术文体之"破"的关键。

在青年钱锺书刚踏上学术道路时，传统中国面临的处境，诚如李鸿章所言："此三千余年一大变局也。"② 来自异域的古怪的器物和奇妙的思想，引发了人们的躁动、惶惑与热望，越来越多的人将目光投向西方，掀起译介和学习西学的热潮。对于这场大变局而言，学术范式的变革自然是题中应有之义。不过，对于长期浸淫于悠久传统中的读书人来说，急剧的学术转型总是让人痛苦的，就像李欧梵描述的那样，"中西各种思潮在脑海中交战，以至产生所谓的认同危机（Identity Crisis）：到底我是谁？到底我的兴趣是什么？为什么在思想上如此西化？是否应该'回头是岸'"？③ 晚清以降的中

---

① ［法］罗兰·巴特：《文之悦》，屠友祥译，上海人民出版社 2009 年版，第 75 页。

② （清）李鸿章：《同治十一年五月复议制造轮船未可裁撤折》，见《李文忠公奏稿》卷十九。

③ ［美］韦勒克、沃伦：《文学理论》，刘象愚等译，江苏教育出版社 2005 年版，"总序"第 3 页。

国知识界，保守派的盲目排外、激进派的全盘西化、折衷派的中体西用，你方唱罢我登场，尽管各持己论，其实均未摆脱"夷夏有别"的执念，即便是主张中西文明相结合的"结婚论"，从根本上说也仍心存这种二元对立的立场。梁启超在《论中国学术思想变迁之大势》中说："盖大地今日只有两文明；一泰西文明，欧美是也；二泰东文明，中华是也。二十世纪，则两文明结婚之时代也。"他还以充满诗意与激情的语言描述了"结婚"的场景："吾欲我同胞张灯置酒，迓轮俟门，三揖三让，以行亲迎之大典，彼西方美人，必能为我家育宁馨儿以亢我宗也。"①此说影响甚远，以至于很多年后，闻一多还借此表达自己的诗歌理想："中西艺术结婚后产生的宁馨儿。"②"结婚论"表面看似乎超越新旧中西之争，实际上仍是一种特殊意义的文化本位主义，因为既曰"结婚"，就需分出男女主次，或相敬如宾，或同床异梦，与"体""用"之别、"夷""夏"之分，并无二致。可以说，将外来之西学和旧邦之传统视为完全异质的文化，是近现代知识界普遍的立场。相比之下，在这个问题上，钱锺书的看法就通透得多了，主要表现在：

首先，对新旧中西文化交流中偏执偏狭观点的批评。在《林纾的翻译》中，钱锺书曾忆及他与陈衍的谈话，石遗老人很不理解钱锺书为何要赴英国留洋，说："文学又何必向外国去学呢！咱们中国文学不就很好么？"钱锺书不敢与之争论，只好找借口敷衍。③事实上，作为深受中国传统文化熏染的旧式学者，陈衍这种对西方文化不以为然的态度在当时是很有代表性的，钱锺书就举了两个例子，一是樊增祥的诗句："经史外添无限学，欧罗所读是何诗？"一是王闿运《湘绮楼日记》所记："外国小说一箱看完，无所取处，

---

① 梁启超：《论中国学术思想变迁之大势》，见《梁启超全集》(3)，中国人民大学出版社 2018 年版，第 18 页。从心理上说，"中西文明结婚论"源自于人们对于传统的一种复杂的感情，如列文森就曾评价说，梁启超因为认识到西学的价值，因此"在理智上疏远本国的文化传统"，但"由于受历史制约，在感情上仍然与本国传统相联系"。［美］列文森：《梁启超与中国近代思想》，刘伟译，四川人民出版社 1984 年版，第 4 页。

② 闻一多：《女神之地方色彩》，见朱自清等编：《闻一多全集》(4)，上海书店出版社 2020 年版，第 226 页。

③ 钱锺书：《林纾的翻译》，见《七缀集》，生活·读书·新知三联书店 2002 年版，第 101-102 页。

尚不及黄淳耀看《残唐》也!"钱锺书批评说:"他们不得不承认中国在科学上不如西洋,就把文学作为民族优越感的根据。"①针对中西文化交流中某些简单粗疏的做法,钱锺书多有讽刺。他的小说《灵感》曾借一位人物之口批评某些"讲中国文明而向外国销行的名著",称这些学者在比较中西文明后总结出的东西,无非是咱们敬礼时屈膝而他们举手,咱们爱面子而他们不要脸,咱们死了人穿白而他们带黑之类,简言之就是"咱们的国家、人民、风俗、心理不是据说都和西洋相反么"?②熟悉钱氏文风的读者很容易在字里行间读出嘲讽的意味。小说《猫》塑造了一个"哄了本国的外行人,也哄了外国人"的人物袁友春,钱锺书说:"承他情瞧得起祖国文化",但他对中国传统文化的介绍,"总有一种吃代用品的感觉",就像涂面包用植物油、冲汤用味精,更像国外中国饭馆里的"杂碎",只有没吃过真正中国菜的人才会误认为是"中华风味"。③小说中的这些描写,实际正是作者本人对当时知识界某些看法和做法的批评。

其次,对新旧中西文化交流中二元对立观念的批评。对于新旧之争,王国维在《国学丛刊序》中就曾说:"余正告天下曰:学无新旧也,无中西也,无有用无用也。凡立此名者,均不学之徒,即学焉而未尝知学者也。"④言辞的激烈正说明现象的普遍。对此,钱锺书也持同样的看法,他认为新旧之争实际上是非此即彼的观念作祟,"只许两家鸡犬相闻,而不许骑驿往来"。⑤他说:"这种近似东西文化特征的问题,给学者们弄得烂污了。我们常听说,某东西代表道地的东方化,某东西代表真正的西方化,其实那个东西,往往名符其实,亦东亦西。"⑥钱著中颇多此类通透的认识,在讨论文化问题时,钱锺书说:"所谓国粹或洋货,往往并非中国或西洋文化的特别标识。"在讨论文论问题时,他说:"中国所固有的东西,不必就是中国所特有或独有的

---

① 钱锺书:《林纾的翻译》,见《七缀集》,生活·读书·新知三联书店 2002 年版,第 113 页。
② 钱锺书:《灵感》,见《人·兽·鬼》,生活·读书·新知三联书店 2002 年版,第 79 页。
③ 钱锺书:《猫》,见《人·兽·鬼》,生活·读书·新知三联书店 2002 年版,第 31 页。
④ 王国维:《国学丛刊序》,见《王国维全集》(14),浙江教育出版社 2009 年版,第 129 页。
⑤ 钱锺书:《管锥编》,中华书局 1986 年版,第 10 页。
⑥ 钱锺书:《中国固有的文学批评的一个特点》,见《人生边上的边上》,生活·读书·新知三联书店 2002 年版,第 116 页。

东西。"① 在讨论文学问题时，他也说："中国诗跟西洋诗在内容上无甚差异"，"中国诗并没有特特别别'中国'的地方"，"中国诗只是诗，它该是诗，比它是'中国的'更重要"。② 这些"大胆"的表述，充分表明钱锺书包容的学术立场和开放的学术胸襟，在他眼中，中西新旧之间的对立是不存在的。张隆溪对此曾评价说："钱先生的眼光和胸怀，他令人惊叹的学识，还有他自由驰骋的思想，都无不体现超越一切局限、冲破一切封闭圈的精神。"③ 李洪岩也认为钱锺书的治学理念可用十六字概括："不中不西、亦中亦西、不古不今、亦古亦今。"④ 在如何看待新旧中西文化上，钱锺书始终持这样的态度，终其一生追求的学术理想，就是破除旧学新知之畛域，促进传统现代之融会，在某种意义上，我们甚至可以说他是现代中国学术史上最彻底破除了文化壁障的人物，借用罗兰·巴特的话来评价，那就是："他于其自身之内祛除一切障蔽，一切畦畛，一切隔阂。"⑤

第三，对新旧中西文化交流中功利主义取向的批评。这集中体现在钱锺书对时人热衷以西学比附传统的批评上，他指出，人们之所以拒斥"西法""西人政教"，"意在攘夷也"；而倘若视其为"本出于我"，所谓"原是吾家旧物"，就可以进退自若了：如果是引进西学而恐邦人之多怪不纳，则曰"礼失求野"。如果是卫护国故而恐邦人之见异或迁，则曰"反求诸己"。钱锺书说："彼迎此拒，心异而貌同耳。"⑥ 这段话生动地揭示了中外文化交流中的两种欺瞒、权宜之计：一是欲传播西学又恐国人心生不满，遂以西学比附传统，上演"礼失求野"这种瞒天过海的喜剧。一是欲固守传统又怕国人见异思迁，遂同样以西学比附传统，上演"反求诸己"这种自欺欺人的闹剧。在钱锺书看来，"礼失求野"也罢，"反求诸己"也罢，不是自欺欺人，就是妄自尊大，表面上虽有不同，实质上并无分别，都是文化观念封闭、保守、

---

① 钱锺书：《中国固有的文学批评的一个特点》，见《人生边上的边上》，生活·读书·新知三联书店 2002 年版，第 117 页。

② 钱锺书：《谈中国诗》，见《七缀集》，生活·读书·新知三联书店 2002 年版，第 166-167 页。

③ 张隆溪：《走出文化的封闭圈》，生活·读书·新知三联书店 2004 年版，"导言"第 10 页。

④ 李洪岩：《智者的心路历程——钱锺书生平与学术》，河北教育出版社 1997 年版，第 190 页。

⑤ ［法］罗兰·巴特：《文之悦》，屠友祥译，上海人民出版社 2009 年版，第 4 页。

⑥ 钱锺书：《管锥编》，中华书局 1986 年版，第 970 页。

僵化的一种表现。

第四，对新旧中西文化交流中迂腐颟顸思想的批评。在晚清知识界，昧于时事而以天朝上国自居者甚多，冥顽不化的观点也很流行，如称："究之泰西之学，实出于中国，百家之言藉其存，斑斑可考。"①对这种论调，钱锺书在1986年的一篇文章中仍不忘作一番调侃，他说："海通以还，吾国学人涉猎西方论史传著作，有新相知之乐，固也，而复往往笑与抃会，如获故物、如遇故人焉。"②这方面的内容，在《管锥编》中有更深入细致的论述。钱锺书论桓谭《桓子新论》，认为其中"王翁之残死人，观人五藏"云云，当指《汉书·王莽传》所记王莽刳剥人尸，"量度五藏"之事，而有趣的是，清末西学东渐，解剖学传入中国，于是一些抱残守缺之人，欲"不使外国之学胜中国，不使后人之学胜古人"，居然对王莽此举称道不已！如王闿运《湘绮楼日记》就引《汉书·王莽传》而评曰："此英吉利剖视人之法。"张荫桓《三洲日记》亦云："近日中国多信西医，记新莽时云云，此则西医之权舆。"对于这种陋见，钱锺书感叹道："'残酷'下策一变而为格致先鞭焉。"也就是说，史传中被视为"残酷"的刳尸之举，在与洋人一争胜负的心理驱动下，在国人眼中居然变为现代解剖学的鼻祖和起源了，实可发一叹！此类情事在当时很是常见，《容安馆札记》也举出过不少事例，如曾纪泽《使西日记》引他人"西人政教多与《周礼》相合，……周之典章法度随简册而俱西"之说，称："其说甚新而可喜。"俞樾《墨子闲诂·序》称"近世西学中，光学、重学，或言皆出于《墨子》"。张荫桓《三洲日记》记在欧美见后膛礮，曰："泰西奇制悉缘中土而出"；见赛会，曰："风气逮海外"；观乐器，曰："疑仿吾华之瑟为之"；观豢象踏琴跳舞，曰："唐官舞象之戏，不知何时流于海外"；等等，不一而足。这些文献，真实地呈现出时人对新事物始则惊异、继则轻视、终则释然的态度，在引人发笑之余亦引人深思。

---

① （清）苏舆辑：《翼教丛编》卷五《湘学公约》，光绪己亥夏四月汇源堂重刊本。
② 钱锺书：《汪荣祖〈史传通说〉序》，见《钱锺书散文》，浙江文艺出版社1997年版，第464页。

钱锺书一生，尊崇传统而又批评传统，广采西学而又反思西学，我们其实不必在意他的这种矛盾性，因为在学术研究中，他秉承的是"泯町畦而通骑驿"的治学精神，追求的是"与古今中外为无町畦"的治学境界，在他眼中，新学旧知的界限是模糊的，彼此之间的藩篱更不存在。一部《谈艺录》，序言即开宗明义，点出谈艺的原则："凡所考论，颇采'二西'之书，以供三隅之反。"所以如此，是因为在作者看来："东海西海，心理攸同；南学北学，道术未裂。"① 这与《管锥编》说的"有不同之文字，而无不同之性情，亦无不同之义理"，② 旨归一致。许国璋在回忆西南联大的老师钱锺书时曾动情地说："钱师，中国之大儒，今世之通人也。"③ 张隆溪也指出，钱锺书治学，具有一种"超越文化封闭圈的精神"，"不赶时髦，不随声附和，更不把东西方文化作简单的对立"。④ 德国学者莫芝宜佳对钱锺书的评价更生动，她说："从严格意义上讲，钱锺书不是'比较文学家'，而是中西文化之间的'架桥者'。用让·保罗的话说，他是'一个乔装的牧师，用各种不同的婚礼套话为每一对有情人主婚'。"⑤ 在上述种种看法中，"通人""超越封闭圈""不作简单对立""架桥者""牧师"等语，都准确点出钱锺书融会中西古今的治学理念与治学精神。钱锺书尝言："人文科学的各个对象彼此系连，交互渗透，不但跨越国界，衔接时代，而且贯串着不同的学

---

① 钱锺书：《谈艺录》，生活·读书·新知三联书店 2001 年版，"序"第 1 页。

② 钱锺书：《管锥编》，中华书局 1986 年版，第 1367 页。

③ 许渊冲：《追忆似水年华》，生活·读书·新知三联书店 2008 年版，第 50 页。王充《论衡》："能说一经者为儒生，博览古今者为通人。"（汉）王充著；高苏垣选注；岳海燕校订：《论衡》，商务印书馆 2020 年版，第 127 页。钱穆认为，"现代学术分门别类，务为专家，与中国传统通人通儒之学大相违异"，"此其影响将来学术之发展实大，不可不加以讨论"。钱穆：《现代中国学术论衡》，生活·读书·新知三联书店 2001 年版，第 1 页。刘梦溪也说："传统学术重通人之学，现代学术重专家之学。"刘梦溪主编：《中国现代学术经典》，河北教育出版社 1996 年版，"总序"第 44 页。可见"通人之学"的核心，在于"打通"各门学科以及新旧中西文化之间的壁障，也即钱锺书说的"以中国文学与外国文学打通，以中国诗文词曲与小说打通"。郑朝宗：《〈管锥编〉作者的自白》，见郑朝宗：《海滨感旧集》，厦门大学出版社 2014 年版，第 80 页。

④ 张隆溪：《走出文化的封闭圈》，生活·读书·新知三联书店 2004 年版，"导言"第 2 页。

⑤ ［德］莫芝宜佳：《〈管锥编〉与杜甫新解》，马树德译，河北教育出版社 1998 年版，第 37 页。让·保罗之语可参见钱锺书：《管锥编》，中华书局 1986 年版，第 317 页。

科。"① 这是他在新旧中西文化之间自由游走的根本原因,以这样的方式,他显示了一位中国学者在面对外来文化时的开放胸襟,同时也恰到好处地表达了自己对本土传统的热爱与信心。从这个意义上说,钱锺书学术著述在新旧中西之间的"破体",就是以这样的学术畛域之"破"为前提而展开的。

三、新旧中西之"破"

对于新旧中西不同的文体,钱锺书从不轻言优劣,更不"设范以自规","划界以自封",② 而是奉行他一贯的通变立场,打破各种文体的界限,创造性地处理不同范式之间的关系。亦因为此,他的学术文体就突破了传统与现代的壁障,兼具不同文体的特点,呈现出鲜明的"破体"特征。总体来看,钱锺书学术文体的"破体"主要表现在两大方面:

首先是体例结构之"破",即传统文体的零散性、片断性与现代文体的完整性、系统性相互渗透,相互补充。一般来说,诗话、札记在写作上是较为随意的,"不要求行文之前有完整的构思,可以随想随写,随见随录"。③杨绛曾描述钱锺书撰写《〈宋诗纪事〉补正》的状态,她称这部读书札记是钱锺书利用四十多年来业余小憩的时间断断续续完成的,"他半卧在躺椅上休息,就边看边批,多半凭记忆,有时也查书"。④ 可见这种写作是很轻松自在的,手稿第一册扉页上"随笔是正之"等语就是最好的说明。从文体角度看,《谈艺录》《管锥编》等著述,结构松散,长短不拘,活泼灵动,非常契合传统文论注重个体感悟的特点,与现代学术文体讲求论说的严谨、系统、完整是不同的。但是,阅读钱著我们又不难发现:在体例结构上,钱锺书总是能够以一种看似漫不经心的方式将传统与现代很自然地融合在一起。张伯伟说:"对于后代以随笔体为之的理论著作,又岂能仅仅以形式的零散而忽

---

① 钱锺书:《诗可以怨》,见《七缀集》,生活·读书·新知三联书店 2002 年版,第 129–130 页。
② 钱锺书:《徐燕谋诗序》,见《人生边上的边上》,生活·读书·新知三联书店 2002 年版,第 229 页。
③ 陈良运:《诗话学论要》,《福建论坛》2001 年第 4 期。
④ 杨绛:《记〈宋诗纪事〉补正》,《读书》2001 年第 12 期。

略其义蕴的逻辑展开?"①用这句话来评价钱锺书以传统文体完成的学术著述，就非常恰当。这里以《管锥编》对李贺《致酒行》的分析为例进行说明。李贺诗："主父西游困不归，家人折断门前柳。"清人王琦注："攀树而望行人之归，至于断折而犹未得归，以见迟久之意。"钱锺书认为：王注"尚未中肯"，然后就有了下面这段精彩的论述：

> **古有折柳送行之俗，历世习知**。杨升庵《折杨柳》一诗咏此，圆转浏亮，尤推绝唱，所谓："垂杨垂柳绾芳年，飞絮飞花媚远天。别离河上还江上，抛掷桥边与路边"。**然玩索六朝及唐人篇什，似尚有折柳寄远之俗**。送一人别，只折一次便了；寄远则行役有年，归来无日，必且为一人而累折不已，复非"河上江上"，而是门前庭前。白居易《青门柳》："为近都门多送别，长条折尽减春风"；邵谒《苦别离》："朝看相送人，暮看相送人，若遣折杨柳，此地无树根"；翁绶《折杨柳》："殷勤攀折赠行客，此去江山雨雪多。"**此赠别之折柳也**。《乐府诗集》卷二十二《折杨柳》诸篇中，有如刘邈："高楼十载别，杨柳濯丝枝。摘叶惊开驶，攀条恨久离"；卢照邻："攀折聊将寄，军中书信稀"；张九龄："纤纤折杨柳，持此寄情人"；李白："攀条折春色，远寄龙庭前。"**此寄远之折柳也**。苟以宋诗解唐诗，则陈去非《简斋集》卷八《古别离》言赠别："千人万人于此别，柳亦能堪几人折"，文与可《丹渊集》卷十九《折杨柳》言寄远："欲折长条寄远行，想到君边已憔悴。"**各明一义，阐发无剩矣**。《古诗十九首》之九："庭中有奇树，绿叶发华滋。攀条折其荣，将以遗所思。馨香盈怀袖，路远莫致之。此物何足贡，但感别经时"；虽不言何"树"，而"感别经时"，攀条遗远，与《折杨柳》用意不二。**长吉诗正言折荣远遗，非言"攀树远望"**。"主父不归"，"家人"折柳频寄，浸致枝髠树秃，犹太白诗之言"长相思"而"折断树枝"，东野诗之言"累攀折"而"柔条不垂"、"年多""别苦"而"枝"

---

① 张伯伟：《中国古代文学批评方法研究》，中华书局 2002 年版，第 5 页。

为之"疏"。太白、长吉谓**杨柳**因寄远频而"**折断**",香山、邵谒、鱼玄机谓**杨柳**因赠行多而"**折尽**"以至断根;**文殊而事同**。盖送别赠柳,忽已经时,"柳节"重逢,而游子羁旅,怀人怨别,遂复折取寄将,所以速返催归。园中柳折频频寄,堪比唱"陌上花开缓缓归"也。**行人归人,先后处境异而即是一身,故送行催归,先后作用异而同为一物,斯又事理之正反相成焉**。①

这段札记虽然不足八百字,但由于用精炼的文言写成,其实算得上是一篇畅论诗艺的"论文",充分体现了钱锺书渊博的学识和谈艺的旨趣,在体例结构上更显示出现代学术的论说特点。钱锺书对古诗词中"折柳送行"和"折柳寄远"两种模式的写法、蕴含、缘起以及二者之关系作了精当的分析,在"乱花渐欲迷人眼"的大量文献中,他行文的思路是很清晰的,如果将文中粗体标示的内容摘录出来,就是一份条理分明的学术论文提纲。《管锥编》虽是札记体著述,但绝大部分内容都不失学术研究所必须的结构的严谨、思路的清晰、逻辑的周密、证据的详实以及论证的演进。从这个意义上看,简单地说钱锺书的学术只是些零散的资料,而无视其中隐含的逻辑和学理,这种轻率的态度是不可取的。

如果说钱锺书以传统体式完成的著述兼有现代学术的特点,那么,《七缀集》中的七篇现代学术论文则又带有传统文论的某些色彩。这些论文,论题明确,结构完整,论证严谨,注释稠密,格式规范,在文类上属于现代学术论文,即便如此,它们又都无一例外地带有钱氏惯有的旁征博引的特点,以至于大量中西古今的文献几有湮没论题之嫌。这样的"学术论文",其实仍在一定程度上承袭了传统学术的治学套路,所谓"缘词生训,偏举一隅,惑滋多于是矣",② 于是"有一独见,援古证今,必畅其说而后止",③ 极为重

---

① 钱锺书:《谈艺录》,生活·读书·新知三联书店 2001 年版,第 174-177 页。略有删节。粗体为引者所标示。
② (清)戴震:《戴震全书》(1),黄山书社 2010 年版,第 648 页。
③ (清)潘耒:《日知录·序》,见《顾炎武全集》(18),上海古籍出版社 2011 年版,第 12 页。

视文献的价值，通过爬梳资料进行归纳类比，与现代学术强调例证精当、注重演绎推理是有明显差异的。钱锺书曾戏称《七缀集》中的论文是"半吊子""二毛子"，是"半中不西""半洋不古"的文章，① 这在很大程度上就是因为这些论文兼有中西新旧不同文体的特色，并非纯正的"现代学术论文"，在"完整""系统"中又呈现出"零碎""断片"的特征。

其次是表达方式之"破"，即传统文体的感性、灵动与现代文体的理性、庄正相互渗透，相映成趣。在钱著中，接近于西学范式的学术论文，与采用传统体式的诗话札记，其在表达方式上并非截然对立的。《谈艺录》《管锥编》于轻松的谈艺中常融入严谨的分析，而《七缀集》在层层推进的论述中也不时有幽默的表达。如此一来，读者常常会获得这样一种有趣的阅读体验：在《七缀集》中，他们时不时就能发现一些灵动活泼的文字，而在《谈艺录》《管锥编》中又会遭遇许多正襟危坐的议论，这种文体类属与表达方式的错位，在钱著中随处可见，试举一例说明。

《七缀集》最后一篇论文《一节历史掌故、一个宗教寓言、一篇小说》，题目很长，点出要讨论的三个对象：希罗多德的《史记》、佛典中的《舅甥经》以及邦戴罗的一篇小说。钱锺书认为它们"显然讲了同一件事"，其中小说在内容和细节上更为充实，不过邦戴罗依然对其中某些情节有自己的看法。对此，钱锺书认为：

> 归根结底，这是出于作者的一种客观真实感、一种对事物可能性的限度感。在某一意义上，这个感觉对作者的自由想像是牵制，是束缚，**正如文艺和体育游戏的规则拘束了下棋者或足球运动员的手脚**。然而即使在满纸荒唐言的神怪故事里，真实事物感也是很需要的成分；"**虚幻的花园里有真实的癞哈蟆**"（imaginary gardens with real toads in them），**虚幻的癞哈蟆在真实的花园里，相反相成，才添趣味**。绝对唯心论也得假设客体的"非我"，使主体的"我"遭遇抗拒（Anstoss）而激发创造

---

① 钱锺书：《七缀集》，生活·读书·新知三联书店2002年版，"序"第1-2页。

力，也得承认客观"必然性"，使主动性"自由"具有意义和价值。这是同样的道理。佛讲故事时，常常缺少些故事里需要的真实事物感，《舅甥经》也是一例。**也许我们不应该对佛这样责望，因为他并没有自命为小说家、历史家或传记家。**①

这段论述明显杂糅了两种完全不同的表达方式：文中未标粗体的内容，概念术语运用得准确恰当（"真实感""限度感""主体""客体""必然性""主动性"等），逻辑分析缜密（从正反两方面论述小说的虚构性），语言表述严谨客观（"归根结底""在某一意义上""即使""也许"等），一望便知属于典型的述学语言。与之相比，另外一些文字就活泼得多了，不仅形象生动（文中的比喻），而且风趣幽默（"癞哈蟆"云云），语言风格也轻松随意，尤其是最后一句，更是典型的随笔式语言。这样两种完全不同表达方式奇妙地融为一体，显示出钱锺书独有的文风，熟悉钱著的读者就算不熟悉这篇文章，也不难断定其出自何人之手。

由此可见，阅读钱著，读者可以在严谨整饬的学术论文中领略作者轻松幽默的笔调，也可以在灵动活泼的诗话札记中寻绎作者精细缜密的思路。这样的学术文体，兼有文学性与科学性，将轻松与庄重糅合无间，既有品藻诗作这种个人化的感悟，又有阐发事理这种学术性的分析，以至于精炼、生动、优雅，与准确、清晰、严密熔于一炉，在给读者的阅读带来陌生感的同时也给予他们某种愉悦感。这其实就是郭绍虞说的："在轻松的笔调中间，不妨蕴藏着重要的理论；在严正的批评之下，却多少又带些诙谐的成分。"②在学术著述中，钱锺书很善于将不同的表达方式渗透在某个具体的语境里，轻松自如地运用传统与现代两套学术语言进行写作，将欲传之意表达得无欠无余。美国学者哈特曼在《沟通，作为文学的文学阐释》一文中说："论文，尤其是文学论文，有没有一种自己的形式，一种体式或格局，把它从实

---

① 钱锺书：《一节历史掌故、一个宗教寓言、一篇小说》，见《七缀集》，生活·读书·新知三联书店 2002 年版，第 181 页。粗体为引者所标示。
② 郭绍虞辑：《宋诗话辑佚》，中华书局 1980 年版，"序"第 3 页。

证知识的领域，转移到与艺术相近邻的位置，而并不混淆学术与艺术的界限呢？"① 对此我们不妨说，哈特曼的这一理想在钱锺书的学术著述中就得到了很大程度的实现。

打破不同文体的界限，兼具多样文体的风格，这就是钱锺书学术文体的"破体"。这种新旧中西文体的互渗互补，造就了钱著独具特色与魅力的学术文体。就此意义而言，在钱锺书学术著述的文体学研究中，对"破体"的考察要远比"辨体"更为重要。这是因为"辨体"是对钱著文体体类的确认，重在"抹平"文体的个性，将其归入现有的文体体系之中，赋予其大体上名实相副的文类之名。而与之相比，"破体"则更关注文体中难以归"类"或无法归"类"的那些特征，触及到作者对特定时代文体风尚和书写规范的反抗以及对文体新境界的追求。从这个角度说，本节及全书对钱著"破体"特征的关注，是深入研究钱锺书学术文体的关键，也是思考其对于中国学术话语现代建构意义的关键。

---

① ［美］胡志德：《钱锺书》，张晨等译，中国广播电视出版社 1990 年版，第 97 页。

第二章　钱锺书学术著述的体要

第一节　语体特征

一、文白之争与文白兼采

"文白之争"肇端于晚清，到"五四"时演化成声势浩大的文化革命，经由激烈的论辩，这场语言革命最终获得知识界的认同和官方的认可。[①] 时至今日，当年的激烈论争已尘埃落定一个多世纪了，其间尽管各种政治力量此消彼长，社会体制多有更迭，但官方的盖棺定论与学界的一般看法，总体上对白话文运动是持肯定态度的，这不奇怪，因为在如何评价这场语言革命的问题上，有一个大原则是始终不变的，这就是语言的平民化以及由此带来的文化、文学的平民化，对于古老中国的现代化进程有着极其重要的意义。

其实，毋庸讳言，白话文运动自一开始就有先天的不足，其根本的出发点是从社会政治的角度审视语言的功用，而对于变革的对象"语言"本身，并没有给予足够的尊重。胡适在 1919 年的一次讲演中曾批评当时颇为流行的"目的热"，他说："还有一种平常人不很注意的怪状，我且称他为'目的热'"，"就是迷信一些空虚的大话，认为高尚的目的，全不问这种观念的意义究竟如何"。[②] 具有讽刺意味的是，在语言变革的浪潮中，胡适本人也难免

---

① 北洋政府教育部于 1920 年颁布命令，要求国民学校一、二年级的国文从本年秋季起一律改用白话。

② 胡适：《少年中国之精神》，见《胡适全集》(21)，安徽教育出版社 2003 年版，第 166 页。

陷入这种"目的热"。当裘廷梁、黄遵宪等人最早提出白话文的主张时，用意还仅限于改变书面语和口语的脱节，裘廷梁《论白话文为维新之本》提出白话有"省日力""除骄气""免枉读""保圣教""便幼学""炼心力""少弃才""便平民"等种种益处，[①] 黄遵宪《感怀》诗云"我手写吾口，古岂能拘牵"，《日本国志》称"令天下之农工商贾妇女幼稚皆能通文字之用"，[②] 表达的都是这样的意思。但到《新青年》创刊，激进的主张日甚一日，语言的变革与社会政治的变革捆绑得愈来愈紧密了。胡适最初的态度还较谨慎，在与陈独秀的通信中他坦陈自己构想的文学革命"或有过激之处"，并谦逊地表示："倘蒙揭之贵报，或可供当世人士之讨论。"[③] 看得出来，此时的他由于考虑到这些观点一旦刊布，将会引起很大的争议，因此还保留了一位学者在提出问题时应有的审慎态度，这一点从文章标题中的"刍议"二字也可见一斑。[④] 遗憾的是，这种谨慎的态度并没有持续多久，随着陈独秀《文学革命论》的发表，在胡适这里尚犹犹豫豫的观点就被推向了极端——高张"文学革命军"大旗，推倒雕琢的阿谀的贵族文学、陈腐的铺张的古典文学、迂晦的艰涩的山林文学。[⑤] 与胡适商榷式的态度不同，这篇文章更像一篇战斗檄文，语气措辞带有不容置疑的味道，政治诉求也非常明显。此后，类似的观点越来越偏激，语气也越来越专横，以至于以白话文作为文学正宗，"必不容反对者有讨论之余地，必以吾辈所主张者为绝对之是，而不容他人

---

① 裘廷梁：《论白话文为维新之本》，见郭绍虞编：《中国历代文论选》(4)，上海古籍出版社1980年版，第172页。

② 黄遵宪：《日本国志·学术志上·文学》，见郭绍虞编：《中国历代文论选》(4)，上海古籍出版社1980年版，第117页。

③ 胡适：《寄陈独秀》，见《胡适全集》(1)，安徽教育出版社2003年版，第3页。

④ 这里说的"谨慎"，也仅限于与其他人的"激进"相比，实际上，《文学改良刍议》中的很多观点已很极端，如"与其用三千年前之死字，不如用二十世纪之活字"等。胡适：《文学改良刍议》，见《胡适全集》(1)，安徽教育出版社2003年版，第15页。到第二年发表《建设的文学革命论》，"文学改良"演为"文学革命"，观点也更趋激烈，如云："我们有志造新文学的人，都该誓不用文言作文：无论通信，作诗，译书，做笔记，做报馆文章，编学堂讲义，替死人作墓志，替活人上条陈，……都该用白话来做。"胡适：《建设的文学革命论》，见《胡适全集》(1)，安徽教育出版社2003年版，第60页。

⑤ 陈独秀：《文学革命论》，《新青年》第2卷第6号，1917年2月。

之匡正也"。①

在白话文运动狂飙突进之时，钱锺书还在接受童蒙教育，对这场将深刻影响他本人文学创作、学术研究的变革尚懵然无知，更谈不上有何意见。然而，十几年后，在这场运动已落下帷幕时，青年钱锺书却很"不合时宜"地发表了对于文白之争的看法，这就是刊载于以弘扬中国本位文化为宗旨的《国风》半月刊上的《与张君晓峰书》。在这封写给学衡派重要成员张其昀的信中，钱锺书主要谈了四点看法：

首先，白话文运动仍有继续检讨之必要。钱锺书说，表面上看此问题已成"Dead issue"，无须再作讨论，其实个中经验颇值得反思：昔日新旧两派大起争端，"以双方皆未消门户之见，深闭固拒，挟恐见破，各否认彼此根本上之有存在之价值也"。他以当年保守派的代表人物吴宓为例，称："即如吴师雨僧力挽颓波，而近年来燕居侍坐，略窥谈艺之指，亦已于'异量之美'，兼收并蓄，为广大化教主矣。"可见当年输攻墨守的双方，待到时过境迁，也不免冷静下来，对文言、白话的"异量之美"有一番客观的认识了。

其次，文言、白话各有其美。钱锺书认为考辨语言的功用，可以有三个角度：（1）"自文艺欣赏之观点论之，则文言白话，骖驔比美，正未容轩轾。白话至高甚美之作，亦断非可家喻户晓，为道听途说之资。往往钩深索隐，难有倍于文言者。"这是从文艺审美的角度进行的思考。（2）"从文化史了解之观点论之，则文言白话皆为存在之事实；纯粹历史之观点只能接受，不得批判；既往不咎，成事不说，二者亦无所去取爱憎。"这是从文化发展的角度进行的思考。（3）"就应用论之，则弟素持无用主义（Futilitarianism），非所思存，恐亦非一切有文化之人所思存也，一笑。"这里说的"应用"，即当初推行白话文者从社会政治角度对语言功用的强调。由此可见，钱锺书是从文艺和文化这两个角度来思考语言问题的，在他看来，文言、白话各具特点及价值，是深赜难解还是通俗易懂，全在文章本身，并不关乎语言文字，如

① 陈独秀：《通信》，《新青年》第3卷第3号，1917年5月。

果简单地从思想宣传、政治教化的角度推行白话文，对他来说是"非所思存"的，更是"可发一笑"的。①

第三，不应以"繁简""难易"判断语言优劣。通过上述讨论，钱锺书得出自己的结论："以繁简判优劣者，算博士之见耳。"他指出："彼何知文艺之事政须因难见巧乎？若云不读文言则与吾邦旧日文化不得亲切体会，弟亦以为不然。老师宿儒皓首穷经，亦往往记诵而已，于先哲之精神命脉，全然未窥，彼以版本考订为文学哲学者，亦何尝不以能读古书自诩于人耶？"这段话说得很透辟，试简要分析。钱锺书先亮明立场：勿以"繁简""难易"判分语言的"优劣"；然后从"文艺"这个角度指出，文言之"难"自有其价值，所谓"因难见巧"；最后从"文化"这个角度指出，文化的传播、接受，实不关乎语言的繁简、难易，要之在于融会贯通，所谓"窥""先哲之精神命脉"，否则"皓首穷经"也不过是"记诵而已"。可以看出，与当初新旧两派的激烈论辩相比，钱锺书完全摒弃了意气用事的偏狭之态，而是以平和的语气阐明自己的观点，态度相当辩证从容。

第四，文言、白话有相互渗透、融合的可能。钱锺书进一步指出："白话文之流行，无形中使文言文增进弹性（Elasticity）不少，而近日风行之白话小品文，专取晋宋以迄于有明之家常体为法，尽量使用文言，此点可征将来二者未必无由分而合之一境。"②对于文言、白话，不仅没有轻言去取爱憎，反倒相信两者将来有可能由"分"而"合"，别成新境。这一冷静的看法，恰与胡适等人奉白话文学"为中国文学之正宗"，奉白话"为将来文学必用之利器"的观点形成鲜明的对比。③

不难看出，在审视文白之争这一问题上，由于思考的角度不同，得出的结论自然也不一样。对钱锺书而言，冷静、客观、辩证地看待新旧中西文化

---

① "非所思存"一语数见于钱著，其意即"不在考虑之列"。例如："本书旨归，乃在考论行文之美，与夫立言之妙，题材之大小新陈，非所思存。"钱锺书：《中国文学小史序论》，见《人生边上的边上》，生活·读书·新知三联书店 2002 年版，第 100 页。再如："其书网罗掌故，大裨征文考献，若夫刘彦和所谓'擘肌分理'，严仪卿所谓'取心析骨'，非所思存。"钱锺书：《谈艺录》，生活·读书·新知三联书店 2001 年版，第 80 页。
② 钱锺书：《与张君晓峰书》，《国风》第 5 卷第 1 期，1934 年 7 月。
③ 胡适：《文学改良刍议》，见《胡适全集》（1），安徽教育出版社 2003 年版，第 15 页。

的关系，是其一贯的学术立场，正因为此，在他看来，如果卸下语言承载的社会政治功用这个重负，则文言、白话并非决定文艺优劣的因素，也不是影响文化传播的原因，"文言白话，骖骒比美"，遂成为他在这封信中的着力阐发点。

需要指出的是，与这封信类似的看法，在文白之争中其实并不乏见，陈平原在《现代中国的述学文体》中称其为"第三种声音"。①如刘师培主张"一修俗语，以启瀹齐民；一用古文，以保存国学"。②蔡元培认为"文言是否绝对的被排斥，尚是一个问题"，"将来应用文，一定全用白话。但美术文，或者有一部分仍用文言"。③刘半农也说"文言与白话可暂处于对待的地位"，"二者各有所长，各有不相及处，未能偏废"。④其中，尤以陈德基《文体平议》讲得最透彻，他认为"新生既孳，亦无以摒旧有"，指出文言和白话并不是一种非此即彼的选择；"此余之所以谓新旧文学家之相绝者悟也"，指出文白之争中新旧两派观点的偏狭，与钱锺书说的"门户之见"是同样的意思；又云："二体将来之并存或亦不外历代之变违也与"，提出两种语言并行不悖的可能。⑤可见，在时代的潮流中，像钱锺书那样冷静、客观、辩证地思考语言变革问题的人还有很多，但是，能够持久地在言说活动中真正坚守这种立场，游刃有余地运用新旧两种语言并使其绽放独特魅力的，唯钱锺书最引人关注。

钱锺书在这封信中流露出的看法，直接影响到了他后来的文学创作、学术研究。在中国现代作家、学人当中，确实少有人像钱锺书那样同时使用两套不同的语言系统进行言说活动：在文学领域，《围城》《人·兽·鬼》《写在人生边上》等小说、散文、随笔，使用典范的白话，挥洒自如，全无当时许

---

① 陈平原：《现代中国的述学文体》，北京大学出版社 2020 年版，第 280 页。
② 刘师培：《论文杂记》，见刘师培：《中国中古文学史·论文杂记》，人民文学出版社 1962 年版，第 110 页。
③ 蔡元培：《国文之将来》，见蔡元培：《蔡元培全集》(3)，中华书局 1984 年版，第 358 页。
④ 刘半农：《我之文学改良观》，见《文学运动史料选》(1)，上海教育出版社 1979 年版，第 39 页。
⑤ 陈德基：《文体平议》，《甲寅周刊》第 1 卷第 34 期，1926 年 3 月。

多作家或西化或泥古的毛病。① 而收录于《槐聚诗存》中的那些旧体诗，使用的则是雅正的文言。在学术领域，《七缀集》中流畅的白话，与《谈艺录》《管锥编》中精炼的文言，使人很难相信它们出自一人之手。季进就指出，"《七缀集》充分体现了白话文的清晰纯正，与《管锥编》《谈艺录》所用文言的粹美古雅适成对比"。② 柯灵也说，钱锺书的白话文，"是道地的白，清如水，明如镜，绝少沾染洋气与古气"，"《谈艺录》《管锥编》的文字，则是道地的文言，典雅奥丽，手挥目送，俯仰自得"。③ 在钱锺书笔下，原本以非此即彼的状态对立着的文言、白话，已不再是矛盾的两极，而是"骖騑比美"的共存。由此可见，钱锺书学术著述文白兼用的特点，从根本上讲，源于他在文白之争问题上开放、包容的立场。陈平原在《当代中国的文言与白话》一文中曾说："重新召唤并审视那本已消失在历史深处的文言世界"，"世人对于本来早已谢幕的文白之争，会有新的理解和诠释"。④ 承其所言，基于本节对钱锺书在文白之争中所持立场的讨论，我们接下来要进入的，就是钱锺书学术著述中的"文言世界"。

二、以文言述学

在传统学术现代转型的大背景下，钱锺书在文白之争上的立场，在语言变革中的选择，彰显了一种特立独行的个性，其为学界关注也就在情理之中了。有研究者认为，钱锺书的白话文写得也极好，但他依然使用文言来撰写《谈艺录》《管锥编》这两部最重要的学术著述，"考虑到文言文几乎

---

① 司马长风《中国新文学史》就称："纵览五四以来的小说作品，若论文字的精炼、生动，《围城》恐怕要数第一。沈从文的文字够精炼，但多少残留文言气味儿；老舍的文字够生动，但稍嫌欧化语法作怪……鲁迅的文字够精炼，文言气味太浓，且缺乏彩色和情绪。钱锺书的文字做到纯白，又洗脱欧化语法，灵活多妙趣，如春风里的花草，清流里闪光的鱼，读起来最舒畅。"司马长风：《中国新文学史》（下卷），香港昭明出版社 1978 年版，第 99-100 页。

② 季进：《钱锺书与现代西学》，上海三联书店 2002 年版，第 27 页。

③ 柯灵：《促膝闲话中书君》，《读书》1989 年第 3 期。

④ 陈平原：《当代中国的文言与白话》，《中山大学学报》2002 年第 3 期。

成为消亡的语言，他的举动格外耐人寻味"。① 那么，对于钱锺书这种"格外耐人寻味"的"举动"，我们该如何理解呢？换言之，钱锺书是出于怎样的考量，才会在文言"几乎成为消亡的语言"时，仍选择其作为自己的述学语言的呢？

对此，钱锺书本人及学界有多种解释，简要梳理如下：（1）特殊年代的避祸之虑。按钱锺书的说法："这样可以减少毒素的传播。"② 这里"毒素"云云显然是反语，实际上是对当时深文周内的文网的嘲讽，与杨绛所谓"锺书干脆叫他们看不懂"可相互印证。③（2）语言风格统一之需。按钱锺书对张隆溪的解释："引文多是文言，不宜处处译为白话"，"不如径用文言省事"。④既然征引的文献主要是古典文献，则不妨直接用文言述学，如此两相协调。（3）尝试以旧文字传达新思想。柯灵说他曾问过钱锺书：《谈艺录》《管锥编》何以要用文言来写？钱的回答是："因为都是在难以保存的时代写的，并且也借此测验旧文体有多少弹性可以容纳新思想。"⑤ 这个回答，上半句可与"毒素"之说相参证，下半句则表明他有意识地尝试"用旧瓶装新酒"。（4）证明文言亦宜于思辨。如张隆溪认为，钱锺书用文言另有一层意义，即反驳黑格尔鄙薄中国语文不宜思辨的这个谬论。⑥（5）文言的容量更大。如启功将《管锥编》中的文言比喻成"木耳"，看起来是一则则简短的片段，但只要稍微加点水，"就能发出一大盆真货来"。⑦ 上述几种说法中，（1）所谓"避祸"，虽然能说明钱锺书写《管锥编》时的特殊心态，但无法解释他在民国时期撰写《谈艺录》何以也用文言。（3）所谓"检测旧文体有多少弹性"，是

① 田文奂：《边缘的回溯——纪念钱锺书先生》，见何晖、方天星编：《一寸千思：忆钱锺书先生》，辽海出版社 1994 年版，第 262 页。
② 余英时：《我所认识的钱锺书先生》，《文汇读书周报》1999 年 1 月 2 日。
③ 杨绛：《我们仨》，生活·读书·新知三联书店 2004 年版，第 155 页。汤晏也大致持这种看法，他说："《管锥编》是避世主义（escapism）下的作品，也是钱锺书妥协下的结果。"汤晏：《一代才子钱锺书》，上海人民出版社 2005 年版，第 375 页。
④ 张隆溪：《怀念钱锺书先生》，见张隆溪：《走出文化的封闭圈》，生活·读书·新知三联书店 2004 年版，第 236 页。
⑤ 柯灵：《促膝闲话中书君》，《读书》1989 年第 3 期。
⑥ 张隆溪：《走出文化的封闭圈》，生活·读书·新知三联书店 2004 年版，第 236 页。
⑦ 胡小伟：《高山仰止——思念钱锺书先生》，《解放军艺术学院学报》2000 年第 2 期。

在笼统地说"文体",虽然包括"语言",但所指要宽泛得多。（4）所谓"驳斥黑格尔",见于《管锥编》开篇论《易》之三名,钱锺书称黑格尔"鄙薄吾国语文"和"自夸德语",认为"其不知汉语,不必责也",显见不以为意,因此将此视为他用文言述学的原因是夸大其词了。（5）所谓"木耳""真货",只是泛泛之论。因此,对于这些看法,本书除对（2）所谓"引文多是文言"这个原因有详细讨论外,其余不再赘述,此外再补充一些自己的思考。在我看来,钱锺书在白话已成通行的述学语言时,依然坚持用文言完成自己两部最重要的学术著述,而且时间跨度如此之大,绝非一时之兴起,而自有其深思熟虑的考量。

首先,是研究对象的影响。威克纳格在《诗学·修辞学·风格学》中说:"文体是语言的表现形态,一部分被表现者的心理特征所决定,一部分则被表现的内容和意图所决定。"① 述学语言与学术研究的对象有很密切的关系,前者的语体在很大程度上受到后者语体的制约和影响,此即《文心雕龙》说的"因情立体,即体成势"。② 有什么样的对象,就会有与之相适应的语体,这样才能真正做到"去留随心,修短在手"。③

在学术研究中,钱锺书尽管涉猎甚广,但总体上看,中国古典文学是他最为关注的对象,他曾多次声言"我是研究中国古典文学的",④ "我是中国古典文学的研究者"。⑤ 他称自己的专业是古典文学,比较文学只能算是"余兴"。⑥ 在他的主要学术成果中,《谈艺录》作为诗话,研究的指向自不必说,即使是内容庞杂的《管锥编》,古典文学依然是论述的重心。1983 年,钱锺书参加中国作协第四次全国代表大会,在填写登记表时,在"著作"一栏

---

① ［德］威克纳格:《诗学·修辞学·风格学》,见王元化译:《文学风格论》,上海译文出版社 1982 年版,第 17-18 页。
② （梁）刘勰著;韩泉欣校注:《文心雕龙》,浙江古籍出版社 2001 年版,第 168 页。
③ （梁）刘勰著;韩泉欣校注:《文心雕龙》,浙江古籍出版社 2001 年版,第 226 页。
④ 钱锺书:《意中文学的互相照明:一个大题目,几个小例子》,见《人生边上的边上》,生活·读书·新知三联书店 2002 年版,第 172 页。
⑤ 钱锺书:《古典文学研究在现代中国》,见《人生边上的边上》,生活·读书·新知三联书店 2002 年版,第 178 页。
⑥ 钱锺书:《美国学者对于中国文学的研究简况》,见《人生边上的边上》,生活·读书·新知三联书店 2002 年版,第 183 页。

中的《管锥编》后面，亲笔写有"文学、哲学、历史研究"的字样。① 周振甫在审读《管锥编》书稿时也有如下结论："这部著作不限于比较文学，也接触到其他学术问题，但以文学艺术为主。"② 敏泽也称："《管锥编》是《谈艺录》研究内容、旨趣和原则的一种延伸，中心或重心仍属谈艺论文。"③ 钱锺书选择以文言撰写这两部著述，与此关系密切，这是因为研究对象的语体制约、影响着研究者的述学语体，使他有意识地要去维持二者在语言形态上的一致性。对钱锺书来说，一方面要在研究中广泛征引古籍，一方面还要表述自己的观点，如果引文多为古雅的文言，而评述又改用通俗的白话，就不可避免地会影响到全书语言形态、语言风格的统一，并且这种影响还会因为文言引文的稠密叠匝而显得格外突出。前面曾提到钱锺书对《管锥编》为何要用文言来写的解释，所谓"引文多是文言，不宜处处译为白话，……不如径用文言省事"，正是此意。这个解释尽管很简短，但是透露出的信息却很明确：钱锺书以文言述学是出于对语言统一性和协调感的一种自觉。蔡田明《〈管锥编〉述说》就认为，从形式服务于内容看，《管锥编》的考镜对象是古籍，采用文言对古籍进行评述，"不失为一种以'文言'治'文言'的相得益彰的写作方法"；他指出："从效果上看，用文言文写作与《管锥编》本身所要表述的思想内容之间并没有'体用'不适的矛盾，相反，两者水乳交融。"④ 应该说，这个分析和判断是准确的。在考察现代中国的述学文体时，陈平原指出，不少从事中国文史研究的学者很喜欢使用浅白文言或半文半白的语言，其潜在的用心是想更贴近研究对象，"当你用文言思考或述学时，比较容易滤去尘世的浮躁，沉入历史深处，……与立说之古人，处于同一境界"。⑤ 他还以鲁迅为例，认为鲁迅用文言写《中国小说史略》《汉文学史纲要》，"并非只是逞才使气，此中深意，值得认真推敲"，或许就是不想让

---

① 此表复印件见吴泰昌：《我认识的钱锺书》，上海文艺出版社 2005 年版，第 28 页。
② 周振甫：《〈管锥编〉选题建议及审读报告》，见丁伟志主编：《钱锺书先生百年诞辰纪念文集》，生活·读书·新知三联书店 2010 年版，第 282 页。
③ 敏泽：《论钱学的基本精神和历史贡献——纪念钱锺书先生》，《文学评论》1999 年第 3 期。
④ 蔡田明：《〈管锥编〉述说》，中国友谊出版公司 1991 年版，第 21 页。
⑤ 陈平原：《现代中国的述学文体》，北京大学出版社 2020 年版，第 272 页。

"正文（白话）的质朴清新与引语（文言）之靡丽奇崛之间落差过大"。① 这种看法很是透辟，正可以用来解释《谈艺录》《管锥编》以文言述学的原因。

其次，是文体本身的制约。相比于研究对象的影响，文体对于语体的制约性更强，所以很难想象诗话、札记如果用白话文来写会是一个什么模样！因此，诗话体的《谈艺录》、札记体的《管锥编》，也是钱锺书选择以典雅精妙的文言述学的原因，可从以下几点稍作分析：（1）从内容上看，诗话的功用主要是品评诗作、臧否人物、追源溯流、指摘利钝以及记录诗人言行、诗坛轶事，札记的功用重在读书摘要和读书心得。这就要求作者在语言表述上要尽量做到谈笑之间便可传神写意，三言两语即能切中肯綮，"重在文笔轻松、自由活泼，所谓'体兼说部也'"。② 如此则文言的优势就得以凸显出来。（2）从形式上看，诗话、札记属于笔记体文体，③ 并不追求严密的逻辑论证，而是讲求自由随意、修短随心，因此在语言上自然倾向于语法结构、语词组合更为灵活的文言文，这显然也是钱锺书选择以文言述学的一个原因。（3）从功能上看，古人撰写诗话主要是为了自娱自遣，蔡镇楚《中国诗话史》在谈到宋人热衷谈诗、论诗、评诗时，就特别强调是在"政事之余，茶余饭后"。④ 欧阳修称自己写诗话的目的是"以资闲谈"。⑤ 近人王逸塘在《今传是楼诗话·序》中也称"欲为诗话以自遣"。⑥ 钱锺书本人在《谈艺录·序》中则说："托无能之词，遣有涯之日。"⑦ 都明确点出了诗话的这个功能。与诗话一样，札记作为读书笔记，"不要求行文之前有完整的构思，可

---

① 陈平原：《现代中国的述学文体》，北京大学出版社 2020 年版，第 33 页。

② 左东岭：《"话内"与"话外"——明代诗话范围的界定与研究路径》，《文学遗产》2016 年第 3 期。

③ 诗话也属于笔记体。郭绍虞说："诗话之体原同随笔一样，论事则泛述见闻，论辞则杂举隽语，不过没有说部之荒诞，与笔记之冗杂而已。"郭绍虞：《宋诗话辑佚·序》，中华书局 1980 年版，第 4 页。

④ 蔡镇楚：《中国诗话史》，湖南文艺出版社 2001 年版，第 24 页。

⑤ （宋）欧阳修：《欧阳修全集》（下卷），中国书店 1986 年版，第 1035 页。

⑥ 王逸塘：《今传是楼诗话》，见张寅彭主编；李剑冰等点校：《民国诗话丛编》（3），上海书店 2002 年版，第 249 页。

⑦ 钱锺书：《谈艺录》，生活·读书·新知三联书店 2001 年版，"序"第 1 页。

以随想随写，随见随录"，①写作状态也是从容闲适的。诗话、札记在内容、形式、功能上的这些特点，自然会影响到钱锺书的述学语体。瞿宣颖《文体说》认为："欲求文体之活泼，乃莫善于用文言。"他比较了文言与白话的差别，认为文言"缘其组织之法，粲然万殊，既适于时代之变迁，尤便于个性之驱遣"，而如果"泥于白话而反矜活泼，是真好为捧心之妆，适以自翘其丑也"。②瞿氏此文原载《甲寅周刊》，曾被目为保守派反对新文化运动的一篇重头文章，其实从这段内容看，其中虽不无对白话文的偏狭之见，但关于语体与文体关系的看法，关于文言更活泼灵动的看法，却并非浅识陋见，实已触及问题的实质。有研究者说："文言在组合方式上极其自由，这样的语言特征与不长于逻辑思辨的批评话语有密切关系。"③这句话如果反过来理解，则表示文言更契合诗话、札记这种传统学术文体"以资闲谈""随想随写"的特点。我们还可以拿《七缀集》中的论文来作参照，这些论文之所以要用白话文来写，一个很重要的原因是它们在文体上属于现代学术论文，结构完整，逻辑严密，从提出论题、界定概念，到使用论据、展开论证，再到作出结论，列举文献，可谓一应俱全，文言文显然是很难满足这种文体的表达需要的。许纪霖认为，晚清以来白话文渐成大势，"恰是因为现代理性的逻辑系难以用文言文圆满显现，甚至连西学的一些概念都无法在文言中找到对应物"。④不难看出，文体的类型制约着语体的类型，而钱锺书能够在传统与现代两种不同的文体中分别使用文言、白话述学，无疑显示了他高超的、毫无滞碍的语言驾驭能力。

其实，在白话成为通行的述学语言后，有很多学者都曾体验过在钱锺书这里被巧妙地规避掉的文体与语体的错位带来的不适感。如林语堂在《论语录体之用》一文中说："吾非好作文言，吾不得已也。"何以有此感叹？

---

① 陈良运：《诗话学论要》，《福建论坛》2001 年第 1 期。

② 瞿宣颖：《文体说》，见郑振铎编选：《中国新文学大系·文学论争集》，上海文艺出版社 2003 年版，第 202-203 页。原载《甲寅周刊》第 1 卷第 6 号，1925 年 8 月。

③ 邵滢：《中国文学批评现代建构之反思——以京派为例》，湖北教育出版社 2006 年版，第 223 页。

④ 许纪霖、陈凯达：《中国现代化史》，上海三联书店 1995 年版，第 311 页。

他解释道："有种题目，用白话写得甚好"，就用白话，"有种意思，用文言写来省便"，就用文言，"听其自然相合可也"。① 所谓"自然相合"，指的就是语体（文言）要与文体（语录体）互融互洽。胡适在《整理国故与"打鬼"》一文中也曾感叹："平心说来，我们这一辈人都是从古文里滚出来的，一二十年的死工夫或二三十年的死工夫究竟还留下一点子鬼影，不容易完全脱胎换骨。"他以自己为例，称："即如我自己，必须全副精神贯注在修词造句上，方才可以做纯粹的白话文；偶一松懈（例如做'述学'的文字，如《章实斋年谱》之类），便成了'非驴非马'的文章了。"② 这番感慨实际上表明，当述学文体（年谱之类）与述学语言（纯粹的白话）不相协调时，就会给言说活动带来很多滞碍，以至于只有"全副精神贯注在修词造句上"，才不至于写成"非驴非马"的文章。也许同样是出于这种考虑，周作人在《中国新文学的源流》中坦言"写古文较之写白话容易得多，而写白话则有时实是自讨苦吃"。③ 他这里说的"写古文""写白话"，预设的文体并非当时的新文体，而是传统的文体。可见他的体会与胡适是一样的。亦因为此，在这部极力倡导新文学的书中，周作人表现出了对文言很包容的态度，他说："现在并非一定不准用古文，如有人能用古文很明了地写出他的思想感情，较诸用白话文字写还能表现得更多更好，则也大可不必用白话的，然而谁敢说他能够这样做呢？"④ 虽然从钱锺书就能以文言述学这个事实看，周作人这最后一句过于武断了，但他说如果古文能传情达意且比白话传达得更好就不妨用古文，倒是切中钱锺书选择文言述学的关键了。

第三，是谈艺之用心使然。钱锺书曾自言："余雅喜谈艺。"⑤《谈艺录》《管锥编》等学术著述，重在月旦人物、品评手眼、掎摭利病、评骘高下，用心乃在于"宽广治词章者之心胸"。⑥ 因此从语体上说，相比于通俗易晓的

① 林语堂：《论语录体之用》，《论语》第 26 期，1933 年 10 月。
② 胡适：《整理国故与"打鬼"》，见《胡适全集》（3），安徽教育出版社 2003 年版，第 145 页。
③ 周作人：《中国新文学的源流》，北京出版社 2020 年版，第 71 页。
④ 周作人：《中国新文学的源流》，北京出版社 2020 年版，第 70 页。
⑤ 钱锺书：《谈艺录》，生活·读书·新知三联书店 2001 年版，第 1 页。
⑥ 钱锺书：《管锥编》，中华书局 1986 年版，第 90 页。

白话，古雅简妙的文言显然更契合这种谈艺的旨趣，这也是钱锺书选择以文言述学的重要原因。

英国批评家路易斯在《文艺评论的实验》中说："一个批评家越是文雅（refined），他就越有可能生活在一个狭小的文人圈（a very small circle of littérateurs），这个圈子经常碰头，相互阅读，发展出一种近乎私密的语言（private language）。"① 这个观点与钱锺书对"此中人语"的看法颇为相似。在《中国诗与中国画》一文中他认为，不同的社会、时代有不同的"语言天地"，各行各业、每家每户也有各自的"语言田地"，这种"此中人语"，外人听来往往难解其意，而谈话的人因为"相知深切"，理解起来则无此滞碍。② 《管锥编》也有同样的看法，钱锺书认为王羲之的《杂帖》今人读起来很费解，这是由于它类似现在的便条，随手写来，约略潦草，对当时受者来说，因"彼此同处语言天地间"，故"无须满字足句，即已心领意宣"，而今人无此语境，才会"苦思而尚未通"。③ 上述这些关于语言私密性的讨论，对于我们思考钱锺书选择以文言述学的原因也很有启发。所谓"常忆闭门同觅句，犹思载酒与论文"，④ 《谈艺录》是诗话，"话"的对象是诗坛同好，"说者"和"听者"自有会心，何须费言？《管锥编》是读书札记，记录的是自己的读书心得，又何必费言？在这种情况下，文言自然就成为钱锺书的最好选择了，它不但"精"，而且"妙"，以之谈艺衡文，可谓惬心贵当，以之记录心得，可谓经济曼妙。请看下面几则分别选自《谈艺录》《管锥编》和《容安馆札记》中的例子：

> 松雪诗浏亮雅适，惜肌理太松，时作柝响。七古略学东坡，乃坚致可诵。若世所传称，则其七律，刻意为雄浑健拔之体，上不足继陈简斋、元遗山，下已开明之前后七子。而笔性本柔婉，每流露于不自觉，

---

① ［英］路易斯：《文艺评论的实验》，邓军海译，华东师范大学出版社 2015 年版，第 216 页。
② 钱锺书：《中国诗与中国画》，见《七缀集》，生活·读书·新知三联书店 2002 年版，第 4 页。
③ 钱锺书：《管锥编》，中华书局 1986 年版，第 1108–1109 页。
④ 钱锺书：《怀陆大》，《清华周刊》第 36 卷第 4–5 期，1931 年 12 月。署名"中书君"。

强绕指柔作百链钢，每令人见其矜情作态，有如骆驼无角，奋迅两耳，亦如龙女参禅，欲证男果。①

王氏谭艺，识力甚锐而见界不广，当时友生已病其"好平淡"而不"尚奇峭"，以"经义科举法绳文"。玩其月旦，偏主疏顺清畅，饰微治细，至若瑰玮奇肆之格、幽深奥远之境，皆所未识；又只责字句之直白达意，于声调章法，度外置之。是故弹射虽中，戡伤要害，匹似逼察江河之挟泥沙以俱下，未尝浑观其一派之落九天而泻千里也。②

杨亿编《西昆酬唱集》二卷。文公此集中篇什，较《武夷新集》愈加堆垛组绘，所谓挦撦者是。梁章钜《浦城诗话》谓："昆体特文公之一格，《武夷新集》具在，未尝尽如西昆"云云，颇为得间之论。文公而外，唯李昌武诗有清音，刘子仪亦差免笨伯，吾家思公便非作手，丁晋公辈更不足道。③

借助深厚的学养，钱锺书以轻松的笔调，品评赵孟頫诗作之利钝、王若虚谈艺之高下、西昆体人物之优劣。几段话虽然都不长，但蕴含丰富，耐人寻味。它们不是以逻辑论证的方式完成的，而是以简妙随意的点评写就的，它们不是面向读者大众的学术报告，而是三五知己的围炉夜话，看似随口道来，实为"当行人语"。面对这样的"谈艺"，如果缺乏必要的学识和悟性，确实是很难解会其中之意的。赵孟頫的诗作"肌理太松"，是何意思？王若虚的谈艺"饰微治细"，如何理解？西昆体篇什"堆垛组绘"，又作何解？阅读钱著，你不得不服膺它的雅致精深，但又不得不感叹它的深赜难解。这种谈艺，对于"说者"，是轻松随意的挥洒，对于假想中的"听者"，是自有会心的一笑，而对于一般读者，就不免有些高深莫测了。

同时，我们注意到，在这几则谈艺中，钱锺书娴熟地使用了许多古典诗文评惯用的术语、套语，如"浏亮""栩响""笔性""月旦""瑰玮""奇肆""奥

---

① 钱锺书：《谈艺录》，生活·读书·新知三联书店 2001 年版，第 269 页。
② 钱锺书：《管锥编》，中华书局 1986 年版，第 273 页。
③ 钱锺书：《容安馆札记》，商务印书馆 2003 年版，第 952-953 页。

远""刊伤""挦撦""得间""清音""作手"等等，以之品藻诗艺，不仅有古雅简妙之意趣，而且收以简驭繁之效用，用作者本人的话来评价，这样的语言可谓"发乎心者得乎手"，真乃"心物间之骑驿"也！① 从文体学角度说，"专业术语（technical words）、行话（jargon）和隐语（cant）均具有文体色彩"。② 用以表现钱锺书谈艺旨趣的这些语言及语词，"自是当行人语"。③ 严羽《沧浪诗话》论"诗法"云："须是本色，须是当行。"④ 按胡应麟的解释，"当行"指"文章自有体裁，凡为某体，务须寻其本色，庶几当行"。⑤ 也就是说，文体的体类决定了语体的特征，既然选择以诗话体、札记体撰述，就要选择恰当的语体与之相适应，这就是王水照说的"'本色'即是文体的质的规定性"。⑥ 钱锺书称《管锥编》"采用了典雅的文言"，学界诸人更不吝给予"精致的文言""独具风味的文言""经济曼妙的文言"之评语，⑦ 以及"斐然文采""文辞粹美""活泼生动""不隔不涩""不纤不秾"等赞美。⑧ 我们很难想象，舍此古雅之文言，改用通俗之白话，《谈艺录》《管锥编》将带给读者什么样的阅读体验！这就像刘梦芙说的那样：相比于白话，钱锺书的文言"更为精粹，更富于书卷气，更见雅人深致，……倘若将《管锥编》《谈艺录》译成白话，不仅篇幅要成倍增加，文中高雅深婉的韵味也丧失殆尽了"。⑨

---

① 钱锺书：《管锥编》，中华书局 1986 年版，第 508 页。

② 秦秀白编著：《文体学概论》，湖南教育出版社 1986 年版，第 47 页。

③ 孟称舜《古今名剧合选〈三度任风子〉一折》眉批："此剧机锋隽利，可以提醒一世，尤妙在语语本色，自是当行人语，与东篱诸剧较别。"（元）马致远著；傅丽英、马恒君校注：《马致远全集校注》，语文出版社 2002 年版，第 322 页。

④ （宋）严羽：《沧浪诗话》，见何文焕辑：《历代诗话》，中华书局 1981 年版，第 693 页。

⑤ （明）胡应麟：《诗薮》，上海古籍出版社 1958 年版，第 21 页。

⑥ 王水照：《尊体与破体》，见王水照主编：《宋代文学通论》，河南大学出版社 1997 年版，第 63 页。

⑦ ［美］胡志德：《钱锺书》，张晨等译，中国广播电视出版社 1990 年版，第 141 页。刘衍文：《漫话钱锺书先生》，见冯芝祥编：《钱锺书研究集刊》（2），上海三联书店 2000 年版，第 74 页。郑延国：《钱锺书"化境"论与〈谈艺录〉译句管窥》，《翻译学报》1999 年第 3 期。

⑧ 黄维樑：《大同文化·乐活文章——纪念钱锺书百年诞辰》，《文艺争鸣》2011 年第 4 期。张文江：《营造巴比塔的智者——钱锺书传》，复旦大学出版社 2011 年版，第 140 页。张隆溪：《走出文化的封闭圈》，生活·读书·新知三联书店 2004 年版，第 194-195 页。杨全红：《钱锺书译论译艺研究》，商务印书馆 2019 年版，第 183 页，第 209 页。

⑨ 刘梦芙：《钱学研究门外谈》，《甘肃社会科学》2005 年第 1 期。

综上，在白话已成通行的述学语言时，钱锺书仍坚持以文言述学，个中缘由，除了他对于文言、白话的辩证认识外，研究对象、文体类别、谈艺旨趣等因素的影响和制约也是其中重要的原因。但是，随着这个话题的结束，另一个话题也随之浮现出来：既然钱锺书选择以文言述学的一个主要原因是追求研究对象的语体与研究者的语体的协调感，即前面提到的"引文多是文言，不宜处处译为白话，……不如径用文言省事"，那么，对于散布在钱著中的大量的外文文献，则又该如何处理呢？这就是下面我们将要讨论的问题。

三、臻于"化境"

　　钱锺书一生治学，"撷华夏之古言，取英美之新说"，① 致力于中西文化的打通和融会，在《谈艺录》的"序"中他尝言："凡所考论，颇采'二西'之书，以供三隅之反。"② 因此其学术著述对外文文献的引用是非常惊人的，《谈艺录》征引的西文著述多达五百余部，《管锥编》中的外文文献涉及两千余种，③《容安馆札记》中也颇多中外文夹杂的表述。那么，在以文言完成的这些著述中，对于如此众多的外文文献，钱锺书是如何消除中外两种异质话语的冲突所造成的不适感的呢？换言之，这些著作中大量的外文文献为何没有造成应有的麻烦呢？其实，在述学文体中，如何弥合中外两种语言的裂隙，消除它们之间天然的不协调感，这个问题在西学东渐已成大势之时，早已有人意识到了。如王国维在《论新学语之输入》中说，不同国家的言语，"有广狭精粗之异"，"或繁于此而简于彼，或精于甲而疏于乙"，因此，"周秦之言语，至翻译佛典之时代而苦其不足；近世之言语，至翻译西籍时而又苦其不足"。④ 今人也有类似的看法，如陈平原认为，无论是赓续传统还是译述西学，有一个难题都必须要面对，那就是"如何弥合自家文体与论述对象

---

① 鲁迅：《集外集拾遗补编·题记一篇》，见《鲁迅全集》(8)，人民文学出版社 2005 年版，第 370 页。
② 钱锺书：《谈艺录》，生活·读书·新知三联书店 2001 年版，"序"第 1 页。
③ 陆文虎：《围城内外——钱锺书的文学世界》，解放军出版社 2004 年版，第 473 页。
④ 王国维：《论新学语之输入》，见《王国维全集》(1)，浙江教育出版社 2009 年版，第 126 页。

之间的巨大缝隙"。① 而对于钱锺书来说，在如何处理中外两种语言的抵牾这个问题上，不仅有理论的阐述，而且有具体的实践，这就是他在译论和译艺上至今为人所称道的"化境"。

先看钱锺书的"化境"译论。在《谈中国诗》这篇文章中，他提到《圣经》中的"巴贝尔塔的咒诅"（The curse of the Babel），称"这个诅咒影响于文学最大"，导致了"人类语言彼此扞格不通"。他借此谈到文学翻译，认为翻译的艺术其实就是"肯努力去克服这巴贝尔塔的咒诅"。② 在《林纾的翻译》中，他更进一层，指出"文学翻译的最高理想"就是"化境"。他认为翻译的难题在于存在三个"距离"：不同国家语言文字之间的距离、译文跟原作之间的距离、译者的体会和他的表达能力之间的距离。③ 对于这个问题，钱锺书的解决之道是：如果能够在翻译中消弭掉语言的差异，既无"生硬牵强的痕迹"，又能"保存原作的风味"，"那就算得入于'化境'"。④ 也即是说，翻译的最高境界是消除异质语言的隔膜感，使其最大程度地归化于译语的类属和风格。傅雷认为译事的"第一要求"就是要将原作"化为我有"，⑤ 罗新璋明确将"化境"置于"案本""求信""神似"这几个渐次发展的概念之上，⑥ 均属此意。

需要指出的是，钱锺书对"化境"的推崇是与他对"直译"的批评联系在一起的。这方面的看法，集中体现在《管锥编》及《容安馆札记》的有关论述中。《容安馆札记》第八十四则引岳珂《桯史》、俞正燮《癸巳存稿》所记两则荒唐之译事，⑦ 指出译者不解文意，但照字面直译，遂酿成惨剧，沦为

---

① 陈平原：《现代中国的述学文体》，北京大学出版社 2020 年版，第 13 页。
② 钱锺书《谈中国诗》，见《人生边上的边上》，生活·读书·新知三联书店 2002 年版，第 159 页。
③ 钱锺书：《林纾的翻译》，见《七缀集》，生活·读书·新知三联书店 2002 年版，第 78 页。
④ 钱锺书：《林纾的翻译》，见《七缀集》，生活·读书·新知三联书店 2002 年版，第 77 页。
⑤ 傅雷：《致罗新璋书》，见《傅雷家书》，陕西师范大学出版社 2018 年版，第 202 页。
⑥ 罗新璋：《我国自成体系的翻译理论》，见罗新璋：《翻译论集》，商务印书馆 1984 年版，第 1 页。
⑦ 《桯史》卷十二《龙见赦书》载：金国译者睹"顾兹寡昧"及"眇予小子"等言，不晓其中退托谦冲之义，乃曰："汉儿强知识，托文字以詈我上耳！"译释其义曰："寡者，孤独无亲；昧者，不晓人事；眇为瞎眼；小子为小孩儿。"《癸巳存稿》卷十二《诗文用字》载：有将"昆命元龟"译为"明明说向大乌龟"者。

笑柄。钱锺书直言不讳地说：

> 按此鲁迅直译之祖也。余读《说文》至"口"部第二十六字"囮，
> 译也"，尝叹狡长真圣人，殆预知 Traduttore, traditore. 王元之《小畜集》
> 卷十四《译对》云："译，易也，大能易心，小则能易其语而已"云云。
> 解放以后，译书之风益盛，不知妄作，活剥生吞，不特面目全非，抑且
> 心肝尽换，洵元之所谓"大译"者也。①

这段内容经充实和发挥，在《管锥编》中变得更丰富了。钱锺书仍引
《桯史》《癸巳存稿》中的记载，认为它们"皆直译也"，而且"皆以曲解为
直译也"。②结合全文的语境看，他称这类翻译乃"鲁迅直译之祖"，是带
有批评甚至嘲讽意味的，其中暗含了两位翻译大家对译事的不同认识。在
《林纾的翻译》中钱锺书说，德国学者施莱尔马赫在《论翻译的方法》中曾
总结出两种翻译路径：一种是尽可能让外国作家安居不动，而引导本国读
者走向他们那里；另一种是尽可能让本国读者安居不动，而引导外国作家
走向他们这儿。前者可称"欧化"，后者可称"汉化"。③这其实就是美国学
者劳伦斯·韦努蒂（Lawrence Ventui）在《译者的隐形——翻译史论》（The
Translator's Invisibility：A History of Translation）中说的"异化法"和"归
化法"。④依据这样的区分，大体来说，鲁迅的翻译理论和实践显然更偏向
于前者。

在日本留学初期，鲁迅翻译过《哀尘》《斯巴达之魂》《月界旅行》《地
底旅行》等作品，在致杨霁云的信中他称上述译作"虽说译，其实乃是改

---

① 钱锺书：《容安馆札记》，商务印书馆 2003 年版，第 146-147 页。Traduttore, traditore 意为
"翻译者即反逆者"。参见钱锺书：《林纾的翻译》，见《七缀集》，生活·读书·新知三联书
店 2002 年版，第 78 页。
② 钱锺书：《管锥编》，中华书局 1986 年版，第 972-973 页。
③ 钱锺书：《林纾的翻译》，见《七缀集》，生活·读书·新知三联书店 2002 年版，第 78 页。
④ ［美］韦努蒂：《译者的隐形——翻译史论》，张景华、白立平、蒋骁华译，外语教学与研究
出版社 2009 年版。并参见高芸：《从归化到异化——试论鲁迅的翻译观》，《江西社会科学》
2008 年第 5 期。

作",① 可见并非他后来采用的"直译"和"硬译"。但到后来《域外小说集》出版，他对翻译的看法发生了很大变化，在《〈域外小说集〉略例》中他说："任情删易，即为不诚。"② 强调忠于原作对于译事的重要性。在《关于翻译的通信》中他更明确宣称"我是也主张直译的"，并称这里的"直译"就是"宁信而不顺"。③ 在同时期发表的《几条"顺"的翻译》中，他还反击了赵景深等人"与其信而不顺，不如顺而不信"的观点。④ 鲁迅这种"宁信而不顺"的翻译观，在 1935 年的《"题未定"草·二》中表达得最为清晰，他认为翻译之前就先得解决一个问题：是竭力使它归化，还是尽量保存洋气？他说："它必须有异国情调，就是所谓洋气。其实世界上也不会有完全归化的译文，倘有，就是貌合神离，从严辨别起来，它算不得翻译。"⑤ 从这段话的第一句看，鲁迅说的"洋气"，实际就是施莱尔马赫说的"让外国作家安居不动"，韦努蒂说的"异化法"，也即钱锺书说的"欧化"；而第二句则表明鲁迅原则上是不认可译事存在"归化"的可能的，"归化"在他看来"算不得翻译"。由此可见，"直译""硬译"以及"宁信而不顺"，构成了鲁迅翻译观的核心内涵。

这也就不难理解钱氏对他的批评了。在译事上，与鲁迅相比，钱锺书的做法是比较复杂的，因为他在"异化"和"归化"之间另辟了一条新路，这就是广为人知的"化境"。在钱锺书看来，"化境"不是"异化""欧化"，它要求"能不因语文习惯的差异而露出生硬牵强的痕迹"；同时，"化境"也不是一般意义上的"归化""汉化"，因为它又追求"能完全保存原有的风味"。他认为"化境"实即西人所谓"躯体换了一个，而精神依然故我"，

---

① 鲁迅：《书信·致杨霁云》，见《鲁迅全集》(13)，人民文学出版社 2005 年版，第 93 页。
② 鲁迅：《译文序跋集·〈域外小说集〉略例》，见《鲁迅全集》(10)，人民文学出版社 2005 年版，第 170 页。
③ 鲁迅：《二心集·关于翻译的通信》，见《鲁迅全集》(4)，人民文学出版社 2005 年版，第 391–392 页。
④ 鲁迅：《二心集·几条"顺"的翻译》，见《鲁迅全集》(4)，人民文学出版社 2005 年版，第 350–353 页。
⑤ 鲁迅：《且介亭杂文二集·"题未定"草（二）》，见《鲁迅全集》(6)，人民文学出版社 2005 年版，第 364 页。

对原作来说，译作"忠实得以至于读起来不像译本"。①这显然是一个"悖论"，但充满了创造性的张力，揭示了好的翻译必须具备的条件：既忠于原作又背叛原作。所"忠"者，原作的"精魂"，所"叛"者，原作的"躯体"。除上述论述外，钱锺书的这种观点在《管锥编》论"译事三难"中也有论及。他指出："译事之信，当包达、雅；达正以尽信，而雅非为饰达。"认为"信"是统摄译事之根本。何为"信"？他解释说："依义旨以传，而能如风格以出，斯之为信。"这个看法正可以与他上面的观点相参证。此外，他还辨析了"信"与"达"的关系："译文达而不信者有之，未有不达而能信者也。"②所谓"达"，就是鲁迅与赵景深论战中的"顺"，而无论是鲁迅的"宁信而不顺"，还是赵景深的"宁顺而不信"，都将"信"和"顺"割裂开来，没有注意到二者的矛盾统一关系。如此一来，翻译之事，就只能在"信"与"达"之间做选择了，或者是"让外国作家安居不动"（忠实于原作之文意和风格的"异化""欧化"），或者是"让本国读者安居不动"（服从于读者之接受和理解的"归化""汉化"），非此则即彼。这就谈不上"又信又顺"的"化境"了。③由此可见，钱锺书译论中"化境"说，对于我们深入理解他如何消弭述学之"文言"与外来之"译言"的扞格，是极具启发意义的。

　　以上是对钱锺书"化境"译论的梳理，再来看他"化境"的译艺。在翻译理论上，钱锺书提出"化境"，在译艺上他的翻译也臻于"化境"。对此学界多有评议，如他译温源宁散文集"Imperfect understanding"为"不够知己"，就深得林语堂激赏，谓之"雅切"。④再如海亚姆的 Rubaiyat，多译为《鲁拜集》，钱锺书译为《醹醅雅》，郑延国称"可谓别出机杼，另有一番风采"。⑤据张佩芬《我所熟悉的钱锺书》一文回忆，德国作家诺瓦利斯

---

① 钱锺书：《林纾的翻译》，见《七缀集》，生活·读书·新知三联书店 2002 年版，第 77 页。
② 钱锺书：《管锥编》，中华书局 1986 年版，第 1101 页。
③ 钱锺书：《管锥编》，中华书局 1986 年版，第 1101-1102 页。
④ 钱锺书说："林语堂先生邀作中文书评，甚赏拙译书名为《不够知己》之雅切。"见钱锺书：《吴宓日记·序》，生活·读书·新知三联书店 1998 年版。
⑤ 郑延国：《潇湘子译话》，武汉大学出版社 2015 年版，第 107 页。钱译见《槐聚诗存》，生活·读书·新知三联书店 2002 年版，第 19 页。

的 Fragmente，她怎么也译不好，曾想译成《箴言集》或《格言集萃》，总觉得不完全合乎原意，最后只得直译为《片断集》；后来读到钱锺书的译名《碎金集》，"不由得拍手称好"。① 杨全红也认为，钱锺书的图书译名让人"拍手称好"者不在少数，术语特别是修辞与文论概念的翻译，也大多"不隔、不涩、不陌生，读来很家常、很亲切、很中国"，如将 simile 译作"显比"，metaphor 译作"隐比"，climax 译作"造极"，paradox 译作"翻案语"，dilemma 译作"两刀论法"，analogy 译作"比类推理"，chronology译作"渊源学"，ambiguous 译作"两可"等等。② 其实除上述译例外，钱锺书脍炙人口的翻译还有很多，比如"通感"（Synesthesia）和"解构"（Deconstruct）就是两个精妙的翻译。Synesthesia 一词是心理学术语，商务印书馆《牛津高阶英汉双解词典》未收，上海译文出版社《新英汉词典》译为"联觉"，释义为："例如听到某种声音而产生看见某种颜色的感觉。"③而在 1962 年发表的《通感》一文中，钱锺书将其译为"通感"，认为这个术语指"视觉、听觉、触觉、嗅觉、味觉"的"打通"。④Deconstruct 是德里达在法文辞典中发现的语词，他借用过来为他的哲学思想命名，以之消解结构主义二元对立思维中的终极意义。这个外来的哲学术语，钱锺书在《谈艺录》中曾一度将其直译为"拆散结构主义"（Deconstructivism），⑤但他后来又对其重译，这就是"解构"。据李慎之回忆："现在的时髦青年老爱挂在嘴边的'解构'（deconstruct）一辞原来还是钱先生应别人之请翻译的。"⑥ 显而易见，与稍嫌生硬的"联觉"、非常生硬的"拆散结构主义"相比，"通感"和"解构"要贴切自然得多，真正是"不隔不涩"的中国化译

①　张佩芬：《我所熟悉的钱锺书》，《中华读书报》2001 年 1 月 23 日。钱译见《写在人生边上》，生活·读书·新知三联书店 2002 年版，第 22 页。
②　杨全红：《钱锺书译论译艺研究》，商务印书馆 2019 年版，第 183 页，第 197 页。
③　新英汉词典编写组编：《新英汉词典》，上海译文出版社 1978 年版，第 1411 页。
④　钱锺书：《通感》，见《七缀集》，生活·读书·新知三联书店 2002 年版，第 64 页。
⑤　钱锺书：《谈艺录》，生活·读书·新知三联书店 2001 年版，第 841 页。
⑥　李慎之：《千秋万岁名，寂寞身后事——送别钱锺书先生》，见李明生等编：《文化昆仑：钱锺书其人其文》，人民文学出版社 1999 年版，第 6 页。

名了。①

　　除了书名和术语的翻译有此"化境"，钱锺书对西方文学的翻译也为人所称道。据林子清说，他的译文"每个男人都是淫棍或则淫妇之夫，每个女人都是爱情的明灯"，曾被钱锺书改为"每个男人非淫棍即乌龟，每个女人都是杨花水性"；他译 The Faith Healer 为"施行信仰疗法的人"，钱先生帮他改为"诚心则灵"；林子清因此坦承自己"死扣原文"，而钱先生的翻译则堪称"点铁成金"，"译死的译文被他救活了"。② 这方面的例子，以沉冰《钱尘梦影》中的记叙最为生动。沉冰称自己在中学时代就醉心于钱著，"干过一件妙事"：将《谈艺录》中的外文抄给国内名家，请他们翻译，然后再将其与钱锺书的译文对比，"以收研习揣摩之乐"。他举出好几则例子，这里以其中对马丁·路德（Martin Luther）《语录》（Table Talk）翻译为例进行说明：

　　　　当我为沉重的苦难所困扰时，我奔向我饲养的猪群之中，而不是独自厮守。人的心象磨坊的石磨，你放进麦子，它转啊磨啊，把麦子碾成面粉；如果你不放进麦子，它依旧不断地磨，但是这样它就只是磨自己，把自己磨损。所以，除非心有所专，人类的心就给魔鬼留下空隙，魔鬼乘隙慢慢爬进去，并且带着许许多多邪恶的思想、诱惑和苦难爬进去，这一切就把心磨碎了。（汤永宽先生译文）③

　　　　吾遭逢大不如意事，急往饲牧吾猪，不欲闲居独处。人心犹磨坊石砲，苟中实以麦，则碾而成面；中虚无物，石仍铄转无已，徒自研损耳。人心倘无专务，魔鬼乘虚潜入，挟恶念、邪思及诸烦恼以俱来，此

---

① "解构"这个译名另有一妙解。笔者在课堂上曾尝试如此解释"结构"和"解构"，以帮助学生更好地理解这两个概念：从词性上讲，"结构"是名词，但不妨理解成动词，事实上结构主义研究的基本思路就是在众多变量中"结"（找寻、提取、总结）某种恒定不变的"构"（母题、模式、语法）。而"解构"（动词）的思路与"结构"（动词）正相反。于是，一个费尽心力地去"结"某个"构"，一个乐此不疲地去"解"这个"构"，前者如普罗普的民间故事研究，后者如罗兰·巴特拆解巴尔扎克小说的《S/Z》。按这样的理解，"结构""解构"，相反相成，相映成趣，如此再看"解构"这个译名，堪称妙译。

② 林子清：《钱锺书先生在暨大》，《文汇读书周报》1990 年 11 月 24 日。

③ 沉冰：《钱尘梦影》，见沉冰主编：《不一样的记忆——与钱锺书在一起》，当代世界出版社1999 年版，第 360–362 页。

心遂为所耗蚀矣。（钱锺书译文）①

    沉冰在对比两位名家的译文后并未判分高下，仅言"细味钱先生的文言译笔与汤永宽这位译界名家的语体译笔，当能对外文、中文的涵意体认更深"。②而杨全红显然也关注到了这个资料，他点评道："如果没有钱译在一旁分庭抗争，汤译其实不错，毕竟原文的意思已基本传出。"他认为"钱译寥寥数语却神貌俱出"，"可资咀嚼处甚多"，比如 grind 一词在原文中出现三次，钱分别译为"碾""研""耗蚀"；又如 it turns and grinds and bruises the wheat to flour 一句有三个动词（turn、grind、bruise），译文却又糅译为一个"碾"字，可见"钱译收放自如"，"不愧是眼手俱高"。③由此可见，钱锺书非常善于以简妙的文言对西方典籍进行翻译，就使得《谈艺录》《管锥编》中的外来文献，并未同书中的古文文献、作者的述学语言产生不相协调感，换言之，立足"化境"的译论，借助"化境"的译艺，钱锺书文言著述中的各种中西古今的文献，在语言上的裂隙都已被消解弥合，变得融洽无间。这里从《谈艺录》和《管锥编》中各举一例以窥全貌：

    瓦勒利尝谓叙事说理之文以达意为究竟义（le but de communiquer à quelqu'un quelque notion déterminée），词之与意，离而不著，意苟可达，不拘何词（entiêrement remplacée），意之既达，词亦随除（cette idée s'étant produite, le langage s'évanouit devant elle）；诗大不然，其词一成莫变，长保无失（la forme conser vée comme unique et nécessaire expression）。是以玩味一诗言外之致，非流连吟赏此诗之言不可；苟非其言，即无斯致。④

    古希腊诗称美人："不太纤，不太秾，得其中"（not too slender nor

① 钱锺书：《谈艺录》，生活·读书·新知三联书店 2001 年版，第 804 页。
② 沉冰：《钱尘梦影》，见沉冰主编：《不一样的记忆——与钱锺书在一起》，当代世界出版社 1999 年版，第 360—362 页。
③ 杨全红：《钱锺书译论译艺研究》，商务印书馆 2019 年版，第 221 页。
④ 钱锺书：《谈艺录》，生活·读书·新知三联书店 2001 年版，第 282—283 页。

too stout, but the mean between the two ）；拜伦诗称美人："发色增深一丝，容光减褪一忽，风韵便半失"（one shade the more, one ray the less, /Had half impair'd the nameless grace/ which waves in every raven tress, /Or softly lightens o'er her face ）。与宋玉手眼相类，均欲示恰到好处，无纤芥微尘之憾。①

    这两段内容，一以西方文论的观点阐释中国传统诗学的命题，一以西方文学为例论述中国古典文学的手法。在行文中，钱锺书边征引文献边展开讨论，由于重心落在中国古典文论、文学上，外文文献只为说明论题，所以对西文的翻译非常精炼，传意达旨即可。我们注意到，这些外文文献均以古雅的文言译出，与文中的古文文献、作者的述学语言杂糅在一起，水乳交融，毫无扞格。显而易见，这种以文言"化"西文的翻译艺术，很好地规避了两套异质话语在并置时可能出现的冲突感，无论对于作者的述学，还是对于读者的阅读，抑或全书全篇语体风格的统一，都有顺畅妥帖之效。可见这种"西文雅言翻译"，② 是钱锺书在白话已成通行的学术语言的时代，依然坚持用文言述学并被人们广泛认可的原因之一。这就像胡河清所言，钱著中新旧中西文献甚多，"若稍有不慎，便可能给人东拼西凑，非马非驴，文气不贯之感"，但他完全避免了此类可能出现的弊病，其西文原文之引文与文中其他文字"恰如珠联璧合，相得益彰"。③ 陈平原也指出，学术著述如何处理引文是个不大不小的问题，这是因为摆在现代中国学者面前的有三种不太协调的语言，国学基本上是文言，新学大都是白话，西学译介则以白话为主，对于大多数人来说，"将这三种风格大相径庭的引语，编织进自家著述而不显得扞格，实在不是一件容易的事情"。他由此感慨道："毕竟，像钱锺书《管锥编》那样纵论古今，且自译各种文本，使其与自家著述的文体相协调，是个

---

① 钱锺书：《管锥编》，中华书局 1986 年版，第 873 页。
② 陆谷孙：《"灵光隳矣！"》，《读书》1999 年第 6 期。
③ 胡河清：《真精神与旧途径——钱锺书的人文思想》，河北教育出版社 1995 年版，第 107 页。

特例。"① 陈子谦说得更生动有趣，他称钱锺书在自己书中"布置了那么多蟹行文字"，有人学他却始终学不像，原因是无法"消纳"，须知钱著中的外语"是和我们的语文融通了的"。② 他说的"消纳""融通"，正是我们这里讨论的"化境"。孔庆茂《钱锺书传》也认为钱以文言译西方文献，"译得天然凑泊"，以至于"几乎分辨不出哪些地方是根据外文原著翻译来的"。③ 这些从不同角度或分析学理或描述现象、或生动有趣或夸张渲染的评价，实际上都明确指向钱著虽以文言述学而能将旧学新知熔铸于一炉的"化境"。

第二节　诗性言说

一、象喻之妙

中国传统学术尤其是传统文论，常将"象喻"作为一种说理明道的方式，也因此赋予学术著述强烈的诗性色彩，这是传统学术文体在体要上一个突出的特征。所谓象喻，就是通过取譬，以生动形象的方式来阐发义理，罗根泽称其为"比喻的品题"，④ 郭绍虞称为"象征的批评"，⑤ 张伯伟称为"意象批评"，⑥ 叶嘉莹称为"意象化的喻示"，并认为"这种意象化的品评其本身同时也就具有着一种诗意的美感"。⑦ 大致说来，象喻这种阐发事理的表达方式，滥觞于春秋时期，《周易》所谓"圣人立象以尽意"，⑧ 揭示的就是形象

---

① 陈平原：《现代中国的述学文体》，北京大学出版社 2020 年版，第 31-32 页。
② 陈子谦：《论钱锺书》，广西师范大学出版社 2005 年版，第 281-282 页。
③ 孔庆茂：《钱锺书传》，江苏文艺出版社 1995 年版，第 206 页。
④ 罗根泽：《中国文学批评史》，上海古籍出版社 1984 年版，第 238 页。
⑤ 郭绍虞：《中国文学批评史》，上海古籍出版社 1979 年版，第 152 页。
⑥ 张伯伟：《中国古代文学批评方法研究》，中华书局 2002 年版，第 196 页。
⑦ 叶嘉莹：《钟嵘〈诗品〉评诗之理论标准及其实践》，见叶嘉莹：《迦陵论诗丛稿》，河北教育出版社 1997 年版，第 54 页。
⑧ 吴树平等点校：《十三经》，燕山出版社 1991 年版，第 80 页。

之于意义传达的作用。《诗经·大雅·烝民》"吉甫作诵，穆如清风"，将周朝贤臣尹吉甫的诗比喻成清风化养万物，生动形象，开后世诗文评中象喻之先河。魏晋六朝，文论家使用象喻已成风尚，如钟嵘《诗品》中"范诗清便宛转，如流风回雪；丘诗点缀映媚，似落花依草"之类，①一时脍炙人口。到了晚唐，象喻更成衡文论艺的惯常方法，同时也更加注重文辞的精炼优美，尤以司空图《二十四诗品》为最。唐以后，以形象的比喻描述作家作品的整体风格已成为诗文评较稳定的传统。即使在现代文论中，象喻依然被一些大家所使用，如鲁迅在为殷夫诗集所作的序中，就以"东方的微光""林中的响箭""冬末的萌芽"以及"对于前驱者的爱的大纛""对于摧残者的憎的丰碑"等一连串的比喻，②形象地概括这部诗集的蕴含与意义。京派批评尤其热衷使用象喻，如沈从文论穆时英："如博览会的临时牌楼，照相馆的布幕，冥器店的纸扎人马车船。一眼望去，也许觉得这些东西比真的还热闹，还华美，但过细检查一下，便知道原来全是假的。"③通过多方取譬，批评穆时英小说的铺张与空洞。对于象喻的价值，人们在指出其过于感性这个缺点的同时，大多持肯定的态度，如蔡镇楚等人认为象喻具有形象性、多样性、排比性和比较性，是"诗化的文学理论批评"，是"文学理论批评的诗化"。④王先霈也指出："象喻式批评的最后目的是通过比喻抓住对象总体的精神风貌；堪称不易之论的精当比喻，是批评家反复玩味、涵咏数度之后的所得。"⑤

资料表明，对于象喻这种极具中国传统文论特色的表达方式，钱锺书多有论及，主要表现在以下几个方面：（1）论象喻的起源。在《谈艺录》中，钱锺书曾辨析过象喻的源头，认为《诗经·烝民》中的"吉甫作诵，穆如清风"应是象喻的缘起，并举例说："少陵'翡翠兰苕'，退之'鲸牙龙角'，

① （南朝梁）钟嵘：《诗品》，见（清）何文焕辑：《历代诗话》，中华书局1981年版，第8页，第15页。
② 鲁迅：《且介亭杂文末编·白莽作〈孩儿塔〉序》，见《鲁迅全集》（6），人民文学出版社2005年版，第512页。
③ 沈从文：《论穆时英》，见《沈从文批评文集》，珠海出版社1998年版，第215页。
④ 蔡镇楚、刘畅：《论意象批评》，《邵阳学院学报》2007年第5期。
⑤ 王先霈主编：《文学批评原理》，华中师范大学出版社1999年版，第96页。

滥觞于是矣。"①（2）论象喻批评的盛行。在《管锥编》中，钱锺书列举杜牧《李昌谷诗序》、顾况《右拾遗吴郡朱君序》、李商隐《容州经略使元结文集后序》中的象喻，认为"此中晚唐人序诗文集惯技"，并称司空图《注〈愍征赋〉述》中"观其才情之旖旎，有如霞阵叠鲜"等比喻"尤为伟观，可与《二十四诗品》相表里"。②（3）论象喻阐发事理的价值。钱锺书说："理赜义玄，说理陈义者取譬于近，假象于实，以为研几探微之津逮，释氏所谓权宜方便也。古今说理，比比皆然。"③认为深奥的道理，原本难以言说，而通过取譬立喻，则可达成阐释之目的。因此他称象喻是"致知之具"，是"穷理之阶"，④强调"穷理析义，须资象喻"。⑤（4）论象喻对于读者的作用。钱锺书说："取譬拈例，行空而复点地，庶堪接引读者。"⑥指出象喻对于读者理解意义的启发作用，这就是《容安馆札记》说的"即就比喻，引申生发，因权见实"。⑦（5）论古人的象喻。如宋人林光朝在《读韩柳苏黄集》中以"作室"喻韩柳之别，柳宗元是"先量自家四至所到，不敢略侵别人田地"，而韩愈则是"惟意之所指，横斜曲直，只要自家屋子饱满"，钱锺书说，这种生动风趣的比喻，描述出两种不同的文风，"真语妙天下者"。⑧

钱锺书不仅"论"象喻，而且也"用"象喻。对此，熟悉钱著的读者必有会心。这里以钱著中一些精妙的比喻为例，来说明钱锺书使用象喻的特点及用意。

一方面，钱著大量使用象喻是一种语言策略，目的是增强学术研究的直观性，使枯燥的学术变得生动活泼，不至于呆板僵硬。请看下面三则分别出自《宋诗选注》《管锥编》和《谈艺录》中的例子：

---

① 钱锺书：《谈艺录》，生活·读书·新知三联书店 2001 年版，第 146 页。
② 钱锺书：《管锥编》，中华书局 1986 年版，第 1234 页。
③ 钱锺书：《管锥编》，中华书局 1986 年版，第 11 页。
④ 钱锺书：《管锥编》，中华书局 1986 年版，第 11-12 页。
⑤ 钱锺书：《管锥编》，中华书局 1986 年版，第 12 页。
⑥ 钱锺书：《管锥编》，中华书局 1986 年版，第 1144 页。
⑦ 钱锺书：《容安馆札记》，商务印书馆 2003 年版，第 16 页。
⑧ 钱锺书：《谈艺录》，生活·读书·新知三联书店 2001 年版，第 115-116 页。

文艺里的摹仿总把所摹仿的作家的短处缺点也学来，就像传说里的那个女人裁裤子：她把旧裤子拿来做榜样，看见旧裤子扯破了一块，忙也照式照样在新裤子上剪个窟窿。①

韵语既困羁绊而难纵放，苦绳检而乏回旋，命笔时每恨意溢于句，字出乎韵，即非同狱囚之银铛，亦类旅人收拾行滕，物多箧小，安纳孔艰。②

诗之情韵气脉须厚实，如刀之有背也，而思理语意必须锐易，如刀之有锋也。锋不利，则不能入物；背不厚，则其入物也不深。③

三段引文，或论文学摹仿之弊病，或论文体规范之束缚，或论诗情诗理之关系，讨论的都是很严肃的诗学话题，但这并不妨碍钱锺书以生动形象的比喻来阐发道理。第一例中，钱锺书的比喻很俏皮，于轻松随意间就将要说的问题说清楚了，并给人留下极深刻的印象；第二例的两个比喻不是重复用喻，而是为了说明韵语受到的羁绊有宽严轻重之别；第三例以"刀背""刀锋"之喻形象地揭示了诗理诗情相辅相成的辩证关系。在严肃的学术著述中，在论述学理的同时随手附上这样比喻，无疑为学术文章增添了生气，使得理性的论述与感性的形象相互映照，不仅有裨于读者的解会，同时也大大增添了文章的直观性和生动性。可以想象的是，如果删掉文中这些有趣的比喻，文意虽没受太大的影响，但文章也因之失去了个性，不复是钱锺书的文章了。有研究者这样评价钱锺书的著作："文笔生动形象，不枯燥，不刻板。尤其是大量比喻的运用，构成了一段段精彩的美文语段，使注释和评论都具有极强的形象性、可读性。"④还有研究者认为，学术文章讲求严谨周密，很少使用比喻，"而钱先生则不然，无论是小说散文还是学术论著，都大量使

---

① 钱锺书：《宋诗选注》，生活·读书·新知三联书店 2002 年版，第 20 页。
② 钱锺书：《管锥编》，中华书局 1986 年版，第 151 页。
③ 钱锺书：《谈艺录》，生活·读书·新知三联书店 2001 年版，第 402 页。
④ 王卫平：《东方睿智学人：钱锺书的独特个性和魅力》，河北教育出版社 1997 年版，第 196 页。

用比喻"，"贴切精当，令人击节赞叹"。① 准确指出了钱锺书学术著述中比喻的特点（"精彩""美文语段""贴切精当"等）以及效果（"形象性""可读性""击节赞叹"等）。我们知道，比喻是文学意味很浓的表达方式，钱锺书多次说过："比喻正是文学语言的特点"；"比喻是文学语言的擅长"。② 从这个意义说，他学术著述中大量的比喻自然就在很大程度上赋予了文体强烈的诗性色彩。

另一方面，"穷理析义，须资象喻"，③ 钱著中的象喻也是一种阐释策略。通过形象的比喻以更准确、深入地阐发问题，是钱锺书一贯的谈艺之道。如在《宋诗选注》中他认为，头脑保守的批评家读到范成大《春日田园杂兴》中"前村犬吠无他事，不是搜盐定榷茶"这样的描写，会觉得不合田园诗的风格，"未免像音乐合奏时来一响手枪声，有点儿杀风景"。④ 这里讨论的就是范成大田园诗与众不同的一个特点："泥土和血汗的气息。"钱锺书认为范诗是对《诗经·豳风·七月》描写农耕之苦这一传统的继承，也是对陶渊明之后田园诗人只写"悠然"心情这个创作风气的反拨。"像音乐合奏时来一响手枪声"这个比喻，按钱锺书的注解，出自小说《红与黑》，讲的是"文艺里搀入政治"。也就是说，他借西洋小说中的比喻来讨论中国古代的田园诗，这个大胆甚至突兀的比喻成功地吸引了读者的注意，弄懂了它的内涵，就能准确地理解范诗在田园诗创作上的特色了。再如，《谈艺录》称放翁善于"写景"，其诗如"画图之工笔"，诚斋擅长"写生"，其诗如"摄影之快镜"，⑤ 比喻也同样精当，形象地说明了陆游、杨万里诗风的差异：陆游善于将前人描写过的景象再加渲染，杨万里则不同，他写诗不随人后，不让眼前生动活泼的景象成为"死书的牺牲品"，而是擅长以灵巧的手法写前人没有

---

① 田建民：《再论钱锺书比喻的特点》，《河北大学学报》1995 年第 1 期。
② 钱锺书：《读〈拉奥孔〉》，见《七缀集》，生活·读书·新知三联书店 2002 年版，第 43 页，第 44 页。
③ 钱锺书：《管锥编》，中华书局 1986 年版，第 12 页。
④ 钱锺书：《宋诗选注》，生活·读书·新知三联书店 2002 年版，第 312–313 页。钱注"手枪声"："斯汤达《红与黑》第二部二十二章讲文艺里搀入政治的比喻。"
⑤ 钱锺书：《谈艺录》，生活·读书·新知三联书店 2001 年版，第 353 页。

描写或很难描写的事物。① 由此可见，文中的比喻并非钱锺书一时兴起之戏笔，实是深思熟虑的谈艺之论了。

由此可见，钱著中的象喻，不仅赋予言说活动浓重的诗性色彩，同时也是他在衡文论艺中阐发事理的一种策略。刘勰《文心雕龙》云："喻巧而理至。"② 可谓言简意赅，一语中的。爱莲心在论庄子的博喻时也指出象喻对于逻辑思维的补充意义在于：一方面使读者"分析的习惯性思维方式沉默"，另一方面"加强读者的直觉的或总体性的心力功能"。③ 作家格非也说，中国古典文论中有很多比喻，目的就是"说清楚一个问题"，他认为"恢复中国理论的活力本身，也意味着不能丢掉中国文论这样一个遗产"。④ 相比而言，朱光潜说得最简炼透彻，他认为中西古今的学者都喜欢使用譬喻，原因是："理有非直说可明者，即用类似的具体事物来打比"，如"人相忘乎道术"颇不易懂，而"鱼相忘乎江湖"却尽人皆知，就是这个道理。⑤ 名家大家的这些看法，对于我们深入理解钱锺书学术著述中象喻的特点及价值，都是极具启发意义的。

二、骈俪之美

除了"象喻"，"骈俪"也是中国传统学术诗性言说的突出特征。"骈俪"指两两相对的句式，犹两马并驾齐驱，故名。以这种句式写成的文章，称"骈体文""骈文""骈偶文"或"骈俪文"。古人著述，或全用骈俪，如《文心雕龙》。此为纯粹的骈体文，滥觞于汉魏，兴盛于六朝，唐代古文运动后逐渐衰微，有清一代有短暂的复兴，晚清及民初依然较流行。⑥ 此外，还有一种骈散结合之文，更为常见。此体可远溯先秦时期，诸子、历史散文中

① 钱锺书：《宋诗选注》，生活·读书·新知三联书店 2002 年版，第 256 页。
② （梁）刘勰著；韩泉欣校注：《文心雕龙》，浙江古籍出版社 2001 年版，第 102 页。
③ ［美］爱莲心：《向往心灵转化的庄子》，周炽成译，江苏人民出版社 2004 年版，第 2 页。
④ 刘晓南：《格非访谈录》，见刘晓南：《第四种批评》，北京大学出版社 2008 年版，第 174 页。
⑤ 朱光潜：《谈文学·具体与抽象》，见《朱光潜全集》（第 4 卷），安徽教育出版社 1988 年版，第 293 页。
⑥ 刘纳：《民初文学的一个奇景：骈文的兴盛》，《郑州大学学报》1996 年第 5 期。

颇多这类句式，如《老子》："祸兮，福之所倚；福兮，祸之所伏。"《论语》："君子之过也，如日月之食焉。过也，人皆见之；更也，人皆仰之。"《孟子》："一箪食，一豆羹，得之则生，弗得则死。呼尔而与之，行道之人弗受；蹴尔而与之，乞人不屑也。"《国语》："于是葬死者，问伤者，养生者；吊有忧，贺有喜；送往者，迎来者；去民之所恶，补民之不足。"《战国策》："悉其士民，张军数千百万，白刃在前，斧质在后。"都是脍炙人口的俪辞，故范文澜《文心雕龙注》称"魏晋以前篇章，骈句俪语，辐辏不绝者此也"。①

从文体特征看，骈俪句式整齐，朗朗上口，易于讽诵，所谓"事理同异，取类相从，记忆匪艰，讽诵易熟"。② 同时，骈俪也是一种很文学化的表述，最鲜明的特征就是对仗，所谓"在于文章，皆须对属。其不对者，止得一处二处有之。若以不对为常，则非复文章"。③ 此外，在平仄、声律、藻饰、用典上也极讲究，文学色彩也因之更为浓重。有研究者就将骈俪之"美"总结为"对称美""建筑美""色彩美"和"音乐美"。④ 因此古人撰文，常使用骈偶句或带有骈偶色彩的对偶排比句，以骈散结合的形式营造文字之美，以至于很多论说之文也可作文学作品欣赏。如白居易《与元九书》中就有这样优雅的文字："《国风》变为《骚辞》，五言始于苏李。《诗》《骚》皆不遇者，各系其志，发而为文。故河梁之句，止于伤别。泽畔之吟，归于怨思。彷徨抑郁，不暇及他耳。"其中既有"赋"的铺陈排比，又兼"骈"的对偶整饬，不仅听起来悦耳动人，陈说事理也颇严密周全。

新文化运动中，骈体文连同骈俪句，遭遇到与文言文和文言一样的命运，备受指责。陈独秀提出的文学革命"三大主义"之一的"推倒陈腐的铺张的古典文学"，意中就有骈体在。他还称"旧文学"中有"十八妖魔"，从《诗经·国风》直至桐城古文，详加列举，其中就包括骈体，如称"齐梁以来，风尚对偶"，"东晋而后，即细事陈启，亦尚骈丽"，"演至有唐，遂成骈

---

① 范文澜：《文心雕龙注》（下），人民文学出版社 1958 年版，第 590 页。
② 范文澜：《文心雕龙注》（下），人民文学出版社 1958 年版，第 590 页。
③ ［日］遍照金刚著；周维德校注：《文镜秘府论》，人民文学出版社 1975 年版，第 228 页。
④ 尹恭弘：《骈文》，人民文学出版社 1994 年版，第 1 章第 3 节 "骈体文的文体特征及其美学功能"。

体"，"此等雕琢的、阿谀的、铺张的、空泛的贵族古典文学，极其长技，不过如涂脂抹粉之泥塑美人"，"可谓为文学之末运矣"。① 胡适主张的文学改良"八事"，也有"不讲对仗"一条。② 他的《白话文学史》对骈体文也颇有微词，认为魏晋六朝的文学都"骈俪化"了，议论文成了辞赋体，记叙文也用骈俪文，"这个时代可说是一切韵文与散文的骈偶化的时代"。③ 这些看法，代表了西学东渐潮流下知识界对于新文法的推崇及对旧文体的憎恶，持论的立场都比较偏狭、偏激。

和他们相比，钱锺书的看法就辩证得多了，对于骈体文和骈俪有自己独特的思考，此处略作梳理如下：（1）关于骈体之流变。这在《上家大人论骈文流变书》中有较集中的论述。此信是钱锺书收到钱基博所著《骈文通义》后所写，他认为，骈体之演化，到汉魏已"渐趋俪偶，皆时有单行参乎其间"，到蔡邕则"体遂大定"，至陆机，"搜对索偶，竟体完善，使典引经，莫不工妙"，于是"俪之体，于机而大成矣"。可见"骈文定于蔡邕，弘于陆机也"。④（2）关于骈俪的名称和句式。在《管锥编》中，钱锺书对《史记》"然善属书离辞"之"离"、《荀子》"累而成文，名之丽也"之"丽"、郑玄注《礼记》"离读如俪偶之俪"之"俪"等三字作了考辨，认为"离""丽""俪"通假，均指"排比俪偶之词"，也即《宋书·谢灵运传·论》之"比响联辞"。钱锺书指出，俪偶的句式"型式甚多，可以星罗，可以鱼贯；成双列队只'陈'之一道耳"。⑤（3）关于骈散结合之体。在书评《〈近代散文钞〉》中，钱锺书谈到魏晋时期从骈体派生出的一种文体，其特点为："不骈不散，亦骈亦散，不文不白，亦文亦白，不为声律对偶所拘，亦不有意求摆脱声律对偶。"他称这种文体为"家常体"，认为这是"一种最自在，最萧闲的文体"。⑥（4）关于骈俪的功能。《管锥编》认为："偶俪之词，缛于散

① 陈独秀：《文学革命论》，《新青年》第 2 卷第 6 号，1917 年 2 月。
② 胡适：《文学改良刍议》，见《胡适全集》（1），安徽教育出版社 2003 年版，第 4 页。
③ 胡适：《白话文学史》，见《胡适全集》（11），安徽教育出版社 2003 年版，第 309 页。
④ 钱锺书：《上家大人论骈文流变书》，《光华大学半月刊》第 1 卷第 7 期，1933 年 4 月。
⑤ 钱锺书：《管锥编》，中华书局 1986 年版，第 310 页。
⑥ 钱锺书：《〈近代散文钞〉》，见《人生边上的边上》，生活·读书·新知三联书店 2002 年版，第 319 页。

行，能使'意'寡而'视'之'如似多'也。"① 这是从句式的骈散结合这个角度进行的分析。此外，朱熹称骈文"常说得事情出"，钱锺书认为"殊有会心"，他分析道："世间事理，每具双边二柄，正反仇合"，因此，"倘求义贱词达，对仗攸宜"，因为"非以两当一，而是兼顾两面、不偏一向"。② 这是从句式的内部结构这个角度进行的分析。也就是说，骈俪句中正反相合的结构很符合辩证法，非常适合用来说明事理。这一认识在《容安馆札记》论纪昀《钦定四库全书告成恭进表》中讲得更明确。钱锺书认为，"唐人骈俪，虽机调流转，已落凡近矣"，而纪昀此篇，文风自然，语句顺畅，"最长于辨析学问文章异同派别"，"上下千年，皎然不紊"。③ 指出了骈体在阐发事理上的优势。（5）关于骈俪的存废。钱锺书指出："文无时古，亦无奇偶，唯其用之宜，言之当。"④ 他以枚乘《七发》为例，认为骈俪如使用得当，"能化堆垛为烟云"，⑤ 故骈俪一事要辩证地看待，"末流虽滥施乖方，本旨固未可全非焉"。他因此主张：基于"末流"之弊，则"骈体文不必是"，而基于本旨之用，则"骈偶语未可非"，"固于骈俪文体，过而废之可也；若骈语俪词，虽欲废之，乌得而废哉"？⑥ 显然在他看来，尽管论说文体由"骈"而"散"的递变是历史的必然，但即使骈体文消亡，骈俪这种表达方式也是不应该轻言废除的。

由于有上述这些客观、冷静、深入的思考，钱锺书谈艺，热衷使用骈俪也就不足为奇了。资料表明，钱锺书自小就深受骈体文的影响，很早就能熟练地写四六之文。他曾自言于骈文"少而好之，熟处迄今未忘"。⑦ 杨绛也说钱锺书"有时不按父亲教导的方法作古文，嵌些骈俪，倒也受到父亲赞

---

① 钱锺书：《管锥编》，中华书局1986年版，第324页。
② 钱锺书：《管锥编》，中华书局1986年版，第1474-1476页。
③ 钱锺书：《容安馆札记》，商务印书馆2003年版，第123页。
④ 钱锺书：《容安馆札记》，商务印书馆2003年版，第2480页。
⑤ 钱锺书：《管锥编》，中华书局1986年版，第361页。
⑥ 钱锺书：《管锥编》，中华书局1986年版，第1474-1476页。
⑦ 钱锺书1983年9月致朱洪国信。朱氏编著《中国骈文选》，写信向钱锺书请教选目问题，钱锺书回信说："骈文入清而大盛，超宋迈唐，尊选似太少。"此信见《中国骈文选》扉页，四川文艺出版社1996年版。

许"。① 由于受过这种专门训练，钱锺书写起骈文来得心应手，"当着客人的面写一封骈四俪六的书信，顷刻立就，文辞甚美"。② 有此功力，他在学术著述中以骈俪阐发事理也就毫无滞碍了，像他早期的文言著述中就颇多排比俪偶、铺陈事理之句，如《中国文学小史序论》云："谈艺者徒知载道说理之陈腐落套，而不识抒情言志，亦有蹊窘，亦成窠臼：言哀已叹之声，涉乐必笑之状，前邪后许，此呻彼吟，如填匡格，如刻印板。……始则发表'个性'，终乃仅见'性'灵，无分'个'别。"③ 又如《上家大人论骈文流变书》云："自辞赋之排事比实，至骈体之偶青妃白，此中步骤，固有可录。错落者渐变而为整齐，诘屈者渐变而为和谐。句则散长为短，意则化单为复。指事类情，必偶其徒。突兀拳曲，夷为平厂。"④ 将对仗工整的骈俪和长短不一的散句夹杂使用，奇偶相间，错落有致，属于典型的骈散结合的文体。《谈艺录》《管锥编》中这种句式也很突出，很多研究者都注意到钱著的这个特色，如敏泽指出："钱氏行文，惯用骈体。"⑤ 蔡田明认为《管锥编》有"骈文的神韵"。⑥ 其实，除文言著述外，包括《七缀集》在内的白话著述中也常见骈俪或类似于骈俪的妙语佳句，文体的句式极富变化。如张隆溪就说："在钱先生的著述里，不仅《谈艺录》《管锥编》典雅的文言多用骈偶语，就是用白话写的作品，也常常使用排比对称的字句。读者只要留意，便不难发现骈偶语是钱锺书语言特点之一。"⑦

钱锺书在学术著述中大量使用骈俪，推究起来，目的应该有二：一是以之更好地阐发事理，二是以之增加文章的美感。先说阐发事理。骈俪之句，两两相对，其中两意相反的"反对"，本身就暗含辩证思维，长于说明

---

① 杨绛：《记钱锺书与〈围城〉》，见杨绛：《将饮茶》，生活·读书·新知三联书店 2015 年版，第 127 页。
② 郑朝宗：《但开风气不为师》，《读书》1983 年第 1 期。
③ 钱锺书：《中国文学小史序论》，见《人生边上的边上》，生活·读书·新知三联书店 2002 年版，第 103 页。
④ 钱锺书：《上家大人论骈文流变书》，《光华大学半月刊》第 1 卷第 7 期，1933 年 4 月。
⑤ 敏泽：《论钱学的基本精神和历史贡献——纪念钱锺书先生》，《文学评论》1999 年第 3 期。
⑥ 蔡田明：《〈管锥编〉述说》，中国友谊出版公司 1991 年版，第 35 页。
⑦ 张隆溪：《钱锺书的语言艺术》，见张隆溪：《走出文化的封闭圈》，生活·读书·新知三联书店 2004 年版，第 200 页。

事理。刘勰就将"丽辞之体"分为"言对""事对""反对""正对"四种类型,对后两种他称:"反对为优,正对为劣。"指出"反对"阐发事理的优势,所谓"理殊趣合者也"。他举例说,王粲《登楼赋》"钟仪幽而楚奏,庄舄显而越吟"属于"反对",而张载《七哀》"汉祖想枌榆,光武思白水",属于"正对"。刘勰分析说:"幽显同志,反对所以为优也。"① 也即是说,"反对"以对立之两意("幽""显"),阐明相同之事理("楚奏""越吟"),在相互参照中彰显思维之辩证,思虑之周全。而"正对"两意相同,语涉累赘,因此不及"反对"。② 很多研究者都曾讨论过骈俪的说理优势,如瞿兑之《中国骈文概论》认为,人们有一种误解,以为论说是发挥义理的,而骈文以辞藻为重,在这方面便有不足,"殊不知以骈文作论说,正可利用他的辞藻供引申譬喻之用,利用他的格律助精微密栗之观。"③ 李建中等人以《文心雕龙》为例指出,刘勰研究的是复杂精深的文艺理论,借助骈体的四六句,可收"擘肌分理"之效,将繁复宏阔而又精致细密的理论,简约明晰地表达出来,"不枝不蔓,不杂不糅,不偏不倚,不蹻不踔"。④ 应该说这些分析是契合章太炎所谓"头绪纷繁者当用骈"这一认识的。⑤ 在钱著中,骈俪的使用无疑也具有这种说理的优势,请看以下几则例子:

　　尝有拘墟之见,以为文学史与文学批评体制悬殊。一作者也,文学史载记其承邅(genetic)之显迹,以著位置之重轻(historical importance);文学批评阐扬其创辟之特长,以著艺术之优劣(aesthetic worth)。⑥

----

① (梁)刘勰著;韩泉欣校注:《文心雕龙》,浙江古籍出版社2001年版,第189页。

② 需要指出的是,刘勰判分"正对""反对"之优劣,虽不无道理,但也失之于偏颇。在实际运用中,"正对"也并非全是重言叠句,它有时也制造一种言说的气势,表达一种强调的语气,同样有助于阐发事理,这在此节对钱著的骈俪进行分析时就有论及。

③ 瞿兑之:《中国骈文概论》,上海世界书局1934年版,第29页。

④ 李建中、李小兰:《批评文体论纲》,武汉大学出版社2013年版,第62页。

⑤ 洪治纲主编:《章太炎经典文存》,上海大学出版社2003年版,第112页。

⑥ 钱锺书:《中国文学小史序论》,见《人生边上的边上》,生活·读书·新知三联书店2002年版,第93页。

水中映月之喻常见释书，示不可捉搦也。然而喻至道于水月，乃叹其玄妙，喻浮世于水月，则斥其虚妄，誉与毁区以别焉。①

曰唐曰宋，特举大概而言，为称谓之便。非曰唐诗必出唐人，宋诗必出宋人也。故唐之少陵、昌黎、香山、东野，实唐人之开宋调者；宋之柯山、白石、九僧、四灵，则宋人之有唐音者。②

三段话分别出自《中国文学小史序论》《谈艺录》和《管锥编》，都用了骈散结合的句式。第一例讨论文学史与文学批评各自的侧重，钱锺书以两两相对的"反对"展开论述，要言不烦地将问题说得清楚透彻。第二例讨论的是"比喻之两柄"，钱锺书指出"水月"之喻的两种对立的含义和情感色彩，同样以"反对"辩证地阐发了比喻具有的"同此事物，援为比喻，或以褒，或以贬，或示喜，或示恶，词气迥异"这种修辞特点。第三例借助整齐的俪偶，言简意赅地表达了作者对"诗分唐宋"这个观点的质疑。王瑶曾说："骈文自有它议论说理的方式，虽然和散行文字不同。"③钱著中的这些骈俪句，蕴含着思维的辩证法，论述问题不仅精炼生动，而且准确清晰，是作者用以阐发事理的一种重要手段。张隆溪在《钱锺书语言艺术》中认为："构造巧妙的反对语往往凝聚了作者的巧思，发人深思。"④他说的"巧思"，其实就是"思辨"，这是由骈俪句式本身的特点决定的。作者使用这种句式，实际上就是按这种句式的特点在思考问题，骈俪尤其是刘勰说的"反对"，能够使作者从容地从正反两方面阐发观点，或正反对照，突出各自的特质，或正反相合，揭示两者的关系，显然属于一种极具辩证色彩的言说方式。宇文所安曾将《文心雕龙》所采用的骈体比喻成"话语机器"，认为这个"话语机器"的中心就是"辨"——"也即把一个题目剖析开（像利斧横断肌理那样），使得人们更加清楚地认识它的每个组成

---

① 钱锺书：《管锥编》，中华书局 1986 年版，第 37-38 页。
② 钱锺书：《谈艺录》，生活·读书·新知三联书店 2001 年版，第 3 页。
③ 王瑶：《中古文学史论》，北京大学出版社 1986 年版，第 296 页。
④ 张隆溪：《走出文化的封闭圈》，生活·读书·新知三联书店 2004 年版，第 200 页。

部分"。① 李建中等人也指出，"你既然使用骈体，你就不得不'辨'，不得不通过辨析或论辩而走向思辨或辩证"，所以从一定的意义上说，"是骈体成全了刘勰，成全了《文心雕龙》"。② 从以上观点及我们对钱著的分析可以看出，钱锺书偏好以骈散结合的表达方式述学，自有其深心所寄的用意，散布在他著述中的精妙的骈偶俪辞，自有其独特的价值。

以上是骈俪阐发事理之效，再来谈骈俪增加美感之用。骈体不仅有助于说理，而且由于句式整齐、对仗工整、音律和谐、词藻繁缛，还带有某种程度的文学之美，可为文章增色不少。工于古文和骈文的清人刘开尝言："夫骈散之分，非理有参差，实言有浓淡。"又云："夫经语皆朴，惟《诗》《易》独华。……骈语之采色于是乎出。"③ 以自身的创作体验道出骈体优美文风的表现特点及生成原因。瞿兑之《中国骈文概论》也认为，骈体之文"不躁不矜，清微绵邈"，"一个个像风流蕴藉的人，从容挥尘"；与之相比，唐宋八大家之文，"口沫横飞，声嘶力竭"，"一个个便像村夫子说书"。④ 瞿氏对古文尤其是对唐宋八大家的指摘也许心存偏狭，但他生动地指出骈文在表达方式上从容不迫、进退自如的特点，与钱锺书论骈文所说的"色鲜词畅，调谐音协"，"突兀拳曲，夷为平厂"，实无二致。台湾学者张仁青专攻骈文，对此也颇有心得，他说："骈文家之见解，则以文章本身之美，即为文章之价值，故其态度是淡泊的、超然的。"⑤ 这与瞿兑之"不躁不矜，清微绵邈"的评价也是相同的。从这个角度看，钱锺书学术著述中大量的骈俪，除了说理明道之效外，还有增加文章美感之用，此处举两例说明。一例是对鲍照《舞鹤赋》的赏评，鲍照以"若无毛质"四字描写鹤舞，钱锺书认为摹写工妙，他分析道：

---

① ［美］宇文所安：《他山的石头记：宇文所安自选集》，田晓菲译，生活·读书·新知三联书店 2019 年版，第 130 页，第 138 页。

② 李建中、李小兰：《批评文体论纲》，武汉大学出版社 2013 年版，第 106 页。

③ （清）刘开：《与王子卿太守论骈体书》，见（清）王先谦编：《骈文类纂》，浙江古籍出版社 1998 年版，第 414—415 页。

④ 瞿兑之：《中国骈文概论》，上海世界书局 1934 年版，第 32 页。

⑤ 张仁青：《中国骈文发展史》，台北中华书局 1970 年版，第 25 页。

岑参《卫节度赤骠马歌》："君家赤骠画不得，一团旋风桃花色"；机杼相似，而名理不如。鹤舞乃至于使人见舞姿而不见鹤体，深抉造艺之窈眇，匪特描绘新切而已。体而悉寓于用，质而纯显为动，堆垛尽化烟云，流易若无定模，固艺人向往之境也。①

钱锺书将鲍照赋、岑参诗"捉置一处"，通过精细的比较，揭示出鲍照描写手法之高妙。如果说，这段谈艺中的骈俪，如"机杼相似……名理不如"等句，尚是随手拈来的话，那么，"体而悉寓于用，质而纯显为动"和"堆垛尽化烟云，流易若无定模"这两对四句以俪偶构成的句式，前一对分析鲍照手法隐含的玄机，后一对指出这种手法呈现的效果，各具其意又相互说明，可谓既生动又深刻，很好地阐发了《舞鹤赋》描写鹤舞的手法。这样的骈俪，就不是信手而书而是刻意推敲的了。另一例是《谈艺录》论"文如其人"。钱锺书指出，元稹在《诲侄等书》中言及自己的操守，"严词正气，一若真可以身作则者"；但观其《长庆集》中诸多诗作，追忆酗酒狎妓，"其言津津，其事凿凿"，更不必说《会真》一记"始乱终弃"之事。于此足见"借立言为立德，托垂诫以垂名"之不可尽信。在这些论述后，钱锺书有一番精彩的谈艺之见，他说：

> "心画心声"，本为成事之说，实愁先见之明。然所言之物，可以饰伪：巨奸为忧国语，热中人作冰雪文，是也。其言之格调，则往往流露本相；狷急人之作风，不能尽变为澄澹，豪迈人之笔性，不能尽变为谨严。文如其人，在此不在彼也。②

"此"指"言之格调"，"彼"指"所言之物"。前者常常"流露本相"，后者往往"可以饰伪"。判断作者心迹，遵"此"可行而循"彼"未必。这段话中两两相偶的骈俪，如"其言津津，其事凿凿"；"借立言为立德，托

---

① 钱锺书：《管锥编》，中华书局 1986 年版，第 1312 页。
② 钱锺书：《谈艺录》，生活·读书·新知三联书店 2001 年版，第 498-499 页。

垂诚以垂名"；"本为成事之说，实媺先见之明"；"所言之物，……言之格调……"；"狷急人……，豪迈人……"等等，几乎占了大半的篇幅。与《管锥编》论鲍照赋一样，这些骈俪句，不仅具有以"辨"来言说事理的功效，而且对仗整饬、语调流畅、修短随心、张弛有度，读起来朗朗上口，虽是述学之文，实不妨当作一篇绝妙好文欣赏。陈子谦评《谈艺录》和《管锥编》，称："美词丽藻炫目，骈语属对工切，运典比事熨帖，完全是一种得心应手、左右逢源的境界。"① 刘梦芙也认为这两部著作喜欢于散体单行中时杂骈偶，"高文何绮，好语如珠，极见才华"。② 都是对骈俪诗性言说特点的准确评析。在钱锺书的学术著述中，骈散结合的文字随处可见，给严肃的学术文章增添了一份优美、一份活泼、一份灵动，充分彰显了一种诗性言说之美，堪称典型的钱氏文风。

三、以诗解诗

除"象喻"和"骈俪"外，"以诗解诗"也是钱著诗性言说的突出表现特征。"以诗解诗"原是王夫之提出的诗歌鉴赏原则，指按照诗本身的艺术规律来鉴赏诗。③ 此处借用这一说法的字面义，用以指钱锺书谈艺的一种方法，即直接用文学作品（"诗"）来阐释文学作品（"诗"）。需要说明的是，这里的"以诗解诗"不仅限于诗歌之间的互释，实际上还包括诗文曲赋的互释，如"以诗解诗""以诗解赋""以文解文"等，总之都是以一个或多个文学文本阐释其他文学文本，为便于行文，统一用"以诗解诗"指称。

这种意义阐释方法其实也是古人在品鉴诗歌时常见的做法，传统诗话中颇多此类内容。如宋人葛立方读许浑诗，独爱"道直去官早，家贫为客多"

---

① 陈子谦：《论钱锺书》，广西师范大学出版社 2005 年版，"序"第 2-3 页。
② 刘梦芙：《〈石语〉评笺》，见冯芝祥编：《钱锺书研究集刊》（2），上海三联书店 2000 年版，第 206 页。
③ 王夫之说："近有吴中顾梦麟者以帖括塾师之识说诗，遇转则割裂别立一意，不以诗解诗，而以学究之陋解诗，令古人雅度微言，不相比附。陋子学诗，其弊必至于此。"（清）王夫之：《姜斋诗话》，见丁福保辑：《清诗话》，上海古籍出版社 1978 年版，第 5 页。

一联，他在《韵语阳秋》中说，"非亲尝者，不知其味也"，然后就"以诗解诗"，称："《赠萧兵曹诗》云：'客道耻摇尾，皇恩宽犯鳞。''道直去官早'之实也。《将离郊园诗》云：'久贫辞国远，多病在家稀。''家贫为客多'之实也。"① 由于许浑一联意蕴较复杂（"非亲尝者，不知其味也"），葛立方没有从词义句意上进行分析，而是将此联上下句分别与许浑另外两首诗相引合，"以诗解诗"。细品之下不难发现，尽管葛立方对许浑一联几乎未作任何直接解释，但通过诗与诗之间的交互映发，意义已经变得清晰透彻了。再如宋人吴开在《优古堂诗话》中说，读唐人李嘉祐《春思诗》"清明桑叶少，谷雨杏花稀"，乃悟周朴诗"晓来山鸟闹，雨过杏花稀"；读梁武帝《春歌》"庭中花照眼，……情来不自限"，乃悟杜子美"花枝照眼句还成"。② 同样是通过引合他人诗作来完成对李嘉祐、梁武帝诗蕴意的阐发，像梁武帝称诗兴源自满眼春色，与杜甫诗"花枝照眼句还成"旨归一致，正相参会。钱著中，这种"以诗解诗"的地方就有很多，均以文学阐释文学，以现象阐释现象，可简要梳理出以下几种类型：

一是"以诗解诗"。如《管锥编》释"桃之夭夭，灼灼其华"之"夭"：

> 李商隐《即目》："夭桃唯是笑，舞蝶不空飞"，"夭"即是"笑"，正如"舞"即是"飞"；又《嘲桃》："无赖夭桃面，平明露井东，春风为开了，却拟笑春风"；具得圣解。清儒好夸"以经解经"，实无妨以诗解《诗》耳。③

钱锺书释"夭"为"笑"，但这种释义并没有采取通常所用的考证或训诂之法，而是在被阐释对象与李商隐两首诗的交相印证中完成的。我们注意到，钱锺书称李商隐诗"具得圣解"，而《管锥编》在论江淹《青苔赋》"嗟青苔之依依兮"一句时，曾引王维《书事》"坐看苍苔色，欲上人衣来"相

① （宋）葛立方：《韵语阳秋》，见何文焕辑：《历代诗话》，中华书局 1981 年版，第 503 页。
② （宋）吴开：《优古堂诗话》，见丁福保辑：《历代诗话续编》，中华书局 1983 年版，第 244 页。
③ 钱锺书：《管锥编》，中华书局 1986 年版，第 70 页。

参，也称："末句正'青苔依依'之的解。"①一个是"圣解"，一个是"的解"，可见在他看来，"以诗解诗"乃一种绝妙的诗歌阐释之道。

二是"以诗解赋"。陆机《文赋》云："于是沈辞怫悦，若游鱼衔钩而出重渊之深，浮藻联翩，若翰鸟缨缴而坠曾云之峻。"钱锺书评："言力索而有获。"《文赋》又云："及其六情底滞，志往神留，兀若枯木，豁若涸流。"钱锺书评："言力索而终无所获。"或许是考虑到陆机这两段话晦涩难解，钱锺书紧接着就用杜甫等人的诗来阐释《文赋》的含义：

> 杜甫《戏为六绝句》之"未掣鲸鱼碧海中"视"钩鱼出重渊"；刘昭禹《风雪》之"句向夜深得，心从天外归"视"缴鸟坠曾云"；卢延让《苦吟》之"险觅天应闷，狂收海亦枯"视"重渊""曾云"；贾岛《戏赠友人》之"一日不作诗，心源如废井，笔砚为辘轳，吟咏作縻绠"视"豁若涸流"；裴说断句之"苦吟僧入定，得句将成功"视"收视反听""志往神留"；词意胥相映发。②

除了最后这句"词意胥相映发"外，钱锺书在这段谈艺中只引合相关文本，而未着一字。这种阐释看起来很容易，其实非高妙者莫为，它不仅要求阐释者对被阐释对象有确切之理解，更要求他具备渊博之学识，能在浩如烟海的文学世界中找到与阐释对象最契合的诗句，将不同的文本"捉置一处"，③如此才可以使它们"词意胥相映发"。同时这种阐释最终能否达成预期的效果，还要仰赖读者的解会，读者只有悟出杜甫等人的"诗"与陆机的

---

① 钱锺书：《管锥编》，中华书局 1986 年版，第 1399 页。
② 钱锺书：《管锥编》，中华书局 1986 年版，第 1183-1184 页。
③ 钱锺书：《管锥编》，中华书局 1986 年版，第 1024 页。"捉置一处"为钱锺书谈艺的惯用语，指将两个或多个文本合观，以考辨源流、指摘利钝、品评高下。如在论《列子·黄帝》"自吾之事夫子及若人也，三年之后……"一节时，钱锺书就举出《庄子》"大宗师""寓言"等篇中的相关内容，指出："《列子》斯节命意遣词，均出《庄子》，捉置一处，便见源流。"钱锺书：《管锥编》，中华书局 1986 年版，第 479-480 页。有研究者还将钱锺书的这种方法称为"'捉置一处'法"。参见李清良：《钱锺书"阐释循环"论辨析》，《文学评论》2007年第 2 期。

"赋"之间的微妙关系，才能更深刻地领会《文赋》这些内容的含义。由此可见，以感性呈现感性，以现象说明现象，既是一种绝妙的阐释方法，也是一种"危险"的阐释策略。

三是"以文解文"。最突出的例子是《管锥编》对吴均《与施从事书》《与朱元思书》《与顾章书》"三书"的分析。在欣赏吴均文中的佳句时，钱锺书不断引他人之文与之相参，均以"按参观……"这样的表述进行阐释。其所引之文，包括郦道元《水经注》、鲍照《登大雷山与妹书》、柳宗元《至小丘西小石潭记》等。例如，对吴均《与朱元思书》中的名句"水皆漂碧，千丈见底，游鱼细石，直视无碍"，钱锺书是这样"阐发"的：

> 按参观《水经注·洵水》："绿水平潭，清洁澄深，俯视游鱼，类若乘空矣"，又《夷水》："虚映，俯视游鱼，如乘空也"，"空"即"无碍"，而以"空"状鱼之"游"较以"无碍"状人之"视"，更进一解。

在"参观"完郦道元之文后，钱锺书的结论紧随而来：（1）吴均之书、郦道元之文工于写景，"实柳宗元以下游记之具体而微"。（2）吴、郦写景虽颇相似，但《水经注》"规模弘远，千山万水，包举一编"，相形之下，吴均之书"不过如马远之画一角残山剩水耳"。（3）《水经注》描山画水甚多，不免自相蹈袭，"反输只写一丘一壑"的《与朱元思书》。① 应该说，这种精妙启人的谈艺，正是在前面"参观"的基础上才得以实现的，换言之，将吴文和郦文引合在一起，"以文解文"，为最后的分析做好了铺垫，结论是水到渠成的。

在"以诗解诗"时，钱锺书很少有直接的阐释，而是通过不同文本的交互映发，使意义在彼此的参照中自显自明。这其实就是庄子说的"不道之道"，海德格尔说的"就其自身显示自身"。② 钱锺书之所以喜欢采用这种阐

---

① 钱锺书：《管锥编》，中华书局 1986 年版，第 1456-1457 页。
② ［德］海德格尔：《存在与时间》，陈嘉映等译，生活·读书·新知三联书店 1987 年版，第 36 页。

释方法，也许出于两方面的考虑：一方面是对文艺批评中的科学分析持某种怀疑态度。钱锺书尝言："逻辑不配裁判文艺。"①诗文之意原本就难以言传，因此他更倾向于用感性的现象来阐释同样感性的对象，以此曲传诗意文意。在这方面，《管锥编》"增订"中有一段话就很能说明问题，钱锺书说："周邦彦艳词《望江南》有句云：'人好自宜多'，或苦难解。窃谓参观尹唯晓《眼儿媚》之'一好百般宜'，则涣然冰释矣。"②也就是说，如果将周邦彦的词同他人的词相参照，那么原先"苦难解"之意，就能"涣然冰释"。类似的看法他不止一次提到，其中以《谈艺录》对宋代笺注家李璧《半山诗注》的分析最具代表性。钱锺书最初认为，李璧引用后人诗注解前人诗"不合义法"，但后来在《谈艺录》"补订"时他又认识到自己这个看法"有笼统鹘突之病"，他说："仅注字句来历，固宜征之作者以前著述，然倘前载无得而征，则同时或后人语自可引为参印。若虽求得词之来历，而词意仍不明了，须合观同时及后人语，方能解会，则亦不宜沟而外之。"③这里谈论的虽然是注诗的方法，但实际上揭示的是意义阐释之道：对"不明了"之意，可以通过"合观""参印"其他作品获得"解会"，这就是钱锺书"以诗解诗"的目的。布鲁姆认为，对于文学鉴赏来说，"绝不可能阅读一位诗人而不去阅读他或她作为诗人的整个家庭罗曼史"。在他看来，"批评是摸清从一首诗通达另一首诗的隐蔽道路的艺术"，甚至更直接："一首诗的意义只能是另一首诗。"④在文学阐释尤其是诗歌阐释中，科学、理性、逻辑很多时候是难胜其任的，而"以诗解诗"，用作品解释作品，寄希望于读者自己的触类旁通、心领神会，则不失为一种简妙有效的方法。

另一方面，这种阐释方法也与钱锺书重视文人的诗心慧眼有一定的关系。他曾反复声言："词人一联足抵论士百数十言"；"文人慧悟逾于学士穷研矣"；"词人体察之精，盖先于学人多多许矣"；"诗人心印胜于注家皮相"；

---

① 钱锺书：《读〈拉奥孔〉》，见《七缀集》，生活·读书·新知三联书店 2002 年版，第 45 页。
② 钱锺书：《管锥编》，中华书局 1986 年版，"增订"第 215 页。
③ 钱锺书：《谈艺录》，生活·读书·新知三联书店 2001 年版，第 219 页。
④ ［美］布鲁姆：《影响的焦虑：一种诗歌理论》，徐文博译，江苏教育出版社 2006 年版，第 96 页，第 98 页。

"盖不工于诗文者，注释诗文亦终隔一尘也"；"大抵说诗者皆经生，作诗者乃词人，彼初未尝作诗，故多不能得作诗者之意也"等等，① 极为推崇文人的理解力和感悟力。莫芝宜佳说："学者们受到批评的原因主要还是他们自己不是诗人且缺少对语言风格的感受力这样一个事实"，因此，"对于诗人的观点，钱锺书所给予的评价总是高于评论家"。② 郑朝宗甚至认为，《管锥编》树立的第一条"新义"，就是"学士不如文人"。③ 由于有此认识，钱锺书在谈艺时借"诗"来阐释"诗"，也就不足为奇了。

"以诗解诗"是一种极具诗性言说的表达方式。在《真理与方法》中，伽达默尔说："诗的语言乃是以彻底清除一切熟悉的语词和说话方式为前提的。"④ 充盈在钱著中的这些诗的吉光片羽以及它们彼此间微妙的关系，生发出诱人的张力，赋予学术著述强烈的感性色彩，是对那些令人望而却步、望而生厌的高头讲章的"颠覆"，是对个性全无、千人一面的学术文体的"破体"，凸显出钱锺书学术文体的诗性特征和个性特征。在钱著中，诗词曲文交互阐释的例子举不胜举，如姜夔《长亭怨》之于《诗经·隰有苌楚》"尤为的诂"；《诗品·序》之意乃《文赋》某句之"阐释"；王安石诗与欧阳修文"相发明"；诗文中"玉貌""雪肤"为《金瓶梅》之窠臼；连类排比为诗文小说院本之常套；词章和白话小说均描写以反意释梦；等等，不一而足。⑤ 在这一个个充满生气的阐释单元里，没有概念术语，没有归纳演绎，没有论证逻辑，有的只是各式各样的文学现象的"穿梭""嬉戏""狂欢"，它们呈现出一种感性直观、自由轻松的体验式、感悟式的言说风貌，强化了学术著述的

① 钱锺书：《管锥编》，中华书局 1986 年版，第 20 页，第 63 页，第 496 页，第 618 页，第 783 页；《谈艺录》，生活·读书·新知三联书店 2001 年版，第 40 页。

② ［德］莫芝宜佳：《〈管锥编〉与杜甫新解》，马树德译，河北教育出版社 1998 年版，第 47 页，第 80 页。

③ 郑朝宗：《研究古代文艺批评方法论上的一种范例——读〈管锥编〉和〈旧文四篇〉》，《文学评论》1980 年第 6 期。

④ ［德］伽达默尔：《真理与方法》（下卷），洪汉鼎译，上海译文出版社 1999 年版，第 600-601 页。

⑤ 钱锺书：《管锥编》，中华书局 1986 年版，第 13-14 页，第 105-107 页，第 128 页，第 171 页，第 361-362 页，第 495-496 页，第 1182 页；《谈艺录》，生活·读书·新知三联书店 2001 年版，第 239 页。

诗性色彩，与"象喻""骈俪"一样，也是钱锺书学术文体极为突出的特征。

四、清词丽句

这一节在整体上讨论钱锺书述学语言的诗性特征。"清词丽句"出自杜甫《戏为六绝句》其五："不薄今人爱古人，清词丽句必为邻。"一般有两种解释：通常的理解即"清丽的词句"，但也有人引《文心雕龙》所谓"若夫四言正体，则雅润为本；五言流调，则清丽居宗。……故平子得其雅，叔夜含其润；茂先凝其清，景阳振其丽"，认为"清"就是清绝高远，"丽"就是流丽粉绘，因此"'清词'和'丽句'是两个独立的词"，代表两种文风。[①]本书取"清词丽句"的字面义，即"优美的语言"，用以指称钱锺书学术语言的诗性特征。其实，这种借用并非本书独有，在古典文论研究中，学界常有人以"清词丽句"来形容中国传统文论的美文性这个特点，如李建中等人在《批评文体论纲》中就说："中国古代文论批评文体的形式之美，说到底是语言之美，是清词丽句之美。"[②]朱志荣《中国古代文论与文学经典阐释》也认为，司空图的《二十四诗品》"透过清词丽句"，借用比喻、象征的手法，对诗歌风格和创作手法进行了细致描述。[③]这些都是在此意义上使用这一表述的。

在钱著中，《谈艺录》《管锥编》《容安馆札记》《石语》等著述，文言中兼有古白话的色彩，雅致简妙，骈散结合，整饬的俪辞与自由的散句融合无间，言简意赅又活泼灵动，"铺采摛文，体物写志"，可谓得心应手。而《七缀集》《宋诗选注》《写在人生边上》等著述则用白话写就，完全摆脱了当时很多学者语言西化的毛病，流畅自然，规范清晰。可以说，钱著的述学语言完全当得起"清词丽句"这个评语，也历来为学界所称赏。如黄维樑说："钱氏的著作，除了尽显其博学卓识外，还以其灵活笔调、斐然文采，让人

---

① 曹慕樊：《杜诗杂说全编》，生活·读书·新知三联书店 2019 年版，第 121—122 页。
② 李建中、李小兰：《批评文体论纲》，武汉大学出版社 2013 年版，第 82 页。
③ 朱志荣：《中国古代文论与文学经典阐释》，上海古籍出版社 2012 年版，第 44 页。

读之而乐。"① 张文江认为，《管锥编》《谈艺录》不仅思虑深沉，而且"文辞粹美，文辞和作者的思想已密不可分"。② 周振甫则引江淹诗"高文一何绮，小儒安足为"来赞赏《管锥编》的文采。③ 郑朝宗对《管锥编》也有"文字之粹美，说理之简要"之评语，④ 称《谈艺录》"文词之美尤为有诗话以来所仅见"。⑤ 在上述看法中，"文采""粹美"等语是一致的评价，但似嫌笼统模糊，而黄鹤《从不同语体看钱锺书的语言风格》一文，用"作家文论""学者小说"概括钱著的语言特色，认为钱锺书述学语言的风格是繁丰而透着典雅，明畅却不失蕴藉；形象性与逻辑性、生动性与严密性高度统一；重视思辨又追求审美，阐发哲理又充溢文趣。⑥ 显见梳理、总结得更细致、更明晰。这里综合各家看法，从几个方面对钱锺书学术语言的诗性特征进行阐发。

首先，语言轻松随意，具有随笔体特征。一般来说，随笔的语言简洁隽永，自然灵动，最能体现传统文人的雅趣、闲趣、谐趣，对此，钱锺书在一篇书评中早有揭示。在评《近代散文钞》时他说，魏晋六朝时有"文笔"一说，"笔"指的是一种"自由自在的家常体"，语言"介乎骈散雅（bookish）俗（vernacular）之间"。⑦ 也就是说，与古文苛刻的规定相比，随笔的语言是轻松随意、活泼自然的，故名"家常体"。如果从这个角度审视钱锺书的学术语言，则其最突出的特征便是"随笔"和"家常"了。请看下面的文字：

世异域殊，执喻之柄，亦每不同。如意语、英语均有"使钟表停止"之喻，而美刺之旨各别。意人一小说云"此妇能使钟表停止不行"，叹容貌之美；如宋之问《浣纱篇》称西施之"艳色""靓妆"曰："鸟惊

---

① 黄维樑：《大同文化·乐活文章——纪念钱锺书百年诞辰》，《文艺争鸣》2011 年第 4 期。
② 张文江：《营造巴比塔的智者——钱锺书传》，复旦大学出版社 2011 年版，第 140 页。
③ 钱宁：《曲高自有知音——访周振甫先生》，见沉冰主编：《不一样的记忆——与钱锺书在一起》，当代世界出版社 1999 年版，第 128 页。
④ 郑朝宗：《怀旧》，见郑朝宗：《海滨感旧集》，厦门大学出版社 2014 年版，第 97 页。
⑤ 郑朝宗：《忆四十年前的钱锺书》，见郑朝宗：《海滨感旧集》，厦门大学出版社 2014 年版，第 106 页。
⑥ 黄鹤：《从不同语体看钱锺书的语言风格》，《暨南学报》1994 年第 1 期。
⑦ 钱锺书：《〈近代散文钞〉》，见《人生边上的边上》，生活·读书·新知三联书店 2002 年版，第 320 页。

入松纲，鱼畏沈荷花"，或《红楼梦》第二七回曰："这些人打扮的桃羞杏让，燕妒莺惭"。而英人一剧本云："然此间有一二妇人，其面貌足止钟不行"，斥容貌之陋，则如《孤本元明杂剧》中《女姑姑》禾旦自道"生得丑"曰："驴见惊，马见走，骆驼看见翻筋斗"。①

这并非因为后期林译里缺乏出色的原作。塞万提斯的《魔侠传》和孟德斯鸠的《鱼雁抉微》就出于后期。经过林纾六十岁后没精打采的译笔，它们竟像《鱼雁抉微》里嘲笑的神学著作，仿佛能和安眠药比赛功效。塞万提斯的生气勃勃、浩瀚流走的原文和林纾的死气沉沉、支离纠绕的译文，孟德斯鸠的"神笔"和林译的钝笔，成为残酷的对照。说也奇怪，同一个哈葛德的作品，后期所译《铁盒头颅》之类，也比前期所译他的任何一部书来得沉闷。袁枚论诗"老手颓唐"那四个字，完全可以移评后期林译。②

第一例中，钱锺书大"掉书袋"，那些中西古今文学作品中取譬相同而喻旨各异的描写，使人在忍俊不禁的同时，对"比喻之两柄"也有了深入的解会。第二例中，钱锺书以漫谈的语气评说林纾的译笔，语涉调侃而又不失机趣，同时还不忘随手添上一个诙谐的比喻（"安眠药"云云）。这样的"学术语言"在学术规范日趋严格的今天是不复得见的。黄鹤说："钱锺书口语风格的表达手段独具特色：虽然他的谈话蕴含着哲理和智慧，常带有禅宗式的机锋，却并不深奥晦涩，往往是句子简短，语气干脆，用语通俗，语调平静，而且善用各种修辞方法。"③这段话描述的正是这种"随笔体"的语言具有的特点，而在钱著中，这类表述是随处可见的，轻松随意的语言背后掩盖不住的是作者一颗"有趣的灵魂"。

其次，语言典雅精致，深得雅人深致。钱锺书虽留学英法，饱览西学，但内心深处非常追慕旧式文人清高自许、狂放不羁的做派。《管锥编》中有一

---

① 钱锺书：《管锥编》，中华书局 1986 年版，第 38—39 页。
② 钱锺书：《林纾的翻译》，见《七缀集》，生活·读书·新知三联书店 2002 年版，第 91 页。
③ 黄鹤：《从不同语体看钱锺书的语言风格》，《暨南学报》1994 年第 1 期。

段文字就很能说明这一点："犹忆李宣龚丈七十寿，名胜祝釐诗文，琳琅满墙壁而盖几案；陈汉策先生赋七律以汉隶书聚头扇上，余方把翫，陈祖壬先生傍睨曰：'近体诗乃写以古隶耶？'余憬然。后读书稍多，方识古来雅人深致，谨细不苟，老宿中草茅名士、江湖学者初未屑讲究及乎此也。"① 这段话流露出钱锺书对"古来雅人深致"的神往之意，同时也在不经意间传达出某种洋洋得意之情。有研究者称，钱锺书钱基博父子代表的是中国学者的两种风格：钱基博敦厚庄重，不苟言笑，严谨平实，长于说理，钱锺书则向恣肆通脱处去，在学者名士的宽袍下，自始至终蹦跳着不泯的童心童趣。② 不难想象，钱锺书身上这种气质，或多或少也影响到他学术语言的特点，请看下面几则例子：

> Novalis, Fragmente, hrsg.von Ernst Kamnitzer. 二十年前阅 Saintsbury, History of Criticism, III, p.390, 甚推此书，以为谈艺之杰构，足与 Joubert, Pensées 并驾齐驱。居欧洲日，得而读之，玄思窈渺是其胜场，直凑单微则不如 Joubert，故时堕五里雾中，品题古今作者尤尠中肯语。③
>
> 李拔可丈尝语余："元遗山七律诚不可磨灭，然每有俗调。如'翠被匆匆梦执鞭'一首，似黑头黄三；'寝皮食肉男儿事'一首，似武生杨小楼。"诚妙于取譬。遗山七律，声调茂越，气色苍浑，惜往往慢肤松肌，大而无当，似打官话，似作台步；粉本英雄，斯类衣冠优孟。④

第一例摘自《容安馆札记》，讨论的是德国诗人诺瓦利斯（Novalis）的《断片》（Fragmente）。钱锺书将其与法国作家儒贝尔（Joubert）的《思感录》（Pensées）进行比较，认为《断片》胜在玄思之妙，但精深细微尚不及《思感录》。这则简短的读书笔记，虽然谈论的是西方文学，但语言古雅简妙，

---

① 钱锺书：《管锥编》，中华书局 1986 年版，第 1467 页。
② 张建术：《魔镜里的钱锺书》，见罗思编：《写在钱锺书边上》，文汇出版社 1996 年版，第 165 页。
③ 钱锺书：《容安馆札记》，商务印书馆 2003 年版，第 29 页。
④ 钱锺书：《谈艺录》，生活·读书·新知三联书店 2001 年版，第 533 页。

其中"玄思窈渺""直凑单微""趁中肯语"等语，指摘利钝，切中肯綮，尽显钱氏作为传统文人谈艺的旨趣。第二例出自《谈艺录》，钱锺书和李拔可这一老一少都对元好问大加贬斥，他们品藻诗艺的那些话看似随口道来，实则雅致精深，圆熟透辟，是极纯粹的谈艺之语。汪曾祺曾说："语言的粗糙就是内容的粗糙。"① 这句话虽针对文学语言而发，但以之审视钱锺书的学术语言也是颇有启发意义的。

第三，语言铺陈扬厉，带有酣畅淋漓之风。钱锺书的学术语言不仅轻松随意、古雅精妙，而且骈散结合，长短相间，反复申说，多方取譬，自有一种畅达奔放之气。此处同样举两例以窥全貌：

> 说玉溪诗者，多本香草美人之教，作深文周内之笺。苦求寄托，浪猜讽喻，以为"兴发于此，义在于彼"，举凡"风流"之"篇什"，概视等哑谜待破，黑话须明，商隐篇什徒供商度隐语。盖"诗史"成见，塞心梗腹，以为诗道之尊，端仗史势，附和时局，牵合朝政；一切以齐众殊，谓唱叹之咏言，莫不寓美刺之微词。远犬吠声，短狐射影，此又学士所乐道优为，而亦非慎思明辩者所敢附和也。学者如醉人，不东倒则西敧，或视文章如罪犯直认之招状，取供定案，或视文章为间谍密递之暗号，射覆索隐；一以其为实言身事，乃一己之本行集经，一以其曲传时事，乃一代之皮里阳秋。②

> 吾国易代之际，均事兵战，丧乱弘多，朝野颠覆，茫茫浩劫，玉石昆冈，惘惘生存，丘山华屋。当此之时，人奋于武，未暇修文，词章亦以少少衰息矣。天下既定于一，民得休息，久乱得治，久分得合，相与燕忻其私，而在上者又往往欲润色鸿业，增饰承平，此时之民族心理，别成一段落，所谓兴朝气象，与叔季性情，迥乎不同。而遗老逸民，富于故国之思者，身世飘零之感，宇宙摇落之悲，百端交集，发为诗文，

① 汪曾祺：《中国文学的语言问题》，见《汪曾祺文集·文论卷》，江苏文艺出版社 1993 年版，第 2 页。
② 钱锺书：《管锥编》，中华书局 1986 年版，第 1390 页。

哀愤之思，懔若风霜，憔悴之音，托于环玦；苞稂黍离之什，旨乱而词隐，别拓一新境地。①

第一例见《管锥编》论"立身与文章"一则。钱锺书认为，"作者修词成章之为人"与"作者营生处世之为人"常存在矛盾，不必大惊小怪，更不能因文章放荡就断言立身不谨，所谓"毋见'篇什'之'风流'而迳信其为人之'风流'"。上引这段精辟的论述，通篇采用骈散结合的句式，且有很多长短不一的对偶语词及句子贯穿其间，如四言的"苦求寄托，浪猜讽喻"；"哑谜待破，黑话须明"；"附和时局，牵合朝政"；"远犬吠声，短狐射影"。七言的"本香草美人之教，作深文周内之笺"；"罪犯直认之招状，间谍密递之暗号"；"以其为实言身事，以其为曲传时事"；"一己之本行集经，一代之皮里阳秋"等。铺采摛文，一气呵成，有流利畅达之感，而无诘屈聱牙之嫌。第二例见《中国文学小史序论》，钱锺书认为朝代更迭，世易时移，文学与前朝相比，往往"别拓一新境地"，因此断代文学史自有其价值所在。这段论述在语言上大量使用四字句来铺陈排比："易代之际，均事兵战，……惘惘生存，丘山华屋"，此言改朝换代、天翻地覆。"既定于一，民得休息，……润色鸿业，增饰承平"，此言天下既定、文修武备。"百端交集，发为诗文，……憔悴之音，托于环玦"，此言感于乱世、诉诸诗文。三个段落、三层意思，气韵贯通，酣畅淋漓，浑然一体，充分展现了钱锺书述学语言的个性和魅力。

但是，如果据此就认为钱锺书的述学语言仅止于"清词丽句"，那就大错特错了。事实上，在这样精妙优美的诗性言说中，钱锺书还很好地融合了现代学术在语言表述上严谨、准确、清晰的特点，其述学语言堪称诗性言说与科学分析的完美结合。此处从前举六例中各取一例稍加分析。如第一例论"比喻之两柄"，钱锺书先是指出"世异域殊，执喻之柄，亦每不同"，拈出论题；然后以中西古今文学作品说明论题；最后以"比喻之两柄亦正如卖

---

① 钱锺书：《中国文学小史序论》，见《人生边上的边上》，生活·读书·新知三联书店2002年版，第98页。

友之两面"收束论题。第三例论诺瓦利斯《断片》，先引森茨伯里对诺瓦利斯的推崇，以确定《断片》与儒贝尔《思感录》进行比较的必要性，然后再品评两书的优劣。第六例论断代文学史之价值，分三个段落，从三层意思论述，前面对此已有详细分析。这些论述严谨、准确、清晰，适足以说明钱锺书学术著述中的"清词丽句"，并不是以牺牲论说的严密性为代价换来的。有研究者指出："钱之文论所用的是艺术与科学交融语体，它既带文学语体的描绘性、表现性和情感性，又具有科学语体的论述性、推理性和论证性。"[1]近人金松岑《天放楼诗集》中有《赠钱默存（锺书）世讲》一诗，有句云："谈艺江楼隽不厌，喜君词辩剑同铦。"卞孝萱在《诗坛前辈咏钱锺书》一文中说："七十岁的'老夫'对三十岁出头的'年少多才'视为'敌国'，真可谓倾倒矣。诗中的'隽''辩'二字，确说出钱先生的特长。"[2]金先生的评价甚确，卞先生的分析也精当！所谓"隽"，就是语言之优美，所谓"辩"，就是语言之严谨，恰可以用来概括钱锺书述学语言诗性言说与科学分析相统一的这个特点。

第三节　篇章结构

一、作为观点的"点"

不少人认为，钱锺书就会堆砌材料，没有自己的观点。[3]这种看法的产生，除了主观的偏见外，其实也有客观方面的原因。首先，钱锺书治学，热衷旁征博引，大量中西古今的文献穿梭往来，乱花迷眼，观点常常被材

---

[1] 黄鹤：《从不同语体看钱锺书的语言风格》，《暨南学报》1994年第1期。
[2] 卞孝萱：《诗坛前辈咏钱锺书》，见沉冰主编：《不一样的记忆——与钱锺书在一起》，当代世界出版社1999年版，第21页。
[3] 参见本书第3章第1节第1小节。

136　钱锺书学术著述的文体学研究

料"喧宾夺主",不像现代论说文讲求材料的精筛细选,以几个典型例证说明论题即可。其次,在阐发观点时,钱锺书常常一气呵成,而不是借助数字序号、二级标题、段落等来呈现观点和思路。第三,钱锺书的观点多以要言不烦的方式表达出来,不像现代论说文围绕中心论点反复申说,因此他的观点也不易捕捉。但是,尽管如此,读者在阅读钱著时只需稍稍认真一些就不难发现,钱著不仅新见叠出,启人心智,而且这些观点的呈现也是清晰明确的,只是作者自有一套表达观点的独特方式而已。

一是论说的观点与辨析材料的观点,往往交织在一起。这给很多人造成的印象就是材料"淹没"了观点。《管锥编》《谈艺录》如此,《七缀集》中的现代学术论文也大多如此,观点混杂于大量文献及对文献的辨析中,不易梳理,不易把握。其实,这两种观点在钱著中的区分是较为清晰的。辨析材料的观点,常紧随材料之后,以精当的点评完成,由于作者征引文献多删繁就简,很少大段引用,所以找到这些辨析材料的观点并不困难。而作者本人在整个阐释单元要讨论的观点,则伴随行文逐次展开,或穿插在对材料的点评之后,或以言简意赅的主题句在段落前后呈现。这就是陈平原说的:使用若干穿插语,将一大堆先贤语录、原始材料串联起来,这在清末民初的中国学界"乃是文史学者著述时的不二法门"。① 这里以《管锥编》论《史记·淮阴侯列传》"心口自语"一则为例来作说明:

> "信度:'何等已数言上,上不我用。'即亡。"按《田儋列传》:
> "高帝闻之,乃大惊。'以田横之客皆贤,吾闻其余尚五百人在海中。'
> 使使召之。"**一忖度,一惊思,迳以"吾""我"字述意中事**。《萧相国
> 世家》:"乃益封何二千户,以帝尝繇咸阳,何送我独赢,奉钱二也";
> **亦如闻其心口自语**。《三国志·魏书·武帝纪》裴松之注引《魏略》载
> 策魏公上书:"口与心计,幸且待罪";嵇康《家诫》:"若志之所之,
> 则口与心誓,守死无二";《太平御览》卷三六七《傅子·拟金人铭》:

---

① 陈平原:《现代中国的述学文体》,北京大学出版社 2020 年版,第 21 页。

"开阖之术，心与口谋"；《颜氏家训·序致》："每尝心与口敌，性与情竞"；**均状此情。诗文中如**白居易《闻庾七左降》："后心诮前意：'所见何迷蒙！'"韩愈《郑群赠簟》："手磨袖拂心语口：'慢肤多汗真相宜！'"樊宗师《越王楼诗·序》："泪雨落不可掩，因口其心曰：'无害若！'"高骈《写怀》："如今暗与心相约：'不动征旗动酒旗。'"**曰"相约"，曰"诮"，曰"心语口"，曰"口其心"，一人独白而宛如两人对语。**《木兰诗》："可汗问所欲，木兰不用尚书郎，愿借明驼千里足，'送儿还故乡'"；**夫"儿"、女郎自称词也，而木兰"见天子坐明堂"时，尚变貌现男子身，对扬应曰"送臣"，言"送儿"者，当场私动于中之女郎心语，非声请于上之武夫口语也。用笔灵妙，真灭尽斧凿痕与针线迹矣。后世小说家代述角色之隐衷，即传角色之心声，习用此法，蔚为巨观。如**《水浒》："李逵……心中忖道：'铁牛留下银子，背娘去那里藏了？'"《红楼梦》："黛玉便忖度着：'因他有玉，所以才问我的。'"……**以视**《史记》**诸例，似江海之于横污，然草创之功，不可不录焉。**①

这则论述在行文上有这样几个特点：首先，没有标题。《管锥编》正文无标题，"心口相语"只是"细目"，仅在目录中显示，且"细目"还是周振甫在审阅书稿时提议加上的。其次，开篇即是引文。这种方式在钱著中常见，而在现代学术文章中甚少见到。第三，不分段落。钱锺书的论述是一气呵成的，论说的思路全赖文中精短的提示。第四，文献丰富。全文不足八百字，征引很多文献，几乎占据大半的篇幅，且作者对这些材料本身也有分析和点评。这样一来，他的观点确实不像现代学术文章那样到眼即辨。不过，稍加梳理就能看出，这则精短的札记始终围绕"心口相语"这个论点展开，思路非常清晰：（1）先以《史记》中三例拈出论题："以'吾'、'我'字述意中事"，"亦如闻其心口自语"，此即"心口相语"。（2）列

---

① 钱锺书：《管锥编》，中华书局1986年版，第337—338页。稍有删节。粗体为引者所标示。

举嵇康《家诫》等四则材料，以"均状此情"收束。（3）讨论文学中的此类手法。先谈诗文，列举五篇作品，以"诗文中"三字提示，其中，材料分析有详有略，白居易等人的诗文较略，笼统以"一人独白而宛如两人对语"收束，《木兰辞》较详，因其"用笔灵妙，真灭尽斧凿痕与针线迹矣"；再谈小说，以"后世小说家代述角色之隐衷……"一句提示，举《水浒》《红楼》等小说为例。（4）最后用"以视《史记》诸例……"一句收束全文，与篇首相呼应。不难看出，在这则类似于"微型论文"的札记中，作者的观点是明确的，思路是清晰的，整篇"论文"的观点与列举的十五则材料及分析材料的观点，有序呈现，不枝不蔓，条理分明。事实上，钱著中的这种阐释单元或曰"断片"，绝大部分都具有这样的特点。舒炜《〈谈艺录〉的内在思路与隐含问题》一文就指出："初读此书极易被钱锺书大量丰富多姿的引文所吸引，无暇顾及钱锺书的旨趣。其实，钱氏引文或是先标己意，再求诸典籍；或是先引典籍，引出议论，或证或驳，层层引申，逻辑和材料上都极其周密。"① 胡志德在分析钱锺书行文的特点时也认为："首先，他排列大量书证并高度归纳：读者被给予一大批几乎使人手足无措的史料。第二，论据很少有连成一篇的必要条件：一点停止，另一点开始，不做预先通知，很少浪费时间来说明为什么乙应当跟着甲。第三，钱的主要观点经常隐含在段落当中而不在开头或结尾之处。"② 这些看法基本上是准确的。由于在行文中随时征引文献，见缝插针地给出简要点评，因此要想清晰完整地把握钱锺书的观点，确实有一定难度。如果读者缺乏阅读的耐心和细心，原本清晰的思路也会显得比较纷乱甚至不知所云，这也就是钱锺书自己说的："立言之人句斟字酌、慎择精研，而受言之人往往不获尽解，且易曲解而滋误解。"③

二是很少使用小标题和一二三、甲乙丙这类表示论说思路的序号。钱锺

---

① 舒炜：《〈谈艺录〉的内在思路与隐含问题》，《当代作家评论》1994 年第 4 期。
② ［美］胡志德：《钱锺书的〈谈艺录〉》，见陆文虎编：《钱锺书研究采辑》（1），生活·读书·新知三联书店 1992 年版，第 99 页。
③ 钱锺书：《管锥编》，中华书局 1986 年版，第 406 页。

书的观点主要是通过主题句来呈现的，此处以《管锥编》论"丫叉句法"为例来说明。由于正文较长，为更好地说明钱锺书论说的思路和层次，这里将他原本未分段落、一气呵成的内容按顺序进行了梳理。

（1）提出论题并界定概念。乐毅《献书报燕王》："大吕陈于元英，故鼎反于历室，齐器设于宁台，蓟丘之植，植于汶篁。"钱锺书认为，这段话的句法"错综流动"，前三句先言齐之物（"大吕"等），后言燕之地（"元英"等），但后两句突然变成先言燕之地（蓟丘），后言齐之物（汶篁），这种"逆承前语"的句法就是"丫叉句法"（chiasmus）。①

（2）结合例证对这种句法进行分析。尽管例证很多，但钱锺书对每一例都有精当点评：

《论语·乡党》："迅雷风烈必变。"《楚辞·九歌》："吉日兮辰良。"**钱锺书评："风"近邻"雷"，"烈"遥俪"迅"；"辰"近邻"日"，"良"遥俪"吉"**。

王勃《采莲赋》："畏莲色之如脸，愿衣香兮胜荷。"杜甫《有事于南郊赋》："曾何以措其筋力与韬钤，载其刀笔与喉舌。"**钱锺书评：王则上句先物后人而下句先人后物，杜适反是。**

李涉《岳阳别张祜》："龙蛇纵在没泥涂，长衢却为驽骀设。"**钱锺书评：上句言才者失所，下句言得位者庸，错互以成对照。**

韩偓《乱后却至近甸有感》："关中却见屯边卒，塞外翻闻有汉村。"**钱锺书评："中"虽对"外"，而"塞"比邻"边"，"汉"回顾"中"，谓外御者入内，内属者沦外，易地若交流然。**

李梦阳《艮岳篇》："到眼黄蒿元玉砌，伤心锦缆有渔舟。"**钱锺书评：出语先道今衰、后道昔盛，对语先道昔盛、后道今衰，相形寄慨。**

韩愈《奉和裴相公东征途经女几山下作》："旗穿晓日云霞杂，山倚秋空剑戟明。"**钱锺书评：风物之山紧接云霞，军旅之旗遥承剑戟。**

---

① 钱锺书：《管锥编》，中华书局 1986 年版，第 857 页。

元稹《景申秋》之四："瓶泻高檐雨，窗来激箭风。"**钱锺书评："檐""窗"密邻，皆实物也，"瓶""箭"遥偶，皆虚拟也，回鸾舞凤。**

柳宗元《送元嵩师序》："其上为通侯，为高士，为儒先；资其儒故不敢忘孝，迹其高故能为释，承其侯故能与达者游。"**钱锺书评：逆接分承者增而为三，脉络全同《史记·老子韩非列传》之"鸟吾知其能飞"云云。**

江淹《恨赋》："春草暮兮秋风惊，秋风罢兮春草生。"王维《送梓州李使君》："万壑树参天，千山响杜鹃。山中一夜雨，树杪百重泉。"常建《送楚十少府》："因送别鹤操，赠之双鲤鱼。鲤鱼在金盘，别鹤哀有余。"**钱锺书评：胥到眼即辨。**

沈佺期（一作宋之问）《和洛州康士曹庭芝望月有怀》："台前疑挂镜，帘外似悬钩，张尹将眉学，班姬取扇侪。"**钱锺书评：同此结构而较词隐脉潜。弯眉近承钩，以其曲，团扇遥应镜，以其圆。**

诸葛亮《出师表》："郭攸之、费祎、董允等"云云，承以"臣本布衣"云云（"允等"；"臣"），继承以"受命以来……此臣之所以报先帝而忠陛下之职分也"，承以"至于斟酌损益……则攸之、祎、允之任也"（"臣"；"允等"），终承以"不效则治臣之罪"，承以"则戮允等以章其慢"（"臣"；"允等"）。**钱锺书评：长短奇偶错落交递。**[①]

上述对各式各样丫叉句法表现特点的分析，言简意赅，精细入微，堪称文本细读的典范。

（3）梳理这种句法的结构类型。有"本句中两词交错"者，即一句中以语词的前后交错构成丫叉句法，如《论语·乡党》之例；有"上下句逆接分承"者，如李涉诗到元稹诗四例；有"逆接分承者增而为三"者，如《送元嵩师序》《史记·老子韩非列传》等例；更有"用以谋篇布局"者，如诸葛亮《出师表》。

---

① 钱锺书：《管锥编》，中华书局1986年版，第858—860页。

（4）分析这种句法的呈现方式。钱锺书认为丫叉句法的呈现有"显"和"隐"两种情况。一些句法特征非常突出，"胥到眼即辨"，如江淹、王维、常建等例。一些则较隐蔽，如《出师表》在运用这种句法时，"几泯间架之迹，工于行布者也"，《和洛阳康士曹庭芝望月有怀》一诗亦"同此结构而较词隐脉潜"。①

综上，尽管没有小标题和一二三、甲乙丙这类标示，《管锥编》依然清晰地阐发了丫叉句法的定义、特征、结构及呈现方式，全文既有提出问题、界定概念、举例分析、层层演进的论述思路，也有例证法、引证法、分析法、对比法、类比法等论证的方法，几乎包含了现代论说文的全部要素，而这样的内容在钱著中是举不胜举的。张伯伟曾说："对于后代以随笔体为之的理论著作，又岂能仅仅以形式的零散而忽略其义蕴的逻辑展开？"②就《管锥编》此则来看，这一认识是准确深入的，对读者阅读钱著尤其是《谈艺录》《管锥编》是一个很好的提醒。

三是观点的承接转换有时也会通过段落进行呈现。黎兰认为，"钱锺书的文字，只有在大的话题转换中才划分段落。如果他论述的是同一个论题，则一气到底，不分段落"，"换句话来说，如果他分了段落，段落与段落之间的承转，就是论题之间的转换"。③这个看法大体上是对的，如《管锥编》论"比喻有两柄亦有多边"，共分四个段落：第一段从材料引出论题，尾句以"命之'比喻之两柄'可也"收束；第二段结合例证讨论"比喻之两柄"的特点，尾句以"比喻之两柄正如卖友之两面矣"收束；第三段讨论"比喻之多边"，首句以"比喻有两柄而复具多边"标明观点；第四段仅一句："喻有柄有边，后将随见随说，先发凡于此。"以此总结全篇。④但是，从钱锺书的全部著述看，黎兰这个看法也不够周全，像上文讨论的论"丫叉句法"，以

---

① 钱锺书：《管锥编》，中华书局 1986 年版，第 859-860 页。
② 张伯伟：《中国古代文学批评方法研究》，中华书局 2002 年版，第 5 页。
③ 黎兰：《钱锺书的述学文体——以〈管锥编·老子王弼注〉为个案的研究》，三晋出版社 2015 年版，第 53 页。
④ 钱锺书：《管锥编》，中华书局 1986 年版，第 857-860 页。

及下文将讨论的论"人间天上日月迟速不同"，① 都有多个不断转换的论题，但钱锺书并未分出段落。其实，不管是分出段落还是一气呵成，钱著中的观点都是清晰可辨的，关键在于厘清作者的思路。阅读钱著，一目十行，漫不经心，眼睛当然会被作者个性化的文风以及看似纷乱的文献所遮蔽，也就理不出论说的条理、找不到作者的观点了。

四是观点多以要言不烦的方式表达。钱著中颇多谈艺的格言警句，有研究者指出，钱锺书"从不说一句人云亦云的套语，他的话与他的诗一样富有独创性"。② 莫芝宜佳也认为《管锥编》"乃研究观点之集录"。③ 在讨论"义正词严的叫喊"是"文学创造力衰退的掩饰"这个问题时，钱锺书说："道德教训的产生也许正是文学创作的死亡。"④ 这一"生"一"死"，简明扼要地揭示出问题的本质。在讨论语言的遮蔽性时，他说，诗人写景赋物，"往往踔文而非践实，阳若目击今事而阴乃心摹前构"。⑤ 这一"阴"一"阳"，一"踔文"一"践实"，一"心摹"一"目击"，一"前构"一"今事"，正反相对，生动地阐发了前人作品对后世创作的影响。他如"偏见可以说是思想的放假"；⑥ "逻辑不配裁判文艺"；"分得愈远，则合得愈出人意表，比喻就愈新颖"；⑦ "一切成功的文学革命都多少带些复古——推倒一个古代而另抬出旁一个古代"；⑧ "无诗文之才，哪得具诗文之识"；"哲人得意而欲忘之言、得言而欲忘之象，适供词人之寻章摘句、含英咀华"；"作者之宗旨非即作品之成效"；"解颐正复资解诂"；"诗必取足于己，空诸依傍

---

① 参看本节第 3 小节"作为章法的'圆'"。

② 袁峰：《书海掣鲸龙：钱锺书的读书生活》，万卷出版公司 2018 年版，第 71 页。

③ ［德］莫芝宜佳：《〈管锥编〉与杜甫新解》，马树德译，河北教育出版社 1997 年版，第 26 页。

④ 钱锺书：《谈教训》，见《写在人生边上》，生活·读书·新知三联书店 2002 年版，第 38-39 页。

⑤ 钱锺书：《管锥编》，中华书局 1986 年版，第 364 页。

⑥ 钱锺书：《一个偏见》，见《写在人生边上》，生活·读书·新知三联书店 2002 年版，第 42 页。

⑦ 钱锺书：《读〈拉奥孔〉》，见《七缀集》，生活·读书·新知三联书店 2002 年版，第 45 页，第 44 页。

⑧ 钱锺书：《论复古》，见《人生边上的边上》，生活·读书·新知三联书店 2002 年版，第 333 页。

而词意相宣，庶几斐然成章"；"稗史传奇随世降而体渐升，'底下书'累上而成高文"；① "有古人而为今之诗者，有今人而为古之诗者，且有一人之身搀合今古者"；"只知诗具史笔，不解史蕴诗心"；② 等等，均属精辟的谈艺之见，在钱著中举目即是。刘衍文说，"钱公之语真是字字珠玑、言言金玉，纵有时只有寥寥数语，却也起了'画龙点睛'的作用"，他建议采用文革时排印领袖语录的方法，"即凡属钱公发表议论处都用黑体字排出，所引各家之说的异同接榫处也用符号标明，这样才不致被那些人误认为是他人之说"。③ 此说虽近于妄言，但至少也说明钱锺书格言警句式的观点之多，以至于才会有人倡言编一部"语录集"来加以整理。钱锺书观点的这种表现特点，还可以与两位西方文论家相参照。一位是罗兰·巴特。苏珊·桑塔格在《写作本身：论罗兰·巴特》中说，巴特的文章"始终在追求着表述的简洁性，因此情不自禁地往往是格言式的"，因此她也曾试图编一部巴特的语录集："我们甚至可以通读巴尔特的作品，抽引出各种绝妙的字句——警语与格言，把它们汇集成一本小书。"④ 另一位是艾略特。兰色姆称艾略特"很少想用专门篇幅来构建诗歌理论"，"他并不对问题盖棺定论"，"他总会作一些精辟的总结"。对于艾略特这些敏锐的、富于个性的"总结"，兰色姆称其为"警句箴言"。⑤ 无论是"警语""格言"还是"箴言"，都表明这几位文论大家的独到见解，不是喋喋不休的套话，而是言简意赅的妙语。钱锺书在《读〈拉奥孔〉》中说："眼里只有长篇大论，瞧不起片言只语，甚至陶醉于数量，重视废话一吨，轻视微言一克，那是浅薄庸俗的看法——假使不是懒惰粗浮的借口。"⑥ 从这个意义上说，钱著中格

① 钱锺书：《管锥编》，中华书局 1986 年版，第 14-15 页，第 109-110 页，第 1052 页，第 1220 页，第 1246 页，第 1420-1421 页。
② 钱锺书：《谈艺录》，生活·读书·新知三联书店 2001 年版，第 4 页，第 123 页。
③ 刘衍文：《漫话钱锺书先生》，见冯芝祥编：《钱锺书研究集刊》(2)，上海三联书店 2000 年版，第 91 页。
④ ［法］罗兰·巴特：《符号学原理——结构主义文学理论文选》，李幼蒸译，生活·读书·新知三联书店 1988 年版，第 184 页。
⑤ ［美］兰色姆：《新批评》，王腊宝、张哲译，文化艺术出版社 2010 年版，第 86 页。
⑥ 钱锺书：《读〈拉奥孔〉》，见《七缀集》，生活·读书·新知三联书店 2002 年版，第 34 页。

言警句式的观点，要言不烦，自有其丰富的蕴含。

二、作为材料的"线"

学术研究离不开材料，但如何组织材料，新学旧学相差很大。在现代学术范式中，材料主要服务于观点，因此精选的文献、例证能充分佐证观点即可，更关键的要素是论说的角度、层次、逻辑及方法。相比而言，传统学术则更注重材料的爬梳与博征，朴学尤其是乾嘉朴学更强调材料收集的周全完备，所谓"早夜诵读，反复寻究，仅得十余条，然庶几采山之铜也"。① 故梁启超在《清代学术概论》中称："清儒最戒轻率著书，非得有极满意之资料，不肯渺为定本，故往往有终其身在预备资料中者。"② 西学东渐，传统学术转型，学术著述对于材料的使用也逐渐从博征转向精选，无论是旧文体还是新范式，这一变化都是显而易见的。但是，在这个大趋势面前，钱锺书的做法很耐人寻味，无论是诗话体的《谈艺录》、札记体的《管锥编》，还是学术论文《七缀集》、学术随笔《写在人生边上》，征引材料之繁，远超同时代其他学人，因此一些学识渊博的学者对此也不无微词。如夏承焘就认为《谈艺录》在征引材料上存在"过"的倾向，在日记中曾多次提及，如1948年9月17日所记："阅钱锺书谈艺录，博览强记，殊堪爱佩。但疑其书乃积卡片而成，取证稠叠，无优游不迫之致。近人著书每多此病。"1953年9月8日又记："阅钱锺书谈艺录，其逞博处不可爱，其持平处甚动人。"③ 在《如何评价〈宋诗选注〉》一文中他也批评钱锺书使用材料"过于求备"，并举了一个例子："例如讲曾几的'五更桐叶最佳音'，引上刘媛、温庭筠乃至白仁甫的《梧桐雨》杂剧，而其实与曾诗的句意并不很贴切，必须像尤袤的小序

① （清）顾炎武：《与人书十》，见《顾炎武全集》（第21卷），上海古籍出版社2011年版，第142页。
② 梁启超：《清代学术概论》，见《梁启超全集》（10），中国人民大学出版社2018年版，第259页。
③ 夏承焘：《天风阁学词日记》，见《夏承焘集》（7），浙江古籍出版社1998年版，第2页，第344页。

里说'胸中襞积千般事,到得相逢一语无'这样的有原有委,才真是惬心贵当,能解人颐的。"① 这里的"尤袤的小序",指钱锺书将尤袤诗句与《西厢记》中"不见时准备着千言万语,……及至相逢,一语也无"等语进行比较,认为二者是一种"扩充和引申"的关系。② 夏先生的意思是,钱锺书将尤袤诗与《西厢记》合观是"有原有委"的,因此也是"惬心贵当"的,但在分析曾几诗时,引刘、温、白等人的作品,就谈不上"有原有委"了,显得很牵强,而这,正是由于钱锺书使用材料"过于求备"才导致的。

其实,夏先生误读了钱先生。钱锺书有时候征引材料确实有"过"的倾向,但夏先生举的这个例子并不妥,因为要确切理解钱锺书对曾几诗的分析,就必须注意到他在引刘媛等人作品之前说的"旧调翻新"这几个字:曾几因见雨润秋苗,故一反通常以"雨打梧桐"描写愁闷的"旧调",用"五更桐叶最佳音"道出内心喜悦。钱锺书引刘媛等人的作品,正是为了在相互对比中凸显曾几对传统言说思路的突破,这些作品也就自然"与曾诗的句意并不很贴切"了。换言之,曾几诗对于刘媛等人的作品来说,是"旧调翻新",而《西厢记》与尤袤诗的关系则是"扩充和引申",性质本就不同,夏先生拿来参比,显属误读。更进一层看,他的这次批评,始于正确的指向,却终于错误的结论,其中缘由,颇值得思量。这次误读看似偶然,实是必然,与前面提到的他对钱锺书"逞博""取证稠叠""过于求备"等的看法是分不开,有此先入之见,就难免先入为主,一看到钱锺书"又"将很多作品"引合"在一起,从心底里就不以为然,稍不留意看走眼也就不足为怪了。以是观之,对钱锺书使用材料的方法,我们当然应该指出它的问题,但更应该尊重它的存在,并立足于这种尊重去思考它的特点,揭示它的意义。

对于钱锺书使用材料的方法,黎兰曾有这样的评价:"围绕着同一个论点,钱锺书往往多方引证,如何铺排其论据,成为他的一项技术。"③ 借用这

① 夏承焘:《如何评价〈宋诗选注〉》,《光明日报》1959 年 8 月 2 日。
② 钱锺书:《宋诗选注》,生活·读书·新知三联书店 2002 年版,第 332 页。
③ 黎兰:《钱锺书的述学文体——以〈管锥编·老子王弼注〉为个案的研究》,三晋出版社 2015 年版,第 26 页。

个说法，钱锺书述学，铺陈论据的"技术"主要表现出以下两大特点：

一是在征引文献时，注重对材料的整理，或略引，或撮述，或概括，少有直接、大段的引用。以下各举一例以窥全豹。

（1）"略引"。即直接征引原文但有所删减，属于省略式的直接引用。钱著虽然旁征博引，但引文都很简略，原因在于他只选取与论题有关的内容，不像有些学术著述，引文动辄整页整篇，殆同书抄。这种略引的关键是要通解全文，然后撷取其中必用之材料而不伤原意，因此最见工夫。请看《管锥编》论陆机《演连珠》的开篇：

> 傅玄《连珠·序》："兴于汉章帝之世。……不指说事情，必假喻以达其旨，……欲使历历如贯珠。……班固喻美辞壮，文章弘丽，最得其体。"按见存班固、扬雄、潘勖、蔡邕、曹丕、王粲所作此体，每伤直达，不甚假喻，至陆机《演连珠》，庶足当"喻美文丽"之目，傅所未知也。①

这里对傅玄"序"的引用就是略引，观其省略号可知。对照傅"序"，②钱锺书的引文不及原文三分之一，但其实已将其中最核心的内容呈现出来，为接下来的论述奠定了基础。钱锺书引的内容包括以下要点：其一，"兴于汉章帝之世"。这是"连珠体"出现的时间，为下文称此体至陆机才臻于完美做了铺垫。其二，"不指说事情，必假喻以达其旨"，"欲使历历如贯珠"。这是"连珠体"得名的由来，以便于下文讨论人们对"连珠"含义的误解：自梁武帝《连珠》，"全乖《连珠》制构而蒙其名"，到张之洞《连珠诗·自序》，"初非傅玄所谓'假喻达旨'之体"。此体本为"推类之譬拟"，而世人

---

① 钱锺书：《管锥编》，中华书局 1986 年版，第 1135 页。
② 傅玄《连珠序》："所谓连珠者，兴于汉章帝之世，班固、贾逵、傅毅三子受诏作之，而蔡邕、张华之徒又广焉。其文体辞丽而言约，不指说事情，必假喻以达其旨，而贤者微悟，合于古诗劝兴之义。欲使历历如贯珠，易观而可悦，故谓之连珠也。班固喻美辞壮，文章弘丽，最得其体。蔡邕似论，言质而辞碎，然其旨笃矣。贾逵儒而不艳，傅毅文而不典。"穆克宏主编：《魏晋南北朝文论全编》，上海远东出版社 2012 年版，第 33 页。

常误为"推理之引绎",以至于严复将"三段论法"译为"连珠",均属"混淆之失"。其三,"班固喻美辞壮,文章弘丽,最得其体"。此句也是下文钱锺书批评班固等人"所作此体,每伤直达,不甚假喻"的前提。由此可见,钱锺书对傅"序"的引用,没有囫囵吞枣,照搬照用,而是每引一句,都在为下文做准备。可以想象的是,如果全引傅"序",文献繁赘不说,征引的重点和用意也无法凸显出来,而如果随意摘引其中一些内容而遗漏了关键之处,则下文的很多论述读者理解起来就会比较困难,甚至不明所以。这类经过认真细致处理的"略引",不仅彰显了钱先生严谨的治学态度,而且也显示出他良好的治学功底。

（2）"撮述"。即在领会材料主旨的基础上借助部分原文重新组织叙述。这是一种介于直接引用和间接引用之间的处理材料的方法。这类文献在钱著中也较多见,如《容安馆札记》第一百十九则论庄子"一事数喻",引了罗璧《识遗》卷七"庄子"条中的内容,就没有使用《识遗》的原文,而是对其中所举"一事数喻"诸例中的前半部分内容,用自己的话进行了撮述:"如喻身用之厚,则曰子见牺牛乎,曰楚有神龟者,曰祝宗人说彘;喻不可语道之人,曰有鸟止鲁郊,曰张乐洞庭之野。"① 实际上在《识遗》中这段内容的原文很长,② 经钱锺书撮述,舍弃其中的铺陈,选取其中的要义,原来二百六十余字的内容精简为五十余字,可谓既简明又扼要,完全没有影响到后文对"一事数喻"这种词章之法的阐发。

（3）"概括"。即用自己的话重新表述原文的意思,属于间接引用。如《谈艺录》第四则"附说四"论"八股文"一节,在讨论明清两代八股文

---

① 钱锺书:《容安馆札记》,商务印书馆 2003 年版,第 183-184 页。
② 原文为:"如喻身用之厚,曰:子见牺牛乎? 衣以文绣,食以刍菽,及其牵而入于太庙,虽欲为孤犊,其可得乎? 又曰:吾闻楚有神龟者,死三千岁矣。王巾笥而藏之庙堂之上,此龟者宁其死为留骨而贵乎? 宁其生而曳尾于涂中乎? 又曰:祝宗人元端以临牢筴说彘曰:吾将三月豢汝,十日戒,三日斋,藉白茅,加汝肩尻乎雕俎之上,汝为之乎? 为彘谋者曰:不如食以糟糠,错之牢筴之中。三喻意同而事异。喻不可语道之人,曰:有鸟止鲁郊,鲁君说之,为具太牢以飨之,奏《九韶》以乐之,鸟乃始悲眩视,不敢饮食。又曰:《咸池》《九韶》之乐,张之洞庭之野,鸟闻之而飞,兽闻之而走,鱼闻之而下。"(宋) 罗璧:《识遗》,岳麓书社 2010 年版,第 92-93 页。

"妙于想象""与元杂剧相通"时，引用文献就采用了这种方法：

> 徐青藤《南词叙录》论邵文明《香囊记》，即斥其以时文为南曲，然尚指词藻而言。吴修龄《围炉诗话》卷二论八股文为俗体，代人说话，比之元人杂剧。袁随园《小仓山房尺牍》卷三《答戴敬咸进士论时文》一书，说八股通曲之意甚明。焦理堂《易余龠录》卷十七以八股与元曲比附，尤引据翔实。张诗舲《关陇舆中偶忆编》记王述庵语，谓生平举业得力《牡丹亭》，读之可命中，而张自言得力于《西厢记》。亦其证也。①

这段议论征引了徐渭《南词叙录》、吴乔《围炉诗话》、袁枚《小仓山房尺牍》、焦循《易余龠录》、张祥河《关陇舆中偶忆编》等文献，所引内容均属间接概括，未见一句直引。试举其中一条说明：吴乔《围炉诗话》卷二论"八股"一则，原文近二百字，②到钱锺书这里，被浓缩成短短一句"论八股文为俗体，代人说话，比之元人杂剧"，这种对材料的准确理解和高度概括，非博览群籍并烂熟于心而不能为。李洪岩评钱锺书："他读书乃得其'神'，绝非一般学者的排列字句。因此，他引书乃在引其精神涵义，超越其字面本义。即'述'而不'引'，间接引而不直接引。要做到这一点，首先必须对原书读熟吃透；其次必须具有好学深思、心知其意的卓绝识力；再次要具有超人的阅读能量、记忆能力和提要钩玄的本领。钱锺书毫不掺假地做到了这三条。"③钱著中有很多这类经过处理的材料，转述简略而不伤原意，想来作

---

① 钱锺书：《谈艺录》，生活·读书·新知三联书店 2001 年版，第 111 页。

② 吴乔原文如下："学时文甚难，学成只是俗体，七律亦然。问曰：八比乃经义，何得目为俗体？答曰：自《六经》以至诗余，皆是自说己意，未有代他人说话者也。元人就故事以作杂剧，始代他人说话。八比虽阐发圣经，而非注非疏，代他人说话。八比若是雅体，则《西厢》《琵琶》不得摈之为俗，同是代他人说话故也。若谓八比代圣贤之言，与《西厢》《琵琶》异，则契丹扮夹谷之会，与关壮缪之'大江东去'，代圣贤之言者也，命为雅体，何词拒之？"（清）吴乔：《围炉诗话》，见郭绍虞主编：《清诗话续编》，上海古籍出版社 1983 年版，第 546 页。

③ 李洪岩：《智者的心路历程——钱锺书生平与学术》，河北教育出版社 1997 年版，第 272 页。

者的用意，是想在有限的篇幅里尽可能多地征引文献，如果都原文照录，势必连篇累牍，同时也会淹没他要表达的观点，因此采用这样的处理方法是非常合适的。

二是钱著征引中西古今文献甚多，但绝不是简单地胪列材料。众多的材料像"线"一样，在钱著中穿梭勾连，钩织成"网"和"链"这样两种形态，达成不同的研究目的。

这里的"网"，出自福柯的《知识考古学》，福柯认为"书"的界线从来就是模糊的，在书的内部轮廓及其自律的形式之外，"书还被置于一个参照其他书籍、其他本文和其他句子的系统中，成为网络中的结"。[①]"链"，出自米勒的《作为寄主的批评家》，米勒指出历史上任何一个文本"都曾经扮演过寄主兼寄生物的角色"，并以雪莱的诗为例，勾画出了一条在文学史中"寄生性存在的长长的连锁"。[②]以下分别论之。

（1）材料之"网"。在钱著中，"网"呈现的是众多材料的共时性关系。例如在诗歌批评中，钱锺书常以某个经典文本或诗歌模式为中心，通过征引大量资料，编织出一个复杂的文本之"网"，而他的批评目的也正寓于其中。在这方面，《宋诗选注》对叶绍翁《游园不值》、陆游《游山西村》的"注"，就是很典型的例子，[③]早已脍炙人口。此处以《管锥编》论"忧思约带"一则为例来作说明。钱锺书认为，《焦氏易林》中"失信不会，忧思约带"这种写法，在《周易》中还有很多，如《临》之《大过》、《无妄》之《恒》、《巽》之《乾》均云"失信不会，忧思约带"，《蛊》之《谦》云"失期不会，忧思约带"，《复》之《节》云"簪短带长，幽思穷苦"等。这些表述"皆道愁思使人消瘦"，因此"可以合观"。这种以婉转含蓄的方式抒写相思愁苦的手法，后来成为诗文中"印板落套"之语，对此，钱锺书照例举出了大量的作品，但这些材料并不是简单的堆砌，而是被一分为三：其一，"以带示意

---

① ［法］福柯：《知识考古学》，谢强、马月译，生活·读书·新知三联书店 2003 年版，第20–23 页。

② ［美］米勒：《重申解构主义》，郭英剑等译，中国社会科学出版社 1998 年版，第 104 页。

③ 钱锺书：《宋诗选注》，生活·读书·新知三联书店 2002 年版，第 433 页，第 277 页。

者"。如谢朓诗："徒使春带赊，坐惜红颜变。"徐陵诗："愁来瘦转剧，衣带自然宽。"其二，"舍带而别以钗、钿等示意者"。如刘学箕词："手展流苏腰肢瘦，叹黄金两钿香消臂。"《西厢记》："听得道一声去也，松了金钏；遥望见十里长亭，减了玉肌，此恨谁知。"其三，"直言消瘦，不假物示意者"。如李商隐、李清照、赵汝茪、姚爕、陈德武等人的作品。钱锺书着重比较了最后这类文本的优劣高下，认为李清照的词"最为警拔"，原因在于：李商隐称"不道春来独自多"，赵汝茪云"归未，归未"，皆失之于直白，"盖'独自多'与'归未'点明'瘦'之故"；而李清照不明言"瘦"的缘由，只说"非干病酒""不是悲秋"，如此则"以二非逼出一是来"，手法显然更为高妙。① 钱锺书将上述这些手法相似的作品合观，这就形成了一个材料之"网"，这是一次异中求同；再将这个"网"一分为三，是一次同中求异；最后在"直言消瘦"这个更小的"网"中展开文本比较，则又是一次同中求异。如此层层分解，层层比较，作出的分析自然精确细致，得出的结论也自然令人信服。

（2）材料之"链"。在钱著中，"链"呈现的是众多材料的历时性关系，主要是为了梳理某种言说模式发端、成熟及嬗变的过程，用刘衍文《雕虫诗话》中的话说，就是"以明其递变蜕化之迹"；② 用钱锺书本人的话说，就是"考订……辗转承袭的痕迹"。③ 请看《容安馆札记》论宋湘诗一则：

> 《荆山守风》："杨柳梢头绝好风，人家凉睡柳阴中。劝君休把石尤骂，君自西征水本东。"按《池北偶谈》卷十一："董御史玉虬文骥外迁陇右道，留别予辈诗云：'逐臣西北去，河水东南流。'初谓常语，后读《北史·魏本纪五·孝武帝》，深叹用古之妙。"《全浙诗话》卷四十二引《菊坡诗话》载邵兼山《真州别蒋湘帆》诗云："春水方生君又去，

---

① 钱锺书：《管锥编》，中华书局 1986 年版，第 553—554 页。
② 刘衍文：《雕虫诗话》，见张寅彭主编；李剑冰等点校：《民国诗话丛编》（4），上海书店出版社 2002 年版，第 538 页。
③ 钱锺书：《一节历史掌故，一个宗教寓言，一篇小说》，见《七缀集》，生活·读书·新知三联书店 2002 年版，第 177 页。

此江东下我西回。"黄仲则《两当轩诗》卷三《十四夜京口舟次送别张大归扬州》云:"春水将生君速去,此江东下我西行。"张亨甫《思伯子堂集》卷十二《口号别叶十三等》云:"雁辞南乡人同北,水自东流客更西。"邓湘皋《南村草堂诗钞》卷十一《泊衡山重寄云渠》云:"江水东行我西上,岳云北去雁南飞。"王梦湘《檗坞诗存》卷十《子蕃和榆垡题壁诗依韵再成》云:"夕阳西下我东上,宾鸿南飞君北行。"桃源数至,已成村落。填匡落套,了不为奇。芷湾此绝,稍能振拔,亦如严海珊《诗钞》卷五《柬同年金蒿亭明府》之"春水方生公欲去,桃花净尽我重来"也。①

在这则札记中,钱锺书征引了大量与宋湘诗有指涉关系的诗作,在相互比较中掎摭利病,品评优劣,以达成谈艺之目的。他认为,古诗写"逐臣西北去,河水东南流"之意,本于《北史》,后世诗人多有这种写法,然往往不知新变,遂成依样葫芦。而宋湘《荆山守风》"劝君休把石尤骂,君自西征水本东"两句,出语豁达,一改伤感之气,"稍能振拔"。可以看出,钱锺书的看法是建立在对材料之"链"的梳理上的,有了这样的"链",就能发现某种言说模式流变的轨迹,发现在这种模式下诗人创造性的新变,结论自然是水到渠成的。很多时候,钱著中的这种材料之"链"会更清晰,如宋代诗人郑文宝《柳枝词》云:"不管烟波与风雨,载将离恨过江南。"钱锺书认为"载恨"这个写法,后世诗人既有模仿,也有新变:或变"诗"为"词",如周邦彦《尉迟杯》"等行人醉拥重衾,载得离恨归去";或变"船"为"马",如石孝友《玉楼春》"春愁离恨重于山,不信马儿驼得动";或变"船"为"车",如《西厢记》"遍人间烦恼填胸臆,量这些大小车儿如何载得起";或变"愁恨"为"春色",如陆娟《送人还新安》"万点落花舟一叶,载将春色到江南"。②当"载恨"这种言说模式的演化过程被清晰地呈现出来时,文学创作中"常"与"变"、"摹"与"创"、"旧"与"新"的关系,就变得启人

① 钱锺书:《容安馆札记》,商务印书馆 2003 年版,第 112–113 页。
② 钱锺书:《宋诗选注》,生活·读书·新知三联书店 2002 年版,第 4–5 页。

深思了，这就像有人评价的那样，"犹如高明的大设计师，他不但为你准备好极其丰富的建筑材料，并且向你指出以前各种大厦小堂构筑的得失，以激发你创造性的设计思维"。① 由此观之，尽管钱锺书热衷旁征博引，但绝非简单地堆砌材料、胪列文献，他自有一套惯用的处理材料的方法，通过对大量材料的分析、消纳、组织，来达成不同的研究目的。在《管锥编》中，钱锺书曾认为，"连类繁举"有两种效果，或"化堆垛为烟云"，或"板重闷塞，堪作睡媒"。因此，是"多文为富而机趣洋溢"，还是"动人嫌处只缘多"，全在于"连类繁举"时能否"妙契赋心""神明变化"。② 这番议论虽然是就文学创作而发，但不妨移作对他征引材料方法的评价。刘师培曾自言其《中国中古文学史》"所引群书，以类相从，各附案词，以明文轨"，③ 陈平原对此有精辟的分析，他认为这种旁征博引不但呈现了"早已消逝的历史场景和文学风貌"，而且还是一种"低调"的书写方式，作者将个人见解隐藏在"寥寥无几的穿针引线之举与画龙点睛之笔"中，从而"抑制自我表述以及进一步发挥的欲望"。④ 从这个角度说，钱锺书学术著述中大量的文献资料，绝非像有些人说的那样，是"掉书袋"，是"文抄公"，是"叠床架屋"，是"过于求备"，它们不但有作者深心所寄的用意，而且也自成一套极具钱氏特色的铺陈之法。

三、作为章法的"圆"

吕嘉健在《论"钱锺书文体"》一文中说："人或微词'钱锺书文体'在文评中是札记语录，却不知道钱锺书常常在札记语录中使用一种手法：片断中寓系统。"⑤ 其言甚确。钱锺书的学术著述，尤其是随笔体、札记体、诗

① 钱宁：《曲高自有知音——访周振甫先生》，见沉冰主编：《不一样的记忆——与钱锺书在一起》，当代世界出版社 1999 年版，第 128 页。
② 钱锺书：《管锥编》，中华书局 1986 年版，第 361-362 页。
③ 刘师培：《中国中古文学史·论文杂记》，人民文学出版社 1962 年版，第 7 页。
④ 陈平原：《现代中国的述学文体》，北京大学出版社 2020 年版，第 21-22 页。
⑤ 吕嘉健：《论"钱锺书文体"》，见冯芝祥编：《钱锺书研究集刊》(2)，上海三联书店 2000 年版，第 110 页。

话体著述，多以断编残简的样貌示人，如果据此推断它们只是一些零星散乱、缺乏逻辑的"碎片"，那就大错特错了。事实上，钱氏之文，看似结构松散，其实自有章法。从篇章结构看，它们主要有以下几种常见的类型。

一是"列举式结构"。指对问题逐条展开分析。这种结构在钱著中多用于某些总述性的论述，是对问题全面细致的观照。在这方面，《容安馆札记》对宋人邵雍《击壤集》的分析，就是较典型的例子。钱锺书认为，邵雍之诗历来毁誉不齐，"兹复研诵，遂得定论"。接下来他就对《击壤集》的创作特点进行了全面的概括：

> 不能为古体，偶一涉笔，辄杂以字偶调谐之律句，如卷一《观棊大吟》，是**一也**。五七律欲神明于规矩，圆转关联，而筋骨松弛，肌肤慢懈，遂流于滑俗，**二也**。以语助凑足成句，如卷六《落花长吟》云："天机之浅者，未始免忡忡"；卷十《楼上寄友》云："有客常轻平地春，夫春不得不云云。"草率颓唐，后来陈止斋辈遂咬矢橛，**三也**。以文为诗，往往数句一气贯下，其语方毕，顿开生面，如卷八《履道会饮》云："而逢此之景，而当此之辰。而能开口笑，而世有几人。"使能炼语奇崛，便可破昌黎之余地，**四也**。才情意境，浅而易了，俭而即匮，卷十《论诗吟》云："不止炼其词，抑亦炼其意"，未见能然，**五也**。近体诗有韵味处，大似香山。古诗用俗语处，远不如寒、拾，**六也**。《集》中附见吕晦、富弼、邢恕、王益柔、韩绛等诗甚多，诸家无集，《宋诗纪事》皆未采录，**七也**。北宋前于康节，如石曼卿《偶成》《首阳》、龙昌期《咏门》等七律，谢涛《读史》等七绝，皆导"击壤体"先路，**八也**。①

钱锺书从八个方面论述《击壤集》的创作特点，分八条述之，以"一也，……二也，……三也，……八也"来作标示：古体常杂以律句，一也；

---

① 钱锺书：《容安馆札记》，商务印书馆 2003 年版，第 984-985 页。例证多有删节。粗体为引者所标示。

律诗圆转然流于滑俗，二也；以语助凑足成句，三也；以文为诗，四也；意境浅易且理趣凡近，五也；近体似白居易但古体不如寒山拾得，六也；辑录逸诗甚多，七也；"击壤体"并非邵雍独创，八也。这是对邵雍诗的一种总览式把握，从"一"到"八"，逐条列举，内容非常清晰。

二是"归纳式结构"。指对问题的特点和规律进行概括。在钱著中这种结构常被用来梳理某种文学手法或模式。在这方面，《宋诗选注》中的两例就很有代表性，一例谈张耒的诗句"新月已生飞鸟外，落霞更在夕阳西"，一例谈李觏的诗句"已恨碧山相阻隔，碧山还被暮云遮"：

> 这一联可以跟梅尧臣的"夕阳鸟外落，新月树端生"比较。宋人说张耒摹仿唐人郎士元的"河阳飞鸟外，雪岭大荒西"，这话不甚确切。郎士元的一联跟无可的"卷经归鸟外，转雪过山椒"一样，都是想像地方的遥远，不是描写眼前的景物；梅、张的写法正像岑参："天坛飞鸟边"，杜甫："柔橹轻鸥外"，姚鹄："入河残日雕西尽"，以至文征明："遥天一线鸥飞剩"等，**把一件小事物作为一件大事物的坐标，一反通常以大者为主而小者为宾的说法**。①
>
> 同时人石延年诗："水尽天不尽，人在天尽头"；范仲淹词："山映斜阳天接水，芳草无情，更在斜阳外"；欧阳修词："楼高莫近危栏倚，平芜尽处是春山，行人更在春山外"，"夜长春梦短，人远天涯近"；词意相类。诗歌里有两种写法：一、**天涯虽远，而想望中的人物更远**，就像这些例句；二、**想望中的人物虽近，却比天涯还远**，例如吴融："坐来虽近远于天"或王实甫《西厢记》："隔花阴，人远天涯近。"②

简要分析如下：首先，对张耒、李觏诗的分析，突破了单一、狭小的阐

---

① 钱锺书：《宋诗选注》，生活·读书·新知三联书店 2002 年版，第 133-134 页。稍有删节。粗体为引者所标示。
② 钱锺书：《宋诗选注》，生活·读书·新知三联书店 2002 年版，第 53 页。稍有删节。粗体为引者所标示。

释空间，引合了其他诗作进行参照，这样做的效果很明显，因为语境的孤立或繁复往往同语义的单薄或丰厚紧密相连。其次，由于这些诗句在手法上类似，显示出较稳定的创作模式，所以钱锺书在引合它们的同时也很注意归纳总结，将这种言说模式的两种相反相成的表现形态梳理出来，这在文中显得非常突出。第三，这种归纳使得阐释活动变得更具体深入了，不仅手法相同的诗句可以互映相发，而且相反相成的诗句也能够彼此参照。钱锺书曾批评刘师培"知博征之多多益善，而不解傍通之头头是道"，① 也曾指出清人何焯"连类故事，未为漫浪"，但"抉发文心，殊嫌皮相"，② 显然是强调文学阐释不能只以"博征"来"连类故事"，要之在于能"傍通"以"抉发文心"。《宋诗选注》的这两则例子，对古典诗歌某种手法的梳理、归纳和总结，正是"抉发文心"之举，这不仅使我们再一次注意到钱锺书的旁征博引自有其深心所寄的用意，而且也说明钱著中不同的章法结构各有其谈艺的功用。

三是"递进式结构"。指对问题展开层层推进的论述。钱著对一些复杂问题的讨论，常采用这种结构，在论说过程中逐次展开论题，由大及小，因小成大，同中有异，异中求同，众多论题以递进的方式呈现并形成比较，最终完成对问题全面深入的阐发。由于观点不断地发散、跳动，这就成为钱著中最难把握的内容。此处以《管锥编》论"人间天上日月迟速不同"一则为例，对这种复杂的篇章结构进行说明。这一则及其"增订"超过四万字，可作一篇大文来读，因篇幅过长，无法照录，略作梳理如下：

（1）拈出论题。钱锺书读《太平广记》，注意到有五篇志怪小说中的人物都说过"人中五日，彼一夕也"这类话，他指出："或言冥间日月长于人世，或言其短于人世，尚未众论佥同。"接着就引释书的说法，如"此间百岁，正当忉利天上一日一夜"等，认为"均言天上时长于人间"。由此拈出论题："人间天上日月迟速不同"。需要说明的是，这个论题是《管锥编》"细目"中的表述，其实从钱锺书这几万字的论述看，严格地说应是"人间天上、人间地狱，日月迟速不同"，显然这是为使细目精短而不得已的一种

---

① 钱锺书：《管锥编》，中华书局1986年版，第96页。
② 钱锺书：《管锥编》，中华书局1986年版，第1064页。

处理。

（2）论这种说法产生的原因及意义。钱锺书说：地狱日月最长，人间日月次之，而天堂日月则短，究其原因，"良以人间乐不如天堂而地狱苦又逾人间也"；譬如"快活"一词，正说明"乐而时光见短易度"，而"苦而时光见长难过"，因此天堂半日足抵人间半载，而地狱一年只合人间一日。简明扼要地指出这种感叹的由来及含义。

（3）论"人间地狱"两种相反的写法。或"言地下时光之长于人间世"，或是"言人世时光之长于地下"，分别举出大量文献，前者如《酉阳杂俎》中《李和子》谓"鬼言三年，人间三日"，后者如《十八泥犁经》谓地狱以"人间万五千岁为一日"等。

（4）论诗赋中的这类描写之优劣。钱锺书认为，"天上一日，人间一年"之说，古典诗人"咏赋七夕，每借作波澜"。他梳理出三类情况：其一，像崔涂等人那样，直接以此作诗，"桃源屡至，即成市廛"，已成套语陈言。其二，像李渔等人，变通此说而入诗，尽管"腾挪狡狯"，费尽心机，但仍"不出匡格"，难见新意。其三，还有一类以张联桂、李商隐、李郢等人的七夕诗为代表，如张诗云："洞里仙人方七日，千年已过几多时。若将此意窥牛女，天上曾无片刻离。"钱锺书认为，这类诗与前两类比"皆无此巧思，而唱叹更工"。他因此追问："岂愁苦易好耶？抑新巧非抒情所尚也？"[1] 这两个问句其实是提示读者去思考，前一个显然并非答案，因为一、二类咏七夕的诗也多是愁苦之言，显然在钱锺书看来，诗人抒发情感，要之在于不事雕饰，巧夺天工，如果一味求新求巧，反倒妨碍情感的自然表达，所谓"新巧非抒情所尚也"。

（5）论国泰民安则史书不载。承接上述内容，《管锥编》"增订三"由欢乐时短、愁苦日长，延伸到与之相关的另一种现象，即仲长统《昌言》所谓"乱世长而化世短"。钱锺书举出大量中西历史上的例子，指出："故国泰民安，其史书必简略沉闷，以乏非常变异可得而大书特书不一书也。"

---

[1]　钱锺书：《管锥编》，中华书局 1986 年版，第 670–673 页。

（6）论文艺创作中的此类题材。钱锺书称："斯意亦见诸论文谈艺。"这就将这个论题扩展到文艺领域。他指出，文学艺术常写、善写、乐写"苦难"题材，此即黄宗羲《谢皋羽年谱游录注序》说的"逮夫厄运危时，天地闭塞，元气鼓荡而出，拥勇郁遏，坌愤激讦，而后至文生焉"，"故文章之盛，莫盛于宋亡之日"。钱锺书举出归庄、赵翼、狄德罗、叔本华等中西论家的看法以及西洋小说的描写，如乔治·爱略特的小说："最幸福之妇女，犹最安乐之国家，了无历史可述。"① 托尔斯泰的小说："一切欢乐之家庭均相类肖，每一不欢乐之家庭则痛苦各异。"然后分析文学史上这种悲苦题材之所以多见的原因："欢愉既相肖似，遂刻板依样，一言以蔽或不言可喻；愁苦各具特色，变相别致，于是言之而须长言之矣。"②

至此，一篇大文才算完篇。在论述"人间天上日月迟速不同"这个论题时，钱锺书尝言："此论由来已久，习焉而不察，亟待标而出之。"而观其所论，非仅限于论题本身，而是不断地在触及与此论题相关的其他论题。这种跳跃、发散的章法结构，其实也是钱氏治学方法的一种外显，也即他说的"既貌同而心异，复理一而事分。故必辨察而不拘泥，会通而不混淆，庶乎可以考镜群言矣"。③ 如果对钱著中这种章法结构不加注意，就很难清晰准确地把握作者论说的思路和逻辑。对此，胡志德就深有体会，他指出钱著中有些内容是清楚的，如《谈艺录》论"诗分唐宋"，但这不意味着其他内容也是如此，有些时候钱锺书的论述曲曲折折，"涉及的诸多论题，像是随意流动，各论题彼此引发"，因此"读者必须从人为地散在他周围的大量材料中，

---

① 钱锺书在《容安馆札记》中也曾引这段话：George Eliot, The Mill on the Floss, Bk.V, ch.3："The happiest women, like the happiest nations, have no history." 钱锺书：《容安馆札记》，商务印书馆 2003 年版，第 1728 页。这是乔治·艾略特长篇小说《弗洛斯河上的磨坊》中的名言，伍厚恺译："最幸福的女人，就像最幸福的民族一样，是没有历史的。"此语最早出自孟德斯鸠："Les peuples heureux n'ont pas d'histoire."（试译为："幸福的民族没有历史"），19 世纪苏格兰作家托马斯·卡莱尔（Thomas Carlyle）将其转译为 "Happy the people whose annals are blank in history books."（试译为："史无所载乃民族之幸"），乔治·艾略特又将 people 换成 women，以指称小说中的女主人公玛吉。［英］乔治·艾略特：《弗洛斯河上的磨坊》，伍厚恺译，重庆出版社 2008 年版，第 423 页。
② 钱锺书：《管锥编》，中华书局 1986 年版，"增订"第 50-54 页。
③ 钱锺书：《谈艺录》，生活·读书·新知三联书店 2001 年版，第 64 页。

努力构建论旨"。① 他用"巴洛克风格"来形容钱著的这一特点，认为钱锺书行文常常第一层概述事实，从逻辑上讲似乎没有更多可说的了，但实际上并未说尽，其他几层意思会紧随而来，且每一层都有新的重点，"赋予第一层所表述的论断以新的理解"。② 应该说，对于钱著这种较复杂的论述策略和行文结构，胡志德的看法是相当准确的。

四是"比较式结构"。这是钱著中最常见的篇章结构，指以问题或现象的比较为主线而完成的论述。需要说明的是，钱锺书一贯的学术立场就是"打通"和"比较"，因此"比较"是他学术著述普遍的特点，这里说的"比较式结构"指的是这一特点更集中、更突出的表现。这里以《管锥编》论司马相如赋"下转语翻成案"一则为例来说明。为清晰呈现钱锺书论述的思路，此处将他原本一气呵成的内容梳理如下：

司马相如《长门赋》："雷殷殷而响起兮，声象君之车音。"

傅玄《杂言》："雷隐隐，感妾心，倾耳清听非车音。"

钱锺书评：二作之同在于"皆谓雷转车声"，故"可资比勘"；二作之异在于《长门赋》曰"象"，"写乍闻时心情，幸望顿生"，《杂言》曰"非"，"写细聆后心情，幸望复灭"，故"同工异曲"。

和凝《江城子》："轻拨朱弦，恐乱马嘶声。……今夜约，太迟生。"

司马相如《长门赋》、傅玄《杂言》（见上）

钱锺书评："久待无聊，理筝自遣，而手挥五弦，耳聆来骑，一心二用"；故与《长门赋》《杂言》相比，"情景已化单为复"。

尹鹗《菩萨蛮》："少年狂荡惯，花曲长牵绊，去便不归来，空教骏马回！"

关汉卿《玉镜台》第三折："你攒着眉熬夜阑，侧着耳听马

---

① ［美］胡志德：《钱锺书》，张晨等译，中国广播电视出版社1990年版，第64-65页。

② ［美］胡志德：《钱锺书》，张晨等译，中国广播电视出版社1990年版，第121-122页。

嘶，……香烬金炉人未归。"

钱锺书评：二作之同在于均"谓即非雷而真为车"；二作之异在于尹词写"真来归"却"终亦空车而无人"，故"旧曲翻新"；而《玉镜台》"关捩尚欠此转"。

无名氏《醉公子》："门外猧儿吠，知是萧郎至。刬袜下香阶，冤家今夜醉。扶得入罗帏，不肯脱罗衣。醉则从他醉，还胜独睡时。"

尹鹗《菩萨蛮》(见上)

钱锺书评：《醉公子》"言人虽归乎，亦犹未归，然而慰情聊胜于真不归"；《菩萨蛮》"言坐骑归矣，不料人仍未归"。故"皆以下转语取胜"。

钱锺书总评："窃意傅玄诗之于司马相如赋，尹鹗词之于傅玄诗，以及无名氏此篇，皆下转语、翻成案之佳例也。"①

《管锥编》中的这则内容，从头到尾都通过精细的文本比较展开论述，思路清晰，结构紧凑，始终不离一个主线，即以比较来呈现摹拟中的"新变"。钱锺书简要的点评如"同工异曲""化单为复""旧曲翻新""下转语""翻成案"等，如草蛇灰线，隐藏在让人眼花缭乱的文献中，时刻提醒读者不要忽略作者谈艺的用心。同时我们也注意到，钱锺书要完成这些点评，就必须采用比较的方法，如此才能说清楚这些文本"同与异""旧与新""常与变""摹与创"的关系。因此这种比较式结构，作为最简便也最清晰的篇章结构，就成为钱锺书经常采用的论说方式了。

这就是"圆"，篇章结构上的"圆"：每一个"断片"都自成一个论说系统，"呼应起讫，自为一周（a complete circuit）"。②在《谈艺录》"说圆"一

---

① 钱锺书：《管锥编》，中华书局1986年版，第918页。

② 钱锺书：《中国文学小史序论》，见《人生边上的边上》，生活·读书·新知三联书店2002年版，第107页。

则中，钱锺书首先指出："窃尝谓形之浑简完备者，无过于圆。"①然后举大量例子说明中西先哲论道体道妙多以"圆"为象，"推之谈艺，正尔同符"。由"圆"之哲学意蕴，转向"圆"之艺术内涵。接下来他将中西文论的观点交互引证，如德国作家蒂克（Tieck）称："真学问、大艺术皆可以圆形象之，无起无讫，如蛇自嗛其尾。"英国批评家李浮侬（Vernon Lee）认为："谋篇布局之佳者，其情事线索，皆作圆形。"最后钱锺书做出总结性结论："乃知'圆'者，词意周妥、完善无缺之谓，非仅音节调顺、字句光致而已。"②通览《谈艺录》"说圆"一则，"圆"之喻意有六：（1）"形之浑简完备"。此就其外形而言。（2）"道体道妙"。即思虑周备、圆转无穷。（3）"真学问、大艺术"的表现。即自成天地。（4）"谋篇布局之佳"。（5）"词意周妥、完善无缺"。（6）"音节调顺、字句光致"。其中第四层意思，就是篇章结构之"圆"，这个意思在《管锥编》论"作文首尾呼应"中有更细致的讨论。钱锺书指出：《左传》中某节的文法，"起结呼应衔接，如圆之周而复始"；古希腊人谓句法当具圆相，然只限于句，"未扩而及于一章、一节、一篇以至全书也"；"近人论小说、散文之善于谋篇者，线索皆近圆形"。③从他征引的相关文献看，此处的"圆"指的正是篇章结构之有始有终、首尾衔接、浑然一体。从这个角度说，以"圆"来形容钱著篇章结构的特点实不为过。郑朝宗就称《谈艺录》"是一部精心结撰的杰作"，认为"书中的每一则几乎都可发展成为一部专著"。④虽不免有夸大之处，但至少说明《谈艺录》中一则一则的"断片"，在结构上是自洽、周全、完备的，否则，片言只语，零星随感，无论怎样充实和发挥，都不可能"发展成为一部专著"。何明星指出，《管锥编》的每一则以及更小的阐释单元都有相同或相似的结构，"使纷繁复杂的各种研究对象有一个统一的形式"。⑤李洪岩、范旭仑也认为，《管锥编》是"约

---

① 钱锺书：《谈艺录》，生活·读书·新知三联书店 2001 年版，第 329 页。
② 钱锺书：《谈艺录》，生活·读书·新知三联书店 2001 年版，第 332-334 页。
③ 钱锺书：《管锥编》，中华书局 1986 年版，第 228-230 页。
④ 郑朝宗：《忆四十年前的钱锺书》，见郑朝宗：《海滨感旧集》，厦门大学出版社 2014 年版，第 106 页。
⑤ 何明星：《〈管锥编〉诠释方法研究》，华中师范大学出版社 2006 年版，第 37 页。

守其例"的：体例极其严整，从遣词造句到布局安排，都费尽苦心，绝不失体破例，"如此严整的体例，是笔记中所看不到的"。① 在上述这些看法中，以黎兰的研究最为具体、扎实，她认为《管锥编·老子王弼注》具有"精致的结构"，不仅每篇的结构完整，而且十九篇的整体也是"结构完整的专著"，并总结出"结构完整，首尾呼应""随物赋形，伸缩自如""孑立应变，相对独立""卷帘通顾，分环勾连"等结构特征。② 由此可见，结合上述对钱著"列举式""归纳式""递进式""比较式"等篇章结构类型的讨论，以"圆"来形容钱著中的学术"断片"在谋篇布局上的特点，不仅形象生动，而且也是准确恰当的。

---

① 李洪岩、范旭仑：《为钱锺书声辩》，百花文艺出版社 2000 年版，第 19 页。
② 黎兰：《钱锺书的述学文体——以〈管锥编·老子王弼注〉为个案的研究》，三晋出版社 2015 年版，第 206-208 页。本书第 1 章第 2 节第 4 小节对黎兰这个观点有较详细的评议。

第三章　钱锺书学术著述的体貌

第一节　旁征博引之气

一、言必有征：学界的争议

如果谈及对钱著的感受，相信绝大多数人的第一印象就是旁征博引。阅读钱著，常使读者陷入既兴奋又疲惫的状态，各式各样的文献、材料纷至沓来，让人在目不暇接之余，也被作者渊博的学识所折服。可以说，广泛地征引中西古今的文献典籍，构成了钱锺书学术著述最显著的体貌特征。对此，钱学研究者不乏生动的比喻，如莫芝宜佳将《管锥编》比喻为"引文丛林"。① 胡志德称"《谈艺录》征引的大量典故书证表明其作者的博学甚至超过拥有一座世界上最好的图书馆"。② 汤晏说《管锥编》"乍看起来好像是作学问的展览"。③ 蔡田明认为钱著的特色就是"书中有书，书书相叠"。④ 季进则指出钱著体现出的是一种典型的"现象学式话语空间"，是"话语嘉年华"。⑤ 应该说，这些比喻是很形象、恰当的，钱锺书旁征博引的文风确乎如是，读其书、阅其文、颂其诗，无不如此，甚至浏览一下他的信函书札，了解一下

---

① ［德］莫芝宜佳：《〈管锥编〉与杜甫新解》，马树德译，河北教育出版社 1997 年版，"前言"第 1-2 页。
② ［美］胡志德：《钱锺书的〈谈艺录〉》，见陆文虎编：《钱锺书研究采辑》(1)，生活·读书·新知三联书店 1992 年版，第 93 页。
③ 汤晏：《一代才子钱锺书》，上海人民出版社 2005 年版，第 328 页。
④ 蔡田明：《〈管锥编〉述说》，中国友谊出版公司 1991 年版，第 14 页。
⑤ 季进：《钱锺书与现代西学》，上海三联书店 2002 年版，第 34 页。

他的日常言谈，也会发现这种动辄引经据典的作风，非仅治学之气象，已然成为他寻常生活之习惯了。

先来读其书、阅其文。完成于20世纪40年代的《谈艺录》，征引的西文著述涉及从柏拉图、亚里士多德到康德、黑格尔直至歌德、尼采、海德格尔、英伽登等五百余人的撰述，中国传统文献典籍更是举目即是，其中单是历代诗话就多达一百三十余种，古典诗话的代表作几乎没有遗漏。同样，完成于20世纪70年代的《管锥编》，文献典籍的征引更是繁复，共引用四千多位作者的上万种作品，其中涉及的西方作家、学者千人以上，西方学术著作、文学作品近两千种。①除《谈艺录》《管锥编》这样的大部头著作外，《七缀集》中的学术论文也同样如此，例如《诗可以怨》不足万言，却有多达六十则的文献，涉及书名篇名约四十种。②再来颂其诗。钱锺书的旧体诗，走的是宋诗的路数，讲求"无一字无来处"，他尝自言"字字有出处而不尚运典故"，"于少陵、东野、柳州、东坡、荆公、山谷、简斋、遗山、仲则诸集，用力较勤"。③刘永翔评钱锺书的诗也称："先生之诗，运典实多。"④对此钱仲联还颇有微词，他认为写诗和做学问是两回事，"只有诗人之诗，没有学人之诗"，因此"不喜欢"像钱锺书那样"一句一句都有来源，卖弄典故"。⑤旧体诗外，钱锺书的小说也喜"掉书袋"，《围城》就因此被称为"学人小说"，⑥作者在其中"卖弄"学问，乐此不疲。这方面的内容，熟悉钱著的读者自有会心，无须赘述。最后谈谈钱锺书的信函书札、日常言谈。钱锺书的书信很热衷征引典故，在与纪健生的一次简短的通信中，他就随手引了

---

① 陈潄渝：《"我用我法，卿用卿法"——〈鲁迅钱锺书平行论〉序》，见刘玉凯：《鲁迅钱锺书平行论》，河北大学出版社1998年版。陆文虎：《钱锺书〈谈艺录〉的几个特点》，见陆文虎编：《钱锺书研究》(1)，文化艺术出版社1989年版。

② 郑朝宗：《读〈诗可以怨〉》，见陆文虎编：《钱锺书研究采辑》(1)，生活·读书·新知三联书店1992年版。

③ 吴忠匡：《记钱锺书先生》，《随笔》1988年第4期。

④ 刘永翔：《蓬山舟影》，汉语大词典出版社2004年版，第47页。

⑤ 卜志君：《高山流水话知音——钱仲联谈钱锺书》，见沉冰主编：《不一样的记忆——与钱锺书在一起》，当代世界出版社1999年版，第40—43页。

⑥ 此说最早见郑朝宗（署名"林海"）在《观察》1948年第5卷第14期发表的《〈围城〉与"Tom Jones"》，文中称《围城》为"学人小说"，后来学者如夏志清、司马长风等也持此论。

宋人赵令畤《侯鲭录》中"断屠"这个典实，以至于收信人不翻阅故书不得其解。① 钟来因曾撰《钱锺书致钟来因信八封注释》一文，于每封信下细加注释，否则也是不明其意。② 书信外，日记中也颇多典故，《容安馆札记》偶见私人记事之内容，如第七百六十一则自"丙午正月十六日，饭后与绛意行至中山公园"，至"起床后阅《楚辞》自遣，偶有所得率笔之于此"一段，近四百字，就引了《明文授读》卷十五李邺嗣《肺答文》、《红楼梦》第九十七回、冯梦龙《山歌》卷五、王闿运《湘绮楼日记》等文献中的有关内容，以述身体之不适，调侃戏谑，令人啼笑皆非。此尚是偶感小恙，据陆文虎说，钱锺书生病住院与人闲谈也不忘引经据典。③ 此外他讲课也喜旁征博引，如林子清回忆，钱锺书当年在暨大授课，讲到文学和音乐的关系，引蒲伯、丁尼生、苏东坡、维吉尔、但丁、福斯、巴尔塔斯等人的诗句，以说明"象声"这种修辞在诗中的普遍应用。④ 赵瑞蕻回忆，钱锺书在西南联大讲课，"引经据典"，"穷源溯流"，有声有色，如数家珍。⑤ 从以上学术著述、文学作品以及书信日记、日常言谈等情况看，旁征博引确实是钱锺书一贯的文风和作风。他的学术著述，引文之稠叠，注释之密集，给读者留下了深刻的印象，真可谓"金石千声，云霞万色，如入百花之谷，如游五都之市，应接不暇，钻研不尽"。⑥

对于钱锺书旁征博引的文风，学界的认识不一，毁誉不齐，粗略梳理有下列八种看法：

（1）"博采慎取"说。认为这是钱锺书继承和发扬传统治学精神的表现。持这一观点的人对钱锺书渊博的学识和锱铢积累的资料收集赞不绝口，如敏泽指出，钱锺书治学，不仅广泛地占有资料，而且"善于熔冶，用宏取精"，

---

① 纪健生：《记与钱锺书先生的一次通信》，《淮北煤炭师范学院学报》1999 年第 4 期。

② 钟来因：《钱锺书致钟来因信八封注释》，《江苏社会科学》2000 年第 3 期。

③ 陆文虎：《至精至深，至纯至正——怀念钱锺书先生》，《文汇报》1998 年 12 月 29 日。

④ 林子清：《钱锺书先生在暨大》，《文汇读书周报》1990 年 12 月 24 日。

⑤ 赵瑞蕻：《岁暮挽歌——追念钱锺书先生》，见李明生等编：《文化昆仑：钱锺书其人其文》，人民文学出版社 1999 年版，第 33 页。

⑥ 钱锺书：《中国文学小史序论》，见《人生边上的边上》，生活·读书·新知三联书店 2002 年版，第 93 页。

因此他的学问可用"博大精深"四个字来概括，"真正地做到了博采而能会通，力索而能悟入"。① 黄维樑也认为，钱锺书"炫"学是因为他"实"学，他采用的是"小心求证"的科学方法。② 伍立杨撰文为钱锺书辩护，指出学术研究不是即席口占，"繁琐材料云云，那是真正学术大家的平生本事之显露"，"如西法之断案，……往往一案材料之累积可达上万页之多"，"学术材料也如此"。③ 这些看法关注到钱著旁征博引的文风与治学精神、治学方法的关系，在学界有广泛的代表性。

（2）"追源溯流"说。认为钱著中汇集大量文献主要是谈艺之需，以考辨文学的源流。如臧克和指出，钱锺书既然热衷"追溯原型""考察流变"，广征博引就不可避免。④ 柯庆明评《谈艺录》称："钱锺书几乎成了钟嵘之后最嗜追索源流的诗评家，每每不厌其烦的一一举证。"⑤ 钱仲联评《宋诗选注》曾说他"不中意"钱锺书在"注"里大讲诗的来源，考辨诗人之间的影响关系。⑥ 而刘永翔则说："我不赞成仲联先生的说法，他所不喜欢的，正是我觉得最为珍贵的。"⑦ 不管对此持否定还是肯定的态度，钱锺书以大量资料的爬梳来考辨文学源流的治学特点则是不争的事实。

（3）"以言去言"说。认为钱著中大量文献的聚合是一种解构的策略。如刘阳认为，钱著旁征博引，形成了像"魔方"一样"层累迭合而又参差错落的文论形态"，暗含着一种"以言去言"的主张，是对本质主义体系建构立场的有效解构。⑧ 季进认为："钱锺书著作在各种知识话语学科体系中的自由穿梭，也就是德里达所说的'人文科学话语中的嬉戏'，它们所达至的境

---

① 敏泽：《论钱学的基本精神和历史贡献——纪念钱锺书先生》，《文学评论》1999 年第 3 期。

② 黄维樑：《刘勰与钱锺书：文学通论——兼谈钱锺书理论的潜体系》，《海南师范大学学报》2010 年第 5 期。

③ 伍立杨：《少一点信口开河》，《书屋》2001 年第 10 期。

④ 臧克和：《钱锺书与中国文化精神》，百花洲文艺出版社 1993 年版，第 10-13 页。

⑤ 柯庆明：《现代中国文学批评述论》，台湾大安出版社 2005 年版，第 59-60 页。

⑥ 卜志君：《高山流水话知音——钱仲联谈钱锺书》，见沉冰主编：《不一样的记忆——与钱锺书在一起》，当代世界出版社 1999 年版，第 41 页。

⑦ 刘永翔：《读〈宋诗选注〉》，见冯芝祥编：《钱锺书研究集刊》（2），上海三联书店 2000 年版，第 130 页。

⑧ 刘阳：《以言去言：钱锺书文论形态的范式奥蕴》，《文艺理论研究》2004 年第 5 期。

界有点类似于罗兰·巴特所说的狂喜境界，在凌驾一切的解构意志面前，所有文本中的符号能指都获得了空前的解放。"①

（4）"炫博矜学"说。认为钱锺书的旁征博引是在有意卖弄学问，"掉书袋"。据徐明祥《听雨集》记载，金克木就曾说："钱老是大学问家，但有好掉书袋之癖，厚厚四本《管锥编》，我看了一本就是以达旨。"②这方面更典型的例子是夏承焘《天风阁学词日记》中几则对《谈艺录》的评价，其中既有"博览强记"这种肯定之语，也有"积卡片""取证稠叠""逞博"等批评之语，③这实际上也代表了相当一部分人的看法。

（5）"材料崇拜"说。认为这只是钱锺书单纯胪列文献、堆砌材料的表现。夏承焘批评钱锺书，主要还是针对他在文献征引上存在"过"的倾向，并没有完全否定博览强记的意义。与之相比，"材料崇拜"这种看法就彻底颠覆了钱锺书旁征博引的价值。如龙必锟认为，钱锺书有两个功夫是其他人难以企及的，其中之一就是"照相机式的记"。④胡文辉将《管锥编》视为"高级资料汇编"，认为钱锺书举证繁琐，搜集之功多而发明之意少，比陈寅恪有过之而无不及。⑤苏其康称钱锺书忽视了资料的分析，读者从中获得的是驳杂的文学史实而不是"启发性的文学知识"。⑥柯庆明也说，钱锺书"凡有知见即必征引，往往近于资料类编而失于冗杂"。⑦还有一种更极端的看法，认为博闻强记不过是钱锺书学术没有任何实质性意义的表现，如刘皓明在《绝食艺人：作为反文化现象的钱锺书》一文中，就将钱锺书的学问比喻成杂耍艺人用来博取观众铜板和喝彩的功夫（如绝食、翻跟头、顶碗、踩钢丝），并讽刺说："钱锺书对应于绝食艺人的绝食功夫的，是他扫描般的记忆

---

① 季进：《钱锺书与现代西学》，上海三联书店 2002 年版，第 119 页。
② 徐明祥：《听雨集》，华艺出版社 1997 年版，第 30 页。
③ 夏承焘：《天风阁学词日记》，见《夏承焘集》(7)，浙江古籍出版社、浙江教育出版社 1998 年版，第 2 页，第 344 页。参见本书第 2 章第 3 节第 2 小节。
④ 庞惊涛：《龙必锟：从〈管锥编〉到〈文心雕龙〉》，见庞惊涛：《钱锺书与天府学人》，四川人民出版社 2018 年版，第 64 页。
⑤ 胡文辉：《读陈寅恪，想钱锺书》，《书屋》1998 年第 5 期。
⑥ 苏其康：《中西比较文学的内省》，见黄维樑、曹顺庆编选：《中国比较文学学科理论的垦拓——台港学者论文选》，北京大学出版社 1998 年版，第 135 页。
⑦ 柯庆明：《现代中国文学批评述论》，台湾大安出版社 2005 年版，第 59—60 页。

力，他饕餮的阅读胃口，和他用以显示这两者的那些笔记"，"除了对记忆力和阅读的纯量化的广泛的炫耀外缺乏任何其他实质的东西"。① 这里还应提到李泽厚的"电脑"之喻，他认为钱锺书虽然博闻强记，但"到电脑出来，就可以代替"。② 又称："互联网出现以后钱锺书的学问（意义）就减半了"；"钱锺书说的，有很多在电脑里可能就找得到"。③ 李泽厚将钱锺书的渊博学识等同于电脑、互联网强大的搜检、统计功能，这一观点传播甚广，影响甚大，从某种意义上说，接下来的三种看法其实都是建立在这一认识上的，只不过言辞更激烈、观点也更偏激而已。

（6）"方法缺失"说。认为钱著中材料繁多是学术方法缺失的表现。以蒋寅的观点最具代表性，他在《钱锺书学术方式的古典色彩》一文中对此有较系统的论述。他首先用两个比喻来形容钱锺书学术的特点：《管锥编》"是盆菜"，是加工选择后的素材积累，《谈艺录》"是浓缩汤料"，是经概括提炼出的真知灼见。然后又用两个比喻来说明钱锺书学术的作用：中西文化比较的"武库"，古典文学研究的"锦囊"，任选一个都可以敷衍成长篇大论。接下来他批评钱锺书学术的缺陷："有材料有结论，惟独缺少分析、论证过程。"最后他评价钱锺书学术的价值："钱锺书的学问是非常个人化的，他的成就主要是知识的积累，在研究方法和学术范式上并无建树。"④ 在另一篇题为《解构钱锺书的神话》的文章中，蒋寅还区分了"大师之学"与"博学家之学"的不同，认为前者"有学理贯穿"，后者"只有知识积累"，前者"树立新的学术规范"，后者"只能沿袭旧的学术规范"。⑤ 这番议论显然也是针对钱锺书的"方法缺失"而发的。

（7）"缺乏思想"说。认为这是钱锺书没有学术思想和学术见解的表现。在《美人赠我蒙汗药》这本王朔与"老侠"的对话录中，"老侠"先是谈及

① 刘皓明：《绝食艺人：作为反文化现象的钱锺书》，《天涯》2005 年第 3 期。
② 李泽厚、陈明：《浮生论学：李泽厚、陈明 2001 年对谈录》，华夏出版社 2002 年版，第 160 页。
③ 贺莉丹：《李泽厚：哲学家只提供视角》，《新民周刊》2005 年 10 月 7 日。
④ 蒋寅：《钱锺书学术方式的古典色彩》，见蒋寅：《学术的年轮》，中国文联出版社 2000 年版，第 192 页。
⑤ 蒋寅：《在学术的边缘上——解构钱锺书的神话》，《南方都市报》1996 年 11 月 1 日。

《管锥编》，称：钱锺书有学问，"但既没有思想也没有方法上的独创"，《管锥编》只是汉代以来注经传统的墓志铭，"犄角旮旯地掉书袋子，一弄就一大堆旁征博引"。接下来说到《谈艺录》，称此书"除了东拉西扯和用牛角尖扎人外，不会给你任何启迪"。最后上升到钱锺书全部著述："寻遍钱锺书的文字，发现没有一篇可以称之为给人警醒的东西。"①还有人认为，钱锺书"爱引用古今中外各种典籍来为自己助阵，尤其是笔记体的《谈艺录》《管锥编》中，他自己的见解被淹没在各种杂而多的古今文献中。过多的掉书袋使得很多原本三言两句就能说清楚的问题变得复杂多端，给读者在阅读时造成了很大的障碍"。②一些学术大家也持类似的看法，如王元化就曾这样评价钱锺书："我说他是一个博闻强记的人，我只有这四个字的评语。他没有什么思想内容，他思想内容非常平凡。"③就连清华老同学吴组缃晚年也对钱锺书直言不讳："你的著作里什么都有，就是没有自己！"④这种"缺乏思想"的观点影响很大，人云亦云之说也颇多，如陈云《忘记钱锺书》一文批评钱锺书："缺乏思想深度"；五大卷《管锥编》的学术贡献尚不及鲁迅的小小讲课笔记《中国小说史略》；钱锺书不过是一个懂得几门外语的"老儒""老笺注家"；钱锺书的"毕生功业"可以"有学而无才"这五个字评价等等。⑤信口开河，放言无忌，颇多妄言，让人怀疑作者是否稍微认真一点儿地读过《管锥编》这部书。

（8）"没有体系"说。认为钱著文献资料的丰富正表明其有零碎的知识而无完整的体系。如王晓华认为，有成就的学人如果按有无"体系"分成三个层次的话，钱锺书"只是一个第三个层次上的学者"。葛红兵也称钱锺书是"知识型"学者而非"思想家型"学者，并认为"圣化某些'饱学'之

---

① 王朔、老侠：《美人赠我蒙汗药·谁造就了文化恐龙》，见杨联芬编：《钱锺书评说七十年》，文化艺术出版社 2010 年版，第 135—137 页。
② 张蔚星：《说一说钱学》，《中华读书报》1996 年 6 月 19 日。
③ 吴琦幸：《王元化晚年谈话录》，上海人民出版社 2013 年版，第 127 页。
④ 刘衍文：《漫话钱锺书先生》，见冯芝祥编：《钱锺书研究集刊》（2），上海三联书店 2000 年版，第 89 页。据说，事后钱锺书寄了一套《管锥编》给吴组缃，说："我的书，你没有读懂！"
⑤ 陈云：《忘记钱锺书》，《书城》1999 年第 5 期。

士，这说明中国文化还存在着很多落后的成分"。① 在另一篇论钱锺书的文章中，王晓华还说："照相机式的记忆力、惊人的博学、对数种语言的熟练掌握并未使钱锺书获得体系性建构的能力，而这意味着他继承了中国学人的传统欠缺。"② 何新也说："虽然钱先生博闻强记，学富五车，但自身却始终没有形成一种系统的哲学或主义，缺少一个总纲将各种知识加以统贯。所谓'七宝楼台，拆碎只见片断'。他也缺少一套宏观的方法论。"③ 夏中义则认为：《管锥编》实属读书札记之蒐集，钱锺书是以一种相当"自由"的状态在阅读，因此他"所随笔录下的史料、箴言、妙句，心得及其瞬间飞扬的灵感，也就无系统思辨构建可言"。④ 此类"体系缺失"之说，连同前面的"方法缺失""思想缺失"等看法，是当下针对钱锺书旁征博引文风最集中的批判，从学术方法到学术思想再到学术体系，全方位否定了钱锺书学术的价值。

通过上述梳理，不难得出两个结论：一是旁征博引确实是钱锺书学术著述突出的体貌特征。二是这个特征已引起学界广泛的关注，但看法不尽相同甚至大相径庭。本书认为，在如何评价钱著旁征博引的问题上，不虞之誉也罢，求全之毁也罢，大多数看法都没有从文体风格与学术内涵的关系这个角度进行思考，未触及旁征博引背后潜藏的意义。既然我们承认旁征博引是钱锺书学术著述突出的文体特征，那就不应该满足仅仅从"学识渊博""博学深思""炫博矜学""堆砌材料""缺乏思想""体系松散"等单一的层面进行阐释。"但惊宏览穷烟海，岂知奇功拓艺林"，⑤ 纷乱的文献只是一个表象，在穿梭交织的文献背后，也许有许多至今未被真正关注的蕴含有待发掘。如此，接踵而至的问题就是：作为终其一生乐此不疲的喜好，作为全部著述一以贯

---

① 王晓华、葛红兵等：《对话"钱锺书热"：世纪末的人文神话》，《中国青年研究》1997年第2期。

② 王晓华：《钱锺书与中国学人的欠缺》，《探索与争鸣》1997年第1期。

③ 何新：《我的哲学与宗教观》，时事出版社2001年版，第80页。

④ 夏中义：《论钱锺书学案的"暗思想"——打通〈宋诗选注〉与〈管锥编〉的价值亲缘》，《清华大学学报》2017年第1期。

⑤ 刘水翔《为槐聚先生八十寿》云："述作名山一代钦，茫茫八极几知音，但惊宏览穷烟海，岂知奇功拓艺林。"臧克和：《问学琐记》，见牟晓朋、范旭仑编：《记钱锺书先生》，大连出版社1995年版，第102页。

之的风格，旁征博引的文风与钱锺书学术研究的观念、维度、取向、策略及方法，究竟有怎样的关系呢？

二、详其始末：谈艺之用心

钱锺书的旁征博引，一定意义上是对乾嘉朴学治学传统的赓续，区别在于，清学搜罗剔抉，穷幽极微，是为考据之用，而钱锺书博览群集，辨章源流，用心乃在谈艺。

清人治学，推崇言必有征、证必多例。像清学的开山之祖顾炎武，就秉持"采铜于山"的精神，① "无他嗜好，自少至老，未尝一日废书"，② 极为注重材料的发掘和整理。从《日知录》的内容可以看出，顾炎武并非简单抄录典籍，其自称"早夜诵读，反复寻究，仅得十余条"，③ 可见是以发现问题之目的，审视所能接触之材料，通过勾稽爬梳来提炼自己的学术观点。《四库全书总目·日知录》称顾炎武"博赡而能贯通"，"每一事必详其始末，参以证佐，而后笔之于书，故引据浩繁，而抵牾者少"，梁启超认为"此语最能传炎武治学法门"，并总结出"炎武所以能当一代开派宗师之名"的三个原因，其中之一就是"博证"。他说："盖炎武研学之要诀在是。论一事必举证，尤不以孤证自足，必取之甚博，证备然后自表其所信。"④ 凡立一意，必广求证据，"无稽者不信，不信者必反复参证"，⑤ 遂成为清学尤其是乾嘉朴学的治学传统。

在钱锺书的批评理念中，谈艺衡文，阐发文心，必须最大程度地占有资料。我们知道，对文学研究来说，考据并不仅限于版本、目录、生平、年

① （清）顾炎武：《与人书十》，见《顾炎武全集》(21)，上海古籍出版社 2011 年版，第 142 页。
② （清）潘耒：《日知录·序》，见《顾炎武全集》(18)，上海古籍出版社 2011 年版，第 11-12 页。
③ （清）顾炎武：《与人书十》，见《顾炎武全集》(21)，上海古籍出版社 2011 年版，第 142 页。
④ 梁启超：《清代学术概论》，见《梁启超全集》(10)，中国人民大学出版社 2018 年版，第 224 页。
⑤ （清）余廷灿：《戴东原先生事略》，见《清代诗文集汇编》（第 365 册），上海古籍出版社 2010 年版，第 463 页。

表，方法也不尽是校勘、辨伪、训诂、辑佚，它其实还包括对文本语言形式的考辨，通过梳理特定的语词、典故、句法、结构、模式的流变，通过考察文学摹拟因袭的关系，为深入细致的研究奠定实证性基础。正因为此，对于文学批评中的考据，钱锺书的看法就与当时主流的京派批评大不相同。京派批评对考据是排斥的，李长之说："有人问我写作时的参考书怎么样？我很惭愧，老实说，一点儿也不博！《史记会注考证》……学校里有一部，可是被一位去职的先生拿走了十分之六，我有什么办法？"① 又云："考证，我不反对，考证是了解的基础。可是我不赞成因考证，而把一个大诗人的生命活活地分割于饾饤之中。"② 梁宗岱也明确反对"一部文学史，诗史，或诗人评传，至少十之七的篇幅专为繁征博引以证明某作家之存在与否"这种做法。③京派批评认为考证繁琐，不关乎审美，当然有合理的一面，不过更深层次地看，这种认识也反映出他们对于实证性研究的轻视。与之相比，钱锺书很重视考据的价值，强调"考据本为文学研究之方法"。④ 如在《小说识小续》中，他就以谨严不苟的态度，剔析爬梳出多个文本相互蹈袭或暗合的现象，并这样评价其中的意义：

> 近世比较文学大盛，"渊源学"（chronology）更卓尔自成门类。虽每失之琐屑，而有裨于作者与评者皆不浅。作者玩古人之点铁成金，脱胎换骨，会心不远，往往悟入，未始非他山之助。评者观古人依傍沿袭之多少，可以论定其才力之大小，意匠之为因为创。⑤

"渊源学"属于比较文学的分支，但这段话虽然谈的是渊源学的意义，

① 李长之：《司马迁之人格与风格·自序》，见《李长之文集》（6），河北教育出版社 2006 年版，第 190 页。
② 李长之：《道教徒的诗人李白及其痛苦·序》，见《李长之文集》（6），河北教育出版社 2006 年版，第 4 页。
③ 梁宗岱：《屈原》，见《梁宗岱批评文集》，珠海出版社 1998 年版，第 162 页。
④ 吴学昭：《听杨绛谈往事》，生活·读书·新知三联书店 2008 年版，第 319 页。
⑤ 钱锺书：《小说识小续》，见《人生边上的边上》，生活·读书·新知三联书店 2002 年版，第 151 页。

实际上揭示的是考据考证之于文学研究的价值，即认为对不同文本之间"文字因缘"及"辗转承袭的痕迹"的考辨，①是具有双重意义的：一方面，就创作来说，作家细察前人运化他人作品的手法，可从中获得启发与借鉴；一方面，就批评来说，批评家考辨不同作品的渊源关系，可对作家作品进行更准确精当的评析。这和他说的"察其异而辨之，……观其同而通之"，②意思是一致的。他的这种认识及做法，很容易让人想起韦勒克对印象主义批评的指摘。韦勒克说，如果某位批评家不去关注文学史上的关系，他就会经常出现判断错误，因为他弄不清楚哪些作品是创新哪些又是对前人的师承，只能"瞎蒙乱猜，或者沾沾自喜于描述自己'在名著中的历险记'"。③从最后这句话看，韦勒克针对的显然是印象主义批评，因为将批评视为"灵魂在许多杰出作品中的探险活动"，④正是印象主义批评家法郎士的名言，也是印象主义批评的宣言。而与"灵魂的探险"这种强调主观印象、感性体验的批评观念不同，钱锺书治学更偏爱立足于详尽资料的实证性研究，所谓"迎刃析疑如破竹，擘流辨似欲分风"，⑤不仅感受文学之美，更注重分析文学"美在何处"？"何以为美"？这就像有研究者说的那样：一首诗与前人有何关系，予后世有何影响，钱锺书都尽量加以述说，"使人有穷流知变之乐"。⑥从这个意义上说，钱锺书谈艺，着力点在于通过考辨源流，抉发中西古今的诗心文心，有此目的，旁征博引就不可避免，因为爬梳剔析、参会比较、指摘利钝、品评手眼，端赖于此。

这里就有必要介绍一下钱锺书对利用计算机查核资料这个项目的重视了。此项目是为更全面、更便捷地搜罗资料而开展的，从中可以一窥钱锺书对于广泛占有学术资料的浓厚兴趣。此事多有人撰文谈及，此处梳理如下：

---

① 钱锺书：《一节历史掌故、一个宗教寓言、一篇小说》，见《七缀集》，生活·读书·新知三联书店 2002 年版，第 177 页。
② 钱锺书：《管锥编》，中华书局 1986 年版，第 1088 页。
③ ［美］韦勒克、沃伦：《文学理论》，刘象愚等译，江苏教育出版社 2005 年版，第 39 页。
④ 伍蠡甫主编：《西方文论选》，上海译文出版社 1979 年版，第 267 页。
⑤ 钱锺书：《振甫追和秋怀韵再叠酬之》，见《槐聚诗存》，生活·读书·新知三联书店 2002 年版，第 135 页。
⑥ 杜松柏：《钱锺书宋诗选注之评论》，台湾《中华文化复兴月刊》第 22 卷第 5 期，1989 年。

首先，钱锺书是这个项目的首倡者。"中国社科院古代典籍数字化工程"始于20世纪80年代初，据杨绛回忆，当时钱锺书请人用计算机查核资料，发现果然比人力更详尽，于是大感兴趣，就有了建设一个古典文献数据库的想法。[1] 后来他向社科院的栾贵明提出，花几年工夫，解决用计算机技术支持古典文献整理和研究的问题。[2] 此外，这一构想如果推其源头，还和钱瑗有关。据胡小伟《钱锺书与电脑时代》一文说，钱瑗从英国回来后，曾偶然谈起外国学者用计算机研究莎士比亚，成果显著，钱锺书立刻受到启发，开始倡导将计算机技术引入中国古典文献的搜集、疏证和整理中来。[3] 翻译家高莽也回忆，改革开放之初，钱瑗访英回来，介绍国外用电脑查阅学术资料的功能，钱锺书立刻意识到这一新鲜事物的意义，便建议文学研究所成立计算机组。[4] 栾贵明作为这个项目的负责人，在2017年接受采访时也明确说过"1984年钱先生提到数据库想法的时候，我连电脑是什么都不知道"。记者问钱锺书的这个想法是从哪里来的，栾贵明说"是从钱瑗那儿"，钱瑗在英国时就写信介绍过，回国后说得更详细，"一下就把钱先生迷住了"。[5] 由此可见，中国古典文献数据库，也即后来的古代典籍数字化工程，最早是在钱锺书的倡导下开始的。对于将学问视为"荒江野老屋中二三素心人商量培养之事"的钱锺书来说，有这种前瞻性的想法实在是难能可贵。当时在社科院工作的杨润时后来谈到此事时说："没有钱先生，就没有中国社会科学院古典文献计算机处理技术这个学科。"[6] 他还称赞钱锺书"很明确地提出了运用计算机技术来保存、整理和运用中国古典文献的问

① 杨绛：《记〈宋诗纪事〉补正》，《读书》2001年第12期。
② 杨润时：《一份沉重的嘱托——钱锺书、栾贵明与中国古典数字工程》，《时代周报》2010年12月16日。
③ 胡小伟：《钱锺书与电脑时代》，见丁伟志主编：《钱锺书先生百年诞辰纪念文集》，生活·读书·新知三联书店2010年版，第237-244页。
④ 高莽：《怀念钱锺书老先生》，见丁伟志主编：《钱锺书先生百年诞辰纪念文集》，生活·读书·新知三联书店2010年版，第114-127页。
⑤ 王勉：《他想做的，是开拓万古之心胸——社科院文学所研究员栾贵明回忆恩师钱锺书》，《北京青年报》2017年3月24日。
⑥ 杨润时：《一份沉重的嘱托——钱锺书、栾贵明与中国古典数字工程》，《时代周报》2010年12月16日。

题，应该说这是非常有远见的"。①

其次，钱锺书全程参与并指导了这个项目，不仅在经费上给予支持，而且还提出很多建设性意见。杨润时说，项目开始后，钱锺书"始终密切关注这项新兴领域研发工作的每一步进展，经常向栾贵明垂问有关情况，时时给以启示"。②由于当时经费紧张，栾贵明作为晚生后学更是很难申请到资助，只好拿出自己的工资积蓄，甚至还变卖了一些家当。钱锺书知道后，多次将自己的稿费交给他用于研究，"前前后后大概十几笔比较大的稿费，当时是一笔巨款"。③郑永晓《钱锺书与中国社科院古代典籍数字化工程》一文也说："在他的鼓励和指导下，以其学术助手栾贵明为首的计算机室得以在文学研究所组建，并在后续数十年不懈的努力工作中，取得了一系列重要的成果。"④可见钱锺书对古典文献数字化工程不仅有首倡之功，而且自始至终关注项目的进展，给予无私的帮助。此外他还多次对这项工作提出自己的建议，据张世林、田奕《漫谈中国古典数字工程》一文介绍，钱锺书以书面或口头方式提出过很多意见，归纳起来约有十条，其中如"以作品为基本单位，用作者统缩作品"；"实现准确全面针对作者、作品之标题和字句检索"；"电脑只能作为工具推进文史研究科学化"等，都是"极富创见的目标和原则"。⑤1987年，人民日报出版社出版了该项目的重要成果《论语数据库》，署名是"中国社会科学院文学研究所计算机室"，卷首有钱锺书写的序言，其中有这样一句话："对新事物的抗拒是历史上常有的现象，抗拒新事物到头来的失败也是历史常给人的教训。"⑥这充分彰显了钱锺书对这项技术的坚定信心和热切期望。

第三，这个项目也显示出钱锺书对计算机技术的辩证认识。钱锺书明确

① 李怀宇：《钱锺书力撑栾贵明》，《时代周报》2010年12月16日。

② 杨润时：《一份沉重的嘱托——钱锺书、栾贵明与中国古典数字工程》，《时代周报》2010年12月16日。

③ 李怀宇：《钱锺书力撑栾贵明》，《时代周报》2010年12月16日。

④ 郑永晓：《钱锺书与中国社科院古代典籍数字化工程》，《山东社会科学》2019年第6期。

⑤ 张世林、田奕：《漫谈中国古典数字工程》，《国学新视野》2012年春季号。

⑥ 中国社会科学院文学研究计算机室编著：《论语数据库》，人民日报出版社1987年版。

讲过："能帮助人的计算机需要人的更多的帮助。"① 对计算机的搜检功能有客观的评价。据杨绛回忆，钱锺书虽然对电脑查阅资料的功能感到惊奇，但他也意识到机器只能搜罗资料，而无法判别真伪，选择精要，因此强调要将原书找来对照研究。② 胡小伟也认为："如果单指记忆力，钱锺书先生兴之所至，打通中外，信手拈来的功夫，的确给人'电脑数据库'的感慨。但是数据库毕竟只能罗列资料，显示异同，却不能分析辨证，触类旁通。……所以直到今天，我们也没有读到电脑版的《管锥编》。"③ 王水照也说："在电脑检索大为盛行的今天，我们可能找到比钱先生更多的唐诗用例（包括前唐之诗），但恐很难达到他对艺术创作奥秘的深刻把握。"④ 由此可见，技术终难代替人工，前者仅有搜检之功能，后者却具判研之效应，这不仅是钱锺书本人的看法，同时也可视为对其旁征博引意义的一种评价。关于这一点，不妨用这个项目实施期间的一个具体例子来作说明。在给杨润时的一封信中，钱锺书说："《全唐诗》速检系统的工作获得可喜的成果，……作为一个对《全唐诗》有兴趣的人，我经常感到寻检词句的困难，对于这个成果提供的绝大便利，更有由衷的欣悦。"⑤ 信中提到的"《全唐诗》速检系统"，就是古典文献数字化工程的一项成果。据杨润时说，系统建成后，社科院于 1988 年两次组织专家评估，在现场演示环节，一位红学家请求当场检索，看看《全唐诗》中有没有"红楼梦"一词。两分钟后计算机给出了答案：在总计 53035 首作品的《全唐诗》中，"红楼梦"一词共出现过两次，一次是蔡京的《咏子规》，一次是冯衮的《子规》，两位都是唐末人，诗句也相同，均言："凝成紫塞风前泪，惊破红楼梦里心。"杨润时说："从而证明了曹雪芹的确从

---

① 田奕：《电脑里的唐诗》，《文学遗产》1992 年第 5 期。田奕说，此文经钱锺书审阅修订，最后这句"实践证明，能帮助人的电脑需要人的更多帮助"，是钱锺书加上去的，"这句话显然是画龙点睛之笔，极简要又深刻地阐述了人脑与电脑的辩证关系"。

② 杨绛：《记〈宋诗纪事〉补正》，《读书》2001 年第 12 期。

③ 胡小伟：《钱锺书与电脑时代》，见丁伟志主编：《钱锺书先生百年诞辰纪念文集》，生活·读书·新知三联书店 2010 年版，第 237-244 页。

④ 王水照：《〈容安馆札记〉论宋诗初学记》，《文汇报》2004 年 7 月 11 日。

⑤ 杨润时：《一份沉重的嘱托——钱锺书、栾贵明与中国古典数字工程》，《时代周报》2010 年 12 月 16 日。

浩瀚的传统文化宝库中汲取了丰富营养,《红楼梦》并非无源之水、无本之木。"① 其实,这里要指出的是,严格地说来,最后这个由杨润时转述的现场专家的结论并不完全准确,因为钱锺书对"红楼梦"一词的由来也曾有过考证,得出的结论与此是有出入的。《容安馆札记》第七十七则在考辨"红楼梦"一词时,虽然也提到蔡京这首诗,但钱锺书认为,清初毕秋帆《折花曲》"数声唤醒红楼梦",徐士俊《虎邱》"名茶香破红楼梦",才是"以'红楼梦'三字连用者"。原因在于,蔡京、冯衮的诗乍看是"红楼梦"三字连用,实则所"惊破"者,"梦里心"也,"红楼梦"三字貌合神离,相比之下,毕、徐二人诗中的"红楼梦"才算是真正的"三字连用"的"红楼之梦"。② 这个事例可从三个方面总结:其一,计算机搜检功能之强大。像"《全唐诗》速检系统"两分钟即搜检出两首含"红楼梦"三字的诗作,而钱锺书在《容安馆札记》中仅引蔡京诗而漏冯衮诗,可见在搜检之全面、之快捷、之准确上,人力确实不如机器。其二,谈艺之事最终还是要仰赖人的分析和判断。像"惊破红楼梦里心",并非真正意义的"'红楼梦'三字连用",对此,机器就无法判分,而人工则能辨析。其三,机器与人工合力,既广泛占有资料,又对资料梳理辨析,则学术研究就能事半功倍。事实上,借助计算机的搜检功能,如今人们在《全唐诗》外还发现了更多的"红楼梦",如明末遗民陈子龙《春日早起》"始知昨夜红楼梦,身边桃花万树中",也是"以'红楼梦'三字连用者"。可见,如果《全唐诗》之外,《全宋诗》《全明诗》《全清诗》等"速检系统"能够建成,则对于钱锺书来说,参稽众说,考镜源流,观其会通,详其始末,无疑会更得心应手。在钱著中,那些看似信手写来的精妙之论,实出自深厚的学养积淀,非多读书不能为也。夏志清称钱锺书幼承家学,求学清华,远赴牛津,学养深厚,眼界高妙,所谓"天赋厚,本钱足";③ 他还以《谈艺录》为例,认为钱锺书论李贺,顾及整个中国

---

① 杨润时:《一份沉重的嘱托——钱锺书、栾贵明与中国古典数字工程》,《时代周报》2010年12月16日。

② 钱锺书:《容安馆札记》,商务印书馆 2003 年版,第 128-129 页。

③ 夏志清:《重会钱锺书纪实》,见李明生等编:《文化昆仑:钱锺书其人其文》,人民文学出版社 1999 年版,第 217 页。

诗歌的传统，如前人对李贺的评价，哪些诗人启发了李贺，哪些又受到李贺的影响等，因此是"写诗"与"论诗"、"博学"与"眼力"结合得极好的人物。① 这些评价充分说明谈艺之洞见正出自腹笥之充盈，而粗识陋见实源于学养之浮浅。从这个意义上说，钱锺书的旁征博引，自有其谈艺的用意，是不应简单地视为"掉书袋"的，更不能说成是"方法缺失""思想缺失""体系缺失"。龚刚指出，"钱锺书的目收中西，广求证据，都是围绕着对某一观点的论证，或是对某一现象的说明"，是对朴学实证精神的继承和发扬。② 还有人认为，说钱锺书只会抄书是很不公平的，因为"钱氏若不充分以至'过分'地把证据一一罗列出来，他的论点就欠缺说服力了"，"钱氏'炫'学因为他'实'学，这是'小心求证'的科学方法"。③ 这些看法，都揭示出钱锺书"博征"之文风与"实证"之学风的关系，对于更准确深入地理解钱氏谈艺的用心、策略与方法，无疑是大有启发的。

三、穷形尽相：现象学空间

作为现代哲学阐释学的重要来源，现象学反对将现象与本质对立起来，主张"本质直观"（Wesenschau），"回到事物本身"（Zurück zu den Sachen selbst）。现象学说的"事物"，并非客观实存，而是呈现在人的意识中的对象，因此，"本质直观"以及"回到事物本身"，指的就是回到现象世界，回到意识领域，直接关注现象本身。④ 资料表明，钱锺书多次提到过现象学，如在《读〈拉奥孔〉》中他曾介绍胡塞尔（E. Husserl）的观点；⑤ 在《管锥

---

① 夏志清：《追念钱锺书先生——兼谈中国古典文学研究之新趋向》，台湾《中国时报》1976年2月9-10日。
② 龚刚：《钱锺书：爱智者的逍遥》，文津出版社2005年版，第110-115页。
③ 黄维樑：《刘勰与钱锺书：文学通论——兼谈钱锺书理论的潜体系》，《海南师范大学学报》2010年第5期。
④ 王岳川：《现象学与解释学文论》，山东教育出版社1999年版，第21-23页。倪梁康：《现象学及其效应——胡塞尔与当代德国哲学》，生活·读书·新知三联书店1994年版，第1章第5节。
⑤ 钱锺书：《读〈拉奥孔〉》，见《七缀集》，生活·读书·新知三联书店2002年版，第60页。

编》中引用梅洛-庞蒂（Merleau-Ponty）的看法；① 在与友人的信中他说："我一贯的兴趣是所谓'现象学'"，"一般人并未搞清有没有某种现象、是什么现象，早已'由表及里'，作出结论，找出原因"。② 这不仅说明他对现象学的熟稔，也表明他对不深入观察现象便急于得出结论这种做法的不满。在另一封信中他的这个认识表述得更明确，他说："'现象''本质'之二分是流行套语，常说'透过现象，认识本质'。愚见以为'透过'不能等于'抛弃'，无'现象'则'本质'不能表示。"③ 尽管我们不能因此就说钱锺书具有现象学思想，但对于极其擅长运化西学要义的他来说，现象学至少为他提供了某种治学的思路或参照。倪梁康在《现象学运动的基本意义》中对现象学的本质及特点曾有过生动的描述，他认为现象学是"贴近地面的"，而非"大气磅礴的"；是"大题小作"或"微言大义"而非"大而化之"或"笼而统之"，更不是动辄"上下五千年、往来中西印"；在现象学的引领下，学术研究不再是虚无缥缈的思辨，而是脚踏实地的分析；不是高高在上的纲领，而是细致入微的研究；"不是泛泛地进行论证，而是去接近实事本身"。胡塞尔说的"严格"（Streng），海德格尔说的"审慎"（Sorgsamkeit）和"小心"（Vorsichtig），意义皆在于此。④ 这些话就仿佛是为钱锺书"量身定做"的一样！钱锺书反对将现象与本质对立起来，主张在充分把握现象的前提下认识事物，与现象学思想何其相似！

　　从现象学角度阐发钱锺书治学的特点，学界已有人拈示，如胡河清认为，钱锺书的诗学研究，是通过对大量诗学现象的考察而展开的，"这大概可以称之为钱锺书式的诗学现象学"。⑤ 季进认为，古今中外大量的文学现象在钱著中"交相生发，立体对话"，创辟了深刻而独特的"现象学式的话语

---

① 钱锺书：《管锥编》，中华书局 1986 年版，"增订"第 18—19 页。
② 钱锺书 1983 年 7 月 23 日致朱晓农信。罗厚辑：《钱锺书书札书钞》，见陆文虎编：《钱锺书研究》(3)，文化艺术出版社 1992 年版，第 305 页。
③ 钱锺书 1988 年 5 月 22 日致胡范铸信。罗厚辑：《钱锺书书札书钞》，见陆文虎编：《钱锺书研究》(3)，文化艺术出版社 1992 年版，第 316 页。
④ 倪梁康：《现象学运动的基本意义》，见倪梁康主编：《面对实事本身——现象学经典文选》，东方出版社 2000 年版，第 17—18 页。
⑤ 胡河清：《真精神与旧途径——钱锺书的人文思想》，河北教育出版社 1995 年版，第 70 页。

空间"。① 二人所言，均指出了钱锺书善于从现象中提炼并阐发诗学观点的治学特点，揭示出钱著中的现象学内涵。从钱锺书的一些论述看，他的思想确实与现象学有不少相通之处，如："一贯寓于万殊"；"推一本以贯万殊，明异流之出同源"；"艺之为术，理以一贯，艺之为事，分有万殊"；"吾心一执，不见物态万殊"；"散为万殊，聚则一贯"等等，② 强调的都是现象与本质的关系。正是基于这样的认识，钱锺书谈艺从不作泛泛之论，而是注重对具体现象的梳理、对具体问题的阐发，因此胡范铸评价说，"尊重现象、搜罗现象、发现现象，由此而致现象世界的连类、分别、下转而贯通"，是钱锺书学术研究的前提和根本起点。③

在钱著中"立体对话"的各种"现象"，实际上包含着作者谈艺的用心：通过现象与现象的交相映发和彼此参印，达成对意义最大程度的阐发。这里以一"正"一"反"两例进行说明。"正"例见《容安馆札记》第十六则对《集评校注西厢记》的批语：

> "夜凉苔径滑，露珠儿湿透了凌波韈。"按《墙头马上》第一折："休教这印苍苔的凌波袜儿湿。"《梧桐雨》第一折："和月步闲庭，苔浸的凌波罗袜冷。"实甫、仁甫语皆本太白"玉阶生白露"诗化出，王注仅言"凌波"之出《洛神赋》，陋矣。④

钱锺书在这则札记中还说："王季思《集评校注西厢记》，参验稽决，力劬心细，洵王实甫功臣；释故典处不免兔园册子陋学，盖舍曲外无所知也。余偶披寻，尚有可补正者。"⑤ 上面这段话即其"补正"之一，谈及王注的疏漏，认为"露珠儿湿透了凌波韈"一句，注"凌波"出自《洛神赋》"凌波

---

① 季进：《钱锺书与现代西学》，上海三联书店 2002 年版，第 1 页。
② 钱锺书：《管锥编》，中华书局 1986 年版，第 52 页，第 390 页，第 1279 页；《谈艺录》，生活·读书·新知三联书店 2001 年版，第 170 页，第 652 页。
③ 胡范铸：《钱锺书学术思想研究》，华东师范大学出版社 1993 年版，第 54 页。
④ 钱锺书：《容安馆札记》，商务印书馆 2003 年版，第 13 页。
⑤ 钱锺书：《容安馆札记》，商务印书馆 2003 年版，第 11 页。

微步，罗袜生尘"，固然不错，但未能做到惬心贵当，因其只注意到"凌波"一词而未顾及全句之意，实则这一句与白朴《墙头马上》《梧桐雨》中的两句，描写的都是苍苔露水湿透凌波罗袜，构思、命意均从李白《玉阶怨》"玉阶生白露，夜久侵罗袜"中来。钱锺书凭借渊博的学识，将王实甫、白朴、李白等人的作品"捉置一处"，以李诗中佳人徘徊庭除、"玉阶空伫立"之景象，与杂剧中男女幽会、"美人依约在西厢"之情味，互映相发，实有裨于读者不浅。这正是钱锺书谈艺惯常采用的策略：发掘并引合众多文本，通过文本之间的相互参印，完成对意义的阐发。这种阐释策略，用作者本人的话概括，就是"连类举似"和"互映相发"。

"连类举似"见《管锥编》："连类举似而掎摭焉，于赏析或有小补。""连类举例，聊以宽广治词章者之心胸。"[①]指发掘、梳理、列举具有相似性的文学、诗学现象。这些现象在钱著中不是随意的堆砌，"连类举似"只是手段，"掎摭利病"才是目的，所谓"于赏析或有小补"，所谓"宽广治词章者之心胸"，正是此意。"互映相发"见《管锥编》"增订"，为了论述古诗词以"道里遥远"写"情思悠久"这种手法，钱锺书共举出二十三个例证，它们有正有反，有中有西，有诗有文，甚至还包括偏方、逸闻、俗语，搜罗极广，而他的目的就是要让这些材料"互映相发"。[②]可见"互映相发"指不同文本之间的交互阐发。"连类举似""互映相发"这类说法在钱著中非常之多，仅见于《管锥编》者，前者就有"连类互证""堪相连类""可以连类""可合观""均可连类""均资比勘""足资比勘""均勘连类""傍通连类"等。后者更多，如"互相发明""可相发明""均可参印""可相参印""可相参证""皆相发明""均相发明""均资参印""足相发明""颇可参印""颇资参印""相映成趣""相视莫逆""均相印证""均相映发""互相印可""相影射复相映发""遥相应和""可以参观"等。[③]不难看出，作为钱锺书谈艺常用的阐释方法，"连

① 钱锺书：《管锥编》，中华书局 1986 年版，第 860 页，第 90 页。
② 钱锺书：《管锥编》，中华书局 1986 年版，"增订"第 19 页。
③ 前者见钱锺书：《管锥编》，中华书局 1986 年版，第 31 页，第 105 页，第 280 页，第 357 页，第 575 页，第 784 页，第 1334 页，第 1417 页，第 1422；后者见《管锥编》第 27 页，第 106 页，第 129 页，第 264 页，第 322 页，第 328 页，第 393 页，第 419 页，第 543 页，第 907 页，第 958 页，第 1054 页，第 1057 页，第 1120 页，第 1157 页，第 1169 页，第 1267 页，第 1275 页，第 1386 页。

类举似""互映相发"的用意就在于将文学史、学术史上可相互参映的文学、诗学现象"捉置一处，益人神智"，① 以更深入地完成对问题的阐发。从这个角度说，这则札记中的"陋矣"，与《容安馆札记》第十七则批清人胡昌基《石濑山房诗话》"陋甚"，《管锥编》批锺惺"荒陋"，② 是同一个意思，都指学识浅陋。钱著中，看似信手拈来的文献，看似脱口而出的见解，看似轻松随意的评语，其实都是"昔日学问之化而相忘，习惯以成自然者也"。③ 相比之下，学识浅陋之人，或道听途说、人云亦云，或大言炎炎、空洞无物，或出语无忌、张口便错，这样的"学术"至今仍不乏见，一个"陋"字即足以说明其本质！钱锺书治学，从宏观上说，秉承的是"欲使小说、诗歌、戏剧，与哲学、历史、社会学等为一家"的学术理想，④ 从微观上说，采取的是"拾穗靡遗，扫叶都净，网罗理董，俾求全征献"的研究方法，⑤ 其谈艺衡文，自然手眼高妙，深入透辟。这就是钱锺书式的现象学带给我们的启发，借用巴赫金评陀思妥耶夫斯基的话，我们也不妨说，在钱著中，通过大量现象的聚合，"封闭于这一多样展开的一瞬间，并且停留在这一瞬间之中，使这个瞬间的横剖面上纷繁多样的事物，各显特色而穷形尽相"。⑥

"正"例谈完，再说"反"例。在《容安馆札记》第一百六十一则中，钱锺书曾引近人汪康年《庄谐选录》中的逸闻，借此表达自己的看法："举公理括其纲要"是国人以笼统之事理涵括具体之现象的一种通病：

> 汪穰卿《庄谐选录》卷二云："近有一温州人介友往观自来火公司，既观，友问机器巧否，曰：'此亦何奇？不过炼煤成气、炼气为火耳。'余谓中国人中此病者至多：凡于己不识之事，始则诋斥之，继则惊异之，迨稍明大概，则轻视以为无足异者，举公共之理以为足

---

① 钱锺书：《容安馆札记》，商务印书馆 2003 年版，第 1051 页。
② 钱锺书：《管锥编》，中华书局 1986 年版，第 159 页。
③ 钱锺书：《谈艺录》，生活·读书·新知三联书店 2001 年版，第 608 页。
④ 钱锺书：《谈艺录》，生活·读书·新知三联书店 2001 年版，第 89 页。
⑤ 钱锺书：《管锥编》，中华书局 1986 年版，第 854 页。
⑥ ［俄］巴赫金：《陀思妥耶夫斯基诗学问题》，见《巴赫金全集》(5)，白春仁等译，河北教育出版社 1998 年版，第 41 页。

以括其纲要，且自矜评语之精当。"可以参观。"举公理括其纲要"一语尤切。志刚《初使泰西纪要》中议论皆此类也，如卷一论火车云："炼朱成汞、炼汞还朱，本中国古法。西人得之，以为化学之权舆。孔子云，'引而申之，触类而长之，天下之能事毕矣'。通阅西法，不出此言。"①

对于新事物，人们始则拒绝，继则惊异，终则轻视而"举公共之理以为足以括其纲要"。汪氏对这种态度的指斥，钱锺书认为是切中肯綮的，他本人对这种常见的空疏之论也不止一次有过批评，如周振甫审读《管锥编》，对其中论老子"道不可言"一段曾有如下意见："以今人言之，绝对真理虽无穷尽，而相对真理是可言的，不仅可言而与日俱进。相对真理是有为，其有为亦与日俱进。道家之说，是否在此作一总的指明。"对此，钱锺书批曰："此似'哲学概论'作法，非弟思存也。"② 在写给黄维樑的信中，他对某些理论挂帅、术语先行的文章也曾表示反感，讽刺道：这种文艺理论的文章就像一位德国哲学史家批评一位英国哲学家时所说的 "Technical terms are pushed to and fro..., but the investigation stands still." 此语译成中文是："专门术语搬来搬去，而研究本身原地不动。"③ 言简意赅地表明了他的治学立场。在《谈中国诗》中钱锺书引勃莱克"作概论就是傻瓜"（To generalise is to be an idiot）一语，指出研究中国诗不能笼统概括，应仔细分辨诗的特殊之美，他说："具有文学良心和鉴别力的人像严正的科学家一样，避免泛论、概论这类高帽子空头大话。"④ 在下面这段话中，这个意思表述得更加生动，钱锺书说："文艺的特征，正像生活的情味，不是概念和定义总结得了或把捉得

---

① 钱锺书：《容安馆札记》，商务印书馆 2003 年版，第 237 页。按，志刚语实见卷一"水银矿"一则，疑因其紧承"乘火车"一则而误。参见（清）志刚：《初使泰西记》，湖南人民出版社 1981 年版，第 14—15 页。

② 徐俊整理：《〈管锥编〉审读意见——附钱锺书先生批注》，周振甫著：《周振甫讲〈管锥编〉〈谈艺录〉》，江苏教育出版社 2005 年版，第 48 页。

③ 黄维樑：《大同文化·乐活文章——纪念钱锺书百年诞辰》，《文艺争鸣》2011 年第 4 期。

④ 钱锺书：《谈中国诗》，见《人生边上的边上》，生活·读书·新知三联书店 2002 年版，第 161 页。

住的", "所以文艺理论讲来头头是道, 而应用到具体作品上, 就不免削足适履"。① 也即是说, 用笼统的描述代替细致的分析, 是无法发现文学的微妙之处的。他举例说, 西洋文评家谈中国诗就存在这种毛病, 在他们眼里, 原本"词气豪放"的李白、"思力深刻"的杜甫、"议论畅快"的白居易、"比喻络绎"的苏轼, "都给'神韵'淡远的王维、韦应物同化了", 再也看不出每个人鲜明的个性。② 这样的看法在钱著中多次提及, 如"理论总是不实践的人制定的";③ "我对这些理论问题早已不甚究心, 成为东德理论家所斥庸俗的实用主义者";④ "白朗对政治家、社会学家、批评家等滥用文字和术语以冒充科学化的文体, 痛加针砭";⑤ "好为空门面、大帽子之论者, 闻之亦可以深省也"等,⑥ 均体现出钱锺书对具体现象、具体问题的高度重视, 与这则札记可相互参看。

有研究者说: "钱锺书先生一生的学术成就如何自有公论, 而且随着时间流逝会愈来愈凸显其不凡的价值。他不是'空头'思想家, 却是一位结结实实的大学者。"⑦ 钱锺书谈艺, 不喜欢高谈空论, 而是注重对现象的梳理分析。他将研究美学的人分为两类: 一类主要对理论有兴趣, 继而对美的事物有兴趣; 一类主要对美的事物有兴趣, 然后对理论有兴趣。他说: "我的原始兴趣所在是文学作品; 具体作品引起了一些问题, 导使我去探讨文艺理论和文艺史。"⑧ 他一生治学, 始终尊重现象、关注现象、分析现象, 就是基于

① 钱锺书:《与李钦业》, 见陆文虎编:《钱锺书研究》(3), 文化艺术出版社 1992 年版, 第 311-312 页。
② 钱锺书:《中国诗与中国画》, 见《七缀集》, 生活·读书·新知三联书店 2002 年版, 第 15-16 页。
③ 杨绛:《记钱锺书与〈围城〉》, 见杨绛:《将饮茶》, 生活·读书·新知三联书店 2015 年版, 第 133 页。
④ 钱锺书:《致许渊冲》, 见《钱锺书散文》, 浙江文艺出版社 1997 年版, 第 422 页。
⑤ 钱锺书:《白朗: 咬文嚼字》, 见《人生边上的边上》, 生活·读书·新知三联书店 2002 年版, 第 300 页。
⑥ 钱锺书:《管锥编》, 中华书局 1986 年版, 第 1279-1280 页。
⑦ 续鸿明:《淡泊与矜持》, 见何晖、方天星编:《一寸千思: 忆钱锺书先生》, 辽海出版社 1994 年版, 第 130 页。
⑧ 钱锺书:《作为美学家的自述》, 见《人生边上的边上》, 生活·读书·新知三联书店 2002 年版, 第 204 页。

这样的思考。乔治·斯坦纳指出，"品评文学及艺术，要从'理论'入手，我觉得是虚伪不实的"，"在人文领域里，'理论'不过是失了耐心的直觉"。[①]这话说得很精妙，以之移评钱著也是非常贴切的。钱锺书的学术最为人诟病之处，就在于他的旁征博引，在于他的不立体系，而这恰恰正是他的学术最具价值的地方，就像张隆溪所言，钱锺书治学最突出的特点就是"从具体文本的细节出发，有理有据，具有极强的说服力"。[②]在当下的学术研究中，一些学者热衷于发表高头讲章，满纸都是"民族""国家""全球化""现代性"等宏大概念，在对具体的文学和诗学现象的探幽发微上却不屑为之，对于这种学风，钱锺书"具体的文艺鉴赏和评判"，[③]无疑具有现实的参照意义。

四、破执除障：阐释学意义

钱锺书的旁征博引，除现象学意义外，还有一层意义，即：破执去蔽，使问题得到更圆足的阐释。《管锥编》曾指出，"悟"与"障"、"见"与"蔽"是相反相成的概念，并列举《荀子》《圆觉经》《典论·论文》中的"周道""圆觉""备善"等说，认为这类观物体意之法，"均无障无偏之谓"，"皆以戒拘守一隅、一偏、一边、一体之弊"，与歌德所谓"能入，能遍，能透"一样，强调的都是"遍则不偏，透则无障，入而能出"的意义解会之道。在此基础上，钱锺书又引刘勰"圆照之象，务先博观"之说来说明自己的阐释策略：欲破偏执，须用圆照；圆照之法，即在博观。[④]这一认识在他讨论庄子的比喻特色时表达得更明晰。庄子行文常一事数喻，后人对此多从修辞角度解释，钱锺书则认为并未触及庄子的真实意图，他对这个问题有过多次讨论。在《宋诗选注》中他认为，"比喻的丰富"是苏轼诗的"大特色"，目的

---

① ［美］乔治·斯坦纳：《斯坦纳回忆录：审视后的生命》，李根芳译，浙江大学出版社 2012 年版，第 6 页。
② 张隆溪：《走出文化的封闭圈》，生活·读书·新知三联书店 2004 年版，"导言"第 19 页。
③ 钱锺书：《中国诗与中国画》，见《七缀集》，生活·读书·新知三联书店 2002 年版，第 7 页。
④ 钱锺书：《管锥编》，中华书局 1986 年版，第 1050–1053 页。

就是要使被描写之事"本相毕现"。①《容安馆札记》第一百十九则指出，诸佛"以种种语言、名字、譬喻为说"，"钝根者处处生著"，这个"著"，是"linger"而非"cross, vite, vite"也。"linger"的本意是"徘徊逗留"，"cross, vite, vite"的意思是"速速渡河"，钱锺书在这里借用了这则札记前面所引Bliss Perry, A Study of Poetry（勃利司·潘莱《诗之研究》）中Angellier的话："诗中的文字不过如小溪中横列着的步石，我们可以从上面走过溪去。但若你只管在上面踯躅不走，你的脚就难免于濡湿；你必须急急的走过。"②因此从整段话看，"linger"即"执着""拘泥"之意，而"cross, vite, vite"则有"舍筏登岸""得意忘言"之意。在引佛典和潘莱等人的观点后，钱锺书指出，罗璧《识遗》卷七《庄子》条称"一事数喻为难，独庄子百变不穷"，"尚是以词章论之，未窥微旨所在。至言妙道而比喻纷沓，正欲使读者无所执著，迷五色而不守一隅，而非徒如昌黎《送石洪序》、东坡《百步洪》诗重复联贯七八转之逞奇极巧已也。"③也即是说，庄子每道一事，辄反复取譬，非仅修辞之法，更是阐释之道，欲以此破读者之"执"，与韩愈等人以比喻"逞奇极巧"是有分别的。《宋诗选注》《容安馆札记》的这些内容在《管锥编》中说得最透辟。钱锺书首先指出，从词章修辞的角度理解《庄子》的一事数喻，"于庄子之用心未始有得也"。他认为庄子的真正用意在于："有鉴于词之足以害意也，或乃以言破言，即用文字消除文字之执，每下一语，辄反其语以破之。"钱锺书最后总结说：

　　说理明道而一意数喻者，所以防读者之囿于一喻而生执着也。星繁
则月失明，连林则独树不奇，应接多则心眼活；纷至沓来，争妍竞秀，

①　钱锺书：《宋诗选注》，生活·读书·新知三联书店2002年版，第99—101页。
②　钱锺书：《容安馆札记》，商务印书馆2003年版，第183页。潘莱《诗之研究》的原文为："But he published a criticism of one of my poems which proved that he did not understand the poem at all. He had studied it too hard! The words of a poem are stepping-stones across a brook. If you linger on one of them too long, you will get your feet wet. You must cross, vite, vite!"（Bliss Perry, A Study of Poetry, p.120）译文见［美］勃利司·潘莱：《诗之研究》，傅东华、金兆梓译，上海：商务印书馆1923年版，第120页。
③　钱锺书：《容安馆札记》，商务印书馆2003年版，第183-184页。

见异斯迁，因物以付，庶几过而勿留，运而无所积，流行而不滞，**通多方而不守一隅矣**。西洋柏格森说理最喜取象设譬，罗素尝嘲讽之，谓其书中道及生命时，比喻纷繁，古今诗人，无堪伦偶。而柏格森自言，**喻夥象殊，则妙悟胜义不至为一喻一象之所专攘而僭夺**。①

钱锺书对庄子"一事数喻"的看法，其实就是爱莲心说的："使读者的分析的习惯性思维方式沉默，并同时加强读者的直觉的或总体性的心力功能。"②在钱锺书看来，大量喻象的引合（"喻夥象殊"），可使读者破执去障（"防读者之囿于一喻而生执着"），多方参会（"通多方而不守一隅"），从而摆脱意义理解的单向与偏枯（"为一喻一象之所专攘而僭夺"），更深入地解会意义的丰富性（"妙悟胜义"）。《谈艺录》也提到"法国新文评派宗师言诵诗读书不可死在句下，执着'本文'"，③参看书中注释，这里的"法国新文评派宗师"指的是罗兰·巴特，而我们知道，由于后期转向了解构主义，巴特才对文本的"断片"有了新的思考，在《S/Z》中他这样描述文学批评如何"通向意义之旅"：

> 阅读在于钩连诸体系，此钩连不是按照体系的有限数量，而是依据其复数性（复数性是一种有生命的东西，不是一本明细账）：**我递送，我穿引，我接合，我起动，我不结账**。遗忘意义，不是可歉疚的事情，不是让人不舒服的性能缺陷，而是一种积极价值，是维护文毋须承担责任的方式，展呈体系复数性存在的径途（**倘若我结账，则定然重构单数的意义、神学的意义**）：恰是因为我遗忘，故我阅读。④

巴特这些充满玄思的文字，完全能够和钱锺书论庄子比喻的观点相

---

① 钱锺书：《管锥编》，中华书局 1986 年版，第 13-14 页。粗体为引者所标示。
② ［美］爱莲心：《向往心灵转化的庄子》，周炽成译，江苏人民出版社 2004 年版，第 2 页。
③ 钱锺书：《谈艺录》，生活·读书·新知三联书店 2001 年版，第 808-809 页。
④ ［法］罗兰·巴特：《S/Z》，屠友祥译，上海人民出版社 2000 年版，第 70-71 页。粗体为引者所标示。

参照。巴特要遗忘的，不是意义本身，而是被"圈定的死义"（"单数的意义""神学的意义"）。换言之，放弃本原的、中心的、绝对的意义（"我不结账"），不是否定意义的存在，而是要寻找更开放、更丰富的意义，这就是意义的"复数性"。巴特认为，要达成这样的结果就需要对文本的断片进行钩连，这才是"展呈体系复数性存在的径途"。由此可见，庄子的"百变不穷"，巴特的"我不结账"，钱锺书的"过而勿留"，其真实用心都不是要放弃意义，而是要防止意义被遮蔽。钱锺书尝言："融会贯通之终事每发自混淆变乱之始事（the power of fusing ideas depends on the power of confusing them）。"① 简练而不失深刻地揭示了纷乱现象的聚合对于意义阐释的作用。德里达说："解构不是拆毁或破坏。"② 又云："解构之径，即肯定之道。"③ 正是此意。

由此可见，为防止读者"执着本文""死于句下"，钱锺书自有一套独特的阐释策略和方法。莫芝宜佳对此深有感触，她说：《管锥编》不易读，"它像是一片多种语言组成的'引文丛林'，作者思绪似在时空中随意跳跃"。④ 胡志德也指出《谈艺录》与一般学术著作不同，思路、行文很有特色，"在目不暇接的例证中读者可消除先入之见，结论是势所必然"。⑤ 所谓"引文丛林""随意跳跃""目不暇接""消除先入之见"等等，揭示的就是钱锺书旁征博引背后隐藏的阐释策略。从这个意义上说，钱锺书广泛地征引各种文献典籍，绝不是堆砌资料，也不是叠床架屋，他真正的用意是通过大量话语现象的聚合，"破"读者之"执"，使意义"本相毕现"，⑥ 最终达成意义阐释的目的。

为了更好地说明钱锺书的这种阐释策略，这里以他对古典诗歌中"塔

---

① 钱锺书：《管锥编》，中华书局 1986 年版，第 316 页。
② ［法］德里达：《一种疯狂守护着思想：德里达访谈录》，何佩群译，上海人民出版社 1997 年版，第 18 页。
③ ［法］罗兰·巴特：《S/Z》，屠友祥译，上海人民出版社 2000 年版，第 99 页译注⑦。
④ ［德］莫芝宜佳：《〈管锥编〉与杜甫新解》，马树德译，河北教育出版社 1998 年版，"前言"第 1—2 页。
⑤ ［美］胡志德：《钱锺书》，张晨等译，中国广播电视出版社 1990 年版，第 64—70 页。
⑥ 钱锺书：《宋诗选注》，生活·读书·新知三联书店 2002 年版，第 99 页。

势如涌出"这类描写所作论述为例进行阐发。这一内容,《容安馆札记》和《管锥编》均有涉及,此处合而论之。钱锺书认为,岑参诗以"涌出"写塔势,读者常常感到很惊奇,"每叹赏'涌出'为工于体物炼字",其实是少见多怪。他指出,岑参诗"塔势如涌出,孤高耸天宫"之佳,"在于行布得所,有'发唱惊挺'之致,若其选字,初非惨淡经营"。意思是说,岑参以此两句先声夺人,写出塔孤高危耸的气势,然后再写登高之感(如"登临出世界""突兀压神州""下窥指高鸟""俯听闻惊风"等),最后写内心体悟(如"净理了可悟""誓将挂冠去"等),这在结构布局上是值得称道的;至于"塔涌"这个写法本身,尚谈不上修辞之惨淡经营。因为以"涌"描写塔势,今天读来也许很新奇,但在当时不过是套语陈言,"几似六朝以来咏寺庙落套词意",如王勃"不殊仙造,还如涌出",李乂"涌塔临玄地,高层瞰紫微",刘宪"画桥飞渡水,仙阁涌临虚",沈佺期"涌塔初从地,焚香欲遍空",宋之问"涌塔庭中见",崔湜"塔类承天涌",萧悫"塔疑从地涌"等等,皆早在岑参之前。如此,通过发掘上述资料,钱锺书得出自己的结论:"古人词句往往撮拾流行习语,信手漫与,当时寻常见惯,及夫代远文庞,少见多怪,读者遂诧为作者之匠心独造。"①

值得注意的是,在讨论这个问题的过程中,钱锺书引了陶潜的诗句"连林人不觉,独树众乃奇",认为"可以断章焉"。②他的意思是:单独看岑参的诗是看不出问题的,只会觉得新奇,但如果将其置于一个由众多类似的诗作构成的阐释空间时,就会发现问题的实质。对岑参诗的考察是如此,对韩愈诗的考察也是如此。在评钱仲联的《韩昌黎诗系年集释》时,钱锺书认为应该"把题材类似的唐人诗句来跟韩愈的相比",原因有两点:一是在比较中凸显韩愈的创作特点:"衬托出韩愈在唐代诗人交响曲或者大合唱里所奏的乐器、所唱的音调,帮助我们认识他的特色。"二是在比较中纠正对韩愈的误读:"这种比较也可以使我们不至于错认了韩愈的特色。"他重点讨论了

---

①　钱锺书:《管锥编》,中华书局1986年版,第1516页,"增订"第262页;钱锺书:《容安馆札记》,商务印书馆2003年版,第1904页。

②　钱锺书:《管锥编》,中华书局1986年版,第1516页。

后面这一点，举出了两个误读韩愈的例子：（1）以"镰"喻月。关于韩愈的诗句"新月似磨镰"，钱仲联在书中列出程学恂"'磨镰'俚甚矣"、张鸿"独擅新喻"两个完全不同的评语。钱锺书认为"这都近乎大惊小怪"，因为李白的诗早就说"挥镰若转月"，"韩愈只把它翻了个转"。（2）以"剑"喻眸。和前面的分析一样，钱锺书的见解依然建立在旁征博引之上，他征引了六首唐人以"剑"喻眸的诗词，如李宣古"解引萧郎眼似刀"，李商隐"柔肠早被秋眸割"，崔珏"剑截眸中一寸光"，张鷟"一眉犹叵耐，双眼定伤人"，无名氏"两眼如刀，浑身似玉"，薛能"眼波娇利瘦岩岩"等，然后提醒读者要注意文学接受史上一种有趣的现象：在阅读古典诗词时，一些今天读来倍感新奇的表达，在当时可能只是寻常之语。比如，现在的读者读这些诗词，会惊诧于诗人的用词："描摹《诗经》里所谓'美目盼兮'的情景，哪里用得着杀气腾腾的拈刀弄枪呢！"其实，"在唐代，正像在西洋文艺复兴时代，这是一种普通说法"，因此在阅读时，"别把现在看来稀罕而当时是一般共同的语言也归功于他们的自出心裁，或者归罪于他们的矫揉造作"。[①] 显而易见，上述这些精辟的谈艺，就是在通过旁征博引"破"读者之"执"——在"众声喧哗"的阐释空间里，读者是不至于将以"镰"喻月、以"剑"喻眸这种"唐人的惯用语"误读为诗人的"自出心裁"或"矫揉造作"的。由此可见，钱锺书在谈艺中征引大量的资料，自有其用心所在，简单地就将其判定为"炫博矜学""方法缺失""思想缺失""体系缺失"，无疑也是一种对钱锺书的"误读"。李慎之曾问钱锺书："为何对宗门语录如此熟悉？"钱锺书说："那是为了破执，破我执，破人执，破法执。"并说了一句意味深长的话："I never commit myself."[②] 此语大意为："我从不表态。"所谓"表态"者，下断语也！"言语道断，心行所灭"，艺事之精妙，非言辞所能尽传，在这种情况下，通过大量现象的聚合来使意义自显自明，就显得很有必要了。德里达

---

① 钱锺书：《〈韩昌黎诗系年集释〉》，见《人生边上的边上》，生活·读书·新知三联书店2002年版，第345—348页。

② 李慎之：《千秋万岁名 寂寞身后事——送别钱锺书先生》，见李明生等编：《文化昆仑：钱锺书其人其文》，人民文学出版社1999年版，第4页。

说，解构不仅仅意味着破坏，它同时"敞开了排列或集合的可能性，如果你喜欢也可以说成是凝聚起来的可能性，这不一定是系统化的"。① 类似的意思亦见于《管锥编》，钱锺书说："多变其象，示世事之多端殊态，以破人之隅见株守。"② 也即是说，众多现象的"嬉戏""狂欢""对话"，可以破读者之"执"，从而更深入地解会诗心文心。由此可见，旁征博引，作为钱著最为突出的文体风格，还是一种具有解构意味的意义阐释策略。

第二节　庄谐雅俗之风

一、半庄半谐

钱锺书治学，喜欢引经据典，如果据此就把他想象成皓首穷经的老学究，那就大错特错了。有研究者说，钱锺书身上有着"浓郁的机智幽默，别具一格，一改过去人们心目中知识分子穷酸腐儒的形象"。③ 其言甚确。钱锺书为人为文，特别标榜一个"趣"字，这个"趣"，是风趣，是机趣，也是谐趣，不仅涉及他治学的特点，而且影响到他著述的风格，使他的学术著述呈现出一种半庄半谐的文风。

对于钱锺书的这个"趣"，多有人谈及，且不乏生动的描写。章学良在《高山仰至》一文中回忆钱师讲授"西洋名著选读"的情景就写道：当时钱先生三十七八岁，风华正茂。每当他抓住一个话题时，"便溯源穷流，由表及里，由此及彼，贯通中西，庄谐间出"。讲到严肃的话题，如《哈姆雷特》中"良心是懦夫"一语，他"神情严肃，侃侃而谈"；而谈到有趣的

---

① ［法］德里达：《一种疯狂守护着思想：德里达访谈录》，何佩群译，上海人民出版社1997年版，第19页。

② 钱锺书：《管锥编》，中华书局1986年版，第573页。

③ 胡慧翼：《近20年大陆"钱锺书热"的文化剖析》，《学术探索》2003年第10期。

事，如 "绿帽子" 这个说法时，则广征西方名作，并联系中国 "绿头巾" 的故实以及稗官戏曲中的例子，"幽默诙谐，妙趣横生"。① 高帆认为，《谈艺录》一书具有古典诗话灵活随性的特点，自成一家言，"形成了雅谑的批评风格"。② 傅璇琮说，钱先生治学往往能会通各种文学体裁，"启人心智，又涉笔成趣"。③ 王水照回忆起钱锺书，也感叹道："他总是妙语如珠。" 如向他祝寿，他说 "祝寿可以促寿，延年能使厌年"；自叹近况，他说 "谢客而客愈多，谢事而事不减"；不招研究生当助手，他说 "不是助手，而是助脚"。④ 在众多这类看法中，钱仲联的 "俏皮" 一说尤令人印象深刻，他评《宋诗选注》，先是夸 "前言写得刮刮叫"，后又说 "写得好也无非是俏皮话多"；他还称自己 "不中意" 钱锺书在 "注" 里大讲特讲诗的来源出处："我记得锺书先生在一篇文章里还很俏皮地说：仲联先生为什么不也来几条呢？" 又称："锺书先生是喜欢写俏皮文章的，里面有不少皮里阳秋的话。"⑤ 上述 "幽默诙谐" "妙趣横生" "涉笔成趣" 以及 "雅谑" "俏皮" 等等评语，无不指向钱锺书风趣幽默的天性和半庄半谐的文风。那么，钱锺书为人为文何以会有这样的特点呢？

　　首先，钱锺书的 "趣" 是个性气质使然。对于钱锺书的个性气质，杨绛谈得最细致生动，她说钱家人认为钱锺书身上有 "痴气"，无锡人所谓 "痴"，有疯、傻、憨、稚气、驮气、淘气等之意。她称钱锺书在众兄弟间 "比较稚钝"，读书的时候对什么都没个计较，放下书本时又全没正经，"好像有大量多余的兴致没处寄放，专爱胡说乱道"。⑥ 认真阅读此文，会发现杨绛说的这个 "痴" 有多重含义，除了 "爱书成痴"，还有一对相反相成的 "痴"，这就是 "混沌" 与 "谐趣"。"混沌" 就是文中说的 "傻" "憨" "呆"，

　① 章学良：《高山仰止》，见牟晓朋、范旭仑编：《记钱锺书先生》，大连出版社 1995 年版，第 89 页。
　② 高帆：《〈谈艺录〉"雅谑" 管窥》，《牡丹江大学学报》2019 年第 1 期。
　③ 傅璇琮：《缅怀钱锺书先生》，《宁波日报》1999 年 2 月 3 日。
　④ 王水照：《记忆的碎片——缅怀钱锺书先生》，见王水照：《王水照文集》（第 10 卷），上海古籍出版社 2003 年版，第 29 页。
　⑤ 卜志君：《高山流水话知音——钱仲联谈钱锺书》，见沉冰主编：《不一样的记忆——与钱锺书在一起》，当代世界出版社 1999 年版，第 40-43 页。
　⑥ 杨绛：《记钱锺书与〈围城〉》，见杨绛：《将饮茶》，生活·读书·新知三联书店 2015 年版，第 116-117 页。

"谐趣"就是"疯""淘气""全没正经"，二者恰成鲜明对比。钱锺书原来字"哲良"，钱基博见他喜欢胡说乱道，担心祸从口出，就改为"默存"，意思是让他少说话，以"默"求"存"，但他秉性难改，依然放言无忌。比如，他常与杨绛的父亲说些精致典雅的淘气话，相与笑乐，有一次杨父就问："锺书常那么高兴吗?"[①]友人也回忆："锺书这个人性格很是孩子气。常常写个小纸条差工友给我送下来，有时塞进门缝里，内容多为戏谑性的，我也并不跟他较真儿。"[②]杨绛说，钱锺书的性格"不像他母亲那样沉默寡言、严肃谨慎，也不像他父亲那样一本正经"。[③]此话是符合事实的，在个性气质上，钱锺书与父亲确实没有多少共同点，钱基博庄肃敦厚，俨然儒者气象，而钱锺书则更像一位率性的文人，一旦身处二三好友之间，或者沉浸于谈艺之中，身上潜藏的天性便会自然地流露出来。

其次，钱锺书的"趣"也与他治学的旨趣有关。钱锺书认为，语言文字游戏是作者智识高妙的一种体现，《管锥编》在释"滑稽"时就指出，"滑稽"可以训"多智"，也可以训"俳谐"，意义虽然不同，但"理之通耳"，此即"解颐趣语能撮合茫无联系之观念"。[④]因此在他看来，谐谑之作除了能让人"启颜捧腹"外，也是谈艺应关注的内容。如他分析陶潜《止酒》，认为诗人以"止"字之归止、流连不去（"居止""闲止"），与制止、拒绝不亲（"朝止""暮止"）二义相拮弄，这样的双关语"狡狯可喜"，与《老子》"不厌不厌""病病不病"等颇为相似，[⑤]对语言修辞及个中趣味作了生动的揭示。杨绛说："锺书也爱玩，不是游山玩水，而是文字游戏。满嘴胡说打趣，还随口胡诌歪诗。他曾有一首赠向达的打油长诗。头两句形容向达'外貌死的路（still），内心生的门（sentimental）'——全诗都是胡说八道，他们俩

---

① 杨绛：《记钱锺书与〈围城〉》，见杨绛：《将饮茶》，生活·读书·新知三联书店 2015 年版，第 133 页。
② 常风：《和钱锺书同学的日子》，《书摘》2007 年第 12 期。
③ 杨绛：《记钱锺书与〈围城〉》，见杨绛：《将饮茶》，生活·读书·新知三联书店 2015 年版，第 117 页。
④ 钱锺书：《管锥编》，中华书局 1986 年版，第 315—316 页。
⑤ 钱锺书：《管锥编》，中华书局 1986 年版，第 459—461 页。

都笑得捧腹。"① 在《槐聚诗存》"序"中，钱锺书也称自己的旧体诗"多俳谐嘲戏之篇，几于谑虐"。② 这种对语言文字游戏的兴趣，显然会渗透到他的学术活动中，影响到他学术著述的文风。我们知道，在中国传统文评中，诗词曲话、随笔札记、小说点评等，多带有批评家强烈的主观色彩，往往庄谐间出，妙语启人，其整体格调与现代学术大异其趣。而在这方面，钱著显得更为突出。例如，在致周振甫的一封信中，钱锺书对蔡田明所著《〈管锥编〉述说》一书有这样的评价：

> 抄示一节，则似于此节词意不甚理会。弟原文乃嘲弄口气。……蔡君似未分究也。于弟之诙谐，亦似未解；此等谈神说鬼处，于古人只能采半庄半谐态度，读拙著者如"鳖厮踢"，则参禅之死句矣。故拙著不易读者，非全由"援引之繁、文词之古"，而半由弟之滑稽游戏贯穿潜伏耳。③

信中"嘲弄""诙谐""半庄半谐""滑稽游戏贯穿潜伏"等语，不仅显示出钱锺书的幽默天性，也说明了他著书立说的旨趣，有助于我们更好地理解他学术著述的文风。钱锺书为人幽默风趣，为文也机趣盎然，在他看来，学问之事，文章之事，不必全然都是雅直方正之说和不苟言笑之论，其中自有一个"趣"字在，所谓"解颐正复资解诘也"；④ "无稽而未尝不经，乱道亦自有道"。⑤ 他读孔稚珪《北山移文》，就称此文"以风物刻划之工，佐人

---

① 杨绛：《我们仨》，生活·读书·新知三联书店 2004 年版，第 74 页。
② 钱锺书：《槐聚诗存》，生活·读书·新知三联书店 2002 年版，"序"第 1 页。
③ 钱锺书致周振甫信。罗厚辑：《钱锺书书札钞》，见陆文虎编：《钱锺书研究》(3)，文化艺术出版社 1992 年版，第 317 页。"鳖厮踢"出自苏轼，谢肇淛《五杂组》载："东坡与温公论事偶不合，坡曰：'相公此论，故为鳖厮踢。'温公不解其戏，曰：'鳖安能厮踢？'曰：'是之谓鳖厮踢。'"（明）谢肇淛撰；张秉国校笺：《五杂组》，山东人民出版社 2018 年版，第 571 页。原意是说固执迂腐、不讲道理，钱锺书用来指读书不知变通，胶柱鼓瑟，死于句下。如："学者观诗文，常未免于鳖厮踢，好课虚坐实，推案无证之词，附会难验之事，不可不知此理。"钱锺书：《管锥编》，中华书局 1986 年版，第 365 页。
④ 钱锺书：《管锥编》，中华书局 1986 年版，第 1246 页。
⑤ 钱锺书：《管锥编》，中华书局 1986 年版，第 595 页。

事讥嘲之切，山水之清音与滑稽之雅谑，相得而益彰"，①评价甚高。这种对"滑稽之雅谑"的兴趣也影响到他看待正统学术典籍的态度，他曾感叹道："说者见经、子古籍，便端肃庄敬，鞠躬屏息，浑不省其亦有文字游戏三昧耳"，②嘲弄了经生读书问学的僵硬和迂腐。李洪岩认为钱锺书以"解颐"资"解诂"，就是在嘻嘻哈哈中便把道理讲了，他的诙谐、滑稽、讽语、妙喻都可归入"以解颐资解诂"的范畴，而最严肃的事偏偏要以最不严肃的方式去对付，枯干人眼中的所谓"没正景""耍贫嘴""不严肃"盖可归乎此类。③应该说这段分析是很到位的，准确生动地揭示了钱锺书治学的特点。

钱著庄谐间出的特点，主要表现在两个方面：一是文献资料庄谐兼有，二是语言表述半庄半谐。首先谈文献资料。钱锺书谈艺，在征引中外典籍的同时，也喜欢插入一些具有谐谑意味的材料，如《管锥编》在讨论比喻的"两柄"和"多边"时，先引佛典（如《鸠摩罗什法师大乘大义》）、诗（如黄庭坚等人的诗）、文（如诸葛亮等人的文）、小说（如《红楼梦》等），然后还加入了一则诙谐滑稽的材料，即《孤本元明杂剧》中《女姑姑》的描写：剧中禾旦自道"生得丑"，有云："驴见惊，马见走，骆驼看见翻筋斗"。④在前面众多经典文献的衬托下，这个院本中村妇之口的粗鄙之语，就显得非常"突兀"了，如此庄谐相杂，令人捧腹。再如，《通感》一文中有大量的例子，从宋祁的"红杏枝头春意闹"，到王贞仪的《听月亭记》，一路下来都是涉及"通感"的文学和文论观点，通篇的文风也因此显得很雅正。而到了文章最后一段，钱锺书却笔锋一转，讲起了庞德的一桩趣闻：庞德看到"闻香"一词，"自作主张，混鼻子于耳朵"，将"闻"解作"听"，将"闻香"误为"听香"，大加称赏。钱锺书说："不过，他那个误解也不失为所谓'坏运气的错误'（a happy mistake），因为'听香'这个词儿碰巧在中国诗文里少说也有六百多年来历，而现代汉语常把嗅觉不灵敏称为鼻子

---

① 钱锺书：《管锥编》，中华书局 1986 年版，第 1346 页。
② 钱锺书：《管锥编》，中华书局 1986 年版，第 459-461 页。
③ 李洪岩：《智者的心路历程——钱锺书生平与学术》，河北教育出版社 1997 年版，第 398 页。
④ 钱锺书：《管锥编》，中华书局 1986 年版，第 36-39 页。

是'聋'的。英国诗人布莱克曾把'眼瞎的手'来形容木钝的触觉，这和'耳聋'的鼻子真是天生的巧对了。"① 这段带有调侃和诙谐意味的文字，与前面"一本正经"的论述形成鲜明的对比，使得整篇文章的风格一下就变得轻松活泼起来，这其实就是钱锺书谈艺追求一个"趣"字的表现。钱氏谈艺，不拘雅正，散布在钱著中的各种材料，有很多出自小说、戏曲、笔记、笑林、逸闻等通俗文学和民间文艺，像近人汪康年所辑《庄谐选录》，钱著就不止一次引用，如《宋诗选注》"陆游小传"、论文《汉译第一首英语诗〈人生颂〉及有关二三事》、《容安馆札记》第三十六则、第五十一则、第一百六十一则等，都详略不同地使用过这本书中的材料。此外，像巴阙立治（Eric Honeywood Partridge）所编《英国俗语大词典》（A Dictionary of Slang and Unconventional English），也深为钱锺书喜爱，多次引用其中的内容，其中《管锥编》《谈艺录》共引四次，《容安馆札记》则多达二十余次。② 杨绛曾称钱锺书治学，"不论古今中外，从博雅精深的历代经典名著，到通俗的小说院本，以至村谣俚语，他都相互参考引证，而心有所得"。③ 可以想见的是，如此"博雅"与"通俗"兼采，"经典"与"村谣"并置，学术著述在文献资料的使用上自然就会带有某种庄谐间出的色彩了。

说完文献，再来说语言。钱锺书学术著述庄谐间出的文风，也体现在他独特的语言风格上。莫芝宜佳说《管锥编》不仅学术水平高，"同时也极具趣味性"。④ 蔡田明称《管锥编》是一部"极有趣的书"。⑤ 张隆溪认为钱锺书的文章之所以让人觉得活泼生动，一个重要的原因就是其深得"文字游戏三昧"，他说："在钱锺书的著作、书信和谈话里，到处可见到这类妙趣横生的词句，在满是机锋的妙语中，往往包含着哲理和深意。"⑥ 事实确实如此，在钱著

---

① 钱锺书：《通感》，见《七缀集》，生活·读书·新知三联书店 2002 年版，第 74 页。
② 陈焱：《钱锺书爱读的一本词典》，《南方都市报》2019 年 6 月 23 日。
③ 杨绛：《为有志读书求知者存——记〈钱锺书手稿集〉》，《读书》2001 年第 9 期。
④ ［德］莫芝宜佳：《〈管锥编〉与杜甫新解》，马树德译，河北教育出版社 1997 年版，第 33-34 页。
⑤ 蔡田明：《〈管锥编〉述说》，中国友谊出版公司 1991 年版，第 1 页。
⑥ 张隆溪：《钱锺书的语言艺术》《读〈我们仨〉有感》，见张隆溪：《走出文化的封闭圈》，生活·读书·新知三联书店 2004 年版，第 199 页，第 251 页。

中，严谨雅正的谈艺之语，与诙谐风趣的调侃之语，常常出现在同一篇文章甚至同一个段落中，相互映照，相映成趣。韦勒克在《近代文学批评史》中曾将16世纪中叶到18世纪中叶的西方文论分为三个阶段：权威的支配、理性的支配、趣味的支配。① 这里的"趣味的支配"，其实就可以用来评价钱锺书的学术。熟悉钱著的读者也许都有这样的认识，那就是他的学术语言充满着浓郁的修辞机趣，为学术研究涂抹了一层活泼生动的色彩。请看下面几则例子：

> 公在朝争法，在野争墩，故翰墨间亦欲与古争强梁，占尽新词妙句，不惜挪移采折，或正摹，或反仿，或直袭，或翻案。生性好胜，一端流露。其喜集句，并非驱市人而战，倘因见古人佳语，掠美不得，遂出此代为保管，久假不归之下策耶。②

> 诗必取足于己，空诸依傍而词意相宣，庶几斐然成章；……芜词庸响，语意不贯，而藉口寄托遥深，关系重大，名之诗史，尊以诗教，毋乃类国家不克自立而依借外力以存济者乎？③

> 在苏轼苏辙兄弟俩的周围有五位作家，黄庭坚、秦观、张耒、晁补之和陈师道，所谓"苏门"。张耒和晁补之都有诗把这一"门"五口儿描写在一起，仿佛是来了个"合家欢"。④

> 不病而呻包含一个希望：有那样便宜或侥幸的事，假病会产生真珠。假病能不能装得像真，假珠子能不能造得乱真，这也许要看本领或艺术。诗曾经和形而上学、政治并列为"三种哄人的玩意儿"，不是完全没有原因的。⑤

> 他做篇文章论雪莱，你在他的文章里找不出多少雪莱；你只看见一大段描写燃烧的火焰，又一大节摹状呼啸的西风，更一大堆刻划飞行自

① ［美］韦勒克：《近代文学批评史·导言》，杨自伍译，上海译文出版社 2009 年版。
② 钱锺书：《谈艺录》，生活·读书·新知三联书店 2001 年版，第 700 页。
③ 钱锺书：《管锥编》，中华书局 1986 年版，第 109-110 页。
④ 钱锺书：《宋诗选注》，生活·读书·新知三联书店 2002 年版，第 122 页。
⑤ 钱锺书：《诗可以怨》，见《七缀集》，生活·读书·新知三联书店 2002 年版，第 128 页。

在的云雀，据说这三个不伦不类的东西就是雪莱。①

钱著中的这些内容，出自各种不同的文体，如诗话、札记、选本、论文、随笔等，它们的共同特点是：讨论的虽是严肃的诗学问题，但语言却很诙谐幽默。第一例论王安石对他人的摹拟，第二例论"诗""史"之关系，第三例论秦观诗的师承，第四例论诗歌修辞的意义，最后一例论印象主义批评的弊病。文中"代为保管""久假不归""国家不克自立而依借外力以存济""一'门'五口儿""合家欢""'三种哄人的玩意儿'""三个不伦不类的东西"等语，生动风趣，切中肯綮，在令人忍俊不禁的同时也启人深思。钱锺书曾自言《管锥编》中"滑稽游戏贯穿潜伏"，以是观之，读者阅读钱著也要心眼灵活，随作者的"滑稽游戏"一起往通脱处去，才能体会其中的真趣，切勿胶柱鼓瑟，固执拘泥，否则就变成"参禅之死句矣"。黄裳说："《管锥编》是一部有趣的著作。"②李洪岩说："我只想劝爱读《管锥编》的同行们一句：要读该书，不能太纯朴、太实心眼儿；厚道老实人不行，能入不能出也不行。"③诚哉斯言！钱锺书其人，不是"专家"是"通人"，钱锺书其文，不是"索然寡味"是"意趣盎然"。他身上散发着浓烈的传统学人、旧式文人的气质，这种气质之雅致、之优游、之风趣，让人们在严谨求实的学问家钱锺书之外，也领略到一个幽默风趣的谈艺者钱锺书。

二、亦俗亦雅

钱锺书尝言："余雅喜谈艺。"④这里的"雅"，指不俗之趣好。从这个角度看，钱锺书谈艺，应该是很"雅"很"正"的。但是，就像有人指出的那样："我们读钱先生的作品，总觉得他是随意挥洒，信手拈来，其实这是

---

① 钱锺书：《释文盲》，见《写在人生边上》，生活·读书·新知三联书店 2002 年版，第 49 页。
② 黄裳：《关于〈管锥编〉的作者》，见沉冰主编：《不一样的记忆——与钱锺书在一起》，当代世界出版社 1999 年版，第 167 页。
③ 李洪岩：《智者的心路历程——钱锺书生平与学术》，河北教育出版社 1997 年版，第 405 页。
④ 钱锺书：《谈艺录》，生活·读书·新知三联书店 2001 年版，第 1 页。

我们的一种错觉，钱先生追求的是一种太朴不雕、以俗为雅的不落艺术的艺术。"①对此，想必读者自有会心。事实上，无论是在总体上还是细节上，钱著给人的感受都是雅俗兼有的，也因此呈现出亦俗亦雅的文体风貌。之所以如此，主要是因为钱锺书治学不避雅俗，其虽然自言"雅喜谈艺"，但实际上用于谈艺的材料却非常驳杂，远不限于纯正之学术、纯雅之文艺。陈寅恪曾说："寅恪少喜读小说，虽至鄙陋者亦取寓目。"②钱锺书何尝不是这样！在学术研究中他广采博引，举凡小说、院本、神话、史诗、小戏、说唱、传说、歌谣等通俗文学、民间文学，均纳入他的研究视野，写入他的学术著述，这就是钱著亦俗亦雅文体风貌形成的最重要的原因。这个问题多有人论及，且翻阅钱著，到眼即辨，无须多言。这里要重点讨论的，是除通俗文学、民间文学之外的另一些"俗"是如何影响到他著述的风格的。换言之，钱锺书谈艺，旁涉宗教学、社会学、历史学、人类学、民族学、民俗学、心理学、伦理学等诸多领域，其中在很多人眼中难登大雅之堂的材料，常被他津津乐道地用来佐证观点，用他自己的话说就是："谈助而亦不失为谈艺之助焉。"③这方面的内容目前学界还较少关注，此处稍作梳理如下。

首先，史之野正，俱可解诗。在这方面，《管锥编》论《史记·秦始皇本纪》，就有一番精彩的论述。《秦始皇本纪》中的方士曰"亡秦者胡也"，始皇因发兵北击胡，不知其指宫中的胡亥。从这个话题引申开来，钱锺书征引了野史巷谈中很多类似的谶言，指出这些装神弄鬼之事，"视为鬼神事先之诏告，聊以作弄凡夫，自属无稽；而视为草野事后之附会，聊以嘲讪君上，又殊有味"。因为在他看来，此类情事"正古希腊悲剧所示世事人生之'讽刺'尔"。他由此得出自己的结论："野语无稽而颇有理，……稗史小说、野语街谈，即未可凭以考信人事，亦每足据以觇人情而征人心。"④在《管锥编》"增订"中，他又一次强调了这个看法，称："野语虽未足据以定事实，而每

---

① 田建民：《诗兴智慧——钱锺书作品风格论》，河北教育出版社 2002 年版，第 224 页。
② 陈寅恪：《论再生缘》，见陈寅恪：《寒柳堂集》，上海古籍出版社 1980 年版，第 1 页。
③ 钱锺书：《管锥编》，中华书局 1986 年版，第 1392 页。
④ 钱锺书：《管锥编》，中华书局 1986 年版，第 271 页。

可以征人情，采及葑菲，询于刍荛，固亦史家所不废也。"①这种对野史巷谈文献价值的肯定和重视，必然也会影响到他本人的谈艺，这方面一个较典型的例子就是他对《诗经·楚茨》的分析。钱锺书认为，《楚茨》中"先祖是皇，神保是飨"中的"神保"，毛诗、郑笺的解释均有误，其实是指"降神之巫也"。他说："聊举正史、俗谚、稗说各一则，为之佐证。"其中所举的"正史"出自《汉书》，"俗谚"出自元曲，稗说则引《聊斋志异》中的描写。他认为这些资料无论雅俗，都可以用来阐发"降神之巫"的含义。②可见钱锺书治学，并不像正统学术那样排斥稗官野史，而在谈艺中大量使用这类野史巷谈，学术著述自然也就增添了半俗半雅的色彩了。

其次，儿歌乡谚，可资参证。钱著中颇多古今中外的儿歌童谣、乡谚俚语，《管锥编》中就多次提到"儿谣""吾乡儿歌""江南童谣""西方儿歌"和"吾乡谚""吾乡语""吾乡俗语"等等，这些平素不常用于文学批评的材料，被钱锺书随手拈来，不仅切近论题，有裨于谈艺不浅，而且雅俗结合，无形中也使得学术著述呈现出多样化的风格。如他在论《九歌》"采薜荔兮水中，搴芙蓉兮木末"时，认为薜荔生于山，芙蓉出乎水，因此这两句是在叹人世间反常之事，也即韦应物《横塘行》所谓"岸上种莲岂得生，池中种槿岂能成"、元稹《酬乐天》"放鹤在深水，置鱼在高枝"之类，从而拈出文学中"反经失常之喻"这个论题。在接下来的论述中，钱锺书除征引诗歌、戏曲、史籍、笔记、禅话外，还举出不少中外儿歌童谣，如"亮月白叮珰，贼来偷酱缸；瞎子看见了，哑子喊出来，聋瞽听见了，蹩脚赶上去，折手捉住了"！又如"一兔疾走，盲人睹之，瘖人大呼，跛足追奔捕得"等等。他指出，言情诗歌中很多这类"毕竟无""未之有"之喻，"谈艺者所熟知，然未尝触类而观其汇通，故疏凿钩连，聊著修词之道一贯而用万殊尔"。③这里说的"未尝触类而观其汇通"，指的就是论诗则只谈诗，而不知儿歌童谣中也不乏生动的"反经失常之喻"，它们与诗歌中的这种描写

---

① 钱锺书：《管锥编》，中华书局 1986 年版，"增订"第 25 页。
② 钱锺书：《管锥编》，中华书局 1986 年版，第 156—157 页。
③ 钱锺书：《管锥编》，中华书局 1986 年版，第 600—606 页。

一样，"道一贯而用万殊"也！

于此可见，钱锺书征引儿歌乡谚之目的，不仅仅是为启颜捧腹，更主要还是为了谈艺。他曾说："寻常琐屑，每供采风论世之资，……过去习常'不必记'之琐屑辄成后来掌故'不可缺'之珍秘。"①这里再以《管锥编》论《铙歌》为例作进一步分析。钱锺书指出，《铙歌》中"上邪"二字"殊难索解"，人们一般释为"上天"，意思是指天发誓，他认为这是"不知而强为之词"，因为如果"上邪"即"天乎"，则按语气当曰："天乎！胡我与君不得相知、长命无绝衰！"或曰："天乎！鉴临吾二人欲相知、长命无绝衰！"这样才合乎逻辑，显得"词顺言宜"。在他看来，"上邪"就像《铙歌》另一首中的"妃呼豨"，属于有声无义之词，"特发端之起兴也"。为证实这个看法，他举出很多儿歌童谣，如："一二一，一二一，香蕉苹果大鸭梨，我吃苹果你吃梨。"如："汽车汽车我不怕，电话打到姥姥家。姥姥没有牙，请她啃水疙瘩！哈哈！哈哈！"以及西方民众示威口号："一二三四，战争停止！五六七八，政府倒塌！"钱锺书指出，这些例子中的"汽车""电话"和"一二一""一二三四"等语，与《铙歌》中的"上邪""妃呼豨"一样，"功同跳板，殆六义之'兴'矣"。他因此讽刺注《诗经》者昧于"兴"之旨，望文生义，如果将这些儿歌也列于《诗经》之中，很有可能就会被他们解释为："'不怕'者，不辞辛苦之意，盖本欲乘车至外婆家，然有电话可通，则省一番跋涉也。"如此解诗，"鼷钻牛角尖乎，抑蚁穿九曲珠耶"？②这段谈艺确实精辟，用儿歌童谣甚至示威口号来解释"兴为触物以起"，尤为生动贴切。

第三，堪舆之术，通于艺术。堪舆术历来难登正统学术殿堂，以至于清高宗有言："堪域术士每多立异邀功之习，所言最不可信。"③相比来说，钱锺书的看法就包容得多，他并不迷信风水之说，但认为堪舆术的体物观物之法对谈艺是有补益的。清人李绂《穆堂别稿》卷四十四《秋山论文》云："山静物也，欲其动；水动物也，欲其静。"钱锺书就赞其"妙得文家之秘"，

① 钱锺书：《管锥编》，中华书局 1986 年版，第 303-304 页。
② 钱锺书：《管锥编》，中华书局 1986 年版，第 64-65 页。
③ 常建华辑：《〈乾隆帝起居注〉巡幸盘山史料》，天津古籍出版社 2011 年版，第 191 页。

称："山水画之理，亦不外是"，"至吾国堪舆之学，虽荒诞无稽，而其论山水血脉形势，亦与绘画之同感无异，特为术数所掩耳"。他举例说，清人董说《丰草庵文集》卷二《文章形势玉符》略谓："拔地而出者，文章之山也。流行灌注者，文章之水也。厚重而平衍者，文章之地也。"这是就山水之势来形容文章之法。郑思肖《送吴山人远游观地理序》及《答吴山人问达游观地理书》畅言"地亦犹吾身"，这就是"青囊家视堪舆为活物体或人体"。可见堪舆术与艺事之理是相通的，故钱锺书说："堪舆之通于艺术，犹八股之通于戏剧，是在善简别者不一笔抹杀焉。"①

　　为更好地说明钱氏的这个看法，此处再以他对《水经注》的引用为例进行阐发。北魏郦道元的《水经注》一直被风水之学奉为经典，而钱锺书在谈艺时对其多有征引，如《容安馆札记》引三十余次，《管锥编》引五十余次。这其实与钱锺书对此书的看法是分不开的，他认为"舆地之书，模山范水是其余事，主旨大用绝不在此"，但是"郦书刻划景物佳处，足并吴均《与朱元思书》而下启柳宗元诸游记"，以至于张岱称"古人记山水手：太上郦道元，其次柳子厚，近时则袁中郎"。②《容安馆札记》第三百一十六则，从仲长统《昌言》"使居有良田广宅，背山临流，沟池环匝，竹木周布，场圃筑前，果园树后"等语说起，追溯山水田园诗文的缘起，认为："山水方滋，始于东汉"，"然尚田园隐居之乐多，而邱壑幽寻之兴少"，有"俨然富贵逸乐之人"之意；到谢灵运《山居赋》，全文结契烟霞，"已是宋人语气矣"；宋以前，"惟袁崧一人胜情逸致，别有会心"；宋以后，"游览山水渐成常语，非徒卜宅，而山水画亦大盛矣"。③对山水之作隐逸内涵的流变作了言简意赅的梳理，其中征引的大量资料中就有出自《水经注》者。《容安馆札记》第六百九十七则谈到阮大铖《园居杂咏》"水静顿无体，素鲔如游空"两句，也引《水经注》中"俯视游鱼，如乘空也"等描写相参，认为阮氏添出"体"字，"妙有禅藻"。④最典型

---

① 钱锺书：《谈艺录》，生活·读书·新知三联书店 2001 年版，第 171-172 页。
② 钱锺书：《管锥编》，中华书局 1986 年版，第 536-540 页。
③ 钱锺书：《容安馆札记》商务印书馆 2003 年版，第 525-526 页。
④ 钱锺书：《容安馆札记》商务印书馆 2003 年版，第 1563 页。

的例子是《管锥编》对吴均"三书"的分析。钱锺书分析了吴均文、郦道元文的特点和影响，认为之前模山范水之文，除马第伯《封禅仪记》、鲍照《登大雷岸与妹书》之外，其他辞赋书志，"佳处偶遭，可惋在碎，复苦板滞"。相比之下，吴均、郦道元写景状物，"轻倩之笔为刻划之词，实柳宗元以下游记之具体而微"。在这番铺垫后，他对吴均、郦道元的文章进行了比较，认为二人"才思匹对"，如《与朱元思书》中的名句"水皆漂碧，千丈见底，游鱼细石，直视无碍"，可参看《水经注·洧水》"绿水平潭，清洁澄深，俯视游鱼，类若乘空矣"及《水经注·夷水》"虚映，俯视游鱼，如乘空也"。郦文中的"空"，即吴文中的"无碍"，以"空"状鱼"游"，较之"无碍"状人"视"，更为精妙。又如《与朱元思书》云："夹峰高山，犹生寒树，负势竞上，互相轩邈，争高直指，千百成峰。"钱锺书认为可参看《水经注·河水》："山峰之上，立石数百丈，亭亭桀竖，竞势争高。"《汝水》："左右岫壑争深，山阜竞高。"《滦水》："双峰共秀，竞举群峰之上。"于此可见二人"命意铸词，不特抗手，亦每如出一手焉"。最后，钱锺书还对二人文章的差异作了分析，认为《水经注》规模弘远，"千山万水，包举一编"，吴均"三书"相形之下"不过如马远之画一角残山剩水耳"，如此一来，前者"幅广地多，疲于应接，著语不免自相蹈袭，遂使读者每兴数见不鲜之叹"，反倒不如后者"只写一邱一壑"，"耐人思量"。① 这个结论与《容安馆札记》称《水经注》之笔致与《与朱元思书》相似，"惜反复形容，只此数语"，"不免自相因袭"，意思是完全相同的。不难看出，钱锺书治学，细大不捐，对于堪舆之书也能尽收眼底，以之谈艺也确能开阔读者的眼界，启发读者的心思。

第四，占卜之书，不输文采。这个看法集中体现在《管锥编》对《焦氏易林》的评价上。钱锺书认为，《易林》在"汉、宋皆用为占候射伏之书"，尽管如此，此书却能以"白雉之筮出以黄绢之词"，"主旨虽示吉凶，而亦借以刻意为文，流露所谓'造艺意愿'"，"已越'经部韵言'之境而'涉于诗'域"，指出作为占卜之用的《易林》具有的文学价值。他还解释了此类

---

① 钱锺书：《管锥编》，中华书局 1986 年版，第 1456-1457 页。

"示吉凶"之书在功能上的演变，认为古代的屋宇、器物、碑帖等，"原皆自具功能"，但随着时代变迁，其价值也发生了变化，"厥初因用而施艺，后遂用失而艺存"，逐渐成了供人观赏摩挲之物，故此，"卜筮之道不行，《易林》失其要用，转藉文词之末节，得以不废"。这段话说得很透彻，事实上像《易林》这种失其原始价值（"用失"）而别具谈艺功用（"艺存"）的例子非常之多，"只求正名，浑忘责实"，对这些内容视而不见，不是学术研究应有的态度。在钱锺书看来，此书对于文学研究大有裨益，尤其是明中叶"谈艺之士予以拂拭，文采始彰，名誉大起"，"《易林》亦成词章家观摩胎息之编"，"几与《三百篇》并为四言诗矩矱焉"。① 也正是由于看重《易林》的文采，钱锺书在谈艺时对其多有阐发，此处举一例说明。庾信《愁赋》云："攻许愁城终不破，荡许愁门终不开。何物煮愁能得熟，何物烧愁能得然。闭户欲推愁，愁终不肯去。深藏欲避愁，愁已知人处。"铺陈渲染，极写愁之深长。钱锺书在《宋诗选注》中认为，从"攻许愁城""荡许愁门"等语看，庾信这篇赋"似乎从汉代《焦氏易林》所谓'忧来搔（亦作搔）足''忧来叩门'等等奇语推演出来"。② 这一看法在《管锥编》中讲得更细致，钱锺书指出，《焦氏易林》中"忧来搔足"等语，比喻新颖奇警，可与庾信《愁赋》相参看。如《大过》之《遁》云："坐席未温，忧来叩门，逾墙北走，兵交我后，脱于虎口。"《遁》之《渐》云："端坐生患，忧来入门，使我不安。"通过比较他总结说："傝色揣称，写忧愁无远勿至，无隙亦入，能以无有入无间。运思之巧，不特胜'忧来叩门'，抑且胜于《浮士德》中之'忧媪'，有空必钻，虽重门下钥，亦潜自匙孔入宫禁，或乌克兰童话之'忧魅'，小于微尘，成群入人家，间隙夹缝，无不伏处；然视'忧来搔足'，尚逊诙诡。"③ 这段话着重指出了两点：一是在构思上，《愁赋》和《易林》都通过写愁无处不至、无处不在，来渲染愁结，手法奇特巧妙。二是在风格上，与西方文学相比，《易林》的描写诙谐诡异，更胜一筹。由此可见，在钱锺

---

① 钱锺书：《管锥编》，中华书局 1986 年版，第 535-540 页。
② 钱锺书：《宋诗选注》，生活·读书·新知三联书店 2002 年版，第 152-153 页。
③ 钱锺书：《管锥编》，中华书局 1986 年版，第 561-562 页。

书这里，占卜之书虽非文艺，但既然文笔精妙，"异想佳喻，俯拾即是"，则不妨视为文艺佳构，或用来作为谈艺参照，所谓"诗家只有愕叹不虞君之涉吾地也，岂能痛诘何故而坚拒之哉"！①

第五，粗鄙之言，亦可谈艺。这里说的"粗鄙"，首先是"性"话题。钱著中的"性话题"学界已有不少人梳理过，如谢泳《钱锺书文字中的"性"比喻》说："在所有的比喻中，钱锺书特别喜欢用'性'比喻。"② 韩石山《钱锺书的"淫喻"》说："钱先生的许多精妙的比喻都与男女之事有关。"③ 谢、韩所言主要指钱氏小说、散文中"表面正经而含义深刻"的"性"比喻，其实钱锺书谈艺，也不避"性"这个话题，此处举一例说明。《精忠旗传奇》第十三折："自家唤作箜篌，提督酱、醋、盐、油。一生惯与男儿相面，隔衣裳分出粗细刚柔。今早府门前站立，一双眼便是皮里阳秋。见一个梢长汉子，最好个大大鼻头。"钱锺书在《容安馆札记》第四百九十三则中指出："按相其鼻也。"然后引了四则中外文献相参：

> 《题红记》第三十二折："丑云：'我如今要嫁个老公，没得强似你的。你年纪又轻，鼻子又大。'末云'你口阔，我不要你。'"
>
> 《笑林广记》卷三："'丫头丫，笑口叉，口如此，其他……''相公相，鼻子长，鼻且然，何况……。'"
>
> 柳宗元《河间传》："凡来饮酒，大鼻者，少且壮者，美颜色者，善为酒戏者，皆上与合。"
>
> E. Partridge, A Dictionary of Slang: "Length of the male nose being held to denote a corresponding length elsewhere, as the size of a woman's mouth is supposed to answer to that of another part."④

---

① 钱锺书：《管锥编》，中华书局 1986 年版，第 538-539 页。
② 谢泳：《钱锺书交游考》，九州出版社 2018 年版，第 41-52 页。
③ 韩石山：《谁红跟谁急》，中国友谊出版公司 2006 年版，第 112-113 页。
④ 钱锺书：《容安馆札记》，商务印书馆 2003 年版，第 793-794 页。英文试译为："男看鼻子女看嘴，长短大小上下随。"出自巴阙立治（Eric Honeywood Partridge）所编《英国俗语大词典》(A Dictionary of Slang and Unconventional English)。参见钱锺书：《小说识小》，见《人生边上的边上》，生活·读书·新知三联书店 2002 年版，第 135-136 页。

在征引了这些材料后，钱锺书简要点明其中的意义："西海东海，心同理同。"显见这则札记的主旨是论中外文学共同的诗心文心。钱锺书将唐代传奇《河间传》、明代戏曲《精忠旗传奇》《题红记》、清代笔记《笑林广记》，与西人俗谚"捉置一处"，指出它们均以"相鼻"作淫词亵语，足征无论中外，心同理同。由此可以看出，即使是"性"这种"粗鄙"的话题，也自有谈艺的价值和意义。除"性"外，钱著尤其是《容安馆札记》中还有不少如"薛疥""痢疾""蚤虱""蛆蠹"甚至"屎尿屁"之类的话题，粗略检索，《容安馆札记》中"屎"字出现二十九次，"尿"字二十五次，"屁"字七十五次，去其用字重复者，这个数量也是相当多了。笔者在网上尝见一文，题为《〈管锥编〉为什么有趣？以"尿"为例》，作者自称"野草书屋主人赵新月"，想来亦是钱学爱好者。他总结了钱著中与"尿"有关的内容，概括为"老妪撒尿""亲自撒尿""撒尿自保""珍惜小便""以尿为镜""尿是咸的""神仙也尿""以尿喻事""尿可入诗"和"尿里有道"等十则，并告诉读者："把《管锥编》当学术读，累死；把《管锥编》当笑话读，乐死。"① 此文虽非学术探讨，但一定程度上也能揭示出钱著中颇多"粗鄙"材料的这个特点。《容安馆札记》之外，钱锺书的其他著述也有不少这类内容，如《西游记》中孙行者邀猪八戒协力降魔，说："兄弟，你虽无甚本事，好道也是个人。俗云：'放屁添风'，你也可壮我些胆气。"沙僧劝八戒相助悟空，也说："虽说不济，却也放屁添风。"钱锺书多次提到小说中的这两段描写，在《管锥编》中称"正肖英俚语"，并引《英国俗语大词典》中"老妪小遗于大海中，自语曰：'不无小补'"之语相参。② 在《小说识小》中他也指出："俗谚云云，大是奇语。按巴阙立治名著《英国俗语大词典》字母 P 部，采有'撒尿海中以添水'一语，亦指助力而言，意正相当。"③ 需要再一次强调的是，

① 赵新月：《〈管锥编〉为什么有趣？以"尿"为例》，https://baijiahao.baidu.com/s?id=1590835441676825715&wfr=spider&for=pc.
② 钱锺书：《管锥编》，中华书局 1986 年版，第 1257 页。
③ 钱锺书：《小说识小》，见《人生边上的边上》，生活·读书·新知三联书店 2002 年版，第 135–136 页。

钱著中征引这些"俗"材料，并无猎奇之心，实乃谈艺之用，这与钱锺书看待"俗"的态度有关。钱锺书尝言："吾国文学分雅言、俗语二体，此之所谓'雅''俗'，不过指行文所用语体之殊，别无褒贬微意。"①又云："夫俳谐之文，每以'鄙俗'逞能，噱笑策勋；《魏书·胡叟传》称叟'好属文，既善为典雅之辞，又工为鄙俗之句'，盖'鄙俗'亦判'工'拙优劣也。'鄙俗'而'工'，亦可嘉尚。"②这种对待"俗"的包容态度，应该是他在文学批评中不避"雅俗"的根本原因。在《管锥编》中他曾引"桃生毛弹子，瓠长棒槌儿""小时不识雨，只当天下痢""雾是山巾子""瓶倒壶撒溺"以及"天公大吐痰"等打油诗式的粗鄙之作，指出它们"取譬于家常切身之鄙琐事物，高远者狎言之，洪大者纤言之，初非独游戏文章为尔"，而且"刻划而骛尖新，亦每游骇中而不悟"，完全可用来谈艺，并引大量古典诗歌相参。如苏轼《新城道中》："岭上晴云披絮帽，树头初日挂铜钲。"袁励准《登看云起亭子逢大雷雨》："冻雨欲来天霍乱，迅雷奋起地怔忡。"钱锺书认为，"岭披絮帽"与"山巾子"，"天霍乱"与"天下痢""天吐痰"等，不谋而合。沈钦韩《苏诗查注补正》解释苏轼这首诗，认为某句出自某处，钱锺书称"政恐未然"，他以之为例指出："均心生眼处，何待假借？亦犹云盖山巅，常比于冠巾之加，……盖莫非直寻，岂须拆补古语哉。"③对沈氏的观点作了反驳。由此可见，钱锺书在谈艺时征引这些"粗鄙"的材料，确实有裨于谈艺不浅，而这类"俗"材料的大量引用也就使钱著雅俗共存、亦俗亦雅的特色更加突出了。

胡河清认为，"钱在文章中以俚语俗语入文，此可看着是他视语言文字乃至学术文章为游戏之征兆"。④莫芝宜佳指出，《管锥编》中出现不少"民间谚语甚至通俗文学的惯用语，这在中国学者中是不多见的"。⑤而对于钱

---

① 钱锺书：《中国文学小史序论》，见《人生边上的边上》，生活·读书·新知三联书店 2002 年版，第 106 页。
② 钱锺书：《管锥编》，中华书局 1986 年版，第 1498 页。
③ 钱锺书：《管锥编》，中华书局 1986 年版，第 748-749 页。
④ 胡河清：《真精神与旧途径——钱锺书的人文思想》，河北教育出版社 1995 年版，第 109 页。
⑤〔德〕莫芝宜佳：《〈管锥编〉与杜甫新解》，马树德译，河北教育出版社 1998 年版，第 47 页。

著这种亦庄亦谐、半俗半雅的风格，读者如果缺乏足够的认识，就有可能导致误读。如《容安馆札记》一百二则有这样一段简短的记述："闻邻家小女歌云：'小脚鸭子窝窝头，你不吃，就是狗。'余闻之，谓圆女曰：'此非民谣，必主妇恶女佣之不肯食粗粮，作歌以讽喻耳。'"[①] 钱锺书饶有兴致地记录了自己听到的儿歌和他与钱瑗的对话，这其中未必没有他对特殊年代罗织文网之风的某种调侃。但是，某文却这样评这则札记："本来小女孩唱的就是两句儿童歌谣，至于有无针对性是很难说得清的。而经钱锺书对其女儿的一番诠释却完全变了味，既否定了是'民谣'，又妄断为'主妇恶女佣之不肯食粗粮'的'讽刺'话语，也真亏这位被吹成'文化昆仑的学者'能猜得出。"[②] 虽说这种解读也勉强能成一家之言，但按钱锺书的话说，还是"于弟之诙谐，亦似未解"，"参禅之死句矣"，且经此一评，那"亦庄亦谐"的钱锺书其人，那"半俗半雅"的钱锺书其文，也就变得"索然无趣"了！

第三节　自由自在之体

一、"学术娱思"：思想之随笔

"娱思"一词，出自宇文所安，他在《他山的石头记：宇文所安自选集》"自序"中称此书所收十七篇短作，不是基于一套系统的理论模式，而是出于它们共同的思想风格，"与其说它们是'论文'，不如说它们是'散文'"。他认为二者的区别在于："论文"是学术，点缀着许多脚注；散文则相反，是思想性、学术性、文学性的，带给人乐趣，一种"思想的乐趣"。他借用英文中的"entertain an idea"来形容这种思想的乐趣，这就是"娱思"。宇文所安认为，"娱乐"（entertain）本是主人对客人应尽之义务：热情款待他们，

---

① 钱锺书：《容安馆札记》，商务印书馆 2003 年版，第 168 页。
② 陈福季：《文史鉴真录》，武汉出版社 2013 年版，第 193 页。

倾听他们的高谈阔论。"娱思"也具有同样的风味："我们接待一个想法，以同情的态度对待它"，"可以后来再决定应该接受它，抑或拒绝它，抑或修正它，但是在开始的时候，它只是一种令人感到好奇与着迷的可能"。在他看来，"一篇好的散文，应该带给我们这样的想法以'娱'之"。① 不难看出，宇文所谓"娱思"，是针对学术散文而言的，指的是这样的散文兼具思想性和文学性，既能"娱"作者之"思"，赋予学术研究以乐趣，又能"娱"读者之"思"，给读者的阅读带来快乐。正如李建中所言："宇文所安将学术思想纳入文学形式，娱吾思及人之思，乐吾趣及人之趣，用兼具叙事、隐喻、拟人等话语方式的文学性言说，拆解既有的研究套路，为中国文学批评贡献'娱思的文体'。"②

钱锺书的学术就具有这种"娱思"的特点。蒋寅认为对钱锺书来说，"读书是满足人生的赏心悦事，学问不过是它的自然结果"。③ 杨绛也说，"闲谈"对于钱锺书是"思想上放假"。④ 从"娱思"这个角度审视钱锺书的学术，我们很自然地就会聚焦于钱著在文体上的一个突出的特征：思想之随笔。在文笔和风格上，钱锺书的学术写作与同时代很多学者是不同的，明显带有一种逃避主流学术范式的倾向。身处传统学术现代转型的大潮中，钱锺书从不追风逐潮，他的学术没有庞大的体系，没有艰深的理论，没有空洞的概念，而是"写在人生边上"的"断片"和"短简"，称其为"随笔体学术著述"实不为过。柯灵《促膝闲话中书君》一文认为，钱锺书"以最经济曼妙的文字"对中国文化典籍"点化评析，萃于一编"，这种文体形式可谓"量体裁衣、称身惬意"。⑤ 吕嘉健在《论"钱锺书文体"》中也称钱氏乃"出色的文

---

① ［美］宇文所安：《他山的石头记：宇文所安自选集》，田晓菲译，生活·读书·新知三联书店 2019 年版，"自序"第 1—2 页。

② 李建中：《娱思（entertain an idea）的文体——宇文所安批评文体的中国启示》，《中外文化与文论》2010 年第 1 期。

③ 蒋寅：《大师与博学家的区别》，见蒋寅：《学术的年轮》，中国文联出版社 2000 年版，第 191 页。

④ 吴学昭：《听杨绛谈往事》，生活·读书·新知三联书店 2008 年版，第 314 页。

⑤ 柯灵：《促膝闲话中书君》，《读书》1989 年第 3 期。

化随笔大师"，钱著是"深刻博雅的文化随笔"，性灵飞扬，纵横恣肆。① 都准确生动地指出了钱著轻松随意、活泼灵动的文风。

需要指出的是，这里的"随笔体学术著述"不是说所有钱著在"体类"上都属于随笔体，而是说他绝大部分学术著述都带有随笔体的色彩，在文体风格上具有随笔体的特征。伊夫·塔迪埃在《20世纪的文学批评》中说："表达一种思想、体现一种乐趣的批评也是一种文学体裁。"② 我们这里称钱锺书的学术著述为"随笔体"，取的正是塔迪埃的这个意思。"随笔体"，也称"家常体"，作为现代散文，它的渊源一是中国古代散文尤其是明清小品，二是西方散文尤其是英法随笔。按周作人的说法，其风致"是那样地旧而又这样地新"。③ 周氏还指出，中国新散文的源流"是公安派与英国的小品文两者所合成"。④ 鲁迅在《小品文的危机》中也持这样的看法，认为这种文体"因为常常取法于英国的随笔（Essay），所以也带一点幽默和雍容"。⑤ 郁达夫在《中国新文学大系·现代散文导论》中称这种"不拘形式家常闲话式的体裁"，在英国叫做"Familiar Essay"，中国散文就"受了英国 essay 的影响"。⑥ 概括而言，随笔体显著的特征就是夹叙夹议，简短精妙，轻松随意，活泼灵动，最能在自由自在的书写中体现作者的个性气质。

钱锺书的学术著述就深具这种文体之风味，这里从他的几部重要著述中各摘一例进行分析，这些著述既有以文言写成的，也有用白话写的，文体类型则包括诗话、札记、选本、论文，涵盖较为全面。先看《谈艺录》《管锥编》中的两例：

① 吕嘉健：《论"钱锺书文体"》，见冯芝祥编：《钱锺书研究集刊》（2），上海三联书店2000年版，第104-105页。
② ［法］伊夫·塔迪埃：《20世纪的文学批评》，史忠义译，百花文艺出版社1998年版，第9页。
③ 周作人：《〈杂拌儿〉题记》，见《俞平伯全集》（2），花山文艺出版社1997年版，第118页。
④ 周作人：《〈燕知草〉跋》，见《俞平伯全集》（2），花山文艺出版社1997年版，第222页。
⑤ 鲁迅：《南腔北调集·小品文的危机》，见《鲁迅全集》（4），人民文学出版社2005年版，第592页。
⑥ 郁达夫：《〈中国新文学大系·散文二集〉导言》，见《〈中国新文学大系·散文二集〉》，上海良友图书公司1935年版。

听其言则淡泊宁静，得天机而造自然，观其态则挤眉弄眼，龋齿折腰，通身不安详自在。《园居诗》刻意摹陶，第二首云："悠然江上峰，无心入恬目"，显仿陶"采菊东篱下，悠然见南山"。"悠然"不足，申之以"无心"犹不足，复益之以"恬目"，三累以明己之澄怀息虑而峰来献状。强聒不舍，自炫此中如镜映水照，有应无情。"无心"何太饶舌，著痕迹而落言诠，为者败之耳。①

尽俗之言，初非尔雅，亦非赋体，而"繁类"铺比，妙契赋心，抑且神明变化，前贤马、扬、班、张当畏后生也。西方大家用此法者，首推拉伯雷（Rabelais），评者每称其"馋涎津津之饮食品料连类"，盖仿佛《百花亭》《醒世姻缘》两节者。然渠侬苦下笔不能自休，让·保罗尝讥其连举游戏都二一六各色，斐沙德（Fischart）踵事而增至五八六种，历数之使人烦倦，则又"动人嫌处只缘多"矣。②

第一例出自《谈艺录》四八则论"文如其人"。钱锺书以阮大铖诗为例来说明"文如其人"在于"言之格调"而非"所言之物"。从语言表述看，这段论述骈散结合，夹叙夹议，从容不迫，娓娓道来，其中"挤眉弄眼""强聒不舍""何太饶舌"等语几近于家常口语，仿佛与人对坐闲谈，于轻松随意中自然而然地将精辟之论表达出来。第二例出自《管锥编》，钱锺书认为司马相如赋热衷"连类繁举"，汉以后遂成窠臼，但有些作品能"化堆垛为烟云"，有些则"板重闷塞"，而小说剧本"以游戏之笔出之，多文为富而机趣洋溢"，则成为一种独特的手法。③然后就有了上面这段文字。这段话也极具随笔体特色，同样不是严肃庄正的高头讲章，而是娓娓道来的谈艺妙论，各种文献信手拈来，精彩议论随口而出，这样的"学术"带给读者的确实是轻松愉快的阅读经历。除此之外，还有一种情况也强化了学术著述的这种随笔体色彩，请看下面几则例子：

---

① 钱锺书：《谈艺录》，生活·读书·新知三联书店 2001 年版，第 500 页。稍有删节。
② 钱锺书：《管锥编》，中华书局 1986 年版，第 362 页。
③ 钱锺书：《管锥编》，中华书局 1986 年版，第 361 页。

吴烹亦好"甘甜之和"，吴慈鹤《凤巢山樵求是二录》卷二《金衢花猪，盐渍其蹄，吴庖和蜜煮之》七古所咏，即其一例。吾邑尤甚，忆儿时筵席盛馔有"蜜汁火腿""冰糖肘子"，今已浑忘作何味，去乡四十余年，并久不闻此名色矣。①

余儿时居乡，尚见人家每于新春在门上粘红纸剪蝠形者五，取"五福临门"之意；后寓沪见收藏家有清人《百福图》画诸蝠或翔或集，正如《双喜图》画喜鹊、《万利图》画荔枝，皆所谓"谐声""同音"为"颂祷"耳。②

余三十岁前，常见人死讣告，《哀启》附以《行述》，遭亲丧者必有套语："不自殒灭，祸延显考（妣）"，"苫块昏迷，语无伦次"等。千篇一律，不知俗成格定，当在何时。③

这就非常"家常"了！"吾邑尤甚，忆儿时……"，"余儿时居乡，尚见……"，"余三十岁前，常见……"，这类表述掺杂于钱著中，就使得文体的风格更随意随和了。对此，很多读者都有体会，如胡志德就说："在对家常体无拘无束特性的赞扬之中，钱锺书建立了一条通道，通过这条通道可以使过去的遗产有益于现代作家，……当他开始用文言写作他的杰作《谈艺录》的时候，他所模仿的正是这种文体。"④叶兆言也感叹："多少年来，我一直把《管锥编》当作小品文读，厚厚四大卷，随意挑出一段，可以品味很久。"⑤可见《谈艺录》《管锥编》的随笔体意味是很浓重的，这既与两部著述诗话体、札记体的文体特点有关，更与钱锺书在谈艺时独具特色的表达方式密不可分。有趣的是，这种随笔体文风，读者在以白话写成的《宋诗选注》

---

① 钱锺书：《管锥编》，中华书局 1986 年版，第 953 页。
② 钱锺书：《管锥编》，中华书局 1986 年版，第 1061 页。
③ 钱锺书：《管锥编》，中华书局 1986 年版，第 1129 页。
④ ［美］胡志德：《钱锺书论》，张泉译，见张泉：《钱锺书和他的〈围城〉——美国学者论钱锺书》，中国和平出版社 1991 年版，第 138 页。
⑤ 叶兆言：《陈旧人物》，上海书店 2010 年版，第 196 页。

中同样也可以感受得到，请看下面这段话：

> 宋诗也颇尝过世态炎凉或者市价涨落的滋味。在明代，苏平认为宋人的近体诗只有一首可取，而那一首还有毛病。……在晚清，"同光体"提倡宋诗，宋代诗人就此身价十倍，黄庭坚的诗集卖过十两银子一部的辣价钱。这些旧事不必多提，不过它们包含一个教训，使我们明白：批评该有分寸，不要失掉了适当的比例感。假如宋诗不好，就不用选它，但是选了宋诗并不等于有义务或者权利来把它说成顶好、顶顶好、无双第一，模仿旧社会里商店登广告的方法，害得文学批评里数得清的几个赞美字眼儿加班兼职、力竭声嘶地赶任务。①

这样的"学术"文字，从遣词用句到语气笔调，完全不像"学术"，倒很接近随笔。钱锺书先以一个略带调侃的比喻来形容人们对宋诗评价的毁誉不齐，而这个比喻本身就显得很轻松随意。接下来像"身价十倍""辣价钱""旧事不必多提""顶好、顶顶好""几个赞美字眼儿""加班兼职""赶任务"等等口语化的表达，更是家常近人，把一味赞美宋诗的盲目态度给形象地展示出来了。我们注意到，也许是意识到这种随笔式的文字离人们心目中的"学术"太远了，钱锺书才会在行文中不断地添加注释，如在"插不进"一句后就有一个长达七百余字的长注。② 推测起来，这些注释除了补充正文中为了维护语言的连贯而有意回避了的那些资料性的内容外，也多多少少有试图以注释及资料的"学术性"弥补语言风格的"文学性"的用意在。换言之，钱锺书一方面想保持轻松随意的文风，一方面又想维持严谨求实的学风，所以就采用了这样一种写作策略，这使得这一页仅注释就占了大半的篇幅。

最后我们看收入《七缀集》的论文《中国诗与中国画》这个例子。在这篇畅论诗画关系的文章中，为说明王维身上禅、诗、画的"一脉相贯"，钱

---

① 钱锺书:《宋诗选注》，生活·读书·新知三联书店 2002 年版，"序"第 9-10 页。稍有删节。
② 钱锺书:《宋诗选注》，生活·读书·新知三联书店 2002 年版，"序"第 9 页注释②。

锺书将王维《杂诗》和王绩《在京思故园见乡人问》"捉置一处"进行比较。王维诗云："君自故乡来，应知故乡事。来日绮窗前，寒梅著花未？"只短短二十字。而王绩诗尽管在题材、内容上与之很相似，但字数要多得多。① 钱锺书就此指出：

> 这首诗很好，和王维的《杂诗》在一起，鲜明地衬托出同一题材的不同处理。王绩相当于画里的工笔，而王维相当于画里的"大写"。王绩问得周详地道，可以说是"每事问"（《论语·八佾》）；王维要言不烦，大有"'伤人乎？'不问马"的派头（《论语·乡党》）。王维仿佛把王绩的调查表上问题痛加剪削，删多成一，像程正揆论画所说"用减"而不"为繁"。②

这篇文章在文体上属于现代学术论文，但我们看到，这并没有妨碍钱锺书"自由自在"的书写个性。这段话第一句的"这首诗很好"，就是再典型不过的家常体语言，而文中贯穿始终的"王维如何……，王绩如何……"，娓娓道来，明白晓畅，同样也不是学术文章中常见的语气。此外，这段话最后还照例来了一个钱锺书式的比喻，所谓"调查表"云云，不仅准确形容出王绩诗的特点，而且非常风趣，让人有会心的一笑，而这在大多数学术著述中也是较少见到的。有研究者指出，钱著的风格"家常而随意"，"颇带些许士大夫的恬然与洒脱"。③ 从以上这些例子来看，这个评价是很到位的。从《谈艺录》《管锥编》，到《宋诗选注》《七缀集》，无论语言是文言还是白话，也无论文体是诗话、札记还是选本、论文，钱著都很鲜明地呈现出了一种轻松随意、活泼灵动的文风，这就是宇文所安极力倡导的学术"娱思"，也是

---

① 王绩诗："旅泊多年岁，老去不知回。忽逢门前客，道发故乡来。敛眉俱握手，破涕共衔杯。殷勤访朋旧，屈曲问童孩。衰宗多弟侄，若个赏池台？旧园今在否？新树也应栽。柳行疏密布？茅斋宽窄裁？经移何处竹？别种几株梅？渠当无绝水，石计总成苔？院果谁先熟？林花那后开？羁心只欲问，为报不须猜。行当驱下泽，去剪故园莱。"
② 钱锺书：《中国诗与中国画》，见《七缀集》，生活·读书·新知三联书店2002年版，第19-20页。
③ 黄鹤：《从不同语体看钱锺书的语言风格》，《暨南学报》1994年第1期。

作者本人说的"一种人的兴味代替了硬性的学术研究"。①

二、"雅人深致"：谈艺之兴会

钱著这种文风的形成，与他对随笔体的推崇有关，也与他谈艺所追求的境界、所欲达成的用意有关，更与他作为传统学人身上具有的浓郁的"雅人深致"关系密切。以下分别论之。

首先，钱锺书对随笔体的看法。这集中体现在《〈近代散文钞〉》和《作者五人》这两篇书评中。在评述沈启无所编《近代散文钞》一书时，钱锺书将"小品"文和"一品"文、"极品"文进行了对比，称后两者本"一品当朝""官居极品"之意，取其有"纱帽气"，也即"正统"文，而"小品"文虽也有载道说理之作，但其格调（style）或形式则与"正统"文大异其趣。"异"在何处？钱锺书说，这种"小品"文的格调，"不衫不履得妙，跟'极品'文的蟒袍玉带踱着方步的，迥乎不同"。用形象的比喻揭示了"小品"文的文体特点。钱锺书还将"familiar style"译为"家常体"，认为六朝时骈体本是正统，却又横生出一种文体，不骈不散、亦骈亦散，不文不白、亦文亦白，不为声律对偶所拘、亦不有意求摆脱声律对偶，这种"最自在，最萧闲的文体"，就是"家常体"。② 如果说以上还是在概念上讨论"家常体"这种散文的特点，那么在《作者五人》一文中，这种讨论就变得具体明确了。此文对西方五位哲人散文随笔的文风有生动的评述，总体来看，钱锺书对穆尔（G.E. Moore）的评价最低，他认为穆尔行文，虽然说一句是一句，清楚利落，但是"不美观"，缺乏"暗示力"，"最无生发"，也"最无蕴蓄"。可见钱氏论文，"美观"和"暗示力"是很重要的标准，清晰明确倒落其后。所以他评另外几位作者时，就格外关注他们与穆尔不一样的地方，比

---

① 钱锺书：《作者五人》，见《人生边上的边上》，生活·读书·新知三联书店 2002 年版，第 284 页。

② 钱锺书：《〈近代散文钞〉》，见《人生边上的边上》，生活·读书·新知三联书店 2002 年版，第 319–320 页。

如认为卜赖德雷（Bradley）的文笔"极紧张，又极充实，好比弯满未发的弓弦"；罗素的文章"极自然，极不摆架子"，"有日常口语那样写意，却又十分文静"；詹美士的文章很"活泼"，"充满着孩子气"；最受称赞的是山潭野衲（Santayana），钱锺书称他是"五个人里顶多才多艺的"，将其文风总结为以下几点：（1）轻松随意，"一种懒洋洋的春困笼罩着他的文笔，好像不值得使劲的"。（2）文字精美，"用字最讲究，比喻最丰富"。（3）思想性和文学性的结合，"他的诗里，他的批评里，和他的小品文里，都散布着微妙的哲学，恰像他的哲学著作里，随处都是诗，随处都是精美的小品文"。①我们注意到，钱锺书对山潭野衲的这些评价，简直就像是对他本人的自评！不难看出，钱锺书心目中哲人之文应该具有的特点和品质，如"美观""暗示力""极自然""日常口语那样写意""活泼""比喻最丰富"等，以及"哲学著作里，随处都是诗，随处都是精美的小品文"等，无不指向随笔体、家常体这个写作理想。有这样的喜爱和推崇，他在自己的学术著述中自觉地践行也就不足为奇了。

其次，以随笔体述学也与钱锺书谈艺所追求的境界有关。据敏泽回忆，钱锺书不止一次讲过：自己读了一辈子中西著作，读来读去还是觉得中国的典籍更耐人寻味。西方著作虽有所长，但挤掉其中的水分，往往所剩无几；而我国典籍三言五语，看似简约，寻绎起来却其味无穷。②我们知道，"简妙"是中国传统学术尤其是传统诗文评突出的特点，从钟嵘的《诗品》，一直到王国维的《人间词话》，传统文论大多言简意赅，含蓄深长，耐人寻味。钱著也具有这样的特色，如王水照认为："钱著都具有点到即止、高度浓缩、'蕴而不发，发而不尽'的特点，需要我们寻找多方面的参照系来加深领会和理解。"③在西方批评家中，最能与钱锺书这种文风相参照的，就是罗兰·巴特。桑塔格认为，巴特有一种"针对系统论述家的敌意"，"偏爱简短

---

① 钱锺书：《作者五人》，见《人生边上的边上》，生活·读书·新知三联书店 2002 年版，第 285-290 页。
② 敏泽：《永远的丰碑——追忆钱锺书先生》，见何晖、方天星编：《一寸千思：忆钱锺书先生》，辽海出版社 1994 年版，第 293 页。
③ 王水照：《〈对话〉的余思》，《随笔》1990 年第 3 期。

的形式"，他的书是"短文的集合"，"是一个个问题的记叙而不是统一的论证"，从中显示出"他想破坏任何建立系统的倾向"；她还指出，巴特"是一位富有灵感的、有独创性的文章和'反文章'的从业者"，在他的书中，各种文论思想"被铺陈得像是一种流畅的散文材料"。[1]巴特的"反文章"所"反"者，即"系统论述"，也即与随笔体自由自在的文风相对立的现代学术规范。这与前面提到的钱锺书的"不立体系"及其在《〈近代散文钞〉》中区分"小品"文和"正统"文的看法是旨归一致的。

第三，钱锺书治学，一贯主张要将深奥的理论明白晓畅地表达出来，反对艰深晦涩的文风，这也是他偏爱以随笔体述学的原因之一。余光中曾批评有些学者"文采平平，说理无趣"，或者"以艰涩文饰肤浅"，或者"以冗长冒充博大"[2]，钱锺书同样也反对这种文风。在《谈中国诗》中他严肃地指出："具有文学良心和鉴别力的人像严正的科学家一样，避免泛论、概论这类高帽子空头大话。"[3]在评价《沧浪诗话》时他也称赞严羽的文字有"随笔的风格"，有"亲切平易的语气"，就像"坐在软椅里聊天"，而非"站在讲台上说教"，尽管这已"不是在'闲谈'，而是在深谈"。[4]可见在他看来，"闲谈"亦能"深谈"，这正与以"艰深"文饰"肤浅"的做法形成鲜明的对比。钱锺书谈艺也在很大程度上具有严羽的这种风格，无论是深赜玄奥的文艺理论，还是具体鲜活的文学现象，都能讲得清楚明白，无欠无余，生动形象，通俗易懂。这方面的例子毋庸多举，即以《容安馆札记》对海德格尔"Das Nichts nichtet"的解释为例以窥全豹。"Das Nichts nichtet"，可译为"无

---

① ［美］苏珊·桑塔格：《写作本身：论罗兰·巴特》，见［法］罗兰·巴特：《符号学原理——结构主义文学理论文选》，李幼蒸译，生活·读书·新知三联书店1988年版，第188页，第183-184页。

② 余光中：《举杯向天笑》，中国友谊出公司2019年版，第150页。

③ 钱锺书：《谈中国诗》，见《人生边上的边上》，生活·读书·新知三联书店2002年版，第161页。

④ 中国社会科学院文学研究所编：《中国文学史》，人民文学出版社1988年版，第799页。这段话是钱锺书所写。1962年人民文学出版社关于该书的"编写说明"就称："唐宋段由钱锺书主持。"邓绍基也说钱锺书先生"亲自执笔写了"该书中的《宋代文学的承先和启后》和《宋代的诗话》两章。邓绍基：《迄今规模最大的文章总集》，《文学遗产》2007年第2期。

无化""无无着"或"无自无",① 出自海德格尔《什么是形而上学?》(Was ist Metaphysik?),钱锺书译为"无之为有"。对于这样一个深奥的哲学命题,他是这样阐发的:

> "无有"(nicht, néant)乃就事理说,譬之琵琶无声,"melodies unheard"是也;"有无"(nichten, se néantir)乃就情感说,所谓'此时无声胜有声',Those unheard are sweeter 是也。无此事物,则吾心觉其无,感所无(feels the nothingness),而非漠然不觉,冥然无感(feels nothing)。陈子昂《登幽州台》云:"前不见古人,后不见来者。念身世之悠悠,独怆然而涕下。"常言曰:"忽忽若失。"古人来者,均无可见,则怆然动念,既亡既失,则感忽忽。物无,而自心觉无,故 Heidegger 与 Sartre 皆谓"惟情感能觉无之为有"。②

这里讨论的虽是哲学命题,实际上涉及文艺鉴赏中"无""有"的关系。钱锺书认为,"无有"是从事理的角度来说的,如琵琶无声,正是海德格尔的"无"、萨特的"虚无";而"有无"则是从情感的角度生发,如"此时无声胜有声",正是哲人所谓"无化""虚无化"。然后他以陈子昂的诗为例,指出诗中虽"古人""来者"俱"无",但诗人却怆然若"失",原因就在于"惟情感能觉无之为有"。在这段不到三百字的札记中,钱锺书准确诠释了海德格尔这个玄奥的哲学命题,不仅妙契文心,而且清晰明白,生动简妙。朱光潜曾反思说,他的《文艺心理学》"向专门研究美学的人说话,免不了引经据

---

① 译文参见李章印:《为海德格尔的"形而上学"辩护——驳卡尔纳普》,《世界哲学》2013年第 5 期。赖贤宗:《形上学的根本问题与道家思想:在海德格尔、谢林、尼采的思想脉络之中》,《湖北社会科学》2009 年第 9 期。

② 钱锺书:《容安馆札记》,商务印书馆 2003 年版,第 74 页。"Those unheard are sweeter"是济慈《希腊古瓮颂》中的诗句:"Heard melodies are sweet, but those unheard / Are sweeter; therefore, ye soft pipes, play on." 查良铮译:"听见的乐声虽好,但若听不见 / 却更美;所以,吹吧,柔情的风笛。"钱锺书译:"可闻曲自佳,无闻曲逾妙";又译:"听得见的音乐真美,但那听不见的更美。"张广奎主编:《英美诗歌》,中山大学出版社 2016 年版,第 100–102 页。钱锺书:《管锥编》,中华书局 1986 年版,第 449–450 页;《谈中国诗》,见《人生边上的边上》,生活·读书·新知三联书店 2002 年版,第 163 页。

典，带有几分掉书囊的气味"，因此在写《谈美》这部书时他就不想再这样写了，"在这里我只是向一位亲密的朋友随便谈谈，竭力求明白晓畅"。① 叶圣陶也说，他读朱光潜的《我与文学及其他》，"宛如跟孟实先生促膝而坐，听他娓娓清谈"，"一些甘苦，一些心得，一些愉悦，都无拘无束的倾吐出来"。② 朱先生、叶先生所言，对我们更好地理解钱先生学术著述的文风是很有启发的。

第四，也是最重要的一点，钱著的随笔体特征从根本上说源于他身上浓郁的传统文人气质，源于他作为传统文人而具有的"雅人深致"，这是决定他学术著述这一特征的关键因素。钱锺书治学，从研究取向上看，偏重于"谈艺"；从研究路径上看，专注于"具体的文艺鉴赏和批评"；③ 而从研究旨趣上看，神往的乃是谈艺之兴会，所谓"学问是荒江野老屋中二三素心人商量培养之事"。④ "素心"一词见陶渊明《移居》："昔欲居南村，非为卜其宅。闻多素心人，乐与数晨夕。"这种清谈之趣与悠游之乐是传统文人崇尚的人生和学术境界。借用王尔德的话来说，钱锺书是以"作为艺术家的批评家"这样的身份进入学术活动的，⑤ 他的学问就像他自己描述的那样，"细与论诗一樽酒"，⑥ 更多地带有传统文人在小圈子里月旦文苑、指摘利钝的特点，这在很大程度上影响到他学术文体的风貌。

钱锺书谈艺，意兴飞扬，情趣盎然，隽言妙语，启人心智，自有一种"雅人深致"。⑦ 他虽然游学欧洲，熟读西方经典，但骨子里追慕的乃是传统

① 朱光潜：《谈美·开场话》，见《朱光潜全集》(2)，安徽教育出版社 1987 年版，第 7 页。
② 叶圣陶：《我与文学及其他·序》，中华书局 2012 年版，第 4 页。
③ 钱锺书：《中国诗与中国画》，见《七缀集》，生活·读书·新知三联书店 2002 年版，第 7 页。
④ 柯灵：《促膝闲话中书君》，《读书》1989 年第 3 期。
⑤ ［英］王尔德：《作为艺术家的批评家》(The Critic as Artist)，林语堂译，《语丝》1928 年第 4 卷第 13、18 期；《北新》1929–1930 年第 3 卷第 18、22、23 期。
⑥ 钱锺书：《题新刊聆风簃诗集》，见《槐聚诗存》，生活·读书·新知三联书店 2002 年版，第 88 页。
⑦ "雅人深致"一语在钱著中数见，如："雅人深致与俗工炫多求'备'，将无同欤"；《海岳名言》中誉儿语言"尚是雅人深致也"；"酌古斟今，雅人深致"；"雅人深致，此物此志"等。钱锺书：《管锥编》，中华书局 1986 年版，"增订"第 99–100 页；《容安馆札记》商务印书馆 2003 年版，第 812 页。黄裳：《故人书简》，海豚出版社 2013 年版，第 192 页。张瑞田编：《龙榆生师友书札》，浙江古籍出版社 2019 年版，第 118 页。

文人吟诗作赋、品藻诗艺的做派。他很早就尝试写旧体诗，"少年时期，如同一般才子，爱写风流绮靡的艳诗"，"后来经陈石遗老先生的指点，才幡然易辙，舍唐音而趋宋调"。① 他自己也说："与古今诗家，初无偏嗜，所作亦与同光体以入西江者迥异。"② 在《上家大人论骈文流变书》中，他提到自印的《中书君诗》，曾说过这样的话："纸张须讲究，聊以自怡，不作卖品，尤不屑与人争名也！"③ 言语中流露出的全然是清高自许的名士风范。他不仅爱写诗，而且爱论诗，尝自言："余雅喜谈艺，与并世才彦之有同好者，稍得上下其议论。"④ 如果细考能入其法眼的"并世才彦之有同好者"，也许只有陈石遗、李拔可这样的诗坛前辈和冒效鲁、徐燕谋这样的青年才子了。纪健生曾撰文描述：民国某年重阳，诗坛同好相聚在上海淮海中路李拔可家，丝竹相和，热闹非凡，来宾中老辈人物有冒广生、陈祖壬、陈叔通、汪辟疆等，青年后进有钱锺书、吴孟复、杨懿涑等，"可谓群贤毕至，老少咸集，自午及晚，欢饮达旦"，钱锺书也当场赋诗两首。⑤ 可以想象的是，沉浸在这种场景中的钱锺书，是多么意气风发、顾盼生姿啊！

这种雅人深致，这种谈艺兴会，在钱锺书身上最突出的表现，就是视学问为人生之"消遣"。在解释"写在人生边上"这个书名时，钱锺书曾说过一番很耐人寻味的话。他先是指出，"人生据说是一本大书"，很多人"具有书评家的本领，无须看得几页书，议论早已发了一大堆"。然后话锋一转，谈及与之相反的情形，认为还有一种人，"他们有一种业余消遣者的随便和从容"，在浏览时有了什么想法，"随手在书边的空白上注几个字，写一个问号或感叹号，像中国旧书上的眉批，外国书里的 Marginalia"。钱锺书说，这些零星随感也许前后矛盾，也许说话过火，"他们也懒得去理会，反正是消遣，不像书评家负有指导读者、教训作者的重大使命。谁有能力和耐心做

① 郑朝宗：《续怀旧》，见郑朝宗：《海滨感旧集》，厦门大学出版社 2014 年版，第 104 页。
② 吴忠匡：《记钱锺书先生》，《随笔》1988 年第 4 期。
③ 钱锺书：《上家大人论骈文流变书》，《光华大学半月刊》第 1 卷第 7 期，1933 年 4 月。
④ 钱锺书：《谈艺录》，生活·读书·新知三联书店 2001 年版，第 1 页。
⑤ 纪健生：《吴孟复心目中的钱氏父子》，见范旭仑、李洪岩编：《钱锺书评论》(1)，社会科学文献出版社 1996 年版，第 19-20 页。

那些事呢"？① 概括起来，这段话表达了这样几层意思：一是学问乃人生乐事，此中未必尽是"为往圣继绝学，为万世开太平"的"重大使命"——"谁有能力和耐心做那些事呢"？二是读书治学，不妨以"随便和从容"的态度"不慌不忙地浏览"。三是为学为文，不必求全求大，像"旧书上的眉批"和"外国书里的旁注"，虽然只是"零星随感"，也自有其价值和意义。这几层意思综合起来，就是一个意思："消遣"！学问是"消遣"，读书是"消遣"，写作也是"消遣"。项莲生《忆云词·序》尝言"不为无益之事，何以遣有涯之生"，② 钱锺书《谈艺录·序》尝言"托无能之词，遣有涯之日"，③ 均此之谓也！不但钱锺书视学术为"消遣"，钱著的读者同样以此视之，蔡田明就说："读他的学术著作又何尝不是一种愉快的消遣。"④ 蒋寅评钱锺书也称"他的学问和为人都有一种超然的东西"。⑤ 我们知道，中国传统文论尤其是诗词曲话，在表达上追求的是三言两语即能切中肯綮，谈笑之间便可传神写意，"不要求行文之前有完整的构思，可以随想随写，随见随录"。⑥ 总体来看，钱锺书治学，其写作状态是非常个人化、随意化的。如《〈宋诗纪事〉补正》，是他在几十年来的业余小憩中陆续完成的，杨绛描述道："他半卧在躺椅上休息，就边看边批。"⑦ 再如《钱锺书选唐诗》，是他以《全唐诗》为底本，每天选几首，由杨绛作为"日课"抄写，如此锱铢积累而成的。张宗子《选诗自家事——读〈钱锺书选唐诗〉》称这是一部"个人兴趣主导的选本"，并说："钱先生这部书，既是忍不住手痒的献技，也是夫妻间的自娱。"

---

① 钱锺书：《写在人生边上》，生活·读书·新知三联书店 2002 年版，第 7 页。

② （清）项鸿祚著；曹明升点校：《项莲生集》，浙江古籍出版社 2018 年版，第 95 页。陈寅恪诗题中有"偶忆项莲生鸿祚云'不为无益之事，何以遣有涯之生'"等语。陈寅恪：《诗集》，生活·读书·新知三联书店 2001 年版，第 147 页。另，钱锺书曾考证，所传陶弘景语"不为无益之事，何以悦有涯之生"，实出自张彦远《历代名画记》卷二："既而叹曰：'若复不为无益之事，则安能悦有涯之生！'是以爱好愈笃，近于成癖。"钱锺书：《管锥编》，中华书局 1986 年版，第 1433 页。

③ 钱锺书：《谈艺录》，生活·读书·新知三联书店 2001 年版，"序"第 1 页。

④ 蔡田明：《〈管锥编〉述说》，中国友谊出版公司 1991 年版，第 3 页。

⑤ 蒋寅：《大师与博学家的区别》，见蒋寅：《学术的年轮》，中国文联出版社 2000 年版，第 191 页。

⑥ 陈良运：《诗话学论要》，《福建论坛》2001 年第 4 期。

⑦ 杨绛：《记〈宋诗纪事〉补正》，《读书》2001 年第 12 期。

而按周绚隆的理解，钱锺书编选此书，出自一种"自我遣兴"，以排解他在编注《唐诗选》时遭遇的"不快"。① 从这两个例子看，尽管钱氏治学精深细致，谨严不苟，但他为学为文的状态无疑是从容闲适的，就像方孝岳《中国文学批评》讲的那样："我们翻开我国所有的论文的书来一看，觉得他们都是兴到而言，无所拘束的。或友朋间的商讨，或师弟间的指点，或直说自己的特别见解，都是兴会上的事体。"②

　　往更深处说，这种体现钱锺书雅人之深致、谈艺之兴会的"消遣"，更与他"游于艺"的学术观念息息相关。《论语·述而》："志于道，据于德，依于仁，游于艺。"杨伯峻释"游"为"游憩"。③ 钱锺书在《管锥编》中也指出："《论语·述而》曰：'游于艺'；席勒以为造艺本于游戏之天性；近人且谓致知穷理以及文德武功莫不含游戏之情，通游戏之事。"④ 李建中等人认为，"游于艺"是一种学习态度，一种生存方式，也是一种学术风格，从刘勰的"入兴贵闲"，到欧阳修的"以资闲谈"，"游于艺"一以贯之。⑤ 对很多人来说，学术之根本或许是"志于道"，而对钱锺书来说，学术在"志于道"之外，还是一种智力和学识的游戏。很多研究者都注意到钱锺书学术的这个特点，如吕嘉健称钱锺书"无疑属于庄子一类通过'游艺'以'游心'的文人"，"在他纵横恣肆的闲聊喜好中，终生保持着一种趣味主义的游戏精神，……那掩抑不住的自由狂放和游戏旨趣"。⑥ 陆谷孙评钱锺书："既是学者，又是文人，举重若轻，触类旁通，以多少逗点游戏意味的态度驾驭学问。"⑦ 龚刚也认为，钱锺书是古希腊哲人式的"爱智"者，他的学术著述"充满机趣"，论学谈艺"盎然意兴"，深具知识学意义上的"游戏精神"。⑧

---

① 张宗子：《选诗自家事——读〈钱锺书选唐诗〉》，《读书》2021年第11期。
② 方孝岳：《中国文学批评》，生活·读书·新知三联书店1986年版，第2页。
③ 杨伯峻：《论语译注》，中华书局1980年版，第67页。
④ 钱锺书：《管锥编》，中华书局1986年版，第1323页。
⑤ 李建中、李小兰：《批评文体论纲》，武汉大学出版社2013年版，第289页。
⑥ 吕嘉健：《论"钱锺书文体"》，见冯芝祥编：《钱锺书研究集刊》(2)，上海三联书店2000年版，第112-113页。
⑦ 陆谷孙：《"灵光殒矣！"》，《读书》1999年第6期。
⑧ 龚刚：《钱锺书：爱智者的逍遥》，文津出版社2005年版，第12-23页。

邵滢也说："钱锺书那种颇带私人写作性质的批评文体，与其说在评论文学，不如说是自我性情的一种艺术遨游。"① 此外还有蒋寅，他虽然不认可钱锺书的治学方法，但也承认"钱锺书才真正是个玩学问的人"。② 所谓"玩学问"，蒋寅说"丝毫不含有贬低或不恭"，这个解释应该是诚实的，因为这与其他人说的"游戏旨趣""游戏意味""游戏精神""艺术遨游"等等，是类似的意思，均指向钱氏"游于艺"的治学境界。有人曾将中国传统文人的精神分为"文苑传统"和"儒林传统"，认为二者在各个方面都大异其趣："儒林传统之真生命，乃立足于其对人类之责任感与天下关怀；文苑传统之真生命，则寄托一己之兴趣与文辞才藻之精妙。"③ 以此审视钱锺书，则他身上无疑更多一些"文苑传统"的蕴含。钱锺书一生，视学问为安身立命之本，从不说欺世媚世之语，也不为追风逐潮之事，心慕神往的是优游不迫的自在人生，是酌古斟今的雅人深致，是品藻诗文的谈艺兴会，他的学问是真正的"游于艺"的学问，在中国现代学术史上别成一番新境，自具一种魅力。

韦勒克在《近代文学批评史》中曾对普拉兹等学者不吝赞美之词，他说："普拉兹属于这些学者行列：心智健全，学识渊博，多面发展，这样的学人和学者热爱文学，玩味文学，并且能够将这份喜悦和知识与他人交流。"④ 这个评价完全可以移用于钱锺书身上。钱著所体现的随笔体文风，无疑有现实的参照意义。当下学术界尤其是文论界，文章千篇一律，热衷长篇大论，堆砌概念，尤其喜好使用结构复杂的句式，枯燥乏味，晦涩难懂，令人望而生厌，望而却步。这其中当然有日渐严苛的学术规范的影响，但个人的学风、文风无疑也是一个重要原因。在这种情况下，不少学者都在努力倡导新的学术风格，如李国涛《文章喜家常》就呼吁："我希望我们的评论家，

---

① 邵滢：《中国文学批评现代建构之反思——以京派为例》，湖北教育出版社 2006 年版，第 139 页。

② 蒋寅：《大师与博学家的区别》，见蒋寅：《学术的年轮》，中国文联出版社 2000 年版，第 190 页。

③ 胡晓明：《中国诗学之精神》，江西人民出版社 2001 年版，第 73—74 页。

④ ［美］韦勒克：《近代文学批评史》(8)，杨自伍译，上海译文出版社 2009 年版，第 458—459 页。

也照顾一般读者，学学'家常体'。"① 如前所述，宇文所安以"娱思"来表达自己对学术著述文风的思考，他还明确指出，中国古典文学研究"非常需要'散文'，因为它已经拥有很多的'论文'"。② 无论是"学学'家常体'"，还是"非常需要'散文'"，都在表达这样一个愿望：在现有的书写规则统治下，学术写作应跳出窠臼，破除藩篱，最大程度地贴近读者，将思想观点尽可能轻松随意、活泼灵动地传达出来。这就是钱锺书的学术著述带给我们的启发和思考。

---

① 李国涛：《文章喜家常》，见李国涛：《总与书相关》，三晋出版社 2013 年版，第 37 页。
② ［美］宇文所安：《他山的石头记：宇文所安自选集》，田晓菲译，生活·读书·新知三联书店 2019 年版，"自序"第 2 页。

第四章　钱锺书学术著述的文体学意义

第一节　断裂的传统

一、传统学术的转型

回望一百多年前，在西学东渐大潮的冲击下，传统中国面临的处境诚如李鸿章所言："此三千余年一大变局也。"① 晚清以来中国传统学术的现代转型，正是在这一时代浪潮推动下开始的。此间情形，王国维在《论新学语之输入》中是这样描述的："西洋之学术骎骎而入中国。"② "骎骎"者，迅疾、来势凶猛也。对于这一变局的个中缘由，刘小枫认为，当时的中国，从社会制度到人心秩序，其正当性都亟待重新论证，而这种论证"是由西方逼出来的"。③ 这个"逼"字生动地表明：这次学术转型并非一种内在的、自生的、渐进的变革，而是异域文化冲击下的无奈之举。当时知识界的反响与议论就很能说明这一点：他们或描述现状，如"近数十年来，欧学输入，众流争鸣"，"当夫学术迁变绝续之交"。或极尽赞美，如"西洋最近百年来继续发达的新观念、新方法、新形式"。④ 或抨击陋见，如"欧风凛冽，汉水不波；美雨纵横，亚云似墨。怜三家之学究，未谙时势变迁；笑一孔之儒

---

① 李鸿章：《同治十一年五月复议制造轮船未可裁撤折》，见《李文忠公奏稿》卷十九。

② 王国维：《论新学语之输入》，见《王国维全集》（第 1 卷），浙江教育出版社 2009 年版，第 127 页。

③ 刘小枫：《现代性社会理论绪论》，上海三联书店 1998 年版，第 195 页。

④ 胡适：《文学进化观念与戏剧改良》，见《胡适全集》(1)，安徽教育出版社 2003 年版，第 145 页。

林，难解《典》《坟》作用"。① 更有大梦初醒而"别求新声于异邦"，② 运筹帷幄欲"合泰西各国学术思想于一炉"者。③ 在种种不同的声音中，王国维说得最形象也最透辟，在《论今年之学术界》一文中他将西学东渐比之于"佛教之东适"，称："学者见之，如饥者之得食，渴者之得饮。担簦访道者，接武于葱岭之道；翻经译论者，云集于南北之都。自六朝至于唐室，而佛陀之教极千古之盛矣。"如今，这种热闹的场景又一次重现："至今日而第二之佛教又见告矣，西洋之思想是也"。他认为上次佛法东来，"值吾国思想凋敝之后"，而此次西学东渐也有此意义，因为中国本土的学术"自宋以后以至本朝，思想之停滞略同于两汉"，④ 亟待拯救。可见尽管每个人持有的立场不同，但来自遥远异邦的思想，在平静的中国引发了强烈的躁动和热切的希望，则是不争的事实。在变革潮流的推动下，越来越多的人将目光投向西方，掀起译介、学习西学的热潮。对于这场大变革而言，学术文体也即学术范式的转换，自然也成为题中应有之义。

一切文体，无论文学体裁还是学术范式，自出现之日起都处在不断变化的过程中，以更好地满足时代的需求，就像王国维说的那样："盖文体通行既久，染指遂多，自成陈套，豪杰之士亦难于中自出新意，故往往遁而作他体，以发表其思想感情。一切文体所以始盛而终衰者，皆由于此。"⑤ 这是文体发展和创新的基本规律，晚清以来学术转型中的文体变革亦不能外。在译介、学习西学的热潮中，人们开始关注到一种全然有别于中国传统的学术新范式，在这个新范式的参照下，传统学术的特征尤其是固有的弊端被无限地放大了，"如果我们以西方的批评为准则，则我们的传统批评泰半未成格"，⑥ 知识界对传统学术的批评之声不绝于耳，概括起来主要集中在以下几方面：

① 《扬子江小说报》发刊词，见阿英编：《晚清文学丛钞·小说戏曲研究卷》，中华书局 1960 年版，第 167 页。
② 鲁迅：《坟·摩罗诗力说》，《鲁迅全集》（第 1 卷），人民文学出版社 2005 年版，第 68 页。
③ 梁启超：《论中国学术思想变迁之大势》，见《梁启超全集》（3），中国人民大学出版社 2018 年版，第 100 页。
④ 王国维：《论近年之学术界》，见《王国维全集》（1），浙江教育出版社 2009 年版，第 121 页。
⑤ 王国维：《人间词话》，见《王国维全集》（1），浙江教育出版社 2009 年版，第 477 页。
⑥ ［美］叶维廉：《中国诗学》，人民文学出版社 2006 年版，第 3 页。

一是认为传统学术缺乏规范性，对概念术语几乎不作任何界定，信手使用，含义模糊不清。这方面以严复的看法最具代表性，在《穆勒名学》"按语"中，他比较了新学旧学的不同，指出："西学自希腊亚里斯大德勒以来，常教学人先为界说，故其人非甚不学，尚不至偭规畔矩而为破坏文字之事也。"这里的"界说"就是概念术语的界定。严复认为在这方面"独中国不然"，中国传统学术中的训诂"非界说也，同名互训，以见古今之异言而已"。[①] 也就是说，训诂并非严格意义上的概念界定，而只是用一个未界定的概念来解释另一个需要界定的概念。在《名学浅说》"夹注"中他说得更具体，认为传统学术"所用之名之字，有虽欲求其定义，万万无从者"，并举了一个例子："气"这个在传统学术中常见的概念，意义就非常含混："问人之何以病？曰邪气内侵。问国家之何以衰？曰元气不复。于贤人之生，则曰间气。见吾足忽肿，则曰湿气。他若厉气、淫气、正气、余气、鬼神者二气之良能，几于随物可加。"处处皆可用，又从未有过界定，因此如果有人问这个概念"究竟是何名物"，使用者也"必茫然不知所对也"。严复由此感叹："指物说理如是，与梦呓又何以异乎！"[②] 不知是受严复的影响，还是"气"这个词确实使用得太泛滥、太随意了，陈独秀也曾以此为例批评传统学术，他说："其想象之最神奇者，莫如'气'之一说，其说且通于力士羽流之术。试遍索宇宙间，诚不知此'气'之果为何物也！凡此无常识之思维，无理由之信仰，欲根治之，厥维科学。"[③] 一直到20世纪30年代，朱自清还针对概念界定不清这个问题提出自己的建议，他认为古典文论中很多术语使用久远，意义很不明确，实有梳理之必要，他说："若有人能用考据方法将历来文评所用的性状形容词爬罗剔抉一番，分别确定它们的义界，我们也许可以把旧日文学的面目看得清楚些。"[④] 概念术语的师心自用，其根源就在于传统学术始终没有确立起一套严格意义上的学术规范，为人所诟病也就

---

① 严复：《穆勒名学》"按语"，商务印书馆1981年版，第35页。
② 严复：《名学浅说》"夹注"，商务印书馆1981年版，第18页。
③ 陈独秀：《敬告青年》，《新青年》第1卷第1号，1915年9月。
④ 朱自清：《中国文评流别述略》，见《朱自清选集》(2)，河北教育出版社1989年版，第450页。

在情理之中了。

二是认为传统学术缺乏科学性，偏重于以感性方式把握、描述问题。如传统文论中的"象喻"就是用文学性的比喻来刻画作品的风貌，美则美矣，但过于依赖个人化的经验和感悟，缺少内在的学理与逻辑，这种述学方式与以理性分析见长的西学相比，自然也成为人们批评的对象。王国维在《论新学语之输入》中就曾对西学的思辨性赞赏有加，他称"西洋人之特质，思辨的也，科学的也，长于抽象而精于分类"，因此在研究中，"无往而不用综括（Generalization）及分析（Specification）之二法"。① 严复也持类似的看法，他说："西学之所以翔实，天函日启，民智滋开，而一切皆归于有用者，正为此耳。"② 这里的"此"，就是他倡导的归纳法。严复极重学术研究的归纳法，译"归纳"为"内籀"，译"演绎"为"外籀"，认为"外籀术重矣，而内籀之术乃更重"，并批评道："吾国向来为学，偏于外籀，而内籀能事极微。"③ 宫廷璋 1923 年发表的《用科学方法整理国故，其步骤如何？》也说："故中国旧学整理者虽多，而均未能使成科学，其病根在于逻辑不明。"④ 朱光潜认为："中国人的心理偏向重综合而不喜分析，长于直觉而短于逻辑的思考。"⑤ 由于存在一个"先进"的西方参照系，因此这些批评意见逐渐被人接受，到今天已成普遍的共识。季羡林在一次比较文学座谈会上就说，现在编百科全书对文学家的评价"老调比较多"，讲韦苏州就说"风格婉丽，音调流美"，讲骆宾王就说"格高韵美，辞华朗耀"；他认为西方文评就不说这种感性的话，"我们也应该用科学的语言，明确的语言，明白的语言"。⑥ 杨乃乔也认为"中国古典诗学崇尚悟性"，与西方诗学繁琐推理的表达大不相同，而这正是中国诗学的缺憾所在："理论的思辨性及体系建构的逻辑自洽性恰恰是西方诗学的内在品质"。⑦ 叶维廉

---

① 王国维：《论新学语之输入》，见《王国维全集》（1），浙江教育出版社 2009 年版，第 126 页。
② 严复：《穆勒名学》"按语"，商务印书馆 1981 年版，第 199 页。
③ 严复：《名学浅说》"夹注"，商务印书馆 1981 年版，第 64 页。
④ 宫廷璋：《用科学方法整理国故，其步骤如何？》，《民铎杂志》第 4 卷第 3 号，1923 年 5 月。
⑤ 朱光潜：《诗论·抗战版序》，见《朱光潜全集》（3），安徽教育出版社 1987 年版，第 3 页。
⑥ 北京大学比较文学研究会：《比较文学的理论与实践——座谈记录》，《读书》1982 年第 2 期。
⑦ 杨乃乔：《东西方比较诗学——悖立与整合》，文化艺术出版社 2006 年版，"前言"第 3 页。

称："在我们回顾传统批评的特色时，我们虽然觉得中国批评的方式（当指其成功者）比西洋的辩证的批评着实好得多，但我们不能忽略其缺点，这就是'点''悟'式的批评有赖于'机遇'，依赖读者的悟性。"① 从上述观点可以看出，直到今天人们对中国传统学术的批评（"崇尚悟性""点悟式批评""感性的话"），仍是以西学范式（"科学""思辨""辩证"）为基本参照系的。

三是认为传统学术缺乏系统性，零星琐碎，散乱不成体系。这方面的批评意见集中体现了当时知识界对传统学术体式的不满，前两点尚是从学术方法的角度触及学术文体的"弊端"，这一点则直接针对文体本身发难。毋庸讳言，传统学术确实少有体系完备、逻辑严密的理论著作，像诗话、选本、序跋、点评、笔记、札记等，往往简短零散，多以片言只语呈现，也就谈不上系统的体系了。王国维在《哲学辨惑》中就称："吾国古书大率繁散而无纪，残缺而不完，虽有真理，不易寻绎，以视西洋哲学之系统灿然、步伐严整者，其形式上之孰优孰劣，固自不可掩也。"② 持此看法者在当时大有人在，胡适在日记中就写道："中国很少精心结构而有系统的著作。"③ 在《五十年来中国之文学》中他说得更具体，认为中国学术自古以来"只有七八部精心结构，可以称作'著作'的书"，除《文心雕龙》《史通》《文史通义》等，其余的都算不得著作，"只是结集，只是语录，只是稿本"。④ 林语堂对体系也孜孜以求，将"科学的国学"作为"治学的目标"和"努力的方向"，认为"科学的知识与方法能帮助我们把旧有学问整理出来，做有系统的研究"。⑤ 朱光潜则认为"中国向来只有诗话而无诗学"，"诗话大半是偶感随笔"，"它的短处在零乱琐碎，不成系统"。⑥ 在所有这类看法中，尤以郑振铎的观点最偏激。陈平原在描述当时人们对"体系"的追捧时说："五四以后的学术

——
① ［美］叶维廉：《中国诗学》，人民文学出版社 2006 年版，第 9 页。
② 王国维：《哲学辨惑》，见《王国维全集》（14），浙江教育出版社 2009 年版，第 9 页。
③ 胡适：《胡适日记》，见《胡适全集》（29），安徽教育出版社 2003 年版，第 597 页。
④ 胡适：《五十年来中国之文学》，见《胡适全集》（2），安徽教育出版社 2003 年版，第 297 页。
⑤ 林语堂：《科学与经书》，《晨报五周年纪念增刊》，1923 年 12 月。
⑥ 朱光潜：《诗论·抗战版序》，见《朱光潜全集》（3），安徽教育出版社 1987 年版，第 3 页。

著述，注重'脉络'与'系统'，鄙视传统诗文评和札记、注疏的'不成体系'，甚至有讥为'简直没有上过研究的正轨过'的。"① 这里提到的就是郑振铎的观点，他在《研究中国文学的新途径》一文中称中国文学研究"绝不发达"，"将近百余种的诗话，大都不过是随笔漫谈的鉴赏话而已，说不上是研究"。他由此得出一个的结论："统而言之，自《文赋》起，到了最近止，中国文学的研究，简直没有上过研究的正轨过。"而郑氏所期望的中国学术又是怎样的呢？从他在文中列举的关于作品、作家、时代、文体的研究构想看，有一个词是反复出现的，那就是"巨册"：如"水浒传之思想与其影响""杜甫的时代及其作品""五代文学的鸟瞰""戏剧概论"这样的有体系的"巨册"，而像"红楼梦索隐""李义山年谱"以及"以前的无数诗话，词话，四六话，曲话之类"，或者是"可弃的废材"，或者"只好作为极粗制研究原料"。作者最后感叹道："这一切应该有的东西，我们都没有！"② 可以想象的是，在这样一种弥漫于知识界的普遍的沮丧中，人们从传统中能找到的唯一自信，也许就只剩下《文心雕龙》了，以至于直到今天还有人说："关于文学理论或美学的体系，我觉得有两位理论家的论著值得我们参考和借鉴。一个是黑格尔的美学，一个是刘勰的《文心雕龙》。这两部著作都可以称得上具有自己理论体系的著作。"③

陈平原认为："对于系统的崇拜，对于'系统性知识'的迷信，是20世纪中国学术的一大特征。"④ 在对西学范式的各种赞美中，对体系的迷恋表现得最突出，也成为考量和评判传统学术最重要的标准。"凡学问之事，其可称科学以上者，必不可无系统"，⑤《文心雕龙》内容完备，立论周密，结构严谨，"体大而虑周"，⑥ 自然备受推崇，而冯浩《玉谿生诗笺注》，随见随注，

---

① 陈平原：《中国现代学术之建立——以章太炎、胡适之为中心》，北京大学出版社 2010 年版，第 218-219 页。
② 郑振铎：《郑振铎文集》(6)，人民文学出版社 1985 年版，第 273-279 页。
③ 王元化：《文学沉思录》，上海文艺出版社 1983 年版，第 2 页。
④ 陈平原：《现代中国的述学文体》，北京大学出版社 2020 年版，第 326 页。
⑤ 王国维：《欧罗巴通史序》，见《王国维全集》(第 14 卷)，浙江教育出版社 2009 年版，第 3 页。
⑥ (清)章学诚著；叶瑛校注：《文史通义校注》，中华书局 1985 年版，第 559 页。

片言只语，散乱无章，"缺乏著述的方法"，① 自然就备受指摘。这种评骘文体优劣高下的标准，在当时甚至在现在一直都是较通行的认识。学术体系的建构被人们视为传统向现代转换中最关键的一环，许多致力于中西学术融通的人都相信，要彻底变革传统，首先要做的就是以科学的方法建立起完备、周密、严谨的学术体系。在这样的诉求推动下，晚清以降，学术变革的风潮愈演愈烈，绵延了几千年的中国传统学术已接近尾声，"旧的格局已经倒塌，新的文体正悄然萌动"。②

二、西学范式的确立

按俄国形式主义文论家特尼亚洛夫的看法，"只有在跟传统的体裁对抗的情况下才能看到新体裁"。③ 就此而言，晚清以降的学术转型中，对旧学的批评，对新学的追慕，实际上是旋律一致的合奏。在这个过程中，中西冲突、古今冲突、新旧冲突的内涵，在本质上并无大的差别，它们不仅推动了传统学术的转型，也塑造了现代学术的风貌。这一变革，在20世纪20年代末至30年代初已基本完成。以传统文论的现代转换为例，一般认为其文体的变革大致经历了五个阶段：同治前后（1860—1895）的蜕变期，戊戌维新前后（1895—1900）的剧变期，革命派与保皇派论争前后（1900—1905）的争论探索期，辛亥革命前后（1905—1915）的中西融合期，五四及此后（1917—1925）的发展成熟期。④ 这个分期和陈平原的看法基本一致，他说："1927年以后的中国学界，新的学术范式已经确立，基本学科及重要命

---

① 李长之：《苦雾集》，见《李长之文集》(3)，河北教育出版社2006年版，第153页。
② 冯光廉等：《中国近百年文学体式流变史》，人民文学出版社1999年版，第454-455页。
③ ［荷］佛克马、易布斯：《二十世纪文学理论》，林书武等译，生活·读书·新知三联书店1988年版，第27页。
④ 前四个分期参见王群：《中国近代文学理论批评文体的演进》，《复旦学报》2005年第3期。最后的"发展成熟期"则包括1917年至1921年的酝酿倡导期和1921年至1925年的深入发展期。参见黄曼君主编：《中国20世纪文学理论批评史》，中国文联出版社2002年版，第21-26页。

题已经勘定。"① 较早在新范式上进行探索并产生较大影响者，有严复的《本馆附印说部缘起》(与夏曾佑合写)及《论治学治事宜分二途》(1898)、梁启超的《论学术之势力左右世界》及《新史学》(1902)、王国维的《红楼梦评论》(1904)及《宋元戏曲考》(1913)、鲁迅的《摩罗诗力说》及《文化偏执论》(1907)等著述，无论是在学术观念还是在文体样式上，这些著述都表现出强烈的疏离传统学术的倾向。如严复的《本馆附印说部缘起》，以进化论学说统摄全文论说思路，篇幅近万余言，已不复是传统文论零星散乱的随感了，因此被梁启超大加称颂，誉为"雄文"。② 再如鲁迅的《文化偏执论》，吸纳尼采的学说来阐发中国现实的文化问题，层层推进，结构严谨，逻辑清晰，虽以文言写就，但在理论建构和论说方式上都已具现代学术论文的雏形。当然，讨论中国传统学术的现代转型，最应提及的还是王国维和他的《红楼梦评论》。诚如刘梦溪所言，"在传统学术走向现代学术的路途中，举凡一些关节点上都印有静安先生的足迹"，③ 在中国现代学术的建构上，王国维最具代表性意义，《红楼梦评论》不仅在学术思想上具有现代学术的内涵，而且在学术体式上更具现代学术的规范。

首先，《红楼梦评论》采纳西方哲学、美学的理论观点，以之阐发中国古典小说，这就是陈寅恪说的"取外来之观念与固有之材料互相参证"。④ 王国维在此作中大量征引叔本华《作为意志和表象的世界》和《性爱的形而上学》等著作的看法，以叔本华"愿欲说"来诠释《红楼梦》的悲剧内涵，这种研究思路和方法，与李卓吾、金圣叹等人感悟式的小说评点是完全不同的。同时，在叔本华思想的参照下，王国维得以将《红楼梦》的悲剧内涵上

---

① 陈平原：《中国现代学术之建立——以章太炎、胡适之为中心》，北京大学出版社 2010 年版，第 8 页。
② 梁启超说："天津《国闻报》初出时有一雄文曰《本馆附印说部缘起》，殆万余言，……余当时狂爱之。"梁启超：《小说丛话》，见《梁启超全集》(17)，中国人民大学出版社 2018 年版，第 106 页。
③ 刘梦溪：《王国维与中国现代学术的奠立》，见刘梦溪：《中国现代学术要略》，生活·读书·新知三联书店 2018 年版，第 273 页。
④ 陈寅恪：《〈王静安先生遗书〉序》，见陈寅恪：《金明馆丛稿二编》，生活·读书·新知三联书店 2001 年版，第 247 页。

升到理论高度加以论述，如悲剧的美学价值、伦理学价值及二者之关系等，通过西方悲剧理论与中国悲剧小说的相互参释，构建自己的悲剧美学，在很大程度上避免了传统诗文评就事论事的局限性，所以有人指出，王国维以叔本华之说为理论视野来阐释《红楼梦》，又以《红楼梦》来证明叔本华的理论，从而对《红楼梦》作出了"全新的意义的阐释"。①

其次，《红楼梦评论》使用了许多传统文论中未曾见过的批评术语来讨论问题，文中颇多"本质""欲望""意志""解脱""理想""苦痛""悲剧""壮美""优美"等带有哲学、美学蕴含的概念。一方面，这些概念的使用，增强了学术语言的抽象性和概括性，使文章的遣词造句更趋严谨，意义的表达也因之更清晰明确。另一方面，这些概念在文中穿梭往来，也使文章具有了内在的结构脉络，饶芃子就将它们称为"理论术语"，以区别于传统文论中的"经术语"，她认为批评话语的内在结构正是基于"理论术语"的逻辑构成，是"推论式关联"而非"联想式关联"。②美国学者柯克·登顿曾认为在梁启超的文章中"可以看到更多的现代批评的特征"，举出的例子就是作者对于批评术语的运用，他指出，梁启超的文章"尽力避免了传统批评那些深奥而模棱两可的词汇"。③在西学东渐的过程中，许多新术语被译介进来并为学者所乐用，《红楼梦评论》就是这方面的典型表现。这些现代学术概念的使用是对传统文论感性言说的矫正与反拨，在很大程度上加速了传统学术现代转型的进程。

第三，更重要的是，《红楼梦评论》在体系结构上已具现代学术的体式，是一篇系统阐发中国古典小说的学术论文。《红楼梦评论》共五章，第一章"人生及美术概观"，详述作者对于人生、艺术的基本观点，是全文的理论立足点。第二章"红楼梦之精神"，阐发"解脱"之含义，既是题中应

---

① 吴作奎：《从依附到独立——论文学批评文体的现代转型》，《文史天地》2012 年第 7 期。

② 饶芃子：《中国文学批评现代转型的起点——论王国维〈红楼梦评论〉及其他》，见《饶芃子集》，广东人民出版社 2018 年版，第 58 页。

③ Kirk A. Denton, Modem Chinese Literary Thought: Writings on Literature, 1893–1945. Stanford, California: Stanford University Press, 1996, P.17. 译文参见于闽梅：《异向共建——梁启超、王国维与中国文论的现代转型》，百花洲文艺出版社 2010 年版，第 27 页。

有之义，也为后文奠定论说的基础。第三章"红楼梦之美学上之价值"，承续上章，论《红楼梦》乃"彻头彻尾之悲剧"。第四章"红楼梦之伦理学上之价值"，王国维说："美学上之价值，亦与其伦理学上之价值相联络也。"①第五章"余论"，论小说研究的方法及其他相关文艺理论问题。全文近一万五千字，内容充实，结构清晰，各章节之间有紧密的逻辑和学理关系，"迥异于之前'旧红学'大多以随笔式、零碎的感想式札记、评点、杂感评论《红楼梦》的文字"。②梁启超评价王国维，称他"对于现代文化原动力之科学精神，全部默契，无所抵拒"，"从弘大处立脚，而从精微处著力"。这里的重点是"从弘大处立脚"，也即能以"科学精神"对艺事宏观博览、统而论之，不再是传统文论的感悟式批评了。梁启超这个意思在下面这段话中说得更明确："其少年喜谭哲学，尤酷嗜德意志人康德、叔本华、尼采之书"，"于学术之整个不可分的理想，印刻甚深，故虽好从事于个别问题，为窄而深的研究，而常能从一问题与他问题之关系上，见出最适当之理解，绝无支离破碎专己守残之弊。"③也即是说，西方哲学对王国维的影响在于使他意识到"学术之整个不可分"，这是其学术研究"绝无支离破碎专己守残之弊"的关键，也是梁启超对王国维学术精神称颂不已的原因。除梁启超外，李长之的评价也值得注意。李长之在20世纪30年代多次提到《红楼梦评论》，如他指出："王国维作《红楼梦评论》，这是第一个会赏鉴《红楼梦》的人。"《红楼梦》自问世以来，品鉴者不乏其人，何以王国维是"第一个会赏鉴"的人呢？李长之解释说："他完全拿了西洋美学的眼光，用着近代文艺批评的态度，来加以估量的。"④这就直接亮明了这位京派批评家衡量"鉴赏"之高下的标准了：既要有理论的建构（"西洋美学"），又要有科学的方法（"近代文艺批评的态度"），这样的人才能称得上"会鉴赏"的人。李长之评价文艺批评高下优劣的这种立场，在他的一篇题为《中国文

---

① 王国维：《红楼梦评论》，见《王国维全集》(1)，浙江教育出版社2009年版，第69页。
② 王人恩：《钱锺书对王国维〈红楼梦评论〉的评论》，《红楼梦学刊》2015年第6期。
③ 梁启超：《〈王静安先生纪念号〉序》，见《梁启超全集》(14)，中国人民大学出版社2018年版，第334-335页。
④ 李长之：《〈红楼梦〉批判》，见《李长之文集》(7)，河北教育出版社2006年版，第137页。

学理论不发达之故》的文章中说得非常生动，他认为"在过去，中国人缺乏著述的习惯，缺乏著述的兴趣，缺乏著述的方法"，古典诗文评的注疏、点评，均无法和西方的传记体批评和批评论文集相比，所以他有如下假想："假若金圣叹不把他的欣赏分割到'批'里去，他可写一部好好的批评论文集，谁敢说他的书不能写的像培式的文艺复兴？"李长之认为，这一切"都关系著述的方法"，在他看来，传统文论在"著述的方法"上就属于"不发达的文学批评"，他用了一系列词语来描述这种"不发达"："荒芜""破碎""即兴""冬烘"等等，而与之相对应的则是"严格、精确、体系和深入"。① 由此可见，李长之正是基于这样的立场来评价《红楼梦评论》的，他明确表示王国维这篇文章"有组织、有系统，这是从来中国文艺批评所没有的"。② 这也从一个侧面揭示出王国维及《红楼梦评论》对于中国学术现代建构的意义。在对中国古典小说研究的过程中，王国维不仅有西洋哲学、美学的视野，而且舍弃了传统诗文评的体式，采纳西方学术的论说方式，统览《红楼梦评论》一文，在概念界定、结构安排、材料运用、观点演绎等方面，均与传统文论简略、零散、感性、随意的风貌大异其趣，堪称传统学术现代转型的代表性著述，是古典文论诗性言说向现代文论理性分析过渡的经典之作。陈寅恪在《〈王静安先生遗书〉序》中称王国维"不仅能承续先哲将坠之业"，而且"能开拓学术之区宇，补前修所未逮，故其著作可以转移一时之风气，而示来者以轨则也"。③ 可以说，这里的每一句都清楚地指向了王国维在传统学术转型中的重大贡献，评价甚确。

伴随着传统学术的现代转型，在王国维等学者的率先垂范之下，追求理论体系、讲求学理逻辑的学术著述逐渐成为中国近现代通行的学术文体，并加速向格式化、规范化、统一化的方向发展。总体看来，与传统学术相比，新的学术范式至少包括了以下几层内涵：在文体"体类"上，从零星散乱向

---

① 李长之：《苦雾集》，见《李长之文集》(3)，河北教育出版社 2006 年版，第 151–153 页。
② 李长之：《王国维文艺批评著作批判》，见《李长之文集》(7)，河北教育出版社 2006 年版，第 211 页。
③ 陈寅恪：《〈王静安先生遗书〉序》，见《金明馆丛稿二编》，生活·读书·新知三联书店 2001 年版，第 247 页。

完整系统过渡。在文体"体要"上，从典雅简妙向庄正规范过渡。在文体"体貌"上，从感性经验向科学理性过渡。此外，小至西式标点的使用、版式的变化、行文的格式、注释的规范等等也都成为这场变革的内容。有研究者说，晚清以来，中国知识界开始了向西方的学习，对他们来说，西方似乎是"一个潜在源泉，在有关迥然不同的政治、目标和组织方面为他们提供指南"。① 中国学术的现代建构，实际上走的就是这样一条彻底放弃本土传统的变革之路，在这个以西学为标杆的变革过程中，传统学术独有的、弥足珍贵的文体样式及表达方式也渐行渐远，为后人留下了许多值得深刻反思的经验与教训。

三、"失语症"

爱德华·希尔斯在他的经典之作《论传统》中指出："在本世纪中，许多杰出的知识人士认为，我们继承的东西糟糕得无以复加，而一个没有瑕疵的社会唾手便可建成。"② 晚清以来传统学术的现代转型，在当时很多人看来就是如此美好和轻而易举。在向西方学习的过程中，本土的传统沦为了历史的"重负"、必须克服的"惯性"以及迈向现代化的"阻碍"。在新的学术话语的建构中，从抽象的学术观念，到具体的概念术语，从内在的学理逻辑，到外在的文体样式，发生的变化都是根本性的。历史地看，在中外文明几次大规模的交流中，异域文化与本土文化的冲突常常以令人意想不到的圆满结局收场，佛教的输入就是一个值得津津乐道的例子。遗憾的是，在19世纪中叶苦难与危机中揭开序幕的这场"最广义的文化冲突"，③ 最终却是以牺牲本土文化为代价而落下帷幕的。换言之，旧学与新知的这场对抗并没有形成中西融通的创造性张力，在众所仰望的西学范式参照下，"传统则被认为是

---

① ［美］张灏：《梁启超与中国思想的过渡（1890—1907）》，崔志海、葛夫平译，江苏人民出版社1988年版，第211页。

② ［美］爱德华·希尔斯：《论传统》，傅铿、吕乐译，上海人民出版社2009年版，第3页。

③ ［美］费正清：《剑桥中国晚清史》（上），中国社会科学出版社1985年版，第256页。

无用的累赘"，①对传统仍然怀有眷念之情的人则被目为"顽固""保守""僵化"的人，此种情势就是梁启超所描述的："对外求索之欲日炽，对内厌弃之情日烈"，"不期而思想之进路同趋于一方向，于是相与呼应汹涌如潮然"。②

文明的冲突和融合有其内在的规律，然而这一次中西文化的碰撞，从一开始就因为被赋予了太多沉重的意义而偏离了应有的轨道，原本应该是双向互动的文化交流，实际上演变成对西方文化焦灼的想象、热切的向往和单向性的输入。刘象愚就认为，许多西方学者其实是很保守的，他们对中国经典常常视而不见，无动于衷，反之，"中国人从近代开始大量地吸纳西方丰富的思想资源，接受西方经典的态度却远为宽容、积极"。③在西学东渐的潮流中，理想中的对话和交流并未成为现实，中国现代学术的建构实际上是以单向性的变革而完成的，这就是赵毅衡说的"双单行道"，即："表面上有来有往，实际是两个单向：中国人去西方当学生，西方人到中国当老师。这个局面一百年至今基本上没有变化。"④他还对这个现象进行了生动形象的描述：

> 中国人到西方，是去做学生的：徐志摩去做曼殊菲尔的学生，金岳霖张奚若去做拉斯基的学生，吴宓梅光迪去做白璧德的学生，梁宗岱去做瓦雷里的学生。……在伦敦和巴黎的空气中，全是这些人的遗踪神韵。

> 西方人到中国，是来做老师的：庄士敦来做溥仪的老师，燕卜荪给西南联大做老师，杜威罗素肖伯纳来给全体中国知识界做老师，瑞恰慈几乎要给全体讲汉语的人做老师。1951年，最后一位硬想留下来的英国

---

① ［美］爱德华·希尔斯：《论传统》，傅铿、吕乐译，上海人民出版社2009年版，第3页。
② 梁启超：《清代学术概论》，见《梁启超全集》(10)，中国人民大学出版社2018年版，第216页。
③ 刘象愚：《西方现代批评经典译丛·总序（二）》，见［美］韦勒克、沃伦：《文学理论》，刘象愚等译，江苏教育出版社2005年版，"总序"第3页。
④ 赵毅衡：《对岸的诱惑》，知识出版社2003年版，第304页。

老师燕卜荪被赶走，换上俄国人做老师。①

王先霈也指出："在文学批评的世界大循环中，文学批评的传播主要是西方文学批评对外输出，而不是双向对等的交流。"②19世纪下半叶到20世纪30年代，是中国社会的剧烈转型期，从洋务运动到变法维新再到新文化运动，学技术、学制度、学文化，无一不是以西方为先导而进行的，传统学术的现代转型同样也是如此，它毫无保留地舍弃了源远流长的传统，也因此埋下影响深远的苦果，以至于直到20世纪末，"失语症"依然成为困扰中国知识界的一个巨大的问题。

所谓"失语症"，指近现代以来的中国文论话语由于过分依赖西学范式而失去自我表达能力的一种症候，用曹顺庆在1996年发表的《文论失语症与文化病态》中的话说就是："我们根本没有一套自己的文论话语，一套自己特有的表达、沟通、解读的学术原则。我们一旦离开了西方文论话语，就几乎没办法说话，活生生一个学术'哑巴'。"③作为首次提出这个概念并引发学术界尤其是文论界广泛、热烈、持续讨论的学者，曹顺庆不止一次论及此问题，如他与李清良等人合著的《中国古代文论话语》也指出："当今中国学术界已日益认识到，整个20世纪中国的人文科学研究实际上都患上了'失语症'，全盘套用西方的话语系统，没有自己的理论话语，大部分中国人文学科研究都削足适履地成了西方话语系统的注脚。"④在与李思屈合写的《重建中国文论话语的基本路径及其方法》一文中也有"摆脱代洋人立言的失语症状"这样的表述。⑤在与谭佳合写的《重建中国文论的又一有效途径：西方文论的中国化》一文中，这个概念又一次被提及，曹顺庆认为"失语症"就是"在五花八门的时髦西方理论面前，我们失去了民族传统特有的思维和言说方式，失去了我们自己的基本理论范畴和运思方

---

① 赵毅衡：《对岸的诱惑》，知识出版社2003年版，"自序"第3页。
② 王先霈主编：《文学批评原理》，华中师范大学出版社1999年版，第28页。
③ 曹顺庆：《文论失语症与文化病态》，《文艺争鸣》1996年第2期。
④ 曹顺庆、李清良、傅勇林、李思屈：《中国古代文论话语》，巴蜀书社2001年版，第1页。
⑤ 曹顺庆、李思屈：《重建中国文论话语的基本路径及其方法》，《文艺研究》1996年第2期。

式"。① 需要指出的是，在曹顺庆之前已有学者关注到"失语症"的问题，只是没有以此命名而已。如 1991 年刘再复就认为，近代以来我们一直在"偷窃"西方人的理论，而丧失了自己的独创性，生活在"他人的各种形式的无所不在的精神地狱之中"。② 王先霈在 1994 年出版的著作中也感叹中国文学批评"几十年来过多地时而向西时而向北的文化借贷，跟在别人的阵阵潮流之后摹影画形，而不能揭举自己民族独立的文学批评学派的旗帜"。③ 一个说"偷窃"，一个说"借贷"，一个说"丧失了自己的独创性"，一个说"跟在别人后面摹影画形"，实际上说是同一个意思，即没有属于自己的学术话语，患上了"失语症"。此外，黄维樑在 1995 年也表达过类似的看法，他说："在当今世界文论中，完全没有我们中国的声音。"④ 我们注意到，上述这些观点均指向中国文论存在的"失语"现象，这种现象其实非仅限于文论，也包括全部的学术话语，只是对于中国文学理论与批评而言，走出"他人的精神地狱"的阴影的愿望更强烈罢了。这是因为，在 20 世纪的学术转型中，传统文论受到的冲击最为剧烈，传统文论的现代建构也最为彻底。总体来说，学界对"失语症"的关注和论述是切中肯綮的，其中虽有矫枉过正之处，但绝无危言耸听之言，在新的历史语境下，深刻地反思这种"失语症"所征兆出的百余年来传统学术现代转型背后的经验和教训，是很有必要的。

在《艺术哲学》一书中丹纳曾认为任何艺术的出现都有其特殊的"精神气候"。⑤ 朱光潜也说，土壤气候不同，文化移植往往是丹橘变枳、画虎类犬。⑥ 中西文论都是在各自不同的语言文化、文学现实、批评实践的基础上

① 曹顺庆、谭佳：《重建中国文论的又一有效途径：西方文论的中国化》，《外国文学研究》2004 年第 5 期。
② 刘再复：《告别诸神：中国当代文学理论"世纪末"的挣扎》，《二十一世纪》1991 年第 5 期。
③ 王先霈：《圆形批评论》，华中师范大学出版社 1994 年版，第 354—355 页。
④ 黄维樑：《龙学未来的两个方向》，《比较文学报》1995 年第 11 期。另：有关"失语症"及"中国古代文论现代转换"的学术讨论，还可参看蒋述卓等：《二十世纪中国古代文论学术研究史》，北京大学出版社 2005 年版，第 147—151 页。
⑤ 〔法〕丹纳：《艺术哲学》，傅雷译，天津社会科学出版社 2004 年版，第 67—68 页。
⑥ 朱光潜：《诗的普遍性与历史的连续性》，见《朱光潜全集》（9），安徽教育出版社 1993 年版，第 340 页。

经过漫长的积淀才得以形成的，不同的"精神气候"决定着它们不同的特质，生搬硬套只能结出苦果，此即李长之说的："移植的文化，像插在瓶里的花一样，是折来的，而不是根深蒂固地自本土的丰富的营养的。"① 从这个意义上说，针对传统的变革应该在尊重传统的前提下进行，否则注定会留下太多的"后遗症"。只有在传统与现代的融合中创造出的新话语，才有可能真正避免"失语症"。就学术文体而言，中国文论的现代转型在体例结构、表述方式、风格体貌等各个方面，都给予传统以毁灭性打击。遗憾的是，在时代大潮的裹挟下，能够冷静下来思考的人实在是太少了，就像张隆溪所言，"在激烈的文化论争中要坚持理性的立场和冷静的头脑，既不抱残守阙，也不以激进革新为标榜，并不是一件容易的事。"② 也许要等到时过境迁，尘埃落定，人们才会停下焦急的脚步，去回望走过的道路，去思考个中的教训。时至今日，必须承认的是，我们的学术文体，在格式化、规范化、统一化的外衣下，早已千人一面，千篇一律，也早已令人乏味，令人生厌。此种现状，使人不得不感叹再也难觅古代文论的清辞丽句、童心真性，③ 也不得不反思当下中国文学批评的机械呆板、缺乏个性。④ 历史的教训正在于此。对传统的改造甚至部分的舍弃，当然是文化进程中的必然，它时刻都在发生，也常常具备可能，然而需要警惕的是，变革传统应该在尊重传统的前提下进行，正如希尔斯所言："创造新的体裁和改造旧体裁的确是经常发生的。但是伟大的艺术家们都必须从现存的作品所提供的各种可能的出发点开始工作。"⑤ 传统的断裂不是现代化，传统的延续才是现代化，只有意识到传统的重要性，在充分认识传统的基础上改造传统，中国学术才能真正踏上没有遗憾的现代化道路，才能真正拥有一套属于自己的学术话语体系。从这个角度

① 李长之：《迎中国的文艺复兴》，见《李长之文集》（1），河北教育出版社 2006 年版，第 17 页。

② 张隆溪：《关于理论上的时髦》，见张隆溪：《走出文化的封闭圈》，生活·读书·新知三联书店 2004 年版，第 53-54 页。

③ 李建中：《辨体明性：关于古代文论诗性特质的现代思考》，《华中师范大学学报》2001 年第 2 期。

④ 杨守森：《缺失与重建——论 20 世纪中国的文学批评》，《中国社会科学》2000 年第 3 期。

⑤ ［美］爱德华·希尔斯：《论传统》，傅铿、吕乐译，上海人民出版社 2009 年版，第 213 页。

说，钱锺书独具个性与魅力的学术文体，自有其深刻的现实意义。

第二节 自创新体

一、钱锺书的文化史观

王国维《二牖轩随录》评"古今最大著述"，认为汉司马迁《史记》、许慎《说文解字》，六朝郦道元《水经注》，唐杜佑《通典》，宋沈括《梦溪笔谈》等，"皆一空倚傍，自创新体"，给予了极高评价。[①] 在传统学术的现代转型中，钱锺书学术文体的特征及风貌，也同样当得起"自创新体"这四字评语。钱锺书有诗云："耆旧纷传新语好，偏惭燥吻未濡翰。"[②] 以此描述他在学术变革大潮中的立场与态度，再恰当不过。在现代中国学术史上，钱锺书走过的道路是很耐人寻味的：一方面，他顺应历史的潮流，自觉投身于中西文学、诗学"打通""比较"的事业中；另一方面，他又"逆"潮流而动，有意识地采用诗话、札记、选本等传统文体，以精妙的谈艺呈现出个性化的学术境界。本书认为，钱锺书在学术文体上的"自创新体"，首先与他的文化史观有非常密切的关系。也即是说，辩证地思考传统与现代的关系，辩证地考察历史的变革性与连续性的关系，是钱锺书个性化学术文体生成的重要原因。

贯穿在钱著中的辩证法，学界多有人阐发。有人认为钱锺书一生治学都以"牢固的辩证法"为哲学基础。有人指出在辩证法上，钱锺书与马克思、恩格斯有异曲同工之妙。还有人干脆将钱锺书的学术思维称为"中国

[①] 王国维：《二牖轩随录》，见《王国维全集》（3），浙江教育出版社 2009 年版，第 469 页。

[②] 钱锺书：《燕谋以余罕作诗寄什督诱如数奉报》，见《槐聚诗存》，生活·读书·新知三联书店 2002 年版，第 137 页。

辩证法"，认为这是他的治学之本。① 应该说这些评价基本上是准确的。钱锺书尝言："执其两端，可得乎中，思辨之道，固所不废。"② 又云："执其两端用其中，……亦儒家于辩证之发凡立则也。"③ 他还明确说过："一生为学，得益于黑格尔、老子的辩证法者甚多。"④ 由于以辩证法为治学之本，钱锺书极为关注传统的生命力和延续性，对历史的演化和传统的变革有自己独特的思考。在他看来，一切社会变革、文化变革的复杂性就在于：新与旧的关系并非到眼即辨，而是错综复杂地纠缠在一起的。他明确指出，传统是有"惰性"的，它"不肯变"，但是"事物的演化又迫使它以变应变"，于是传统"不得不变"，它不断地"相机破例"，不断地"作出种种妥协"，来"迁就"事物的演化。⑤ 这段话强调"变"乃自然发展之情事，"变"不是传统的轰然崩塌，也不是历史的骤然断裂，旧事物常常是通过"破例""妥协""迁就"这样的方式逐渐实现自身的改造的，人们总是在既依赖传统同时又改造传统的过程中创造历史的。这就是钱锺书对历史变革复杂性的辩证思考。

钱锺书辩证的文化史观还表现在他对"过去的现在性"的认识上。在1978年的一次演讲中他说："古典诚然是过去的东西，但是我们的兴趣和研究是现代的，不但承认过去东西的存在并且认识到过去东西里的现实意义。"⑥ 在这段讲给欧洲汉学家的话中，包含了钱锺书对于传统价值的深刻认识，而这一看法其实早在近半个世纪前就以"过去的现在性"这个言简意赅的命题见诸他的笔端了。在1934年发表的《论复古》一文中，钱锺书写道："有'历史观念'的人'当然能知文学的进化'；但是，因为他有'历史

---

① 陈子谦：《钱锺书文艺批评的哲学基础》，《厦门大学学报》1983年增刊。李洪岩：《智者的心路历程——钱锺书生平与学术》，河北教育出版社1997年版，第414页。贾永雄：《"中国辩证法"是钱锺书治学之本》，《榆林高等专科学校学报》2000年第3期。
② 钱锺书：《管锥编》，中华书局1986年版，第350页。
③ 钱锺书：《管锥编》，中华书局1986年版，第416页。
④ 敏泽：《论钱学的基本精神和历史贡献——纪念钱锺书先生》，《文学评论》1999年第3期。
⑤ 钱锺书：《中国诗与中国画》，见《七级集》，生活·读书·新知三联书店2002年版，第2页。
⑥ 钱锺书：《古典文学研究在现代中国》，见《人生边上的边上》，生活·读书·新知三联书店2002年版，第178页。

观念'，他也爱恋着过去，他能了解过去的现在性，他知道过去并不跟随撕完的日历簿而一同消逝。"① 与同时代许多学者将新旧关系的决裂视为变革之要务、变革之目的不同，钱锺书对传统的变革方式及过程有冷静的思考，他没有将新旧关系对立起来，也没有对传统和现代做非此即彼的取舍，而是意识到了传统强大而深远的影响，注意到了新旧之间"剪不断理还乱"的复杂关系。因此，在承认历史是不断发展的前提下，他有针对性地用"过去的现在性"这个"悖论"来揭示传统与现代的关系。基于这样的认识，钱锺书对任何高谈、奢谈、空谈"变革"的论调都始终持冷眼旁观的态度，在 1934 年发表的《论复古》中他批评说："若是不顾民族的保守性、历史的连续性，而把一个绝然新异的思想或作风介绍进来，这个革新定不会十分成功。"② 在同时期的书评《旁观者》中，他也指出"现代之所以为现代，有来源，有造因，并不是偶然或忽然的事"，"现代不过是收获着前代所撒布下的种子，同时也就是撒布下种子给后代收获"。③ 事隔近 30 年后，在《读〈拉奥孔〉》这篇文章中，这一看法再次得到重申，他引用莱布尼兹的名言"现在怀着未来的胚胎，压着过去的负担"，指出："时间的每一片刻无不背上负重而腹中怀孕。"④ 一直到上世纪 80 年代，古稀之年的钱锺书仍不忘强调：人文科学和自然科学不同，对于后者来说，一种新学说的成立往往导致旧学说被取而代之，只保存历史之价值，而丧失现实之意义；但是在人文科学里，"新理论

①　钱锺书：《论复古》，见《人生边上的边上》，生活·读书·新知三联书店 2002 年版，第 330 页。钱锺书的这个看法及表述与艾略特有惊人的一致，艾略特也认为，要获得传统首先就需要一种"历史意识"，这种意识"不仅感觉到过去的过去性，而且也感觉到它的现在性"。[英] 托·斯·艾略特：《传统与个人才能》，李赋宁译注，见《艾略特文学论文集》，百花洲文艺出版社 1994 年版，第 2 页。
②　钱锺书：《论复古》，见《人生边上的边上》，生活·读书·新知三联书店 2002 年版，第 333 页。
③　钱锺书：《旁观者》，见《人生边上的边上》，生活·读书·新知三联书店 2002 年版，第 279 页。
④　钱锺书：《读〈拉奥孔〉》，见《七缀集》，生活·读书·新知三联书店 2002 年版，第 48 页。钱基博亦有"胚胎"之喻，他说："时代有其相互，文化往往错综"，"抑文化有成长而无没落"，"后一文化，无不胚胎于前一文化以孕育成长"。钱基博：《华中师范学院历史博物馆陈列品研究报告·总说明》，《华中师范大学学报·纪念钱基博先生诞辰百周年专辑》（1987 年）。

新作品的产生，并不意味着旧理论旧作品的死亡和抛弃"。①不难看出，对传统延续性的思考绝非钱锺书一时之偶见，而是其始终如一的立场，这或许就是他在西学范式已然确立之时仍大胆采用传统文体述学的一个重要原因吧。

讨论钱锺书的文化史观，还应提到他对社会进化论的看法，因为这也体现出他在思考"常"与"变"问题上的辩证立场。进化论是晚清时译介到中国的，主要包括两方面内容，一是达尔文、赫胥黎的生物进化论，如严复不仅写文章介绍达尔文《物种起源》的观点，还翻译了赫胥黎的《天演论》。二是近代欧洲一些学者的社会进化论观点，他们将生物进化论引入社会历史研究，鼓吹政治文化进化理论，在晚清也被译介到中国，如1903年上海作新社所译《万国历史》，1909年传教士高葆真编译的《欧洲近世智力进步录》等。②这两类进化论的观点在当时中国知识界广为传播，影响甚大，以至于鲁迅评曰："进化之语，几成常言。"③胡适也称："天演论出版之后，不上几年，便风行到全国"，"'天演''物竞''淘汰''天择'等等术语都渐渐成了报纸文章的熟语"。④彼时学人深信其说，视之为政治文化进步之规律，如梁启超说："达尔文者，实举十九世纪以后之思想，彻底而一新之者也。是故凡人类智识所能见之现象，无一不可以进化之大理贯通之。"⑤可以想见的是，知识界对进化论思想的推崇也势必会影响到钱锺书，他在苏州桃坞中学读书时就曾在《桃坞学期报》发表题为《进化蠡见》的文章和《天择与种变》的译作。《天择与种变》翻译的是英国科学家威尔斯《世界史纲》中有关生物进化的内容，译文颇能显示少年钱锺书的英文功底，而且在"译余赘语"中他还写道："按威氏初主张'最优者生存'（Survial of the best），遂致世人诟病，乃易为'较适者（Fitter）生存'。以余观之，似较达尔文（Charles Robert

---

① 钱锺书：《粉碎"四人帮"以后中国的文学情况》，见《人生边上的边上》，生活·读书·新知三联书店2002年版，第195页。

② W. Arthur Cornaby. Hector Macphersons' A century of intellectual developmert. 参见张晓：《近代汉译西学书目提要（明末至1919）》，北京大学出版社2012年版，第354页。

③ 鲁迅：《坟·人之历史》，见《鲁迅全集》（1），人民文学出版社2005年版，第8页。

④ 胡适：《四十自述》，见《胡适全集》（18），安徽教育出版社2003年版，第58页。

⑤ 梁启超：《论学术之势力左右世界》，见《梁启超全集》（2），中国人民大学出版社2018年版，第468页。

Darwin）'最适者（Fittest）生存'之说更见精警。"① 足见他对于达尔文的观点也有一定的了解。晚清及近现代知识分子大多崇信社会达尔文主义的观点，认为国家、社会、政治、制度、文化乃至文学、艺术的进步，是历史发展的规律，因此与传统决裂，向现代迈进，才是达成进步的必由之路。这就像希尔斯在《论传统》中说的那样："社会科学家因为持进步主义观点，所以，他们讨厌传统，把传统与落后和反动观念相提并论。他们还抱有而且是过分执着地抱有一种天真的观点，即认为现代社会正走在一条通往无传统的道路上。"② 与这种普遍性的认识不同，钱锺书对进化论的观点持有很谨慎的态度，多次提及并给予批评，如他认为，"衣""服""食""用"之具是"文明事物"，属于形而下，"文""学""言""论"之类是"文化事物"，属于形而上，"前者见异易迁，后者积重难革，盖事之常也"。③ 这实际上暗含了对进化论的质疑：并非所有的事物都是按照进化论设想的规律向前演变推进的。在《上帝的梦》这篇不太被人关注的小说中，钱锺书也数次提到进化论，比如他这样描写这种学说在未来的状况："那时候，我们的世界已经给科学家、哲学家和政治家训练得驯服，沿着创化论、进化论、层化论、优生学、'新生活运动'的规律，日新月进。今天淘汰了昨天的生活方式，下午增高了上午的文化程度。生活和文明瞬息千变，变化多得历史不胜载，快到预言不及说。"④ 熟悉钱著的读者很容易就能从中读出钱氏惯有的调侃和嘲讽。

钱锺书对于进化论的看法，在《论复古》中有更清晰的表达，在此文中他以一种激烈的态度与郭绍虞进行商榷，这种态度在钱著中是很少见到的。钱锺书的讨论分这样几个层次：（1）提出问题。他问道：郭先生以为"历史上的事实总是进化的"，所以"当然能知文学的进化"，但是"文学进化"是否就等于"事实进化"呢？开宗明义拈出"文学进化"这个要商榷的话题。（2）指出二者的不同。钱锺书认为，这两种"进化"是有区别的，"事实进

---

① 钱锺书：《天择与种变》，《桃坞学期报》第 9 卷第 2 期，1926 年。收入翟晓声主编：《馆藏名人少年时代作品选》，古吴轩出版社 2005 年版。
② ［美］爱德华·希尔斯：《论传统》，傅铿、吕乐译，上海人民出版社 2009 年版，第 9 页。
③ 钱锺书：《管锥编》，中华书局 1986 年版，第 331 页。
④ 钱锺书：《上帝的梦》，见《人·兽·鬼》，生活·读书·新知三联书店 2002 年版，第 1 页。

化"只指由简而繁、由单纯到错综的"事实";而"文学进化"在"事实"之外另含有"价值判断"。(3)阐发"文学进化"的复杂性。他认为,"文学进化"有两个意思,一是说后来的作品在内容上更复杂、在结构上更细密,一是说后来的作品在价值上更好、能引起更大的美感。他指出:"这两个意义是要分清楚的",前者是文学史的问题,后者才属于文学批评的范围,承认前者(文体的更变),并不就是承认后者(文格的增进),反之亦然,所以"'后来居上'这句话至少在价值论里是难说的"。(4)举例反驳。钱锺书很刻薄地举了一个现成的例子,他说:从"内质"说来,郭先生的大作(指郭绍虞《中国文学批评史》上册)当然比刘昫的《旧唐书·文苑传序》精博得多,但是"在'外形'的优美上,郭先生也高出于刘昫么?恐怕郭先生自己就要谦让未遑的"。①意思是说,在文学批评领域,是不能简单以进化论作为判断高低优劣的依据的,因为这里面涉及"事实判断"和"价值判断"两个不同的标准,如果从后一个标准看,"后来居上"未必,"后来未必居上"倒是有可能,比如郭绍虞先生的这部著作,从其"内质"即材料详尽、内容充实等角度看,自然远超古人,这是符合进化论的,算是"后来居上"。但如果从"外形"即学术著述在文体样式、表达方式上给人的观感而言,则未必能与前人的雅体雅言相媲美,就很难说是"后来居上"了。值得注意的是,钱锺书在这段话后还特意加了一个注释,称:"Brunetière第一个把天演论介绍进文学批评,但是他从没有把文体的变化和文品的增高混为一事。"②从以上几点看,对于社会进化论的观点,钱锺书并没有像很多人那样盲目追捧,对于今胜于前而后又胜于今的这种进化"规律",他是有自己的独立思考的。

1936年,青年钱锺书在欧洲求学时,曾挥笔写下《莱蒙湖边即目》一

---

① 钱锺书:《论复古》,见《人生边上的边上》,生活·读书·新知三联书店2002年版,第328-329页。

② 钱锺书:《论复古》,见《人生边上的边上》,生活·读书·新知三联书店2002年版,第329页注释①。Brunetière即法国文学批评家布吕纳介,钱译"伯吕纳吉埃尔"。在《谈艺录》第四则"附说七:西人论文体演变"中钱锺书称Brunetière"所撰《文体演变论》中论文体推陈出新","以强记博辩之才,采生物学家物竞天演之说,以为文体沿革,亦若动植飞潜之有法则可求"。钱锺书:《谈艺录》,生活·读书·新知三联书店2001年版,第117-118页。

诗："瀑边淅沥风头湿，雪外嶙峋石骨斑。夜半不须持挟去，神州自有好湖山。"①抒发了对于中国传统文化的热爱。1978年初秋在意大利参加欧洲研究中国协会第26次会议时，钱锺书应旅德华人学者乔伟之邀，再次挥笔题写此诗，当时在场的丁伟志后来回忆说："钱先生选写这首诗是多么得体啊，它贴切而委婉地表达了中国文化人的自信与自尊。"②钱锺书学贯中西，一生致力于中西文学、诗学的融通，但对于中国古典传统，他更有一份独特的眷念。他坚信传统自有其珍贵的价值，在学术研究中，他尊重传统，热爱传统，也能运化传统。他曾动情地说："日月无休息地运行，把我们最新的人物也推排成古老陈腐的东西；世界的推陈出新，把我们一批一批的淘汰。易卜生说得好：'年轻的人在外面敲着门呢！'这样看来，'必死必朽'的人就没有重见天日的希望么？不然！《新约全书》没有说过么？'为什么向死人堆中去找活人呢？——他不死了，他已在坟墓里站起来。'"③显而易见，这样的认识以及前述钱锺书的种种文化史观，实足以说明在面对传统学术的现代转换时，他将秉持怎样的态度和立场。

二、钱锺书的文体观念

钱锺书个性化的学术文体诚然深受其文化史观的影响，但更与其文体观有直接关系。在中国现代学术史上，钱锺书属于对文体问题非常敏感的作家、学者和批评家，具有自觉的文体意识。所谓文体意识，指言说者对于文体范型及其美学特征的自觉体认以及基于这种体认对于文体的自觉运用。按童庆炳对作家体裁意识的解释，即："体裁意识是指作家自觉地意识到体裁审美规范的重要意义，能够明确划清不同文学类型的界限，进而尊重它，自

---

① 钱锺书：《莱蒙湖边即目》，见《槐聚诗存》，生活·读书·新知三联书店2002年版，第15页。
② 丁伟志：《送默存先生远行》，《万象》第1卷第2期，1999年。
③ 钱锺书：《论复古》，见《人生边上的边上》，生活·读书·新知三联书店2002年版，第334页。

觉地运用它。"① 通观钱著，从不同角度论述文体的内容相当丰富，有些涉及学术文体，有些讨论的虽然是文学文体但其中的看法也适用于学术文体。梳理并阐发钱锺书的文体观，对于更好地理解他学术文体的特征无疑是大有帮助的。

首先，关于文体价值。钱锺书认为"体裁"和"题材"密不可分，反对"形式"和"内容"的二分，强调将文体上升到本体高度来加以认识。西方形式主义文论认为，不能简单地划分文学的内容和形式并将两者对立起来，他们主张替换这两个概念："如果把所有一切与美学没有什么关系的因素称为'材料'（material），而把一切需要美学效果的因素称为'结构'（structure），可能要好一些。这决不是给旧的一对概念即内容与形式重新命名，而是恰当地沟通了它们之间的边界线。"② 这个观点自有其道理所在，因为如果抽象地谈"内容"和"形式"，这确实是两个能够被清晰界分的概念，但是在具体作品中，"内容"是特定"形式"表达出来的"内容"，"形式"是携带某种"内容"的"形式"，二者水乳交融，实难二分。③ 韦勒克说，"俄国的形式主义者最激烈地反对'内容对形式'（content versus form）的传统二分法"，"这种分法把一件艺术品分割成两半"，④ 指的就是这个意思。

针对这一问题，钱锺书很早就已作过阐发。在 1933 年的《中国文学小史序论》中他批评说："吾国评者，凤圉于题材或内容之说"，"究其所失，均由于谈艺之时，以题材与体裁或形式分为二元，不相照顾"，"而不知题材、体裁之分，乃文艺最粗浅之迹，聊以辨门别类，初无与于鉴赏评骘之事"。⑤ 这段话与韦勒克的看法完全一致，直指将题材、内容与体裁、形式简单二分、重前轻后的观念，强调体裁、形式本身的意义和价值。钱锺书认

---

① 童庆炳：《文体与文体的创造》，云南人民出版社 1994 年版，第 107 页。
② ［美］韦勒克、沃伦：《文学理论》，刘象愚等译，江苏教育出版社 2005 年版，第 157 页。
③ 这就像"血"和"肉"这两个概念，看似区分井然，实际上对于真实的血肉之躯来说断难分离，所谓"血肉相连"是也。莎士比亚《威尼斯商人》中夏洛克的失败，也正源于此。
④ ［美］韦勒克、沃伦：《文学理论》，刘象愚等译，江苏教育出版社 2005 年版，第 156 页。
⑤ 钱锺书：《中国文学小史序论》，见《人生边上的边上》，生活·读书·新知三联书店 2002 年版，第 103-104 页。

为："一切文艺，莫不有物，以其莫不有言。"① 又云："言之与物，融合不分；言即是物，表即是里；舍言求物，物非故物。"② 这里的"物"，是内容，是题材；这里的"言"，并非专指"语言"，还包括必须通过"语言"才能被组织、被结构、被呈现的"形式"和"体裁"。换言之，特定的"内容"依附于特定的"形式"，特定的"形式"承载特定的"内容"，内容就是形式，形式就是内容，离开此"形式"的"内容"，就不复是此"内容"了。③ 可见在钱锺书看来，形式（"言"）与内容（"物"）是彼此依存、水乳交融的关系，只可合观，不宜二分。

上述看法在 1937 年的《中国固有的文学批评的一个特点》一文中有更细致深入的讨论。在谈到西方文评"潜伏着一个二元，思想或内容与文笔或外表的二元"时，钱锺书举例说，华兹华斯等人认为"文章乃思想之肉身"，这种认识显然"是把思想跟文章对举的"：文章如果是肉身，思想便是灵魂，二者属于"平行的单位"。相比之下，刘勰等人的看法就要"深微得多"，认为"文章"一词既包括"情志"也包括"词采"，这就将"内容和外表"合二为一了。华兹华斯他们说的"文章"，仅等同于刘勰等人说的"词采"，只能粘贴思想和内容，"并不跟思想或内容融贯一片"，这也就是他们将"style"（文章）和"language"（文字）两个概念混同使用的原因。所以钱锺书认为，同样说"文章是思想的表现"，刘勰等人是"分析判断"，而华兹华斯他们是"综合判断"。立足于上述辨析，他进一步指出："因此，我们悟到我们所谓文章血脉或文章皮骨，跟西洋人所谓'文章乃思想之血'或'文章乃思想之皮肉'，全不相同。"比如"学杜得其皮"，我们的意思是说杜诗之风格本身

---

① 钱锺书：《中国文学小史序论》，见《人生边上的边上》，生活·读书·新知三联书店 2002年版，第 106 页。

② 钱锺书：《中国文学小史序论》，见《人生边上的边上》，生活·读书·新知三联书店 2002年版，第 105 页。

③ 在具体作品中，"材料"一旦变成"内容"，就意味着有特定的"形式"参与其中，舍"此形式"则无"此内容"。如《论语》曰："莫春者，春服既成，冠者五六人，童子六七人，浴乎沂，风乎舞雩，咏而归。"某人译为："二月过，三月三，穿上新缝的大布衫。大的大，小的小，一同到南河洗个澡。洗罢澡，乘晚凉，回来唱《山坡羊》。"两段话几乎是逐字逐句的对应，但随着语言（形式）的改变，原来的意蕴（内容）就已不复存在了。某人译文见张中行：《负暄续话》，黑龙江人民出版社 1990 年版，第 259 页。

就分"皮"和"骨",李梦阳仅得其"皮",陈师道则得其"髓",而不是说杜诗的风格只是"皮",杜甫忠君爱国的思想才是"骨"。可见西方人的看法是与我们不同的,"在皮毛或肉体的文章风格以外,更立骨髓或精神的文章思想为标准"。他最后指出:西方文评中的"spirit",切不可望文生义,以为等于我们说的神魄,实际上他们说的这个概念完全是指"文章思想或意义方面的事",而我们所谓"神韵盎然",一望而知是指"文章风格"。① 这段精辟的论述归纳起来主要是说,对"文章"这个概念,刘勰等人理解得更深细,从中分出"情致"和"词采",分别代表"内容"和"外表"(形式),二者融化于"文章"之中;而华兹华斯等人则无此区分,他们说的"文章",指的就是与"内容"相对立的"外表"(形式)。从文中的表述和语气看,钱锺书显然更欣赏中国传统文论的看法,而对华兹华斯等人将形式和内容对立起来的观点是持否定态度的。由此可见,钱锺书对于文体(体裁、"文章"中的"外表"等)性质、地位的认识,表明他是将文体上升到和思想(内容、"文章"中的"情致"等)相同的高度进行考察的,如此一来,他对于文体的认识显然要比将形式和内容二分并认为内容决定形式的这一看法要深入得多了。

其次,关于文体递变。钱锺书认为文体的发展有其内在的延续性,新文体的产生并不必然导致旧文体的消亡,旧形式在新文体中依然可以绽放新光芒。《谈艺录》第四则针对清人焦循的观点,从"诗乐离合"论及"文体递变",就曾对文体演化的这个规律有过详细阐述。焦循《雕菰集》卷十四《与欧阳制美论诗书》略谓:"不能弦诵者,即非诗。……晚唐以后,始尽其词而情不足,于是诗文相乱,而诗之本失矣。然而性情不能已者,不可遏抑而不宣,乃分而为词,谓之诗余。诗亡于宋而遁于词,词亡于元而遁于曲。"钱锺书称此说"议论殊悠谬",他几乎逐字逐句地对焦氏的观点进行了批驳:他认为,"诗、词、曲三者,始皆与乐一体。而由浑之划,初合终离。凡事

---

① 钱锺书:《中国固有的文学批评的一个特点》,见《人生边上的边上》,生活·读书·新知三联书店 2002 年版,第 127-128 页。

率然，安容独外。"① 这段话中最后两句尤值得关注，其意是说文体的界限都是由最初的模糊不辨到后来的泾渭分明的，任何体裁皆不能外，所以他说："诗词蜕化，何独不然?"② 接下来他分析焦循之说不妥的原因，认为主要是"执着'诗余'二字，望文生义。不知'诗余'之名，可作两说：所余唯此，外别无诗，一说也；自有诗在，羡余为此，又一说也"。③ 换言之，两说中，前者认为新体生必然导致旧体亡，"词"生则"诗"亡，故仅剩"诗余"，再无他"诗"，而后者认为文体的新旧只是文体演化的结果，"词"生而"诗"仍存，"词"之于"曲"亦可作如是观。因此焦氏所谓"诗亡于宋而遁于词，词亡于元而遁于曲"之说并无道理。钱锺书总结道："后体盛而无以自存，前体未遁而能不亡；按之事实，理堂（焦循字理堂——引者注）之说岂尽然耶。"④ 可见在文体演化的过程中，新旧文体的更迭并不是简单的你死我活的关系，而是彼此共存、相互渗透的关系。基于上述论述，钱锺书指出：

> 夫文体递变，非必如物体之有新陈代谢，后继则须前仆。譬之六朝俪体大行，取散体而代之，至唐则古文复盛，大手笔多舍骈取散。然俪体曾未中绝，一线绵延，虽极衰于明，而忽盛于清；骈散并峙，各放光明，阳湖、扬州文家，至有倡奇偶错综者。几见彼作则此亡耶。⑤

尽管这段议论是就六朝以来文学体裁的递变规律而发，但也不妨视为钱锺书对于学术文体的基本态度。在他看来，文体本身在演化过程中自有强大的生命力和延续性，"后继"并不意味着"前仆"，"骈""散"之争并不以孰生孰灭为最终结局，反倒是有可能"各放光明"甚至"奇偶错综"。这与他对于文白之争所说的"文言白话，骖驔比美，……未必无由分而合之一

---

① 钱锺书：《谈艺录》，生活·读书·新知三联书店 2001 年版，第 93 页。
② 钱锺书：《谈艺录》，生活·读书·新知三联书店 2001 年版，第 97 页。
③ 钱锺书：《谈艺录》，生活·读书·新知三联书店 2001 年版，第 98 页。
④ 钱锺书：《谈艺录》，生活·读书·新知三联书店 2001 年版，第 109-110 页。
⑤ 钱锺书：《谈艺录》，生活·读书·新知三联书店 2001 年版，第 96-97 页。

境"，①惊人的一致，体现出的都是一位真正领会了文化保守主义真旨的学人对待传统所持有的立场。

第三，关于文体辨体。钱锺书认为文章辨体是必要的，但不可拘泥于体制而自设牢笼，应注重考察文体的分化之迹以及由此产生的微妙差异。资料表明，尽管钱锺书具有开放的文体意识，但他并不否认"尊体""辨体"的意义。如《容安馆札记》第七百六十一则评姜亮夫《屈原赋校注》中就指出，此书格式多不统一：在署名上，其书署"姜亮夫校注"，序又署"亮夫姜寅清序"，而书中又每曰"寅按"。在引文上，如《天问》"恒秉季德"句注引"先师王静安先生"，紧承其后的"有狄不宁"句又注引"王国维"。钱锺书因此批评道："盖羌不知著书有体例也。"②可见他对于学术著述基本的体例规范是很在意的。钱锺书真正反对的是固执于"尊体""辨体"而不知"变体""破体"的僵化思维，对此有过多次讨论，这里举一反一正两例来说明。"反"例是对清人冯班的批评。冯班《钝吟杂录》卷三云："古人文章自有阡陌，《礼》有汤之《盘铭》、孔子之《诔》，其体古矣。"认为文章皆有体制，不可滥用，所谓"有韵之文，不得直谓诗"。钱锺书指出，冯氏此说"限局以疑远大，似是而非之论也"，从多个角度进行了批驳，其中就包括文体这一角度。他承认冯氏"有韵不得直为诗"的看法从大处看有其合理性，"其言是也"，但具体而论则失之于偏狭：事实上，一种情况是，"有韵"之名"诗"者亦每"不得直为诗"，如锺嵘《诗品·序》就摒弃"平典似道德论"之作；还有一种情况是"有韵"之向不名"诗"者却"直"可"为诗"，如元稹《乐府古题·序》就视颂铭箴诔等为"诗"。于此可见冯氏之谬"盖只求正名，浑忘责实"。③也即是说，文章可辨体但又不能拘泥于辨体，要之还在于考辨文章之体的具体表现特点，"正名"之外，更应"责实"。"正"例则是对南朝张融观点的称赏。针对贾谊《过秦论》以"赋"代"论"的文体特征，钱锺书在《管锥编》中指出："盖文章之体可辨别而不堪执着。"认为

---

① 钱锺书：《与张君晓峰书》，《国风》第 5 卷第 1 期，1934 年 7 月。
② 钱锺书：《容安馆札记》，商务印书馆 2003 年版，第 2238 页。
③ 钱锺书：《管锥编》，中华书局 1986 年版，第 536-537 页。

区分文体的类属是必要的，但不能执着于此，画地为牢，言简意赅地揭示了"辨体"与"变体"的关系。他接着引张融《问律自序》中"夫文岂有常体，但以有体为常，政当使常有其体"之语，对此大加称赏：

> "岂有常体"与"常有其体"相反相顺，无适无莫，前语谓"无定体"，"常"如"典常""纲常"之"常"，后语谓"有惯体"，"常"如"寻常""平常"之"常"。王若虚《滹南遗老集》卷三七《文辨》：或问"文章有体乎？"曰："无。"又问："无体乎？"曰："有。""然则果何如？"曰："定体则无，大体则有"；不啻为张融语作注。①

钱锺书借张融、王若虚之论，通过对"常"一字两意的辨析，清晰地阐明了"文章之体可辨别而不堪执着"这一观点。此说亦数见于他的《中国文学小史序论》，如云："文章体制，省简而繁，分化之迹，较然可识。谈艺者固当沿流溯源，要不可执著根本之同，而忽略枝叶之异。"如云："吾国文学，体制繁多，界律精严，分茅设蕝，各自为政。……得体与失体之辨，甚深微妙，间不容发，有待默悟。"如云："体制既分，品类复别，诗文词曲，壁垒森然，不相呼应。向来学者，践迹遗神，未能即异籀同，驭繁于简；不知观乎其迹，虽复殊途，究乎其理，则又同归。"②均从不同角度论及文体的规范与变异的矛盾统一关系：一方面，确立文体的基本体例是可行的，也是必要的，这就是"常有其体"；另一方面，文体的这种规范又不是绝对的，这就是"岂有常体"。换言之，文体的限定大体是存在的，但在实际运用中又要跳出窠臼，融采别家，自创新境，有所新变。

　　第四，关于文体功能。钱锺书认为不同的文体皆有阐发事理之用，非仅限于专门的学术文体。以文论文体而论，类型就很多样，从论著、诗话、词话、曲话、评点等专门文体，到笺注、序跋、书信、随笔、传记等衍生文

---

① 钱锺书：《管锥编》，中华书局 1986 年版，第 888-891 页。
② 钱锺书：《中国文学小史序论》，见《人生边上的边上》，生活·读书·新知三联书店 2002 年版，第 94 页，第 96 页。

体，种类繁多，甚至诗词歌赋、小说戏曲、稗官野史、笑林笑史等非学术性的文体也常兼具谈艺的功能。对于最后这类文体的述学功能，钱锺书尤感兴趣，论述甚详。如《谈艺录》第七则论"李长吉诗"，认为有些诗论家在论李贺诗时"不解翻空，务求坐实"，"将涉世未深、刻意为诗之长吉，说成寄意于诗之屈平"，在李诗中"强为索引"。为更好地说明这个问题，钱锺书就引了清人汪康年《庄谐选录》中"反言相讽"这则笑料来作参照，略谓某富家子挥霍无度，其父责其子之友未能善言规劝，其中一人奋然曰："吾尝深言其不可，奈郎君不省何。"子曰："吾实未闻汝言也。"其人曰："君试追忆之：我曾语君曰：'君此等豪举，信今世所罕有。'斯非反言讽谏而何。"父曰："感君苦心，豚儿鲁钝，不能解会。然恨君进言时不自加脚注耳。"钱锺书说："读姚粲湖、陈本礼辈发明长吉刺时隐衷，辄忆此谑。说诗解颐，古来美谈，窃谓笑林中解颐语，说诗者亦闻之足戒。"① 可见笑林笑史，其文体虽非述学之体，但所记所载亦能于艺事切中肯綮，这就是钱锺书说的"解颐正复资解诂也"。② 同时，我们也注意到，在所有非学术文体中，钱锺书最看重小说的谈艺功能，对此多有论述。如《管锥编》在论《太平广记》时，曾引卷十八《柳归舜》中的内容："凤花台曰：'殊不知近日谁为宗匠？'归舜曰：'薛道衡、江总也。'因诵数篇示之。凤花台曰：'近代非不靡丽，殊少骨气。'"对此，钱锺书感叹道："齐谐志怪，臧否作者，掎摭利病，时复谈言微中。"敏感地注意到小说中人物的对话所包含的谈艺之见。他由此引申开去，指出："夫文评诗品，本无定体"，"或以赋，或以诗，或以词，皆有月旦藻鉴之用，小说亦未尝不可"，"只求之诗话、文话之属，隘矣"！③ 笔记小说中人物的对话，竟被他尊为"掎摭文章利病"之妙论，这不仅表明钱氏谈艺取资之广，同时也彰显出他开放的文体观念。在他看来，任何文体"皆有月旦藻鉴之用"，谈艺者实不必执着于文体规范，心存偏狭。除《谈艺录》《管锥编》外，《容安馆札记》中也有类似的看法，钱锺书说："寓言志怪中，

---

① 钱锺书：《谈艺录》，生活·读书·新知三联书店 2001 年版，第 137 页。
② 钱锺书：《管锥编》，中华书局 1986 年版，第 1246 页。
③ 钱锺书：《管锥编》，中华书局 1986 年版，第 656 页。

掎摭文章利病，托诸鬼神口吻，时复谈言微中。《阅微草堂笔记》卷三魅论渔洋诗，即此体也。"① 这里提到的"魅论渔洋诗"即《阅微草堂笔记》借人物之口说出的一段精彩诗论。② 所谓"即此体也"指的就是小说（文学文体）承载谈艺（学术文体）的功能，显见钱锺书已将其上升到"体"的高度加以考量了。此外，为更好地说明"此体"并非偶见，这则札记还从《太平广记》中征引了好几则材料，并将它们与传统文论的观点进行了参比，如卷三七一《姚康成》所记铁铫子、破笛、秃黍穰帚论诗曰："近日诗人所作，皆务一时巧丽，其于托情喻己、体物赋怀，皆失之矣！"钱锺书分析说：

> 可与元次山《箧中集序》所谓"近世作者，更相沿袭，拘限声病，喜尚形似"云云；殷璠《河岳英灵集序》所谓"至如曹、刘，诗多直致，语少切对，或五字并侧，或十字俱平，而逸价终存。然挈瓶肤受之流，责古人不辨宫商，词句质素，耻相师范。于是攻乎异端，妄为穿凿，理虽不足，言常有余，都无比兴，但贵轻艳"云云；李文饶《文章论》所谓"沈休文独以音韵为切，重轻为难，语虽甚工，旨则未远矣"，"文旨既妙，岂以音韵为病哉？此可以言规矩之内，不可以言文外意也"，"古人辞高者，盖以言妙而工，适情不取于音韵，意尽而止，成篇不拘于只耦"，"譬诸音乐，古词如金石琴瑟，尚于至音，今文如丝竹鞞鼓，迫于促节，则知声律之为弊也甚矣"云云参观，已是张戒《岁寒堂诗话》议论。③

---

① 钱锺书：《容安馆札记》，商务印书馆 2003 年版，第 1799–1800 页。
② 《阅微草堂笔记》卷三《滦阳消夏录三》："秋谷与魅语时，有客窃听，魅谓渔洋山人诗如名山胜水，奇树幽花，而无寸土艺五谷；如雕栏曲榭，池馆宜人，而无寝室庇风雨；如彝鼎罍洗，斑斓满几，而无釜甑供炊爨；如纂组锦绣，巧出仙机，而无裘葛御寒暑；如舞衣歌扇，十二金钗，而无主妇司中馈；如梁园金谷，雅客满堂，而无良友进规谏。秋谷极为击节。又谓明季诗庸音杂奏，故渔洋救之以清新；近人诗浮响日增，故先生救之以刻露。势本相因，理无偏胜。窃意二家宗派，当调停相济，合则双美，离则两伤。秋谷颇不平之云。"（清）纪昀著；沈清山注：《阅微草堂笔记注释本》，崇文书局 2018 年版，第 64 页。
③ 钱锺书：《容安馆札记》，商务印书馆 2003 年版，第 1800–1801 页。

齐谐志怪中人物的议论，在钱锺书看来堪与《箧中集序》《河岳英灵集序》和《文章论》等文论经典相互"参观"，更可与《岁寒堂诗话》相提并论，这种对小说中"谈艺"内容的高度重视，确乎是他所说的"盖谈艺不拘一体，陆士衡《文赋》、少陵《戏为六绝句》、郑板桥《贺新郎·述诗二首》、张瘦铜《离别难·钞白氏长庆集》，或以赋，或以诗，或以词，皆有挹扬风雅之用。唐人小说，何独不可？"①《管锥编》在讨论庾信赋"迭乱复查"之弊时，曾举明姚旅《露书》、清汪琬《松烟小录》、陈森《品花宝鉴》中的描写，如《品花宝鉴》第四八回："金粟道：'我看庾子山为文，用字不检，一篇之内，前后叠出。今人虽无其妙处，也无此毛病。'"钱锺书指出："姚书几若存若亡，汪书亦尠援引者，《宝鉴》尤谈艺所不屑过问；聊表微举仄，于评泊或有小补尔。"②所举三例均为小说，所谓"于评泊或有小补"，不仅指小说的记述有助于读者理解庾信赋的得失，更指谈艺者不可忽视笔记小说中谈艺的真知灼见，如此"尤谈艺所不屑过问"这句话才不是一句不消说的废话。由此可见，在钱锺书眼中，"学术文体"是一个开放的概念，任何文体都可以不同程度地承担述学的功用，衡文论艺，本无定体。

第五，关于文体宽严。钱锺书认为每种文体都有自身规定的"语法程度"，轻重宽严各自不同，不可一概而论。他多次论及不同文体在语言上的不同要求，称其为"文法程度"或"语法程度"。如在致周振甫的信中他指出："文法求文从字顺，而修辞则每反常规，……所谓'不通'之'通'，亦所谓'文法程度'。"③意即诗家语多不遵守语言法则，如按文法苛求，"不通""不顺"，而从修辞观之，则是"不通之通""不顺之顺"，这就是"语法程度"。这方面的论述尤以《管锥编》论《雨无正》"语法程度"一则最详细深入。《诗经·雨无正》："三事大夫，莫肯夙夜；邦君诸侯，莫肯朝夕。"明人叶秉敬《书肆说铃》评："此歇后语也。若论文字之本，则当云：'夙夜在公''朝夕从事'矣。"钱锺书认为叶氏此说极是，"颇窥古今修词同条共贯

---

① 钱锺书：《容安馆札记》，商务印书馆 2003 年版，第 1800-1801 页。
② 钱锺书：《管锥编》，中华书局 1986 年版，第 1517 页。
③ 周振甫：《周振甫讲〈管锥编〉〈谈艺录〉》，江苏教育出版社 2005 年版，第 7-8 页。

之理"，"其言'文字之本'，即通常语法或散文之句法耳"，拈出不同文体"语法程度"（degrees of grammaticalness）之差异。他认为韵文和散文的语言限制宽严不同，"韵文之制，局囿于字数，拘牵于声律"，西方称"束缚语"（oratio ligata，vincta，astricata）；而"散文则无此等禁限"，所谓"解放语"（oratio soluta）；且韵文中的诗词曲赋亦分宽严，如"词之视诗，语法程度更降"，而曲尚能用衬字，诗和词又"无此方便，必于窘迫中矫揉料理。故歇后、倒装，科以'文字之本'，不通欠顺，而在诗词中熟见习闻，安焉若素。此无他，笔、舌、韵、散之'语法程度'，各自不同"。① 对韵文、散文以及韵文中诗词曲赋等体裁"语法程度"的差异作了细致的探究。

此外，钱锺书还从"语法程度"的角度，对《史记》的文法有一番透辟分析。《史记·项羽本纪》："诸将皆从壁上观，楚战士无不一以当十，楚兵呼声动天，诸侯军无不人人惴恐。于是已破秦军。项羽召见诸侯将，入辕门，无不膝行而前。"连用三个"无不"，钱锺书评："数语有如火如荼之观。"他举出《史记》中很多这种重叠修辞的描写，如《袁盎鼂错列传》："刘氏安矣，鼂氏危矣，吾去公归矣！"叠三"矣"字，急迅错落，"纸上如闻太息"，而《汉书》却作"刘氏安矣而鼂氏危，吾去公归矣"，则"索然有底情味"！在这些论述的基础上，钱锺书从"语法程度"的角度对《项羽本纪》中的描写进行了分析。王若虚《滹南遗老集》称《项羽本纪》这段话文法粗疏、虚字不妥、用语冗余，对此，钱锺书指出："王氏谭艺，识力甚锐而见界不广，喜以'经义科举法绳文'。只责字句之直白达意，于声调章法，度外恝置。是故弹射虽中，胗伤要害，匹似逼察江河之挟泥沙以俱下，未尝浑观其一派之落九天而泻千里也。"② 认为王若虚评《史记》的文法，没有考虑到不同文体的"语法程度"，而是简单以"经义科举"之文法来衡量（"绳"）史书传记之文法，自然会忽略司马迁惨淡经营之用心。③ 不

---

① 钱锺书：《管锥编》，中华书局 1986 年版，第 149–151 页。
② 钱锺书：《管锥编》，中华书局 1986 年版，第 273–275 页。
③ 钱锺书说："倘病其冗复而削去'无不'，则三叠减一，声势随杀；苟删'人人'而存'无不'，以保三叠，则它两句皆六字，此句仅余四字，失其平衡。"钱锺书：《管锥编》，中华书局 1986 年版，第 273 页。

难看出，如果没有自觉的文体意识，是不会对不同文体的文法规则有如此细致深入的思考的。

第六，关于文体尊卑。钱锺书认为文体的品第并非一成不变的，尊卑高下实际上是不断变化和转换的。在中国古代，给不同的文体定尊卑、分高下是常见的文体观念。像挚虞《文章流别论》就认为"雅音之韵，四言为正；其余虽备曲折之体，而非音之正也。"[①] 视四言为正体，其余则相形而下。朱熹也称"古今之诗凡三变"，将历来诗作分为高低不同的三个品第。[②]《四库全书总目提要·〈花间集〉提要》更明言："文之体格有高卑。"[③] 王国维虽有开放包容的文体观，但在《人间词话》中他也说："近体诗体制，以五七言绝句为最尊，律诗次之，排律最下。"[④] 可见文体尊卑的观念影响之深远，而察其根源，究其实质，这种认识的产生主要有两个原因，一是厚古薄今的观念使然，认为古体"尊"而近体"卑"，故此历来复古运动都要到传统中寻找依傍，所谓"文必秦汉，诗必盛唐"，其中既有对诗风的追慕，也有对诗体的崇尚。二是文以载道的观念使然，认为四书五经"尊"而诗词曲赋"卑"，小说院本更等而下之，因此"当'文统'附庸于'道统'时，衡量文体'尊卑'的标准只有一个，即是否传道"。[⑤] 资料表明，钱锺书对文体尊卑这个问题有浓厚的兴趣，也有详细的探讨，主要表现在以下几方面：

（1）对文分尊卑现象的论述。在《中国文学小史序论》中他指出："抑吾国文学，横则严分体制，纵则细别品类。体制定其得失，品类辨其尊卑，二事各不相蒙。"区分了"体制"和"品类"这两个概念，拈出文体尊卑这个论题。他举例说："譬之诗词二体，词号'诗余'，品卑于诗；诗类于词，如前节《眉庵集》云云，固为失体；然使词类于诗，比物此志，其失惟均，《苕溪渔隐丛话》记易安居士谓词别是一家，晏殊、欧阳修、苏轼之词，皆

---

① （晋）挚虞：《文章流别论》，见穆克宏主编：《魏晋南北朝文论全编》，上海远东出版社2012年版，第79页。
② （宋）罗大经撰；刘友智校注：《鹤林玉露》，齐鲁书社2017年版，第205页。
③ 王培军笺注：《四库提要笺注稿》，上海大学出版社2019年版，第222页。
④ 王国维：《人间词话》，见《王国维全集》（1），浙江教育出版社2009年版，第478页。
⑤ 罗立刚：《论欧、苏文人集团对"文统"建设的贡献》，见高克勤、侯体健编：《半肖居问学录》，上海人民出版社2015年版，第237页。

句读不葺之诗，未为得词之体矣。"这里"《眉庵集》云云"，指王世贞、朱彝尊等人皆谓杨基此集中七律联语大似《浣溪沙》词。诗词相较，诗"尊"词"卑"，诗似词是失体，词似诗也是失体，此所以晏殊等人之词被视为"未为得词之体矣"。可见古人对于文分尊卑是心存执念的。

（2）对文分尊卑原因的思考。在钱锺书看来，文分尊卑并非只针对不同的文体，"一体之中，亦分品焉"，这就涉及到"尊""卑"的判分标准了。他举例说，均为史传，"老子、韩非，则为正史，其品尊，毛颖、虬髯客则为小说，其品卑"。此处的"小说"不是作为文学体裁之一的"小说"，而是指与"正史"相对应的"稗史""野史"，即《汉书·艺文志》所谓"小说家者流，盖出于稗官。街谈巷语，道听途说者之所造也"。又如，均为无题诗，如果伤时感事，"则尊之为诗史，以为有风骚之遗意"，而如果"缘情绮靡，以庾词侧体鄙之"。诗中有寄托则"尊"，诗中有腻语则"卑"，前者称为"诗史"，后者目为"香奁"，这其实也是传统文论中常见的观点。钱锺书认为导致这种相同文体也分尊卑的原因，主要是"文以载道"的观念作祟，他说："究其品类之尊卑，均系于题目之大小（all depends on the subject），而所谓大小者，乃自世眼观之，初不关乎文学；由世俗之见，则国家之事为大，而男女爱悦之私，无关政本国计，老子、韩非为学派宗师，而虬髯客、毛颖则子虚乌有之伦，宜其不得相提并论矣。"文中说的"题目"，并非单指诗题文题，而是包含题目、主题、题材在内的所有属于内容范畴的要素，这从后面所附英文可知。也即是说，在古人那里，之所以"一体之中，亦分品焉"，是"载道"之观念使然。钱锺书最后总结道："由斯观之，体之得失，视乎格调（style），属形式者也；品之尊卑，系于题材（subject），属内容者也。"①明确指出了古人判分文体"尊""卑"的标准，就是文章之内容。在《〈中国新文学的源流〉》这篇书评中他也说："诗本来是'古文'之余事，品类（Genre）较低，目的仅在乎发表主观的感情——'言志'，没有'文'

---

① 钱锺书：《中国文学小史序论》，见《人生边上的边上》，生活·读书·新知三联书店2002年版，第95-96页。

那样大的使命。"① 这个"使命"，指的正是几千年来根深蒂固的"文以载道"的文统。

（3）对文分尊卑观念的批评。"莫从文体论高卑"，② 龚自珍这句诗也是钱锺书的看法，总的说来他是反对文分尊卑的。《管锥编》在论曹植《与吴季重书》时就指出，古人在编纂选本时常常更改原作，导致的结果是："往往一集之内，或注明删易，或又改易而不注明，其淆惑也滋甚"；待到世易时移，欲"使原作显本还真，其志则大，其事则难"。他认为这种现象产生的原因主要就在于文分尊卑："谈艺衡文，世别尊卑，道判大小，故选文较谨严，选诗渐放恣，选词几欲攘臂而代庖；……院本小说底下之书，更同自郐，人人得以悍然笔削，视原作为草创而随意润色之。"也即是说，古人对于经籍，视其为"尊"，只能小心翼翼地笺注，相比之下，诗、词、小说、戏曲，文体地位逐次下降，古人在编选时就常依据它们的品第加以不同程度的删改，其中尤以小说戏曲为甚。钱锺书说："古人之于小说院本，爱而不敬，亲而不尊，非若于经史之肃对、诗文之重视，翻刻传抄时只字片语之加点改错，出以轻心易念。"③ 指出这种随意削改原作之风，就是由于对小说院本等文体"不敬""不尊"而导致的。钱锺书对文体尊卑观念的批评，还表现在他对挚虞和刘勰的不同评价上。挚虞《文章流别论》认为"图谶之属，虽非正文之制，然以取其纵横有义，反复成章"，钱锺书对此深表认可，他认为相比而言刘勰的文体观就不如挚虞，仍心存尊卑之念，"当时小说已成流别，译经早具文体"，而《文心雕龙》对小说、译经"皆付诸不论不议之列，却于符、簿之属，尽加以文翰之目，当是薄小说之品卑而病译经之为异域风格欤。是虽决藩篱于彼，而未化町畦于此"。他由此感叹后世小说蔚为大观，译艺亦自有专门，"刘氏默尔二者，遂使后生无述，殊可惜也"！④

---

① 钱锺书：《〈中国新文学的源流〉》，见《人生边上的边上》，生活·读书·新知三联书店 2002 年版，第 249-250 页。
② 龚自珍：《三别好诗》，见舒芜等编选：《中国近代文论选》，人民文学出版社 1999 年版，第 12 页。
③ 钱锺书：《管锥编》，中华书局 1986 年版，第 1064-1069 页。
④ 钱锺书：《管锥编》，中华书局 1986 年版，第 1157-1158 页。

（4）对文体尊卑转化的认识。古人在划分文体尊卑的同时也意识到二者的转换关系，古代文论中就存在一个"破体通例"，认为"尊"和"卑"不是静止不动的，在一定条件下也会发生变化，不过这个"通例"设限很严，只认可"尊"（古体）可以入"卑"（近体），"卑"不能入"尊"。①李东阳《麓堂诗话》就说："律犹可间出古意，古不可涉律。古涉律调，如谢灵运'池塘生春草，红药当阶翻'，虽一时传诵，固已移于流俗而不自觉。"②由"尊"入"卑"易，由"卑"入"尊"难，这种对于文体品第转换的认识显属偏狭之见。在这方面钱锺书的观念就通达得多，他多次论及这个问题，认为由"卑"入"尊"也是文体变革中常见的现象。这里从《管锥编》《谈艺录》和《容安馆札记》中各举一例来说明。《管锥编》论南朝任昉的弹事文《奏弹刘整》，认为就文体看，当时记事之体可分上、中、下三品，上者史传，如《宋书》《南齐书》等，中者稗官小说，"流品已卑"，诉状之类更等而下之，"伧俗不足比数"；但钱锺书又指出，任昉文中范氏所上诉状，陈说夫弟抢物打人之事，生动形象，"颇具小说笔意"，"粗足上配《汉书·外戚传》上司隶解光奏、《晋书·愍怀太子传》太子遗妃书"。可见文体地位极低的"诉状"并不输于位列上品的"史传"。他总结道："稗史传奇随世降而体渐升，'底下书'累上而成高文，此类叙事皆可溯谱牒以追赠诰封也。"③在"底下书"后面他还加了一个注释：Cf. R. Wellek and A. Warren, Theory of Literature, "Peregrine Books", 235（V. Shklovsky: "the canonization of inferior sub-literary genres.）"④这里指的就是韦勒克、沃伦《文学理论》所载什克洛夫斯基的观点："低等的（亚文学的）类型正式列入文学类型行列之中。"⑤钱锺书以中西文论的互释，通过细致的文本分析，说明了文体由"卑"入"尊"的现象及规律。在《谈艺录》中他也引什克洛夫斯基的这个观点相参，指出"诗文相

① 吴承学：《从破体为文看古人审美的价值取向》，《学术研究》1989 年第 5 期。
② （明）李东阳：《麓堂诗话》，见丁福保辑：《历代诗话续编》，中华书局 1983 年版，第 1369 页。
③ 钱锺书：《管锥编》，中华书局 1986 年版，第 1420–1421 页。
④ 钱锺书：《管锥编》，中华书局 1986 年版，第 1421 页注释①。
⑤ ［美］韦勒克、沃伦：《文学理论》，刘象愚等译，江苏教育出版社 2005 年版，第 149 页。

乱"之说不过是皮相之谈，以不文为文、以文为诗向来都是文章革故鼎新之道，如华兹华斯就主张"以向不入诗之字句，运用入诗"。他最后指出："俄国形式论宗（Formalism）许克洛夫斯基（Victor Shklovsky）论文谓：百凡新体，只是向来卑不足道之体忽然列品入流（New forms are simply canonization of inferior genres）。诚哉斯言，不可复易。"① 借什氏的观点对文体"尊"和"卑"的转化进行了阐发。此外，《容安馆札记》第一百十三则有一段中外文夹杂的文字，讨论的也是这个问题，大意是说法国美学家查理·拉罗在《审美价值的主要类型》中曾论及文体演化，观点多与俄国形式主义"暗合"，如其称"次文学类型（依当前艺术实有之等第）变而为优"，就与什克洛夫斯基"卑不足道之体忽然列品入流"之说近似。② 从《管锥编》《谈艺录》和《容安馆札记》的这些论述不难看出，钱锺书对文体由"卑"入"尊"的现象及规律有自己深入的思考，即：文体的相互影响和渗透会使原本不入流不入品的文体，逐渐完成体裁经典化的过程，成为后世文体之典范。

综上，在文体的价值、功能、递变及文体体制的辨析、宽严的界定、尊卑的判分等问题上，钱锺书均有自己独特的思考和阐发，这些看法充分彰显出他自觉的文体意识和开放、包容、通达的文体观念。可以说，钱锺书独具特色的学术文体正是上述文体观念熔铸而成的结晶，是他文体创造意识的必然结果。

三、钱锺书的文体创造

钱锺书的文体创造，最突出的表现就是"破体"。这方面内容其实也可以归并到上节对他文体观的讨论中，此处之所以单独成节是基于这样

---

① 钱锺书：《谈艺录》，生活·读书·新知三联书店 2001 年版，第 98 页，第 116-117 页。

② 钱锺书：《容安馆札记》，商务印书馆 2003 年版，第 177 页。拉罗之语为笔者试译。札记中这段话的原文如下：Charles Lalo: "Les Principaux Types du Dénivellement des Valeurs Esthétiques" 所定 "Progression" "Regression" 六事，多与俄国 Formalism 之说暗合。如第三事云："Un genre inférieur (d'après les hierarchies pratiquées dans la vie artistique présente) devient supérieur." (p.365) 正 Victor Shklovsky 所云："New forms are simply the canonization of inferior genres."

的考虑:"破体"不仅是钱锺书文体观最核心的内涵,也是前论钱锺书各种文体观在文体运用上最集中的体现,直接影响了他个性化学术文体的生成。

对于"破体"这个概念,钱锺书有自己的辨析和思考。《管锥编》论"文之'体'"一则在这方面就有详细的论述。项安世《项氏家说》称"贾谊之《过秦》、陆机之《辩亡》,皆赋体也",钱锺书认为"洵识曲听真之言也",他指出,《文心雕龙》早云:"详观论体,条流多品:陈政则与议、说合契,释经则与传、注参体,辨史则与赞、评齐行,诠文则与叙、引共纪。……八名区分,一揆宗'论'。"因此如按项氏之说,不妨对刘勰这段话加以补充:"敷陈则与词、赋通家。"如此就易"八名"为"十名"了。① 在这段开篇之论中,钱锺书仍用他惯常的谈艺方法,从前人的论说中寻找问题的生发点,这就是项氏所说的"皆赋体也"。也即是说,作为"论体"的《过秦论》,渗透有"赋体"的言说方式,这种文体现象,一方面如刘勰所言,"详观论体,条流多品",某一文体("论体")根据表达之需而兼采其他文体("八名")之所长;另一方面也如刘勰所言,"八名区分,一揆宗'论'",论体虽然杂糅他体而不失体制之规。以此为基础,钱锺书引出了"破体"这一论题。他认为,李商隐《韩碑》所谓"文成破体书在纸",并非人们通常理解的书法的"破书体",而是释道源说的"'破'当时为文之'体'"。这是因为,李商隐诗中的"纸"乃呈御览者,书迹必端谨,断不会"破体"而作行草,此其一。李商隐《樊南甲集序》曾自言少时"以古文出诸公间",后"始通今体",又言他人"以今体规我而未为能休",可见他说的"破体"即破"今体",此其二。古人诗句中颇多"破体"一词,如韩偓《无题》:"书密偷看数,情通破体新。明言终未实,暗嘱始应真。"显见指文词而非书法,此其三。通过上述分析,钱锺书认为李商隐诗中的"破体",乃"破"文章之"体",故"以为'破体'必是行草书,见之未广也"。最后他指出:"按名归类,而覈实变常,如贾生作论而似赋、稼轩作词而似论,刘勰所谓'参体'、

---

① 钱锺书:《管锥编》,中华书局 1986 年版,第 888 页。

唐人所谓'破体'也。"① 用"按名归类"和"覈实变常"八个字，言简意赅地揭示出"辨体"(文体规范)与"破体"(文体变革)之间的辩证关系。

对于"破体"的文体学意义，钱锺书也有深入思考。"破体"即"破体而为"，使各种文体的特征相互渗透和融合，于旧文体外开辟新境界。钱锺书说："在非文学书中找到有文章意味的妙句，正像整理旧衣服，忽然在夹袋里发现了用剩的钞票和角子；虽然是分内的东西，却有一种意外的喜悦。"② 这是一个关于"破体"的佳喻，指出了"破体"("非文学书中找到有文章意味的妙句")带给读者的阅读体验("意外的喜悦")。他赞扬山潭野衲的文风，称："他的哲学著作里，随处都是诗，随处都是精美的小品文。"③ 同样是对文体创新的肯定。钱锺书认为，前人对文章"破体"早有关注，如张融《问律自序》对"有惯体"和"无定体"关系的思考，王若虚《文辨》对"有体"和"无体"关系的论述，刘孝绰《昭明太子集序》对"颂"似"赞"、"碑"类"赋"这种文体现象的重视，陈师道《后山诗话》、朱弁《曲洧旧闻》所载《醉翁亭记》"用赋体"、《岳阳楼记》乃"传奇体"的看法，孙鑛《与余君房论文书》中"体从何起？……能废前法者乃为雄"的观点等。在举出大量这类例子后，钱锺书指出："张融、王若虚揭纲，此数节示目，足见名家名篇，往往破体，而文体亦因以恢弘焉。"④ 这里的"恢弘"，既指文体在摆脱体制束缚后呈现出来的自由挥洒的特点，即文章气势气度的"宏阔"，也指文体在突破体制的壁垒后具有的无限创造性，即文体发展空间的"广阔"。正因为此，钱锺书才极为推崇古往今来作家的"文胆"，视其为文体创造的关键。陆机《文赋》云："在有无而僶俛，当浅深而不让。虽离方而遯员，期穷形而尽相。"这段话殊难解会，前人称陆机说的是"文章在有方圆规矩"，钱锺书认为"大误"，因为"离方遯员"四字明显指俪规越矩。他认为陆机这几句话"皆状文胆"：前两句是说"勇于尝试，勉为其难"，后

---

① 钱锺书：《管锥编》，中华书局 1986 年版，第 890—891 页。

② 钱锺书：《释文盲》，见《写在人生边上》，生活·读书·新知三联书店 2002 年版，第 47 页。

③ 钱锺书：《作者五人》，见《人生边上的边上》，生活·读书·新知三联书店 2002 年版，第 284 页。

④ 钱锺书：《管锥编》，中华书局 1986 年版，第 889—890 页。

两句是说"不囿陈规，力破余地"，也就是苏轼说的"出新意于法度之中"，西方文论说的"纵放即成规矩"。① 在对《文赋》的解读中，钱锺书拈出"文胆"这个词，针对的是拘泥于文章体制而不知文体创新的迂腐观念，在《容安馆札记》中他也指出某些论家"知谈艺之须辨体矣，而不知谈艺之更贵乎达用"，认为这完全是"拘墟一曲之见"。② 可见在他看来，文体虽各有限定，但在实际运用中又要跳出窠臼，兼采众长，熔古铸今，有所新变，这就是"破体"的文体学意义之所在。

在开放的文体观念中，不同的学术范型并不是孤立存在的，而是彼此可以相互融合的。在此问题上韦勒克的论述最细致也最生动，他将文学的种类想象成一个公共机构，人们可以在其中表现自己，可以创立新机构或尽可能与机构融洽相处，也可以加入某些机构然后又改造它们。他援引皮尔逊的话，指出各种文体的类别"可被视为惯例性的规则，这些规则强制着作家去遵守它，反过来又为作家所强制"。③ 也即是说，一方面文体就是一种惯例，规定着特定的言说方式，要求人人都遵守它；另一方面文体又始终处在动态的建构过程中，通过与其他文体的渗透融合，人们也可以相机对文体进行改造，以获得最佳的言说途径。从这个角度看，钱锺书在学术文体上的创造就完全符合韦勒克的想象。钱锺书有诗曰："且借馀明邻壁凿，敢违流俗别蹊行。"④ 又云："平生寡师法，开径自出蹊。"⑤ 这既是他一生治学理念的真实写照，也是他在学术文体上不断探索的生动体现。张隆溪在《走出文化的封闭圈》中曾指出，20世纪初，在关于东西方文化异同优劣的辩论中，尽管各方意见不同，"但在把东西方文化对立起来这一倾向上，却有很多共同点"，他说："我在朱光潜和钱锺书两位先生那里见到的，正是这种超越文化封闭

---

① 钱锺书：《管锥编》，中华书局1986年版，第1193-1194页。
② 钱锺书：《容安馆札记》，商务印书馆2003年版，第1519页。
③ ［美］韦勒克、沃伦：《文学理论》，刘象愚等译，江苏教育出版社2005年版，第266-267页。
④ 钱锺书：《龙榆生寄示端午漫成绝句即追和其去年秋夕见怀韵》，见钱锺书：《槐聚诗存》，生活·读书·新知三联书店2002年版，第121页。
⑤ 钱锺书：《游雪窦山》其四，见钱锺书：《槐聚诗存》，生活·读书·新知三联书店2002年版，第43页。

圈的精神。"①作为现代中国学术史上一位具有强烈文体意识的人物，钱锺书对"文化封闭圈"的超越，就是突破新旧中西不同文体之间的藩篱，以包容和开放的文体观念，创造属于自己的文体新貌。有研究者说："中国文学批评之'破体'，意在不断变更文体形态以寻求最佳言说方式。"②在学术史上，凡是有着自觉的、强烈的文体意识的学者，往往会对各种文体的优点和缺憾有冷静、客观、辩证的思考，也因此会有意识地进行各式各样的尝试，力图寻找到最能与自己学术研究的观念、维度、旨趣、策略、方法相契合的文体样式。钱锺书学术文体的"破体"，最突出的表现就是新旧中西之"破"，即打破传统文体与现代文体之间的壁障，使多种言说方式相互渗透融合，在诗性批评与科学分析的张力性空间中创造属于自己的个性化文体。正因为此，《管锥编》既是有清以来学术札记的赓续，同时又是传统札记的创造性发展。同样，《谈艺录》也不是亦步亦趋模仿传统诗话的著述，《宋诗选注》的体式亦有别于传统的选本，即使是《七缀集》中所收录的论文，与严格意义的现代学术文章仍存在很多差异。在《谈艺录》和《管锥编》中，钱锺书曾两次提及梵志语："吾犹昔人，非昔人也。"③我们不妨套用这句话来形容他上述著述在文体特征上与传统诗话、札记、选本以及现代学术论文的微妙差别，这就是："犹昔书，非昔书也。"它们之间的似是而非处，正是钱锺书学术著述"破体"的生动体现。④

晚清以来，中国学术的现代转型一直被西方学术所主导，在日益科学化、技术化、规范化的同时，弥足珍贵的传统也逐渐消失。回顾百余年来的历史，得失之间的教训是深刻的，导致的弊端也早已显现。今天，我们阅读很多学术著作、学术论文，实不难发现在统一规范的格式之下，掩盖不住的是概念术语的生吞活剥、言说方式的晦涩沉闷、文章体貌的僵硬拘谨。在这种书写状况愈演愈烈之时，钱锺书在学术文体上的创造自然就会引起学界中

① 张隆溪：《走出文化的封闭圈》，生活·读书·新知三联书店 2004 年版，"导言"第 2-4 页。
② 李建中：《破体：中国文学批评的文体传统及演变规律》，《襄樊学院学报》2007 年第 3 期。
③ 钱锺书：《谈艺录》，生活·读书·新知三联书店 2001 年版，"引言"第 1 页；钱锺书：《管锥编》，中华书局 1986 年版，第 475 页。
④ 钱锺书学术著述"破体"的具体表现参见本书第 1 章第 2 节第 3 小节。

人的关注，正如党圣元所言，诗话、札记本是中国独有的文体，讲究笔墨精妙，挥洒自如，现代学术兴起后逐渐式微，成为历史橱窗中的东西，而钱锺书却用它们来点化诗心文心，由于他的知识工具、学理意识以及价值追求是现代的，所以仍然显得称身合体，经济妙曼，雅饬惬意，这说明在学术文体上传统与现代未尝不可以"合辙押韵"。① 事实也是如此，在文体的选择和使用上，钱锺书始终能以冷静客观的立场审视中西古今不同文体的优势和缺憾，从不"设范以自规"，从不"划界以自封"，② 他的学术著述破不同文体之界限，融不同文体之风格，极具创造性的价值，这对于我们今天反思中国文论的现代转换问题无疑具有重要的启发和参照意义。

第三节　不朽经典的价值

一、"本无定体"：挣脱文体的桎梏

希尔斯在《论传统》中说："被称作经典的作品在文学和艺术领域内具有规范性效果；它们为以后的作家和艺术家立志追求的东西提供了典范。"③ 钱锺书在中国现代学术史上留存的学术经典，就具有这样的价值和意义，尤其是对于当下学术文体的现状而言，这种意义更应该引起学界中人的关注。

无须讳言，在当今中国的学术生态中，一个无可争议的事实是：文体的桎梏愈来愈严，书写的自由已荡然无存，无论作者的身份是讲师还是教授，无论成果的样式是专著还是论文，也无论研究的领域是自然科学还是人文科学，学术文体呈现出来的体式体貌永远是千人一面、千篇一律的。对此已有

---

① 党圣元：《钱锺书的文化通变观与学术方法论》，《中国社会科学》1999 年第 4 期。
② 钱锺书：《徐燕谋诗序》，见《人生边上的边上》，生活·读书·新知三联书店 2002 年版，第 229 页。
③ ［美］爱德华·希尔斯：《论传统》，傅铿、吕乐译，上海人民出版社 2009 年版，第 25 页。

很多人提出过批评，如孟繁华就称现在的文论文体"越来越千篇一律，无论腔调还是文风，枯燥乏味"。[①] 任遂虎也说，"学术文体的日渐单调化为论文一种体式，而论文的结构日渐格式化"，"这种现象，一方面体现了学术文体规范化的要求，另一方面又无形中进入了'自成习套'的轨道"。[②] 李建中则将时下学术文体的特点总结为"数字化＋格式化＋工具化"。可见，在名曰"规范化"的学术体制下，学术书写在文体上的强制性越来越突出，如果从这个角度回顾百余年来中国现代学术的历史进程，则让人不得不感慨：我们的学术在走向现代化的同时，个性化的言说也渐行渐远了。陈平原在《现代中国的述学文体》中曾问过这样一个问题："学问千差万别，文章更无一定之规。'学术文'的标准，到底该如何确立？"[③] 他明言此处说的"学术文"即"述学文体"，也即我们这里讨论的学术文体。事实上，这个问题在技术层面上基本是无解的，因为任何被"确立"的"学术文标准"一旦成为通行的范式，就意味着一套强制性规范的产生，也就不可避免地又回到问题提出的原点。因此，思考并揭示钱锺书学术文体的意义，并不是试图确立某种"标准"或"范式"，对于当下"数字化＋格式化＋工具化"的学术生态来说，钱著的意义在于：作为在言说方式上极具个性化魅力的学术经典，它唤起并激励了人们更自由书写的意识、勇气和信心。

其实，在钱锺书的时代，不乏敢于破除文体规范的人，很多学者从自觉的文体意识出发，选择并建构属于自己的言说方式，以量体裁衣、恰到好处的方式谈艺论学，他们的述学文体同样也呈现出自由、活泼、灵动的风貌。如《白莽作〈孩儿塔〉序》《萧红作〈生死场〉序》等序跋体批评，就是极为契合鲁迅这位青年作家导师身份的文体选择。如《王鲁彦论》《落花生论》等"作家论"，其理性的表述及整体性的论说格局，与茅盾的社会-历史批评观也是融合、自洽的。朱光潜先生不仅有《文艺心理学》这样的系统性美学

---

① 孟繁华：《如何面对当下文学批评的困局》，《文艺争鸣》2021 年第 1 期。
② 任遂虎：《学术论著：需要"另类表述"——读任火先生〈编辑独语〉兼谈学术文体》，《中国图书评论》2007 年第 3 期。
③ 陈平原：《现代中国的述学文体》，北京大学出版社 2020 年版，第 7 页。

著述，也有《谈美》这种娓娓道来的家常体作品。周作人以小品文的笔调论学，《知堂书话》中谈书的那些文章，笔墨散淡，意趣浓厚，未尝不妙契学理。此外像宗白华的"美学散步"，李广田的"文艺书简"，朱自清的"经典常谈"和"新诗杂话"等，书名中都散发出从容之气，更不必说李健吾、李长之、沈从文他们以"学者和艺术家的化合"写成的那些批评美文了。[①] 在20 世纪 30、40 年代，当传统学术的现代转型基本完成，西方学术范式已然确立之时，许多如钱锺书一样富有创造精神的学者依然在尝试、追求属于自己的学术表达方式，他们的学术著述真正做到了刘勰在《文心雕龙》中所说的"各师成心，其异如面"。[②] 有研究者就指出，现代中国文论虽然在学术思想和观念上已具明显的西学特征，但在文体样式上仍具有或隐或显的"古典体貌、体制和韵味，并在赓续传统的前提下有着不同程度的现代新创"。[③] 从上述这些经典文本看，这一论述无疑是符合事实的，现代学人对学术文体的创造确实倾注过大量心力，进行过积极的尝试，如此才使现代中国学术呈现出相对多样化的风貌，而不至于像今天这样规行矩步，"众口一词"。

当某种规范性的学术文体君临天下时，"叛逆"的文体也就有了生长的可能。当下越来越严苛的学术书写规则早已引起许多学界中人的不满，他们开始探索对抗这种强制性规范的新的言说之道，在各种各样的尝试中，"第四种批评"就颇具代表性意义。

蒂博代在《六说文学批评》中将文学批评分为媒体批评、作家批评、学者批评三种类型，他解释说，媒体批评是"在沙龙里经受有教养者的批评"，作家批评是"作家在自己的车间里研究他们的产品"，而学者批评则是"在博物馆里经历专业工作者批评的检验、讨论和修复"。这一分类是广为人知的，但是蒂博代最有价值的看法并不在于此，而是指出了几种批评类型相互融合的可能，认为不应将这三种批评割裂开来，而应该将它们视为"三种活

---

① 李健吾：《咀华集·咀华二集》，复旦大学出版社 2005 年版，第 93 页。所谓"学者和艺术家的化合"，指的是学术研究尤其是文学批评，应该兼具学者的严谨理性和艺术家的诗性智慧，游走在理性思辨与感性体验、逻辑论证与诗性言说之间。

② （梁）刘勰著；韩泉欣校注：《文心雕龙》，浙江古籍出版社 2001 年版，第 156 页。

③ 李建中、李小兰：《批评文体论纲》，武汉大学出版社 2013 年版，第 299—300 页。

跃的倾向"。①这就是"第四种批评"的由来。刘晓南在《第四种批评》一书中认为，在蒂博代所说的三种类型外，"还存在着'第四种批评'，也就是兼具作家、学者双重身份的作家学者批评"，这种批评话语，"同时带有作家和学者的双重行业特征，同时经受着两种身份的制约与规范"。②此书在论述第四种批评的概念、渊源及内涵后，还以格非、曹文轩、张大春三位作家的批评为个案进行了细致的分析。需要指出的是，早在这个概念提出之前，20世纪80年代中国当代文学批评中就不乏这样的批评文本，如王蒙论王朔小说解构意旨的《躲避崇高》(《读书》1993年第1期)、吴亮论马原小说叙事手法的《马原的叙述圈套》(《当代作家评论》1987年第3期)，以及他以"一个沉湎于思考的艺术家和他友人的对话"为副题发表的系列文章(《文艺评论》1985年第1期至第6期)，都属于这方面影响甚大、堪为经典的批评之作。直到今天王蒙还在写，比如他在《读书》杂志上的专栏"文墨与家常"，简短隽永，启人心智，深受读者喜爱。吴亮也一直在写，比如他在20世纪90年代陆续推出的《思想的季节》(海天出版社1992年版)、《吴亮话语》(浙江文艺出版社1996年版)、《与陌生人同在》(湖南文艺出版社1996年版)、《闲聊时代》(新疆人民出版社1997年版)等读书随笔，以及新近出版的评论集《或此或彼》(作家出版社2019年版)。在这种与学院派批评的旨趣全然不同的文风影响下，越来越多的作家投入到这种新批评的写作中，即以最近几年为例，像莫言的《抖搂家底的麦家》(《读书》2019年第8期)、《我眼中的毕飞宇》(《小说评论》2020年第2期)，贾平凹的《刘艳印象》(《南方文坛》2018年第3期)、《说杨辉》(《南方文坛》2022年第2期)，王安忆的《禁忌——以〈傲慢与偏见〉为例》(《扬子江文学评论》2021年第4期)、《贵

---

① ［法］阿尔贝·蒂博代：《六说文学批评》，赵坚译，生活·读书·新知三联书店2002年版，第47页。
② 刘晓南：《第四种批评》，北京大学出版社2008年版，第43页。需要特别指出的是：目前，"第四种批评"这个概念主要还是从批评者的身份来进行界定的，这从刘晓南书中对格非、曹文轩、张大春等人的个案研究就能看出。这样界定并无错误，只是对于本书讨论的话题而言，单从身份角度定义"第四种批评"，会大大降低这种批评样式对于学术文体的典范性意义，如果从批评本身的特质出发，从更宽泛的意义上将其视为一种兼具作家批评、学者批评两种气质的学术形态，也许"第四种批评"的存在将更具普泛性的启发和参照意义。

族——以〈战争与和平〉〈安娜·卡列尼娜〉为例》(《扬子江文学评论》2021年第 5 期),阎连科的《美与爱浓缩的清明上河图——读斯特林堡〈海姆素岛居民〉》(《文艺争鸣》2016 年第 1 期)、《乡土把聊斋丢到哪儿了?》(《小说评论》2022 年第 3 期),格非的《闪亮的细节及其他》(《当代作家评论》2019 年第 1 期)、《志贺直哉及其"自我肯定"之路》(《扬子江评论》2020 年第 1 期)、《雪隐鹭鸶:金瓶梅的声色与虚无》(《文史天地》2020 年第 3 期)等等,都是这方面的佳作名篇,获得读者和评论界的广泛赞誉。这批评文本无论是畅论作家,还是细读文本,都能从作者自身的创作经验出发,鞭辟入里,切中肯綮,入丝入扣。更重要的是,这些发表在学术刊物上的"学术文章",在文体特征上与学院派区别甚大:首先,在文体的"体类"上,这些批评文本虽然吸纳了传统诗文评的特点,但也能遵循现代学术的基本体例,甚至连摘要、关键词、参考文献都一应俱全,因此更应将它们归入学术文章,而不宜视为一般意义上的创作谈。其次,在文体的"体要"上,它们的语言在严谨准确之外,更具一种文人的气质,敏感细腻。不仅如此,作家谈艺,还常能于正题之外旁逸斜出,看似以闲笔述之,实则是不"说破",寄希望于读者自己的解会,这在现代学术论文中也是不太被接受的表述方式。第四种批评在语言表述上这些特点,正是伊夫·塔迪埃在《20 世纪的文学批评》中呼唤的批评品格,他说:"作家们的批评构成一部艺术品,他们以一种风格再现另一种风格,将一种语言转化为另一种语言。他们的精彩之笔,常常不是理智地而是直觉地将他们的职业同行推在我们面前。"[①] 最后,在文体的"体貌"上,不妨借钱锺书自评《七缀集》所说的"不中不西""不洋不古"八字移评这种特殊的文体样式,它们在文体上呈现出的自由、灵动、活泼的文风,与当下学术文体的僵硬、呆板、枯燥是大异其趣的。对此刘晓南就明确指出,在文体风格上,第四种批评怀有一种要冲决学术规范的欲望,试图超越学院派那种拘谨的、回避个人色彩的、整齐划一的文风,这使他们

[①] [法]伊夫·塔迪埃:《20 世纪的文学批评》,史忠义译,百花文艺出版社 1998 年版,第 3 页。

在学院的批评氛围中显得独树一帜。① 这段话揭示的就是第四种批评的文体学意义。任遂虎在谈到学术文体的"另类表达"时也曾有过这样的期望，他说："在学术期刊上适当刊登除论文外的其他体式灵活的学术文体，不失为一条改变学术单一、空气沉闷的可行之道。"② 从某种意义上说，"第四种批评"的出现及其表现出的文体新貌，就是对这种期望一种最积极的回应。

其实，历史地看，第四种批评并非新创，乃是赓续。中国传统文论早就有"作识一体"的这种传统，宋人刘克庄在《跋刘澜诗集》中说："诗必与诗人评之。"③ 清人张晋本在《达观堂诗话》中说："作与识原是一家眷属。"④ 揭示的就是创作与批评双向互动的关系。一般而言，中国古代的读书人往往身兼两任，既吟诗作赋，又谈艺衡文，在创作的同时又精于品藻，扮演诗人与批评家的双重角色。有研究者指出："旧时著《诗话》《词话》者，多是诗词高手，将平素创作的甘苦体验上升为理论，言之有物，切中肯綮，指导诗作，颇有裨益。"⑤ 西方文论也持同样的看法，如新批评的代表人物布鲁克斯、维姆萨特认为："只有艺术家，才是有能力的批评家。"⑥ 就此意义而言，"诗艺"与"谈艺"是融而不分的，"诗艺"之高下决定了"谈艺"之深浅，"谈艺"之深浅关乎着"诗艺"之高下，这就是创与评、作与识的辩证关系。在中国现代学术史上，钱锺书就是以这样双重身份登场的，在《谈艺录》中他称自己之所以手不释卷，"择总别集有名家笺释者讨索之"，原因就在于"欲从而体察属词比事之惨淡经营，资吾操觚自运之助"。⑦ 钱锺书一生，著述虽然不多，但特色却很鲜明，其中之一就是创与评并举，在勤于问学的同时也从事文学创作，他写过风趣幽默的小说，写过机趣盎然的随笔，写过饱含

---

① 刘晓南：《第四种批评》，北京大学出版社 2008 年版，第 46 页，第 67 页。
② 任遂虎：《学术论著：需要"另类表述"——读任火先生〈编辑独语〉兼谈学术文体》，《中国图书评论》2007 年第 3 期。
③ （宋）刘克庄：《后村先生大全集》（5），四川大学出版社 2008 年版，第 2820 页。
④ （清）张晋本：《达观堂诗话》卷四，台北广文书局 1976 年影印本。
⑤ 刘梦芙：《二钱诗学之研究》，黄山书社 2007 年版，第 71 页。
⑥ ［美］布鲁克斯、维姆萨特：《西洋文学批评史》，颜元叔译，中国人民大学出版社 1987 年版，第 457 页。
⑦ 钱锺书：《谈艺录》，生活·读书·新知三联书店 2001 年版，第 79 页。

哲思的散文，也写过江西诗派一路的旧体诗。就像杨绛描述的那样：写《管锥编》《谈艺录》的，是个"好学深思"的钱锺书，写《槐聚诗存》的，是个"忧世伤生"钱锺书，而《围城》的作者，则是个"痴气旺盛"的钱锺书。①这种作家、学者的双重身份使他的创作和研究相互渗透，相得益彰。对此学界多有论及，如最早倡立钱学的郑朝宗就以"能作善评，身兼二任"来评价钱锺书。②沈治钧也说钱锺书"不是为学术而学术的学者，他是为创作而学术的文化双栖者"。③张建术则直接将钱锺书称为"作家学者"，认为钱氏是"骨子里为诗质"的学问家。④刘梦芙指出钱锺书等老辈学者"是学者也是诗人、词人，其造诣之高，今日专治诗学理论却不事创作的后辈学人甚难企及"。⑤由此可见，这种兼具蒂博代所说的作家批评、学者批评两种特质的谈艺，是中国古典文论也包括钱锺书的文学批评极其鲜明的特征。遗憾的是，在西学东渐和学术转型的过程中，随着文论家、批评家成为一种专门的职业，随着文论研究、文学批评独立地位的凸显，作与识、创与评的关系也就变得越来越疏离了，最终各自成为拥有自家领地的独立王国，这种分离就是美国学者利茨说的"从实用的诗人-批评家向理论批评家""永久性的转化"，"批评家不再是艺术家的佣人，而是同行"。⑥陈平原也因此感慨道："'专业化思想'已深入人心，学者们自觉与'文人'划清界线，在注重论述的'科学性'的同时，摈弃了千百年来中国学者对于述学文体的刻意讲究，实在有点可惜。"⑦历史的趣味正在于此，当古典的传统渐渐淡出人们视线的时候，"第四种批评"的出现表明，又有人试图重拾这种传统，希望从中找到挣脱文体枷锁的解放之路，这个现象无疑是耐人深思的。

---

① 杨绛：《记钱锺书与〈围城〉》，见杨绛：《将饮茶》，生活·读书·新知三联书店 2015 年版，第 134 页。

② 郑朝宗：《再论文艺批评的一种方法——读〈谈艺录〉》，《文学评论》1986 年第 3 期。

③ 沈治钧：《关于钱锺书的〈百合心〉》，《中国文化研究》2000 年夏之卷。

④ 张建术：《魔镜里的钱锺书》，见罗思编：《写在钱锺书边上》，文汇出版社 1996 年版，第 162 页。

⑤ 刘梦芙：《二钱诗学之研究》，黄山书社 2007 年版，"前言"第 3 页。

⑥ ［美］丹尼尔·霍夫曼主编：《美国当代文学》，王逢振等译，中国文联出版公司 1985 年版，第 80 页。

⑦ 陈平原：《现代中国的述学文体》，北京大学出版社 2020 年版，第 34 页。

历史地看，文体既是规训言说者的稳定的存在，又是不断被言说者重构的动态的存在，文体强制作者顺从它的规范，而言说者又无时无刻不在对这种规范进行破坏，对它进行改造，以找到最适合自己的表达方式。中国学术应该"怎么说"，百余年来一直被西方学术所主导，在"迈向"科学化、学理化、规范化的同时，个性化的书写传统也消失殆尽，其中的经验教训是很深刻的。当下中国学术界，在书写规则变得日益严格也日益呆板之时，在曾经挥洒自如的文风已成遥不可及的想象之时，钱锺书的学术经典以及第四种批评呈现的文体新貌，才因此而显得格外引人注目。

二、"诗性言说"：唤醒沉睡的传统

"传统是各门人文学科的中心主题"，① 这是希尔斯《论传统》这部杰作的核心观点。传统是什么？传统是过去的存在物编织成的庞大谱系，这个谱系不是静止地孤悬于历史中的，它变动不居，连接着过去与现在，"旧"传统参与了"新"事物的创造，"新"事物被创造出来也就成为"旧"传统，成为这个不断延伸的谱系的一部分。希尔斯因此指出："传统不仅仅是沿袭物，而且是新行为的出发点。"② 艾略特在《传统与个人才能》中也认为："在新作品来临之前，现有的体系是完整的。但当新鲜事物介入之后，体系若还要存在下去，那么整个的现有体系必须有所修改，尽管修改是微乎其微的。于是每件艺术品和整个体系之间的关系、比例、价值便得到了重新的调整；这就意味着旧事物和新事物之间取得了一致。"③ 在历史变革中，新旧关系的交织构成了极其复杂的交响，"源流、本末、正变、盛衰互为循环"。④ 传统并非停滞和僵化，创造也不是抛弃和断裂，"常"中有"变"，"变"中有"常"，新事物往往是以这样的"迁就"方式完成其演化的。亦因为此，身处变革的

---

① ［美］爱德华·希尔斯：《论传统》，傅铿、吕乐译，上海人民出版社2009年版，第132页。
② ［美］爱德华·希尔斯：《论传统》，傅铿、吕乐译，上海人民出版社2009年版，第50页。
③ ［英］托·斯·艾略特：《传统与个人才能》，李赋宁译注，见《艾略特文学论文集》，百花洲文艺出版社1994年版，第3页。
④ （清）叶燮：《原诗》，见丁福保辑：《清诗话》，上海古籍出版社1978年版，第565页。

时代，任何想要创造新事物的人都应该更审慎地看待传统，更小心地处理传统与现代的关系。对于传统，批判和重估都是必要的，但简单视其为走向现代化进程中的绊脚石而弃之不顾，这种粗暴的做法是不可取的，也将遗患无穷。"传统如此重要，其影响如此之大，以至于人们不可能完全将它忽略掉。"[①] 传统不是单纯的"过去"，以至于可以轻松地与"现代"切割开来。"传统"中隐伏着"现代"的因子，"现代"中也包含有"传统"的元素，这种融而不分的状态显示出的正是传统强大的影响以及这种影响的普泛性、恒常性和必然性。仅仅喊一喊"古为今用""批判地继承"这类口号，还不只是知易行难的问题，更大的误区在于将自身当作完全有能力左右传统的人，而没有意识到传统也是制约和影响人的强大力量。所以希尔斯才断言："即使那些宣称要与自己社会的过去做彻底决裂的革命者，也难逃过去的掌心。"[②] 传统的影响是不以人的意志为转移的，传统不是逝去的历史，而是创造的可能。传统参与了创造。

希尔斯指出："将某些启蒙传统与启蒙运动后继人试图加以抛弃的某些传统结合起来，是一项需要充分耐心谨慎和天衣无缝的高超技巧的任务。"[③] 这段话完全可以用来评价钱锺书在学术转型的历史进程中特立独行的表现。时过境迁，当年的学人对于传统的态度已成为今天人们评价他们学术思想和观念的一个重要依据。在过去，我们常常赞美敢于挑战传统的人，认为他们推动了历史的发展，厥功至伟，其实在中西会通的潮流中，在传统即将被喧闹的革新声浪淹没的时代，那些能够站出来表达对传统的尊重并试图从中寻找到通向现代化之路的人，似乎更具一份难能可贵的勇气。在近现代学术史上，对新知孜孜以求又对旧学念念不忘者并非钱锺书一人，像王国维、梁启超、朱光潜、鲁迅、李健吾、宗白华等人的文论观念和批评实践，都表明在如何看待传统的问题上，他们同样也是值得大书特书的人物。只是与他们相比，钱锺书对于传统重见天日的期望更热切，也更持久。在现代中国学术史

---

① ［美］爱德华·希尔斯：《论传统》，傅铿、吕乐译，上海人民出版社 2009 年版，第 8 页。
② ［美］爱德华·希尔斯：《论传统》，傅铿、吕乐译，上海人民出版社 2009 年版，第 48 页。
③ ［美］爱德华·希尔斯：《论传统》，傅铿、吕乐译，上海人民出版社 2009 年版，第 355 页。

上，钱锺书在旧学新知冲突中所持的立场，极具包容性和开放性，立足传统，广采西学，以旧学融会新知，"与古今中外为无町畦"，①是他始终追求的学术理想和治学境界，也是他能够将新旧中西不同的学术文体熔铸运化的关键。

在考察钱锺书学术文体中的"传统"时，有一点是非常引人关注的，这就是中国古典文论的"诗性言说"。希尔斯认为，"天才不可能完全逃避传统"，因为传统为他提供了丰富的文化资源，这些资源首先是"语言"，其次是特定作品所代表的"体裁"和体现出来的"范型"。②这一认识很有启发性。曹聚仁说：在中西文化交流中，"能不卖洋人的野人头，在中土上开出接种的花果来，锺书自是成一家言的人"。③这里"自成一家言"的"言"，除了"言"的内容，还应该包括"言"的方式。在钱著中，无论是诗话、札记，还是随笔、论文，在言说方式上呈现出的言近旨远的意趣、以简驭繁的技巧、庄谐间出的风格，无不带有浓郁的诗性言说色彩。诗性言说是中国传统学术尤其是古典诗文评一个突出的文体特征，指的是学术话语的表述方式带有强烈的文学色彩，笔调灵动，文辞优美，清词丽句充盈于字里行间，这种美文化的学术语言就被后人称为"诗性言说"。先秦时期，散见于《庄子》《论语》《孟子》等诸子散文中的文艺观点，本身就是以文学语言表达的。《尚书》《周易》等典籍中的文艺观点也大多采用感性化的方式表达，言简义丰。两汉时，序、传、笺等经学注疏，文学色彩较弱，但传记体批评以及以散文体完成的文论，如王充《论衡》中的《艺增》《超奇》《自纪》等篇，文学性自不待言。魏晋六朝，文学迎来自觉的时代，文论也开始摆脱经学的束缚，从强调文学的社会、政治、伦理功用，转向对审美的关注，在这一转变中，学术语言的文学色彩更是大为增强，这个时期出现的诗话，品藻诗艺、臧否人物、记录轶闻，生动活泼，精妙启人。刘勰的《文心雕龙》、陆

---

① 钱锺书：《徐燕谋诗序》，见《人生边上的边上》，生活·读书·新知三联书店2002年版，第229页。

② ［美］爱德华·希尔斯：《论传统》，傅铿、吕乐译，上海人民出版社2009年版，第163页。

③ 曹聚仁：《听涛室人物谭》，生活·读书·新知三联书店2007年版，第325页。

机的《文赋》，或用骈体，或用赋体，更具文学韵味。唐宋以后，论诗诗日渐增多，这种以诗体完成的文艺批评无疑具有鲜明的诗性特征。明清之际，小说评点、戏曲评点大盛，以小说评点为例，除总序、读法、小引、发凡等小部分内容外，各章回的总评以及正文中的眉批、夹批、侧批，简明扼要，挥洒自如，带有明显的随笔体风格。总体来说，中国传统文论，或寄生于文学体裁，或直接采用文学体裁，或使用文学性的语言，具有鲜明的诗性言说特征。

从理论上说，体类决定体要，文体的类型影响并制约着文体的语言及表述方式，《典论·论文》所谓"奏议宜雅，书论宜理，铭诔尚实，诗赋欲丽"，即是此意。中国传统文论关注的虽然是文学，但其性质属于学术研究，因此这种诗性言说对于学术文体而言其实是很"另类"的风格，就像有研究者指出的那样："批评文体应属于'论'，其语言风格应是'理'。但是，批评文体的文学化，打破了'书论'与'诗赋'这两大科的文体界限，使得'理'与'丽'相通。"① 遗憾的是，由于完全以西学范式为参照，百余年来中国文论的诗性传统被视为一种致命的缺憾而饱受诟病，最终离我们越来越远。"一个民族在一个特定的历史开放时期居然失衡地未有效地利用本民族的有效理论表达语言，这又是一种怎样的悲凉呢？"② 不妨看一看当下学术写作的现状，很多所谓"严谨""规范"的专著和论文，结构繁复的句式、囫囵吞枣的概念、生硬僵化的语言充斥其中，令人望而生畏，望而生厌。这种恶果就是王先霈说的："过分强调批评的学术性和技术化，必然导致批评的生硬和了无生气。"③ 李建中因长期关注中国传统文论的诗性言说特征，对此有更深入思考，他认为晚清以来人们用西方文论的科学化言说来取代中国文论的诗性言说，这一做法"中断了古代文论批评文体的文学性传统"。④ 由此可见，

---

① 李建中：《辨体明性：关于古代文论诗性特质的现代思考》，《华中师范大学学报》2001 年第 2 期。
② 杨乃乔：《新时期文艺理论的后殖民主义现象及理论失语症》，《徐州师范学院学报》1996 年第 3 期。
③ 王先霈主编：《文学批评原理》，华中师范大学出版社 1999 年版，第 99 页。
④ 李建中、李小兰：《批评文体论纲》，武汉大学出版社 2013 年版，第 9—10 页。

学术研究中诗性传统的回归，对于弥补科学思维、理性思维的不足，尤其是对于改变当下苍白空洞的学术语言，无疑是有积极的意义的。

"一直以来，社会科学的严密性是一个梦想，这个梦想试图满足许多人对科学性的欲望与追求。"①对于诗性传统的回归，人们最担心的是它对科学思维的侵蚀，正像诗性言说的消失在本质上是科学思维对文学研究领地的侵蚀一样。晚清以降，西学东渐，在传统学术备受诟病的同时，知识界渴望的是一套具有科学性、逻辑性、学理性的学术表达方式，这样才能与想象中的具有理论体系的学术文体相适应。这种要将所有的学术都定于一统的执念危害甚大，既没有顾及不同民族的思维特性，也没有考虑到不同学科的研究特点，只是简单地认为感性的语言就等于直觉的体验，诗性的言说会妨碍意义的表达，岂不知克罗齐早就指出："知识有两种形式：不是直觉的，就是逻辑的。"②鲁迅也曾说："诗歌不能凭仗了哲学和智力来认识。"③钱锺书更明言："逻辑不配裁判文艺。"④文艺研究从其性质来说，本身就具有艺术性和科学性的双重属性，它的思维方式既是沉浸于感性的文学世界中对于文艺本质和规律的直观把握，也是超越文艺现象的抽象的分析与判断。文艺理论当然不能变成文艺本身，但也决不应该成为一门纯粹的科学，"它所关注的那些价值是科学所忽视不问的。在这里，试金石是感情，不是理智"。⑤从这个意义上说，中国古典文论的诗性言说传统，自有其存在、延续的合理性、必然性。历史的教训值得反思，历史的经验更值得汲取。在学术研究中，钱锺书继承了古典文论注重直觉性、具象性、整体性的传统，也吸纳了现代学术强调科学性、逻辑性、学理性的特点，精细的语言形式分析彰显出实证的力量，独特的艺术感悟散发出诗性的魅力，他的学术文体也因此具有极其鲜

---

① [法] 弗朗索瓦·多斯：《从结构到解构：法国 20 世纪思想主潮》（上卷），季广茂译，中央编译出版社 2004 年版，第 32 页。
② [意] 克罗齐：《美学原理·美学纲要》，朱光潜等译，外国文学出版社 1983 年版，第 7 页。
③ 鲁迅：《集外集拾遗·诗歌之敌》，见《鲁迅全集》(7)，人民文学出版社 2005 年版，第 246 页。
④ 钱锺书：《读〈拉奥孔〉》，见《七缀集》，生活·读书·新知三联书店 2002 年版，第 45 页。
⑤ [英] 戴维·洛奇编：《二十世纪文学评论》（上册），葛林等译，上海译文出版社 1987 年版，第 220 页。

明的个性特征。钱锺书曾说，英国心理学家中他最喜欢 Ernest Jones 和 J.S. Flügel 两家，原因除了他俩都能很巧妙地应用弗洛伊德的学理外，还因为"都能写很流利可诵的文章"。① 可见"流利可诵"是他理想中的学术文章必须具备的品质。其实，即使在科学化的学术语言大行其道的时代，也有很多人像钱锺书一样力图在诗性与科学之间找到恰如其分的平衡。像梁启超的学术语言就兼采众家，灵动飞扬，诚如胡适所言，"不避排偶，不避长比，不避佛书的名词，不避诗词的典故，不避日本输入的新名词"，② 而为当时读者所喜爱。梁启超本人也对自己的学术语言有一番检讨，他说："至是自解放，务为平易畅达，时杂以俚语、韵语及外国语法，纵笔所至不检束，学者竞效之，号'新文体'。老辈则痛恨，诋为野狐。然其文条理明晰，笔锋常带感情，对于读者，别有一种魔力焉。"③ 再如，宗白华主张"真正理想的美学著作恰恰是追求学术性和趣味性的统一"，④ 他尝试用散文化的语言来表达自己的美学观念，这就是美学史上的经典著作《美学散步》。他明确表达了自己对这种学术语言的认同："散步与逻辑并不是绝对不相容的。"⑤ 这样的学术语言自然也给读者留下了深刻印象。唐湜在《新意度集·前记》中曾说：

> 我那时觉得中国的新文学批评到那时为止有三个可以相互充实的方向，刘西渭先生和梁宗岱先生的亲切而又精当的风格，恰如春风化人；胡风先生和吕荧先生深沉而又坚定的思想力量，可比喻雄鹰的搏斗；而钱锺书先生和袁可嘉先生的细密而又确实的逻辑分析，是数学家那样的坚实堡垒。⑥

---

① 钱锺书：《为什么人要穿衣》，见《写在人生边上》，生活·读书·新知三联书店 2002 年版，第 236 页。
② 胡适：《五十年来中国之文学》，见《胡适全集》(2)，安徽教育出版社 2003 年版，第 286 页。
③ 梁启超：《清代学术概论》，见《梁启超全集》(10)，中国人民大学出版社 2018 年版，第 278 页。
④ 宗白华：《艺苑趣谈录序》，见《宗白华全集》（第 3 卷），安徽教育出版社 1994 年版，第 604 页。
⑤ 宗白华：《美学散步》，见《宗白华全集》（第 3 卷），安徽教育出版社 1994 年版，第 284 页。
⑥ 唐湜：《新意度集·前记》，生活·读书·新知三联书店 1990 年版，第 3 页。

对于几位作者各自不同的学术语言，唐湜的感受是很准确的，如李健吾（刘西渭）、梁宗岱作为京派批评的代表人物，追求的是"灵魂企图与灵魂接触"的批评境界，①对审美体验较为倚重，喜欢用优美的文字诠释同样优美的文学。如李健吾评沈从文的作品："《边城》是一首诗，是二佬唱给翠翠的情歌。《八骏图》是一首绝句，犹如那女教员留在沙滩上神秘的绝句。"②这种诗化的语言，注重对艺术美的直观感受和感性阐释，是在继承中国传统文论诗性言说的基础上，吸纳西方印象主义批评的成果而生成出来的。对此李建中等人就指出："在现代学术史上，尽管逻辑的与抽象的说理方式大行其道；但是，一些批评大家，如王国维、鲁迅、茅盾、朱自清、李健吾、钱锺书等，他们的文学理论批评文章仍然保留了'说理而深于取象'的传统语言表达方式。"③林建法主张"文学评论应该是一种美文写作"，而现在的学术文章有"浓重的八股化味道"，语言"陈腐""干巴""贫乏"；他认为中国的诗论、画论都有自成体系的批评系统，但是当代文学批评却漠视这些资源，使得"传统在慢慢丧失"。④这里提到的"传统"，就是中国文论的诗性言说。就此而言，中国传统学术中的雅言雅语，今天仍有重拾的必要，这种极具本土特色与风貌的传统，"实在是对坚硬、规范的理性的一种必要的补偿"。⑤

新批评的代表人物兰色姆在评价艾略特时说："艾略特将自己的学问恰如其分地用到了批评上；也许还因为他的散文写得摇曳生姿，充满魅力，他的文学批评颇有几分文学作品的味道。"⑥有趣的是，解构批评家哈特曼也持同样的看法，他认为"文学批评本身就是一种文学"，应该"把它看作是与文学共生的，而不是寄生于文学之上的，那么这就会使我把目光转向过去的

---

① 李健吾：《咀华集·咀华二集》，复旦大学出版社 2005 年版，第 122 页。
② 李健吾：《咀华集·咀华二集》，复旦大学出版社 2005 年版，第 26 页。
③ 李建中、李小兰：《批评文体论纲》，武汉大学出版社 2013 年版，第 281 页。
④ 林建法：《对话时代的思与想》，复旦大学出版社 2013 年版，第 159 页。
⑤ 蒋原伦、潘凯雄：《历史描述与逻辑演绎——文学批评文体论》，云南人民出版社 1994 年版，第 88 页。
⑥ ［美］兰色姆：《新批评》，王腊宝、张哲译，文化艺术出版社 2010 年版，第 81-82 页。

丰富多彩的批评"。他如此表达自己对这种批评的憧憬："论文，尤其是文学论文，有没有一种自己的形式，一种体式或格局，把它从实证知识的领域，转移到与艺术相近邻的位置，而并不混淆学术与艺术的界限呢？"① 一个认为论文要带有文学味道，一个希望论文要与艺术比邻，均指向学术语言自由、灵动、活泼的品质，与充盈于中国古典文论中的清词丽句实无二致。有学者指出，对于古典文论诗性特征的讨论，意义不限于学术文体本身，"而是可以为全球化时代中国传统文论的现代转换找到一种新的入思方式或新的理论突破口"。② 就此而言，重新找回失落已久的传统，让旧传统绽放新光芒，以之针砭当下学术话语的弊病，对于改变学术文体千人一面、千篇一律的现状，显然有着重要的意义。

钱锺书学术著述的诗性言说特征及魅力，对于反思中国学术现代转型的经验教训具有重要的参照意义。钱著不是枯燥乏味的高头讲章，读之令人昏昏欲睡，也不是粗浅浮泛的阅读感受，读之令人毫无收获。钱锺书自幼接受严格的古文训练，文言的使用毫无滞碍，可谓得心应手，妙笔生花，以之述学，自然呈现出典雅简炼、灵动风趣的诗性言说风格。许多研究者都注意到了这一点，例如周振甫就引江淹诗句"高文一何绮，小儒安足为"来形容钱氏的学术语言，并称："钱先生的《管锥编》很讲究文采。"③ 沈治钧也赞叹："学术论文而有此活泼灵动之文字，唯钱氏专擅，是钱锺书文体的一个重要特征。"④ 事实正是如此，在阅读钱著的过程中，读者一方面能感受到理性思辨的深度，一方面又可以享受到语言修辞的机趣。弗莱在《批评的解剖》中说："文学批评的对象是一种艺术，批评本身显然也是一种艺术。"⑤ 文学批

---

① Geoffrey Hartman, Crossing Over: Literary Commentary as Literature, Comparative Literature XXVIII. 3, 1976, p.264. 译文参见［美］胡志德：《钱锺书》，张晨等译，中国广播电视出版社 1990 年版，第 97 页。朱立元：《远离文学和文本：当代西方文论困境之反思——以耶鲁解构批评和文化研究为案例》，《南国学术》2015 年第 2 期。

② 李建中：《"批评文体研究"笔谈》，《三峡大学学报》2006 年第 4 期。

③ 钱宁：《曲高自有知音——访周振甫先生》，见周振甫：《周振甫讲〈管锥编〉〈谈艺录〉》，江苏教育出版社 2005 年版，第 10 页。

④ 沈治钧：《万点花飞梦逐飞——钱锺书论〈红楼梦〉》，《红楼梦学刊》1998 年第 1 辑。

⑤ ［加拿大］弗莱：《批评的解剖》，陈慧、袁宪军、吴伟仁译，百花文艺出版社 2006 年版，第 4 页。

评对于语言的要求要远高于一般的人文社会科学，因此，中国传统文论的诗性言说，与西方现代学术的科学分析，孰是孰非，孰优孰劣，孰去孰留，就成为人们关注的焦点。经验表述与逻辑表述虽各具价值，但又实难兼备，许多学者都曾有过这样的困惑，例如许纪霖说："过去，我通常用一种经验的或个人的方式来叙述，虽然火花四起，但彼此之间多有矛盾，或者说意识不到内在的矛盾。如今，我对思维中逻辑上的自洽性有了相当的理论自觉。不过，我发现，这样一来也出现了另外一个问题，文章写出来不如过去那样好看了。"① 王先霈也认为，学院派批评家每每有意无意地担当起社会代言人和科学代言人的角色，不是以个人身份而是以群体、以体制的名义发言，他们的批评文本更靠近科学著作的语言表达方式，而不是靠近文学作品，"倘若语言的准确性与生动性实在难以两全，它们宁取准确；倘若语言的谨严性和趣味性难以同时兼顾，它们宁取谨严"。② 在传统文论中，由于言说者往往身兼诗人与学者的双重身份，因此述学语言也多带有强烈的文学色彩。而在现代批评中，批评家通常不是以个人的身份说话，而是以群体或体制的名义发言，不是以"鄙见""窃以为""犹忆"这样的口吻说话，而是以"我们认为""综上所论""由此可见"这类方式发言，因此语言风格自然离诗性言说越来越远。百余年来，在西学范式的规训下，中国本土学术中珍贵的诗性言说传统逐渐消失。今天，阅读很多"文论""批评"和"鉴赏"著作，实不难发现在规范化的格式之下，掩盖不住的是文风的晦涩沉闷。韦勒克说："文体学的核心内容之一正是将文学作品的语言与当时语言的一般用法相对照。"③ 如果将这个看法移用到学术文体的研究上，那么，韦勒克说的"对照"，其意义就在于：在当下僵硬文风的衬托之下，钱锺书诗性言说的特质才得以凸显出来，而这种特质具有的现实参照性以及钱氏回归诗性言说传统的耐人寻味处，更值得我们深入探讨。

---

① 许纪霖：《中国知识分子十论·自序》，复旦大学出版社 2003 年版，第 17-18 页。
② 王先霈主编：《文学批评原理》，华中师范大学出版社 1999 年版，第 243 页。
③ ［美］韦勒克、沃伦：《文学理论》，刘象愚等译，江苏教育出版社 2005 年版，第 198 页。

三、"有意味的形式"：从"说什么"到"怎么说"

"形式"问题是西方现代批评关注的重心。从俄国形式主义对"形式"概念的重新界定，到英美新批评的"文本中心论"，再到结构主义诗学的"文本"理论，均表明此前不被重视的"形式"已成为文学研究的重要维度。在所有这些关于"形式"的理论观点中，俄国形式主义的看法最具冲击力，"形式"不再被视为被"内容"决定的文本要素，而是上升到和"内容"同等的高度，被赋予了本体的意义，这就是什克洛夫斯基说的"形式为自己创造内容"。① 对此，弗莱评价说："'形式'是与什么相对而言的呢？对俄国形式主义者来说，这是个关键问题。……在他们的纲领中，任何东西都是形式。换句话说，在形式和内容之间没有真正的区别。"② 韦勒克也明确指出："俄国的形式主义者最激烈地反对'内容对形式'（content versus form）的传统二分法。"③ 这种对于"形式"的颠覆性理解，深刻影响到人们对于文体价值的思考。在结构主义叙事学中，叙事性文本的研究重心就从故事"讲什么"转向了故事"怎么讲"，以往小说研究中的"人物""情节""环境"三要素，在热奈特、托多洛夫等人那里被新的三要素"叙述视角""叙述语态""叙述时间"所取代，从而完成小说研究从"内容"向"形式"的重心转移，改变了人们对于小说叙事的认识，所以里卡尔杜（Richardou）才会很机智地说出这样的话来："古典小说是对冒险的叙事，而现代小说是对叙事的冒险。"④ 同样的，热奈特的"名言"也精妙启人，他说："人们曾经在相当长的时间内将文学视作一个没有代码的信息，因此现在有必要暂时将它看成一个没有信息的代码。"⑤

---

① ［俄］什克洛夫斯基：《散文理论》，刘宗次译，百花洲文艺出版社1994年版，第35页。
② ［美］保罗·H.弗莱：《耶鲁大学公开课：文学理论》，吕黎译，北京联合出版公司2017年版，第96页。
③ ［美］韦勒克、沃伦：《文学理论》，刘象愚等译，江苏教育出版社2005年版，第156页。
④ ［法］贝尔纳·瓦莱特：《小说——文学分析的现代方法与技巧》，陈艳译，天津人民出版社2003年版，第18页。
⑤ 此语出自热奈特《结构主义与文学批评》，转引自张寅德：《法国结构主义文论的嬗变》，《华东师范大学学报》1988年第3期。

从这个角度说，钱锺书无疑是现代中国学术史上一位特立独行的言说者，他的学术思想很有个性，学术文体更具特色，自成一套与众不同的话语系统。如果我们细致深入地考察他的这套言说方式，将不难发现其中蕴含的丰富意义，意识到他个性化的学术文体其实关乎"谈艺"的观念、旨趣、维度、策略及方法，是这些学术研究之要义"内化"于文体的表现。卡勒说："结构主义首先是建立在这样一种认识基础之上：即如果人的行为或产物具有某种意义，那么其中必有一套使这一意义成为可能的区别特征和程式系统。"① 抛开其中结构主义诗学的内涵，卡勒这句话实际上意味着：文体以及文体所包含的表达方式、风格体貌，乃是一种"有意味的形式"。

作为一个广为人知的命题，"有意味的形式"出自英国学者贝尔《艺术》一书，在讨论视觉艺术的特点时他说："在各个不同的作品中，线条、色彩以某种特殊方式组成某种形式或形式间的关系，激起我们的审美感情。这种线、色的关系和组合，这些审美的感人的形式，我称之为有意味的形式。"② 可见在贝尔这里，"有意味的形式"（significant form）强调的是绘画、雕塑中"形式"本身具有的审美"内涵"，同时这个命题又言简意赅地揭示出形式的本体意义，是对以往"形式"和"内容"二分观点的有力反驳，因此成为当代诗学的重要命题。在过去，文体常被简单地视为思想的载体，如今人们逐渐认识到，文体虽属形式范畴，但不仅仅是承载思想的载体，其本身也别具"意味"。童庆炳认为文体有表里二层，它既是作品语言秩序、语言体式的外显，也是作家、批评家人格内涵的承载。③ 吴作奎也指出，批评文体"折射出批评家独特的精神结构、体验方式、思维方式和一定的社会文化精神"。④ 均指出了文体作为"形式"的双重蕴含：一方面文体呈现的外在特征，如体裁、语体、修辞、结构、风格等，是作者传情达意或说理明道的工具和手段，一方面作者先天的"才""气"，后天的"学""习"，以及他的学术观念、

---

① ［美］乔纳森·卡勒：《结构主义诗学》，盛宁译，中国社会科学出版社 1991 年版，第 25 页。
② ［英］克莱夫·贝尔：《艺术》，周金环、马钟元译，中国文联出版公司 1984 年版，第 4 页。
③ 童庆炳：《文体与文体的创造》，云南人民出版社 1994 年版，第 1 页。
④ 吴作奎：《冲突与融合——中国现代批评文体论》，武汉大学出版社 2010 年版，第 5 页。

治学门径、研究维度、思维方式、阐释策略等，也隐含在文体这一"形式"之中。只关注文体的工具性而忽略其本体性，这是文体学研究长期以来存在的误区，换言之，只看到文体作为单纯的形式所具有的"载道"功能，则研究重心难免就会落在这个"道"也即"说什么"上，而忘记了作为一种"有意味的形式"，文体的"怎么说"同样具有丰富的内涵。

　　这里不妨结合前论，从学术文体的体类、体要、体貌三个层面对钱锺书学术文体的"意味"作简要分析。首先从体类看，钱锺书的文体选择与其治学观念有密切的关系，他尝言："学问乃荒江野老屋中二三素心人商量培养之事。"① 又云："余雅喜谈艺。"② 可见与诗坛同好促膝闲谈，品藻诗艺，才是他追慕的治学境界，所以用诗话、札记、随笔这样的文体来谈艺，无疑就是惬心贵当的选择。这种传统学人以学问自娱的特点，与晚清以来学者借助大众传媒向读者传释文艺现象的趋向是大异其趣的。而即使是钱锺书在报刊杂志上发表的学术文章，也如前所论带有浓厚的"闲谈""自遣"色彩，所谓"随笔体""家常体"也，其风味与现代学术论文仍存在很大的差异。其次从体要看，钱锺书学术著述在语言表达方式上的特点，也是他治学观念的投射。以古雅简妙的文言述学，从语体选择看是非常契合他谈艺的趣好的，更重要的是借助这种语言，他能够娴熟地使用古典诗文评那套话语来进行言说，所谓"此中人语""当行人语"，这对他而言自然也是称心如意的选择。至于他所热衷的旁征博引，自有谈艺的用心在，爬梳剔析、参会比较、指摘利钝、品评手眼，端赖于此，所谓"评者观古人依傍沿袭之多少，可以论定其才力之大小，意匠之为因为创"。③ 最后从体貌看，钱锺书学术著述呈现出的亦俗亦雅之气、半庄半谐之风、学术娱思之乐、雅人深致之旨，既是他个人机趣盎然、通脱放达的精神气质的外显，也是他"诗人-批评家"这一身份意识的使然。一言以蔽之，"读其书，想见其为人乎"？④ 钱锺书的文体

---

① 柯灵：《促膝闲话中书君》，《读书》1989 年第 3 期。
② 钱锺书：《谈艺录》，生活·读书·新知三联书店 2001 年版，第 1 页。
③ 钱锺书：《小说识小续》，见《人生边上的边上》，生活·读书·新知三联书店 2002 年版，第 151 页。
④ （清）沈德潜：《说诗晬语》，见丁福保辑：《清诗话》，上海古籍出版社 1978 年版，第 557 页。

就是钱锺书这个人，是他的人格、气质、性灵，他的精神、思想、观念，他的治学门径和治学方法等等的熔铸，是无法复制的"一个'这个'"，①即如敏泽指出的那样："钱锺书现象的出现，是多种罕有因素加在一起综合造成的。"② 由此可见，钱锺书的学术文体作为一种"形式"，是作者个性化书写的呈现，在这种书写中，文体不仅承载"内容"，同时也参与"内容"的生成，它本身也是"内容"。正是在这个意义上，文体成为一种"有意味的形式"。

这就是钱锺书学术文体带给我们的启发。认识到文体是一种"有意味的形式"，在重视学术研究"说什么"的同时，也关注它"怎么说"，通过考察学术著述在体类、体要、体貌上的特征，发掘其中的蕴含，对于更准确、深入地理解作者的学术思想和学术方法，无疑具有重要的意义。汪曾祺说："语言不只是一种形式，一种手段，应该提到内容的高度来认识。"③ 他说的虽然是文学语言，但揭示的道理同样适用于学术文体。作者以某种文体述学，或出于不自觉，或出于自觉，个中均有深意，有待深入解会。即以书信体为例，前者如白居易的《与元九书》、恩格斯的《致斐·拉萨尔》，作者下笔之时并未虑及此信会公之于众或公开发表而成为学术公器，但既然以书信的方式写就，则其中的"窃窃私语"，对于研究者而言，体验此中出自肺腑之心得，考察写信人与受信人之关系，辨析作者公开观点与私下言论之出入，无不具有重要的文献价值。后者如新文化运动中胡适、陈独秀、钱玄同等人的书信往来、普列汉诺夫的名作《论艺术——没有地址的信》，既曰"没有地址"，显见选择这种文体是出于自觉的考量，也许是想借此无所顾忌地吐露心声，也许是想将激烈的观点说得尽可能委婉，也许是觉得书信的方式更有助于商榷和交流，也许是想以此引发讨论和争鸣，也许是认为一个假想中的受信人会宜于意思的表达，也许是期望一次类似公开信的宣言式效应，等等，这其中的"意味"，对于研究者更细致深入地考察作者的学术思想和彼

---

① ［德］恩格斯：《致敏·考茨基》，见《马克思恩格斯选集》(4)，人民出版社 1972 年版，第453 页。
② 敏泽：《论钱学的基本精神和历史贡献——纪念钱锺书先生》，《文学评论》1999 年第 3 期。
③ 汪曾祺：《中国文学的语言问题》，见《汪曾祺文集·文论卷》，江苏文艺出版社 1993 年版，第 1 页。

时的学术风气，无疑是大有裨益的。刘勰在《文心雕龙·书记》中说："详总书体，本在尽言，言以散郁陶，托风采，故宜条畅以任气，优柔以怿怀；文明从容，亦心声之献酬也。"① 就指出书信体具有能够把作者的意思说得清晰透彻（"尽言""条畅"）、轻松随意（"优柔""从容"），从而更好地进行思想交流（"心声之献酬"）等特点。1915 年《新青年》创刊时曾设"通信"一栏，编辑部"社告"即称："本志特辟通信一栏，以为质析疑难，发舒意见之用。"② 鲁迅也认为："从作家的日记或尺牍上，往往能得到比看他其他作品更为明晰的意见，也就是他自己的简洁的注释。"③ 以上这些看法，都从不同的角度触及到书信体的特点及研究意义。书信体是如此，其他如语录体、对话体、随笔体、诗话体、札记体等等也是如此。正因为"此"，在有关学术范式的研究中，越来越多的人开始将目光从学术著述"说什么"转向"怎么说"。陈平原在《现代中国的述学文体》中指出："文学乃至学术的精微之处，不是借助而是内在于文体。"这个看法不再简单地将文体看作"外在于"思想和内容的"载体"，而是视其为自身就包含着思想和内容的"本体"。他说："剥离了特定文体的文学或学术，其精彩程度，必定大打折扣。"④ 这其实就是钱锺书说的"舍言求物，物非故物"，⑤ 强调了形式本身的价值。陈平原最后指出："相对于'说什么'的政治立场，'怎么说'的文体选择，更能显示个人趣味。"⑥ 显然在他看来，学术著述"怎么说"要比"说什么"更值得探究。李小兰也认为在以往的文论研究中，"学界注重的是'说什么'（即言说内容），而常常忽略'怎么说'（即言说方式或文体特征）"。⑦ 对于这个问题，李建中《中国文论：说什么与怎么说》一文有更全面深入的思考，他认

---

① （梁）刘勰著；韩泉欣校注：《文心雕龙》，浙江古籍出版社 2001 年版，第 140 页。
② 本志编辑部：《社告》，《青年杂志》第 1 卷第 1 号，1915 年 9 月。
③ 鲁迅：《且介亭杂文二集·孔另境编〈当代文人尺牍钞〉》，见《鲁迅全集》（6），人民文学出版社 2005 年版，第 429 页。
④ 陈平原：《现代中国的述学文体》，北京大学出版社 2020 年版，第 271 页。
⑤ 钱锺书：《中国文学小史序论》，见《人生边上的边上》，生活·读书·新知三联书店 2002 年版，第 103-105 页。
⑥ 陈平原：《现代中国的述学文体》，北京大学出版社 2020 年版，第 276 页。
⑦ 李小兰：《〈庄子〉文体特征与古代文论的批评文体》，《江汉论坛》2007 年第 7 期。

为任何民族的文论话语都是由"说什么"和"怎么说"构成的，二者同样重要，但实际上对"说什么"的过度关注导致了对"怎么说"的忽略，进而造成中国文论现代转型的困难。他还对中国古典文论"怎么说"作了生动的描述：如先秦文论是"寄生地说""随意地说"，六朝文论是"骈俪地说""意象地说"，唐宋以后则是"抒情地说""叙事地说"，……而这些各具风貌的"怎么说"，与学术思维、学术观念、学术方法等是密不可分的。他最后指出："传统文论的'说什么'有相当部分内容在今天已经失效或部分失效，'怎么说'应该也必须纳入到批评史研究的视野。"① 陈平原、李建中等人的上述看法，是对学界长期以来重言说"内容"而轻言说"形式"的反拨，对于深化文体学研究有着重要的参考意义。

在《批评的诸种概念》中，韦勒克说："借助于形式，批评的某些洞察力才得以表现出来。"② 曹顺庆等人在《中国古代文论话语》中也指出："特定的言说方式总是与特定的意义生成方式相关联的。"③ 由此看来，"东海西海，心理攸同。南学北学，道术未裂"，④ 中西文论的思虑是一致的，都关注到文体作为"形式"的研究意义，都认识到文体的选择以及通过语言表达方式所呈现出的体式体貌，与学术研究的思想、观念、旨趣、维度、策略及方法交织不分的关系。从这个角度说，在现代中国学术史上，钱锺书极具个性魅力的学术文体，自有不容忽视的研究价值。

---

① 李建中：《中国文论：说什么与怎么说》，《长江学术》2006 年第 1 期。
② ［美］韦勒克：《批评的诸种概念》，丁泓、余徽译，四川文艺出版社 1988 年版，第 11 页。
③ 曹顺庆、李清良、傅勇林、李思屈：《中国古代文论话语》，巴蜀书社 2001 年版，第 397 页。
④ 钱锺书：《谈艺录》，生活·读书·新知三联书店 2001 年版，"序"第 1 页。

结　语

　　钱锺书的忘年之交、晚清同光体诗歌的代表人物、近代学人陈衍，曾有
一番对青年钱锺书的激赏，他说："三十年来，海内文人治诗者众矣，求其
卓然独立自成一家者盖寡。何者？治诗第于诗求之，宜其不过尔尔也。默存
精外国语言文字，强记深思，博览载籍，文章淹雅，不屑屑栩然张架子。喜
治诗，有性情，有兴会，有作多以示余。余以为性情兴会固与生俱来，根柢
阅历必与年俱进。然性情兴趣亦往往先入为主而不自觉。而及其弥永而弥
广，有不能自为限量者。"① 这段话虽不无提携后进之意，但总体来说还是准
确的。钱锺书在谈艺上取得的成就以及彰显出的学术个性，是与其家学渊
源、国学根底、西学素养以及性情气质密切相关的，用刘勰的话来说，就是
先天的"才""气"、后天的"学""习"，经"情性所铄，陶染所凝"，而最终
成就出来的。因此，从这个意义上说，钱锺书的治学气象是不可复制的，他
的个性化学术文体也是不可复制的。正像有人指出的那样，优秀的作品往往
"出格"，而且贵在"出格"，这既表现在内容上，也表现在体裁上，所以，
"杰作的文体价值往往反而较低，甚或很低"。② 不过，尽管不怎么具有普遍
性的示范意义，但是从另外的角度看，钱锺书的学术文体作为中国传统学术
现代转型大背景下与众不同的产物，作为散发着独特魅力的文体典范，对于
当下中国学术话语的建构仍有着积极的参照意义。

　　陈平原在研究现代中国的述学文体时表示，他最关心的是在中外新旧文
化激烈碰撞的时代，中国学者如何建立"表达"的立场、方式与边界。他认
为百年中国的述学文体，受制于"西学东渐"和"旧学新知"两大潮流的牵

---

① 钱锺书：《石语》，生活·读书·新知三联书店 2002 年版，第 485 页。
② 王澍：《论风格学不宜羼入文体学》，《学术界》2020 年第 8 期。

引，"一举一动，均意味深长"。① 叶维廉也认为晚清以来，"中国民族文化的原质根性已被放逐"，"文化侵略确已改变了我们的文化生态"，这其中既包括文学艺术，也包括文化理论和哲学，比如，"一般社会科学的研究，都承袭了西方自然科学实证主义发展出来的模子"。他由此追问道："这是现代中国应有的取向吗?"在他看来，这个问号自"五四"以来便不断地在知识分子心中响起，也因之才会有隔三差五便爆发一次的文化论争，陷入同时对传统文化及西方文化"既爱犹恨、说恨还爱"的情结。叶维廉说，从"五四"到四十年代间，在这种集体性焦虑中能够"冷静、客观、深思熟虑"的学者也有不少，他尤其提到钱锺书的《谈艺录》等著述，认为"在过度情绪化的批评激流中它们是难得的论著"。② 事实确实如此，尽管身处时代潮流的裹挟之中，钱锺书却定力十足，始终坚守自己独特的学术品格和学术个性。清人商盘《旅窗自订新旧诗四十卷因成长句》云："不分畦畛忘年代，别有陶镕属性灵。"钱锺书称此诗"几可为《随园诗话》之提要钩玄"，③ 其实以之评价他本人也是恰如其分的。在现代中国学术史上，钱锺书真正做到了"不分畦畛忘年代"，他一生治学，无论是在思想、观念、见解上，在路径、策略、方法上，还是在文体选择及运用上，都能一破新旧中西之畛域，别成自家新天地。这就是柯灵说的："重洋轻中，重中轻洋，滔滔者天下皆是，惟钱氏能植根华夏，冶中外古今于一炉，追来溯往，抽丝剥茧，排比参照，融会贯通，得心应手，左右逢源，通雅淹博而没有学院气和学究气。"④ 钱锺书去世后，余英时曾撰文称："墨存先生是中国古典文化的最高结晶之一。他的逝世象征了中国古典文化和 20 世纪同时终结。"⑤ 这一评价只突出了钱锺书在古典文学研究领域的成就及影响，赞誉虽高但并不够全面。相比之下，时任法国总统的希拉克发来的唁电倒给人留下了深刻的印象，他说："我向这位伟人鞠躬致意，他将以他的自由创作、审慎思想和全球意识铭记在文化历史

---

① 陈平原：《现代中国的述学文体》，北京大学出版社 2020 年版，第 7 页，第 14 页。
② ［美］叶维廉：《中国诗学》，人民文学出版社 2006 年版，第 12 页，第 260–262 页。
③ 钱锺书：《谈艺录》，生活·读书·新知三联书店 2001 年版，第 589 页。
④ 柯灵：《促膝闲话中书君》，《读书》1989 年第 3 期。
⑤ 余英时：《我所认识的钱锺书先生》，《文汇读书周报》1999 年 1 月 2 日。

中，并成为对未来世代的灵感源泉。"① 这份来自遥远异邦的哀思，以"自由创作""审慎思想""全球意识"三个词来概括钱锺书治学和创作的特点，应该说是很精当的。其中的"自由创作"，这个"自由"，非仅指思想之自由，也指表达之自由。钱锺书治学，从不追风逐潮，从不趋时应景，最大程度地保持了自己的学术个性，表现在学术文体上，就是以包容和开放的立场，审视新旧中西不同文体的特点，破除新旧中西不同文体的壁障，促进新旧中西不同文体的融会，而也正是这种挣脱文体束缚的"自由创作"，才使他的学术文体呈现出引人注目的风貌。

"文体——这是才能本身，思想本身。文体是思想的浮雕性，可感性；在文体里表现着整个的人；文体和个性、性格一样，永远是独创的。"② 别林斯基"文体永远是独创的"这句话，对于当下学术话语的"失语症"，对于中国学术话语的重构，无疑具有极强的针对性。在中外学术史上，凡具有强烈文体意识的学者，往往不会受制于特定的文体规范而自设牢笼，他们会自觉地探索新的言说路径，自觉地尝试新的言说方式，以寻找到与自己的学术思想、观念、旨趣、维度、策略及方法相契合的文体样式，从而跳出窠臼，自创新境。简言之，"我用我法，卿用卿法"，③ 这就是钱锺书个性化学术文体的魅力及意义。

---

① 希拉克唁电见《人民日报》1999 年 1 月 1 日。
② ［俄］别林斯基：《1843 年的俄国文学》，见《别林斯基论文学》，查良铮译，上海新文艺出版社 1958 年版，第 234 页。
③ 钱锺书：《管锥编》，中华书局 1986 年版，第 389 页。

参考文献

Ⅰ. 钱锺书著述

《管锥编》（1–5 册），北京：中华书局 1986 年版。

《谈艺录》（上、下卷），北京：生活·读书·新知三联书店 2001 年版。

《宋诗选注》，北京：生活·读书·新知三联书店 2002 年版。

《七缀集》，北京：生活·读书·新知三联书店 2002 年版。

《写在人生边上》，北京：生活·读书·新知三联书店 2002 年版。

《人生边上的边上》，北京：生活·读书·新知三联书店 2002 年版。

《石语》，北京：生活·读书·新知三联书店 2002 年版。

《容安馆札记》（1–3 卷），北京：商务印书馆 2003 年版。

《钱锺书英文文集》，北京：外语教学与研究出版社 2005 年版。

《围城》，北京：人民文学出版社 1991 年版。

《人·兽·鬼》，北京：生活·读书·新知三联书店 2002 年版。

《槐聚诗存》，北京：生活·读书·新知三联书店 2002 年版。

《钱锺书散文》，杭州：浙江文艺出版社 1997 年版。

Ⅱ. 钱学文献［著作］

蔡田明：《〈管锥编〉述说》，北京：中国友谊出版公司 1991 年版。

陈子谦：《论钱锺书》，桂林：广西师范大学出版社 2005 年版。

龚刚：《钱锺书：爱智者的逍遥》，北京：文津出版社 2005 年版。

何明星：《〈管锥编〉诠释方法研究》，武汉：华中师范大学出版社 2006 年版。

胡范铸：《钱锺书学术思想研究》，上海：华东师范大学出版社 1993 年版。

胡河清：《真精神与旧途径——钱锺书的人文思想》，石家庄：河北教育出版社 1995 年版。

季进：《钱锺书与现代西学》，上海：上海三联书店 2002 年版。

孔庆茂：《钱锺书传》，南京：江苏文艺出版社 1995 年版。

黎兰：《钱锺书的述学文体——以〈管锥编·老子王弼注〉为个案的研究》，太原：三晋出版社 2015 年版。

李洪岩：《智者的心路历程——钱锺书生平与学术》，石家庄：河北教育出版社 1997 年版。

李洪岩、范旭仑：《为钱锺书声辩》，天津：百花文艺出版社 2000 年版。

刘梦芙：《二钱诗学之研究》，合肥：黄山书社 2007 年版。

刘玉凯：《鲁迅钱锺书平行论》，保定：河北大学出版社 1998 年版。

陆文虎：《围城内外——钱锺书的文学世界》，北京：解放军出版社 2004 年版。

钱之俊：《钱锺书生平十二讲》，上海：上海社会科学院出版社 2013 年版。

舒展选编：《钱锺书论学文选》，广州：花城出版社 1990 年版。

汤晏：《一代才子钱锺书》，上海：上海人民出版社 2005 年版。

田建民：《诗兴智慧——钱锺书作品风格论》，石家庄：河北教育出版社 2002 年版。

王卫平：《东方睿智学人：钱锺书的独特个性和魅力》，石家庄：河北教育出版社 1997 年版。

吴泰昌：《我认识的钱锺书》，上海：上海文艺出版社 2005 年版。

吴学昭：《听杨绛谈往事》，北京：生活·读书·新知三联书店 2008 年版。

谢泳：《钱锺书交游考》，北京：九州出版社 2018 年版。

杨绛：《我们仨》，北京：生活·读书·新知三联书店 2003 年版。

杨绛：《将饮茶》，北京：生活·读书·新知三联书店 2015 年版。

杨绛：《杂忆与杂写（1992–2013）》，北京：生活·读书·新知三联书店 2015 年版。

杨联芬编：《钱锺书评说七十年》，北京：文化艺术出版社 2010 年版。

杨全红：《钱锺书译论译艺研究》，北京：商务印书馆 2019 年版。

袁峰：《书海掣鲸龙：钱锺书的读书生活》，沈阳：万卷出版公司 2018 年版。

臧克和：《钱锺书与中国文化精神》，南昌：百花洲文艺出版社 1993 年版。

张文江：《营造巴比塔的智者——钱锺书传》，上海：复旦大学出版社 2011 年版。

［美］胡志德：《钱锺书》，张晨等译，北京：中国广播电视出版社 1990 年版。

［德］莫芝宜佳：《〈管锥编〉与杜甫新解》，马树德译，石家庄：河北教育出版社1998年版。

Ⅲ. 钱学文献［文章］

卞孝萱：《诗坛前辈咏钱锺书》，见沉冰主编：《不一样的记忆——与钱锺书在一起》，北京：当代世界出版社1999年版。

卞孝萱：《钱锺书冒效鲁诗案》，《中华文史论丛》2006年第4期。

卜志君：《高山流水话知音——钱仲联谈钱锺书》，见沉冰主编：《不一样的记忆——与钱锺书在一起》，北京：当代世界出版社1999年版。

常风：《和钱锺书同学的日子》，《书摘》2007年第12期。

沉冰：《钱尘梦影》，见沉冰主编：《不一样的记忆——与钱锺书在一起》，北京：当代世界出版社1999年版。

沉冰：《听傅敏谈钱锺书先生》，见沉冰主编：《不一样的记忆——与钱锺书在一起》，北京：当代世界出版社1999年版。

陈焱：《钱锺书爱读的一本词典》，《南方都市报》2019年6月23日。

陈云：《忘记钱锺书》，《书城》1999年第5期。

陈子谦：《钱锺书文艺批评的哲学基础》，《厦门大学学报》1983年增刊。

党圣元：《钱锺书的文化通变观与学术方法论》，《中国社会科学》1999年第4期。

丁伟志：《送默存先生远行》，《万象》第1卷第2期，1999年。

杜松柏：《钱锺书宋诗选注之评论》，台湾《中华文化复兴月刊》第22卷第5期，1989年。

范旭仑：《容安馆品藻录》，《万象》第6卷第2期、第4–7期、第10期，第7卷第1-4期、第6–12期，2004年2月至2005年12月。

傅杰：《余英时时隔十年谈钱锺书》，《东方早报》2008年5月25日。

傅璇琮：《缅怀钱锺书先生》，《宁波日报》1999年2月3日。

傅璇琮、张如安：《〈宋诗纪事补正〉疏失举正》，《南京师范大学文学院学报》2003年第4期。

甘毓津：《离校五十年》，《清华校友通讯》1983年新38期校庆专辑。

高帆：《〈谈艺录〉"雅谑"管窥》，《牡丹江大学学报》2019年第1期。

高莽：《怀念钱锺书老先生》，见丁伟志主编：《钱锺书先生百年诞辰纪念文集》，北京：生活·读书·新知三联书店 2010 年版。

韩石山：《钱锺书的"淫喻"》，见韩石山：《谁红跟谁急》，北京：中国友谊出版公司 2006 年版。

胡慧翼：《近 20 年大陆"钱锺书热"的文化剖析》，《学术探索》2003 年第 10 期。

胡文辉：《读陈寅恪、想钱锺书》，《书屋》1998 年第 5 期。

胡小伟：《高山仰止——思念钱锺书先生》，《解放军艺术学院学报》2000 年第 2 期。

胡小伟：《钱锺书与电脑时代》，见丁伟志主编：《钱锺书先生百年诞辰纪念文集》，北京：生活·读书·新知三联书店 2010 年版。

黄鹤：《从不同语体看钱锺书的语言风格》，《暨南学报》1994 年第 1 期。

黄裳：《关于〈管锥编〉的作者》，见沉冰主编：《不一样的记忆——与钱锺书在一起》，北京：当代世界出版社 1999 年版。

黄维樑：《刘勰与钱锺书：文学通论——兼谈钱锺书理论的潜体系》，《海南师范大学学报》2010 年第 5 期。

黄维樑：《大同文化·乐活文章——纪念钱锺书百年诞辰》，《文艺争鸣》2011 年第 4 期。

纪健生：《吴孟复心目中的钱氏父子》，见范旭仑、李洪岩编：《钱锺书评论》(第 1 辑)，北京：社会科学文献出版社 1996 年版。

纪健生：《记与钱锺书先生的一次通信》，《淮北煤炭师范学院学报》1999 年第 4 期。

贾永雄：《"中国辩证法"是钱锺书治学之本》，《榆林高等专科学校学报》2000 年第 3 期。

蒋寅：《在学术的边缘上——解构钱锺书的神话》，《南方都市报》1996 年 11 月 1 日。

蒋寅：《大师与博学家的区别》，见蒋寅：《学术的年轮》，北京：中国文联出版社 2000 年版。

蒋寅：《钱锺书学术方式的古典色彩》，见蒋寅：《学术的年轮》，北京：中国文联出版社 2000 年版。

柯灵：《促膝闲话中书君》，《读书》1989 年第 3 期。

李清良：《钱锺书"阐释循环"论辨析》，《文学评论》2007 年第 2 期。

李慎之：《千秋万岁名　寂寞身后事——送别钱锺书先生》，见李明生等编：《文化昆仑：钱锺书其人其文》，人民文学出版社 1999 年版。

李铁映：《深切缅怀学术文化大师钱锺书》，《江南论坛》2000 年第 2 期。

林子清：《钱锺书先生在暨大》，《文汇读书周报》1990 年 11 月 24 日。

刘皓明：《绝食艺人：作为反文化现象的钱锺书》，《天涯》2005 年第 3 期。

刘梦芙：《〈石语〉评笺》，见冯芝祥编：《钱锺书研究集刊》（第 2 辑），上海：上海三联书店 2000 年版。

刘梦芙：《钱学研究门外谈》，《甘肃社会科学》2005 年第 1 期。

刘梦芙：《魔镜背后的钱锺书——〈容安馆品藻录〉读后》，《中国诗歌研究动态》2006 年第 2 辑。

刘衍文：《漫话钱锺书先生》，见冯芝祥编：《钱锺书研究集刊》（第 2 辑），上海：上海三联书店 2000 年版。

刘阳：《以言去言：钱锺书文论形态的范式奥蕴》，《文艺理论研究》2004 年第 5 期。

刘永翔：《读〈宋诗选注〉》，见冯芝祥编：《钱锺书研究集刊》（第 2 辑），上海：上海三联书店 2000 年版。

刘铮：《"人类的一切于我皆不陌生"——〈容安馆札记〉中的性话题》，《万象》第 7 卷第 1 期，2005 年。

陆谷孙：《"灵光飐矣！"》，《读书》1999 年第 6 期。

陆文虎：《钱锺书〈谈艺录〉的几个特点》，见陆文虎编：《钱锺书研究》（第 1 辑），北京：文化艺术出版社 1989 年版。

陆文虎：《至精至深，至纯至正——怀念钱锺书先生》，《文汇报》1998 年 12 月 29 日。

罗厚辑：《钱锺书书札书钞》，见陆文虎编：《钱锺书研究》（第 3 辑），北京：文化艺术出版社 1992 年版。

吕嘉健：《论"钱锺书文体"》，见冯芝祥编：《钱锺书研究集刊》（第 2 辑），上海：上海三联书店 2000 年版。

敏泽：《永远的丰碑——追忆钱锺书先生》，见何晖、方天星编：《一寸千思：忆钱锺书先生》，沈阳：辽海出版社 1994 年版。

敏泽：《论钱学的基本精神和历史贡献——纪念钱锺书先生》，《文学评论》1999

年第 3 期。

庞惊涛：《龙必锟：从〈管锥编〉到〈文心雕龙〉》，见庞惊涛：《钱锺书与天府学人》，成都：四川人民出版社 2018 年版。

庞惊涛：《悟道全在体用间——钱锺书与何开四》，见庞惊涛：《钱锺书与天府学人》，成都：四川人民出版社 2018 年版。

钱基博：《华中师范学院历史博物馆陈列品研究报告·总说明》，《华中师范大学学报·纪念钱基博先生诞辰百周年专辑》（1987 年）。

钱宁：《曲高自有知音——访周振甫先生》，见周振甫著：《周振甫讲〈管锥编〉〈谈艺录〉》，南京：江苏教育出版社 2005 年版。

沈童：《从"钱学无体系论"谈作为思想家的钱锺书》，《南方文坛》2021 年第 3 期。

沈治钧：《万点花飞梦逐飞——钱锺书论〈红楼梦〉》，《红楼梦学刊》1998 年第 1 期。

沈治钧：《关于钱锺书的〈百合心〉》，《中国文化研究》2000 年夏之卷。

舒炜：《〈谈艺录〉的内在思路与隐含问题》，《当代作家评论》1994 年第 4 期。

舒展：《表示风向的一片树叶——钱锺书与两岸文化交流》，《文汇报》2009 年 2 月 9 日。

田建民：《再论钱锺书比喻的特点》，《河北大学学报》1995 年第 1 期。

田文奂：《边缘的回溯——纪念钱锺书先生》，见何晖、方天星编：《一寸千思：忆钱锺书先生》，沈阳：辽海出版社 1994 年版。

田奕：《电脑里的唐诗》，《文学遗产》1992 年第 5 期。

王继如：《钱锺书的六"不"说》，《文汇报》2009 年 8 月 24 日。

王勉：《他想做的，是开拓万古之心胸——社科院文学所研究员栾贵明回忆恩师钱锺书》，《北京青年报》2017 年 3 月 24 日。

王人恩：《钱锺书对王国维〈红楼梦评论〉的评论》，《红楼梦学刊》2015 年第 6 期。

王水照：《〈对话〉的余思》，《随笔》1990 年第 3 期。

王水照：《〈容安馆札记〉论宋诗初学记》，《文汇报》2004 年 7 月 11 日。

王水照：《记忆的碎片——缅怀钱锺书先生》，见王水照：《王水照文集》（第 10 卷），上海：上海古籍出版社 2023 年版。

王水照：《〈钱锺书手稿集·容安馆札记〉与南宋诗歌发展观》，《文学评论》2012年第1期。

王先需：《〈管锥编〉的体式、成就及其局限平议》，《深圳大学学报》2017年第1期。

王晓华、葛红兵等：《对话"钱锺书热"：世纪末的人文神话》，《中国青年研究》1997年第2期。

王晓华：《钱锺书与中国学人的欠缺》，《探索与争鸣》1997年第1期。

吴忠匡：《记钱锺书先生》，《随笔》1988年第4期。

吴子林：《"毕达哥拉斯文体"——维特根斯坦与钱锺书的对话》，《清华大学学报》2017年第3期。

伍立杨：《少一点信口开河》，《书屋》2001年第10期。

夏承焘：《如何评价〈宋诗选注〉》，《光明日报》1959年8月2日。

夏志清：《追念钱锺书先生——兼谈中国古典文学研究之新趋向》，台湾《中国时报》1976年2月9–10日。

夏志清：《重会钱锺书纪实》，见李明生等编：《文化昆仑：钱锺书其人其文》，北京：人民文学出版社1999年版。

夏中义：《论钱锺书学案的"暗思想"——打通〈宋诗选注〉与〈管锥编〉的价值亲缘》，《清华大学学报》2017年第1期。

谢泳：《无"性"不成书》，《万象》第10卷第4期，2008年。

徐俊整理：《〈管锥编〉审读意见——附钱锺书先生批注》，见周振甫著：《周振甫讲〈管锥编〉〈谈艺录〉》，南京：江苏教育出版社2005年版。

许龙：《论钱锺书〈中国文学小史序论〉中的文学史观》，《福建师范大学学报》2003年第5期。

许振德：《忆钱锺书兄》，《清华校友通讯》1963年新3–4期合刊。

许振德：《水木清华四十年》，《清华校友通讯》1973年新44期。

续鸿明：《淡泊与矜持》，见何晖、方天星编：《一寸千思：忆钱锺书先生》，沈阳：辽海出版社1994年版。

杨绛：《记〈宋诗纪事〉补正》，《读书》2001年第12期。

杨绛：《为有志读书求知者存——记〈钱锺书手稿集〉》，《读书》2001年第9期。

杨润时：《一份沉重的嘱托——钱锺书、栾贵明与中国古典数字工程》，《时代周报》2010 年 12 月 16 日。

余英时：《我所认识的钱锺书先生》，《文汇读书周报》1999 年 1 月 2 日。

臧克和：《问学琐记》，见牟晓朋、范旭仑编：《记钱锺书先生》，大连：大连出版社 1995 年版。

翟晓声主编：《馆藏名人少年时代作品选》，苏州：古吴轩出版社 2005 年版。

张建术：《魔镜里的钱锺书》，见罗思编：《写在钱锺书边上》，上海：文汇出版社 1996 年版。

张隆溪：《自成一家风骨：谈钱锺书著作的特点兼论系统与片断思想的价值》，《读书》1992 年第 10 期。

张隆溪：《钱锺书的语言艺术》，见张隆溪：《走出文化的封闭圈》，北京：生活·读书·新知三联书店 2004 年版。

张隆溪：《怀念钱锺书先生》，见张隆溪：《走出文化的封闭圈》，北京：生活·读书·新知三联书店 2004 年版。

张隆溪：《读〈我们仨〉有感》，见张隆溪：《走出文化的封闭圈》，北京：生活·读书·新知三联书店 2004 年版。

张隆溪：《论钱锺书的英文著作》，见张隆溪：《走出文化的封闭圈》，北京：生活·读书·新知三联书店 2004 年版。

张佩芬：《我所熟悉的钱锺书》，《中华读书报》2001 年 1 月 23 日。

张世林、田奕：《漫谈中国古典数字工程》，《国学新视野》2012 年春季号。

张蔚星：《说一说钱学》，《中华读书报》1996 年 6 月 19 日。

张宗子：《选诗自家事——读〈钱锺书选唐诗〉》，《读书》2021 年第 11 期。

章学良：《高山仰至》，见牟晓朋、范旭仑编：《记钱锺书先生》，大连：大连出版社 1995 年版。

赵瑞蕻：《岁暮挽歌——追念钱锺书先生》，见李明生等编：《文化昆仑：钱锺书其人其文》，北京：人民文学出版社 1999 年版。

郑朝宗：《研究古代文艺批评方法论上的一种范例——读〈管锥编〉和〈旧文四篇〉》，《文学评论》1980 年第 6 期。

郑朝宗：《但开风气不为师》，《读书》1983 年第 1 期。

郑朝宗：《再论文艺批评的一种方法——读〈谈艺录〉》，《文学评论》1986 年第 3 期。

郑朝宗：《读〈诗可以怨〉》，见陆文虎编：《钱锺书研究采辑》（第 1 辑），北京：生活·读书·新知三联书店 1992 年版。

郑朝宗：《〈管锥编〉作者的自白》，见郑朝宗：《海滨感旧集》，厦门：厦门大学出版社 2014 年版。

郑朝宗：《怀旧》，见郑朝宗：《海滨感旧集》，厦门：厦门大学出版社 2014 年版。

郑朝宗：《〈围城〉与"Tom Jones"》，《观察》第 5 卷第 14 期，1948 年。

郑朝宗：《续怀旧》，见郑朝宗：《海滨感旧集》，厦门：厦门大学出版社 2014 年版。

郑朝宗：《忆四十年前的钱锺书》，见郑朝宗：《海滨感旧集》，厦门：厦门大学出版社 2014 年版。

郑延国：《钱锺书"化境"论与〈谈艺录〉译句管窥》，《翻译学报》1999 年第 3 期。

郑永晓：《钱锺书与中国社科院古代典籍数字化工程》，《山东社会科学》2019 年第 6 期。

钟来因：《钱锺书致钟来因信八封注释》，《江苏社会科学》2000 年第 3 期。

周振甫：《〈管锥编〉选题建议及审读报告》，见丁伟志主编：《钱锺书先生百年诞辰纪念文集》，北京：生活·读书·新知三联书店 2010 年版。

Ⅳ．其他文献

（汉）王充著；高苏垣选注；岳海燕校订：《论衡》，北京：商务印书馆 2020 年版。

（晋）挚虞：《文章流别论》，见穆克宏主编：《魏晋南北朝文论全编》，上海：远东出版社 2012 年版。

（南朝梁）刘勰著；韩泉欣校注：《文心雕龙》，杭州：浙江古籍出版社 2001 年版。

（南朝梁）钟嵘：《诗品》，见何文焕辑：《历代诗话》，北京：中华书局 1981 年版。

（宋）陈师道：《后山诗话》，见何文焕辑：《历代诗话》，北京：中华书局 1981 年版。

（宋）葛立方：《韵语阳秋》，见何文焕辑：《历代诗话》，北京：中华书局 1981 年版。

（宋）刘克庄：《后村先生大全集》（第 5 卷），成都：四川大学出版社 2008 年版。

（宋）罗璧：《识遗》，长沙：岳麓书社 2010 年版。

（宋）罗大经撰；刘友智校注：《鹤林玉露》，济南：齐鲁书社 2017 年版。

（宋）王应麟：《玉海》，南京：江苏古籍出版社 1987 年版。

（宋）吴开：《优古堂诗话》，见丁福保辑：《历代诗话续编》，北京：中华书局 1983 年版。

（宋）严羽：《沧浪诗话》，见何文焕辑：《历代诗话》，北京：中华书局 1981 年版。

（宋）张戒：《岁寒堂诗话》，见丁福保辑：《历代诗话续编》，北京：中华书局 1983 年版。

（宋）赵彦卫撰；傅根清点校：《云麓漫钞》，北京：中华书局 1996 年版。

（明）高则诚著；钱南扬校注：《元本琵琶记校注》，上海：上海古籍出版社 1980 年版。

（明）胡应麟：《诗薮》，上海：上海古籍出版社 1958 年版。

（明）季汝虞纂述：《古今诗话》，见张健辑校：《珍本明诗话五种》，北京：北京大学出版社 2008 年版。

（明）李东阳：《麓堂诗话》，见丁福保辑：《历代诗话续编》，北京：中华书局 1983 年版。

（明）吴讷著；于北山校点：《文章辨体序说》，北京：人民文学出版社 1962 年版。

（明）谢肇淛撰；张秉国校笺：《五杂组》，济南：山东人民出版社 2018 年版。

（明）徐师曾著；罗根泽校点：《文体明辨序说》，北京：人民文学出版社 1962 年版。

（清）戴震：《戴震全书》（第 1 册），合肥：黄山书社 2010 年版。

（清）《顾炎武全集》（第 18 卷、第 21 卷），上海：上海古籍出版社 2011 年版。

（清）沈德潜：《说诗晬语》，见丁福保辑：《清诗话》，上海：上海古籍出版社 1978 年版。

（清）苏舆辑：《翼教丛编》卷五《湘学公约》，光绪己亥夏四月汇源堂重刊本。

（清）王夫之：《姜斋诗话》，见丁福保辑：《清诗话》，上海：上海古籍出版社 1978 年版。

（清）王筠：《菉友肊说及其他一种》，北京：商务印书馆 1959 版。

（清）王士禛著；文益人校点：《池北偶谈》，济南：齐鲁书社 2007 年版。

（清）吴乔：《围炉诗话》，见郭绍虞主编：《清诗话续编》，上海：上海古籍出版社 1983 年版。

（清）吴曾祺：《文体刍言》，燕京大学国文系 1938 年印。

（清）项鸿祚著；曹明升点校：《项莲生集》，杭州：浙江古籍出版社 2018 年版。

（清）姚鼐：《古文辞类纂》，上海：上海古籍出版社 1998 年版。

（清）叶燮：《原诗》，见丁福保辑：《清诗话》，上海：上海古籍出版社 1978 年版。

（清）余廷灿：《戴东原先生事略》，见《清代诗文集汇编》（第 365 册），上海：上海古籍出版社 2010 年版。

（清）张晋本：《达观堂诗话》卷四，台北：广文书局 1976 年影印本。

（清）章学诚著；叶瑛校注：《文史通义校注》，北京：中华书局 1985 年版。

（清）王先谦编：《骈文类纂》，杭州：浙江古籍出版社 1998 年版。

（清）志刚：《初使泰西记》，长沙：湖南人民出版社 1981 年版。

阿英编：《晚清文学丛钞·小说戏曲研究卷》，北京：中华书局 1960 年版。

蔡元培：《蔡元培全集》（第 3 卷），北京：中华书局 1984 年版。

蔡镇楚：《中国诗话史》，长沙：湖南文艺出版社 2001 年版。

曹聚仁：《听涛室人物谭》，北京：生活·读书·新知三联书店 2007 年版。

曹慕樊：《杜诗杂说全编》，北京：生活·读书·新知三联书店 2019 年版。

曹顺庆：《文论失语症与文化病态》，《文艺争鸣》1996 年第 2 期。

曹顺庆、李思屈：《重建中国文论话语的基本路径及其方法》，《文艺研究》1996 年第 2 期。

曹顺庆、李清良、傅勇林、李思屈：《中国古代文论话语》，成都：巴蜀书社 2001 年版。

曹顺庆、谭佳：《重建中国文论的又一有效途径：西方文论的中国化》，《外国文学研究》2004 年第 5 期。

陈德基：《文体平议》，《甲寅周刊》第 1 卷第 34 期，1926 年 3 月。

陈独秀：《敬告青年》，《新青年》第 1 卷第 1 号，1915 年 9 月。

陈独秀：《文学革命论》，《新青年》第 2 卷第 6 号，1917 年 2 月。

陈独秀：《通信》，《新青年》第 3 卷第 3 号，1917 年 5 月。

陈福季：《文史鉴真录》，武汉：武汉出版社 2013 年版。

陈良运：《诗话学论要》，《福建论坛》2001 年第 4 期。

陈平原：《当代中国的文言与白话》，《中山大学学报》2002 年第 3 期。

陈平原：《中国现代学术之建立——以章太炎、胡适之为中心》，北京：北京大学出版社 2010 年版。

陈平原：《现代中国的述学文体》，北京：北京大学出版社 2020 年版。

陈寅恪：《寒柳堂集》，上海：上海古籍出版社 1980 年版。

陈寅恪：《诗集》，北京：生活·读书·新知三联书店 2001 年版。

陈寅恪：《金明馆丛稿二编》，北京：生活·读书·新知三联书店 2001 年版。

邓绍基：《迄今规模最大的文章总集》，《文学遗产》2007 年第 2 期。

范文澜：《文心雕龙注》，北京：人民文学出版社 1958 年版。

范子烨：《〈永乐大典〉残卷中的〈世说新语〉佚文与宋人批注》，见《庆祝卞孝萱先生八十华诞：文史论集》，南京：江苏古籍出版社 2003 年版。

方孝岳：《中国文学批评》，北京：生活·读书·新知三联书店 1986 年版。

冯光廉等：《中国近百年文学体式流变史》，北京：人民文学出版社 1999 年版。

傅宏星：《钱基博年谱》，武汉：华中师范大学出版社 2007 年版。

傅雷：《傅雷家书》，西安：陕西师范大学出版社 2018 年版。

高芸：《从归化到异化——试论鲁迅的翻译观》，《江西社会科学》2008 年第 5 期。

宫廷璋：《用科学方法整理国故，其步骤如何?》，《民铎杂志》第 4 卷第 3 号，1923 年 5 月。

郭绍虞辑：《宋诗话辑佚》，北京：中华书局 1980 年版。

郭绍虞：《中国文学批评史》，上海：上海古籍出版社 1979 年版。

郭英德：《中国古代文体学论稿》，北京：北京大学出版社 2005 年版。

何诗海：《明清文体学研究的学术空间》，《文学遗产》2011 年第 3 期。

何新：《我的哲学与宗教观》，北京：时事出版社 2001 年版。

贺莉丹：《李泽厚：哲学家只提供视角》，《新民周刊》2005 年 10 月 7 日。

洪治纲主编：《章太炎经典文存》，上海：上海大学出版社 2003 年版。

胡家祥：《论艺术形态的构成及其嬗变规律》，《中南民族大学学报》2010 年第 5 期。

胡适：《文学改良刍议》，见《胡适全集》（第 1 卷），合肥：安徽教育出版社 2003 年版。

胡适：《寄陈独秀》，见《胡适全集》（第 1 卷），合肥：安徽教育出版社 2003 年版。

胡适：《建设的文学革命论》，见《胡适全集》（第 1 卷），合肥：安徽教育出版社

2003 年版。

胡适：《文学进化观念与戏剧改良》，见《胡适全集》（第 1 卷），合肥：安徽教育出版社 2003 年版。

胡适：《五十年来中国之文学》，见《胡适全集》（第 2 卷），合肥：安徽教育出版社 2003 年版。

胡适：《整理国故与"打鬼"》，见《胡适全集》（第 3 卷），合肥：安徽教育出版社 2003 年版。

胡适：《白话文学史》，见《胡适全集》（第 11 卷），合肥：安徽教育出版社 2003 年版。

胡适：《四十自述》，见《胡适全集》（第 18 卷），合肥：安徽教育出版社 2003 年版。

胡适：《少年中国之精神》，见《胡适全集》（第 21 卷），合肥：安徽教育出版社 2003 年版。

胡适：《胡适留学日记·自序》，见《胡适全集》（第 27 卷），合肥：安徽教育出版社 2003 年版。

胡适：《胡适日记》，见《胡适全集》（第 29 卷），合肥：安徽教育出版社 2003 年版。

胡晓明：《中国诗学之精神》，南昌：江西人民出版社 2001 年版。

黄霖、蒋凡主编：《中国历代文论选新编·先秦至唐五代卷》，上海：上海教育出版社 2007 年版。

黄侃：《文心雕龙札记》，苏州：古吴轩出版社 2018 年版。

黄曼君主编：《中国 20 世纪文学理论批评史》，北京：中国文联出版社 2002 年版。

黄裳：《故人书简》，北京：海豚出版社 2013 年版。

黄维樑：《龙学未来的两个方向》，《比较文学报》1995 年第 11 期。

黄遵宪：《日本国志·学术志上·文学》，见郭绍虞编：《中国历代文论选》（第 4 册），上海：上海古籍出版社 1980 年版。

蒋述卓等著：《二十世纪中国古代文论学术研究史》，北京：北京大学出版社 2005 年版。

蒋原伦、潘凯雄：《历史描述与逻辑演绎——文学批评文体论》，昆明：云南人民出版社 1994 年版。

柯庆明：《现代中国文学批评述论》，台北：大安出版社 2005 年版。

赖贤宗：《形上学的根本问题与道家思想：在海德格尔、谢林、尼采的思想脉络之中》，《湖北社会科学》2009 年第 9 期。

李国涛：《文章喜家常》，见李国涛：《总与书相关》，太原：三晋出版社 2013 年版。

李建中：《辨体明性：关于古代文论诗性特质的现代思考》，《华中师范大学学报》2001 年第 2 期。

李建中：《中国文论：说什么与怎么说》，《长江学术》2006 年第 1 期。

李建中：《文备众体：中国古代文论的言说方式》，《文艺研究》2006 年第 3 期。

李建中：《"批评文体研究"笔谈》，《三峡大学学报》2006 年第 4 期。

李建中：《破体：中国文学批评的文体传统及演变规律》，《襄樊学院学报》2007 年第 3 期。

李建中：《文心雕龙讲演录》，桂林：广西师范大学出版社 2008 年版。

李建中、李小兰：《批评文体论纲》，武汉：武汉大学出版社 2013 年版。

李建中：《娱思的文体——宇文所安批评文体的中国启示》，《中外文化与文论》2010 年第 1 期。

李健吾：《咀华集·咀华二集》，上海：复旦大学出版社 2005 年版。

李士彪：《魏晋南北朝文体学》，上海：上海古籍出版社 2004 年版。

李小兰：《〈庄子〉文体特征与古代文论的批评文体》，《江汉论坛》2007 年第 7 期。

李小兰：《古代批评文体分类研究》，《江汉论坛》2012 年第 12 期。

李泽厚、陈明：《浮生论学：李泽厚、陈明 2001 年对谈录》，北京：华夏出版社 2002 年版。

李章印：《为海德格尔的"形而上学"辩护——驳卡尔纳普》，《世界哲学》2013 年第 5 期。

李长之：《迎中国的文艺复兴》，见《李长之文集》（第 1 卷），石家庄：河北教育出版社 2006 年版。

李长之：《苦雾集》，见《李长之文集》（第 3 卷），石家庄：河北教育出版社 2006 年版。

李长之：《司马迁之人格与风格》，见《李长之文集》（第 6 卷），石家庄：河北教育出版社 2006 年版。

李长之：《道教徒的诗人李白及其痛苦》，见《李长之文集》（第 6 卷），石家庄：河北教育出版社 2006 年版。

李长之：《〈红楼梦〉批判》，见《李长之文集》（第 7 卷），石家庄：河北教育出版社 2006 年版。

李长之：《王国维文艺批评著作批判》，见《李长之文集》（第 7 卷），石家庄：河北教育出版社 2006 年版。

梁启超《论学术之势力左右世界》，见《梁启超全集》（第 2 卷），北京：中国人民大学出版社 2018 年版。

梁启超：《论中国学术思想变迁之大势》，见《梁启超全集》（第 3 卷），北京：中国人民大学出版社 2018 年版。

梁启超：《清代学术概论》，见《梁启超全集》（第 10 卷），北京：中国人民大学出版社 2018 年版。

梁启超：《〈王静安先生纪念号〉序》，见《梁启超全集》（第 14 卷），北京：中国人民大学出版社 2018 年版。

梁启超：《小说丛话》，见《梁启超全集》（第 17 卷），北京：中国人民大学出版社 2018 年版。

梁宗岱：《屈原》，见《梁宗岱批评文集》，珠海：珠海出版社 1998 年版。

林建法：《对话时代的思与想》，上海：复旦大学出版社 2013 年版。

林语堂：《科学与经书》，《晨报》五周年纪念增刊，1923 年 12 月。

林语堂：《论语录体之用》，《论语》第 26 期，1933 年 10 月。

刘半农：《我之文学改良观》，见《文学运动史料选》（第 1 册），上海：上海教育出版社 1979 年版。

刘梦溪：《中国现代学术要略》，北京：生活·读书·新知三联书店 2018 年版。

刘纳：《民初文学的一个奇景：骈文的兴盛》，《郑州大学学报》1996 年第 5 期。

刘强：《刘辰翁与〈世说新语〉》，《古典文学知识》2010 年第 1 期。

刘师培：《中国中古文学史·论文杂记》，北京：人民文学出版社 1962 年版。

刘世生、朱瑞青编著：《文体学概论》，北京：北京大学出版社 2006 年版。

刘小枫：《现代性社会理论绪论》，上海：上海三联书店 1998 年版。

刘晓南：《第四种批评》，北京：北京大学出版社 2008 年版。

刘衍文：《雕虫诗话》，见张寅彭主编：《民国诗话丛编》（第 4 卷），上海：上海书店出版社 2002 年版。

刘永翔：《蓬山舟影》，上海：汉语大词典出版社 2004 年版。

刘云卿：《颠覆哲学学科的哲学家：论〈维特根斯坦谈话录 1949–1951〉》，《光明日报》2012 年 3 月 25 日。

刘再复：《论八十年代文学批评的文体革命》，《文学评论》1989 年第 2 期。

刘再复：《告别诸神：中国当代文学理论"世纪末"的挣扎》，《二十一世纪》1991 年第 5 期。

鲁迅：《坟·人之历史》，见《鲁迅全集》（第 1 卷），北京：人民文学出版社 2005 年版。

鲁迅：《坟·摩罗诗力说》，《鲁迅全集》（第 1 卷），北京：人民文学出版社 2005 年版。

鲁迅：《二心集·关于翻译的通信》，见《鲁迅全集》（第 4 卷），北京：人民文学出版社 2005 年版。

鲁迅：《二心集·几条"顺"的翻译》，见《鲁迅全集》（第 4 卷），北京：人民文学出版社 2005 年版。

鲁迅：《南腔北调集·小品文的危机》，见《鲁迅全集》（第 4 卷），北京：人民文学出版社 2005 年版。

鲁迅：《且介亭杂文二集·"题未定"草（二）》，见《鲁迅全集》（第 6 卷），人民文学出版社 2005 年版。

鲁迅：《且介亭杂文二集·孔另境编〈当代文人尺牍钞〉》，见《鲁迅全集》（第 6 卷），北京：人民文学出版社 2005 年版。

鲁迅：《且介亭杂文末编·白莽作〈孩儿塔〉序》，见《鲁迅全集》（第 6 卷），北京：人民文学出版社 2005 年版。

鲁迅：《集外集拾遗·诗歌之敌》，见《鲁迅全集》（第 7 卷），北京：人民文学出版社 2005 年版。

鲁迅：《集外集·选本》，见《鲁迅全集》（第 7 卷），北京：人民文学出版社 2005 年版。

鲁迅：《集外集拾遗补编·题记一篇》，见《鲁迅全集》（第 8 卷），北京：人民文学出版社 2005 年版。

鲁迅：《译文序跋集·〈域外小说集〉略例》，见《鲁迅全集》（第 10 卷），北京：

人民文学出版社 2005 年版。

鲁迅:《书信・致杨霁云》,见《鲁迅全集》(第 13 卷),北京:人民文学出版社 2005 年版。

罗根泽:《中国文学批评史》,上海:上海古籍出版社 1984 年版。

罗新璋:《翻译论集》,北京:商务印书馆 1984 年版。

马建智:《中国古代文体分类理论研究》,四川大学博士学位论文〔2005 年〕。

冒效鲁:《叔子诗稿》,合肥:安徽文艺出版社 1992 年版。

孟繁华:《如何面对当下文学批评的困局》,《文艺争鸣》2021 年第 1 期。

倪梁康:《现象学及其效应——胡塞尔与当代德国哲学》,北京:生活・读书・新知三联书店 1994 年版。

倪梁康主编:《面对实事本身——现象学经典文选》,北京:东方出版社 2000 年版。

钱基博:《读清人集别录》,《学术世界》第 1 卷第 11 期,1936 年 5 月。

钱穆:《现代中国学术论衡》,北京:生活・读书・新知三联书店 2001 年版。

钱穆:《八十忆双亲・师友杂记》,北京:生活・读书・新知三联书店 1998 年版。

秦秀白编著:《文体学概论》,长沙:湖南教育出版社 1986 年版。

裘廷梁:《论白话文为维新之本》,见郭绍虞编:《中国历代文论选》(第 4 册),上海:上海古籍出版社 1980 年版。

瞿兑之:《中国骈文概论》,上海:世界书局 1934 年版。

瞿宣颖:《文体说》,《甲寅周刊》第 1 卷第 6 号,1925 年 8 月。

饶芃子:《中国文学批评现代转型的起点——论王国维〈红楼梦评论〉及其他》,见《饶芃子集》,广州:广东人民出版社 2018 年版。

任竞泽:《辨体与变体:朱熹的文体学思想论析》,《厦门大学学报》2016 年第 6 期。

任遂虎:《学术论著:需要"另类表述"——读任火先生〈编辑独语〉兼谈学术文体》,《中国图书评论》2007 年第 3 期。

邵滢:《中国文学批评现代建构之反思——以京派为例》,武汉:湖北教育出版社 2006 年版。

沈从文:《论穆时英》,见《沈从文批评文集》,珠海:珠海出版社 1998 年版。

司马长风:《中国新文学史》(下卷),香港:昭明出版社 1978 年版。

苏其康：《中西比较文学的内省》，见黄维樑、曹顺庆编选：《中国比较文学学科理论的垦拓——台港学者论文选》，北京：北京大学出版社 1998 年版。

唐湜：《新意度集》，北京：生活·读书·新知三联书店 1990 年版。

陶东风：《文体演变及其文化意味》，昆明：云南人民出版社 1994 年版。

童庆炳：《文体与文体的创造》，昆明：云南人民出版社 1994 年版。

汪曾祺：《中国文学的语言问题》，见《汪曾祺文集·文论卷》，南京：江苏文艺出版社 1993 年版。

王国维：《人间词话》，见《王国维全集》（第 1 卷），杭州：浙江教育出版社 2009 年版。

王国维：《红楼梦评论》，见《王国维全集》（第 1 卷），杭州：浙江教育出版社 2009 年版。

王国维：《论近年之学术界》，见《王国维全集》（第 1 卷），杭州：浙江教育出版社 2009 年版。

王国维：《论新学语之输入》，见《王国维全集》（第 1 卷），杭州：浙江教育出版社 2009 年版。

王国维：《二牖轩随录》，见《王国维全集》（第 3 卷），杭州：浙江教育出版社 2009 年版。

王国维：《欧罗巴通史序》，见《王国维全集》（第 14 卷），杭州：浙江教育出版社 2009 年版。

王国维：《国学丛刊序》，见《王国维全集》（第 14 卷），杭州：浙江教育出版社 2009 年版。

王国维：《哲学辨惑》，见《王国维全集》（第 14 卷），杭州：浙江教育出版社 2009 年版。

王群：《中国近代文学理论批评文体的演进》，《复旦学报》2005 年第 3 期。

王澍：《论风格学不宜羼入文体学》，《学术界》2020 年第 8 期。

王水照：《尊体与破体》，见王水照主编：《宋代文学通论》，开封：河南大学出版社 1997 年版。

王朔、老侠：《美人赠我蒙汗药》，武汉：长江文艺出版社 2000 年版。

王先霈：《圆形批评论》，武汉：华中师范大学出版社 1994 年版。

王先霈主编：《文学批评原理》，武汉：华中师范大学出版社 1999 年版。

王瑶：《中古文学史论》，北京：北京大学出版社 1986 年版。

王逸塘：《今传是楼诗话》，见张寅彭主编；李剑冰等点校：《民国诗话丛编》（第 3 卷），上海：上海书店 2002 年版。

王元化：《文学沉思录》，上海：上海文艺出版社 1983 年版。

王岳川：《现象学与解释学文论》，济南：山东教育出版社 1999 年版。

王运熙：《中国古代文论管窥》，上海：上海古籍出版社 2014 年版。

温儒敏：《中国现代文学批评史》，北京：北京大学出版社 1993 年版。

闻一多：《女神之地方色彩》，见朱自清等编：《闻一多全集》（第 4 卷），上海：上海书店出版社 2020 年版。

吴承学：《从破体为文看古人审美的价值取向》，《学术研究》1989 年第 5 期。

吴承学：《辨体与破体》，《文学评论》1991 年第 4 期。

吴承学、沙红兵：《中国古代文体学学科论纲》，《文学遗产》2005 年第 1 期。

吴承学、何诗海：《论〈四库全书总目〉的文体学思想》，《北京大学学报》2007 年第 4 期。

吴承学：《中国古代文体学研究》，北京：人民出版社 2011 年版。

吴琦幸：《王元化晚年谈话录》，上海：上海人民出版社 2013 年版。

吴作奎：《冲突与融合——中国现代批评文体论》，武汉：武汉大学出版社 2010 年版。

吴作奎：《从依附到独立——论文学批评文体的现代转型》，《文史天地》2012 年第 7 期。

伍蠡甫主编：《西方文论选》，上海：上海译文出版社 1979 年版。

夏承焘：《天风阁学词日记》，见《夏承焘集》（第 7 卷），杭州：浙江古籍出版社 1998 年版。

夏济安：《两首坏诗》，台湾《文学杂志》第 3 卷第 3 期，1957 年 11 月。

夏志清：《劝学篇——专覆颜元叔教授》，台湾《中国时报》1976 年 4 月 16–17 日。

徐复观：《中国文学精神》，上海：上海书店出版社 2006 年版。

徐明祥：《听雨集》，北京：华艺出版社 1997 年版。

许纪霖、陈凯达：《中国现代化史》，上海：上海三联书店 1995 年版。

许纪霖：《中国知识分子十论》，上海：复旦大学出版社 2003 年版。

许世荣：《白敦仁年谱》，《杜甫研究学刊》2013 年第 2 期。

许渊冲：《追忆似水年华》，北京：生活·读书·新知三联书店 2008 年版。

严复：《名学浅说》"夹注"，北京：商务印书馆 1981 年版。

严复：《穆勒名学》"按语"，北京：商务印书馆 1981 年版。

颜元叔：《印象主义的复辟？》，台湾《中国时报》1976 年 3 月 10–11 日。

杨伯峻：《论语译注》，北京：中华书局 1980 年版。

杨乃乔：《新时期文艺理论的后殖民主义现象及理论失语症》，《徐州师范学院学报》1996 年第 3 期。

杨乃乔：《东西方比较诗学——悖立与整合》，北京：文化艺术出版社 2006 年版。

杨守森：《缺失与重建——论 20 世纪中国的文学批评》，《中国社会科学》2000 年第 3 期。

叶嘉莹：《钟嵘〈诗品〉评诗之理论标准及其实践》，见叶嘉莹：《迦陵论诗丛稿》，石家庄：河北教育出版社 1997 年版。

叶圣陶：《我与文学及其他》，北京：中华书局 2012 年版。

叶兆言：《陈旧人物》，上海：上海书店 2010 年版。

尹恭弘：《骈文》，北京：人民文学出版社 1994 年版。

余光中：《举杯向天笑》，北京：中国友谊出版公司 2019 年版。

于闽梅：《异向共建——梁启超、王国维与中国文论的现代转型》，南昌：百花洲文艺出版社 2010 年版。

詹福瑞：《古代文论中的体类与体派》，《文艺研究》2004 年第 5 期。

詹锳：《文心雕龙义证》，上海：上海古籍出版社 1989 年版。

张伯伟：《中国古代文学批评方法研究》，北京：中华书局 2002 年版。

张广奎主编：《英美诗歌》，广州：中山大学出版社 2016 年版。

张仁青：《中国骈文发展史》，台北：中华书局 1970 年版。

张瑞田编：《龙榆生师友书札》，杭州：浙江古籍出版社 2019 年版。

张晓：《近代汉译西学书目提要（明末至 1919）》，北京：北京大学出版社 2012 年版。

张寅德：《法国结构主义文论的嬗变》，《华东师范大学学报》1988 年第 3 期。

张中行：《负暄续话》，哈尔滨：黑龙江人民出版社 1990 年版。

赵毅衡：《对岸的诱惑》，北京：知识出版社 2003 年版。

郑延国：《潇湘子译话》，武汉：武汉大学出版社 2015 年版。

郑振铎：《郑振铎文集》（第6卷），北京：人民文学出版社1985年版。

周英雄：《结构主义是否适合中国文学研究》，见黄维樑、曹顺庆编选：《中国比较文学学科理论的垦拓——台港学者论文选》，北京：北京大学出版社1998年版。

周作人：《〈燕知草〉跋》，见《俞平伯全集》（第2卷），石家庄：花山文艺出版社1997年版。

周作人：《〈杂拌儿〉题记》，见《俞平伯全集》（第2卷），石家庄：花山文艺出版社1997年版。

周作人：《美文》，《晨报》1921年6月8日。

周作人：《中国新文学的源流》，北京：北京出版社2020年版。

朱光潜：《谈美·开场话》，见《朱光潜全集》（第2卷），合肥：安徽教育出版社1987年版。

朱光潜：《诗论·抗战版序》，见《朱光潜全集》（第3卷），合肥：安徽教育出版社1987年版。

朱光潜：《谈文学·具体与抽象》，见《朱光潜全集》（第4卷），合肥：安徽教育出版社1987年版。

朱光潜：《诗的普遍性与历史的连续性》，见《朱光潜全集》（第9卷），合肥：安徽教育出版社1993年版。

朱洪国编选：《中国骈文选》，成都：四川文艺出版社1996年版。

朱立元：《远离文学和文本：当代西方文论困境之反思——以耶鲁解构批评和文化研究为案例》，《南国学术》2015年第2期。

朱志荣：《中国古代文论与文学经典阐释》，上海：上海古籍出版社2012年版。

朱自清：《中国文评流别述略》，见《朱自清选集》（第2卷），石家庄：河北教育出版社1989年版。

宗白华：《美学散步》，见《宗白华全集》（第3卷），合肥：安徽教育出版社1994年版。

宗白华：《艺苑趣谈录序》，见《宗白华全集》（第3卷），合肥：安徽教育出版社1994年版。

左东岭：《"话内"与"话外"——明代诗话范围的界定与研究路径》，《文学遗产》2016年第3期。

[德]海德格尔:《存在与时间》,陈嘉映等译,北京:生活·读书·新知三联书店1987年版。

[德]伽达默尔:《真理与方法》,洪汉鼎译,上海:上海译文出版社1999年版。

[德]恩格斯:《反杜林论》,见《马克思恩格斯选集》(第3卷),北京:人民出版社1972年版。

[德]恩格斯:《路德维希·费尔巴哈和德国古典哲学的终结》,见《马克思恩格斯选集》(第4卷),北京:人民出版社1972年版。

[德]恩格斯:《致敏·考茨基》,见《马克思恩格斯选集》(第4卷),北京:人民出版社1972年版。

[德]尼采:《各种意见及准则》,见《上帝死了——尼采文选》,戚仁译,上海:上海三联书店1989年版。

[德]威克纳格:《诗学·修辞学·风格学》,见王元化译:《文学风格论》,上海:上海译文出版社1982年版。

[俄]巴赫金:《陀思妥耶夫斯基诗学问题》,见《巴赫金全集》(第5卷),白春仁等译,石家庄:河北教育出版社1998年版。

[俄]别林斯基:《别林斯基论文学》,查良铮译,上海:新文艺出版社1958年版。

[俄]什克洛夫斯基:《散文理论》,刘宗次译,南昌:百花洲文艺出版社1994年版。

[法]阿尔贝·蒂博代:《六说文学批评》,赵坚译,北京:生活·读书·新知三联书店2002年版。

[法]贝尔纳·瓦莱特:《小说——文学分析的现代方法与技巧》,陈艳译,天津:天津人民出版社2003年版。

[法]丹纳:《艺术哲学》,傅雷译,天津:天津社会科学出版社2004年版。

[法]德里达:《一种疯狂守护着思想:德里达访谈录》,何佩群译,上海:上海人民出版社1997年版。

[法]弗朗索瓦·多斯:《从结构到解构:法国20世纪思想主潮》(上卷),季广茂译,北京:中央编译出版社2004年版。

[法]福柯:《知识考古学》,谢强、马月译,北京:生活·读书·新知三联书店2003年版。

[法]罗兰·巴特:《符号学原理——结构主义文学理论文选》,李幼蒸译,北

京：生活·读书·新知三联书店 1988 年版。

［法］罗兰·巴特：《S/Z》，屠友祥译，上海：上海人民出版社 2000 年版。

［法］罗兰·巴特：《文之悦》，屠友祥译，上海：上海人民出版社 2009 年版。

［法］伊夫·塔迪埃：《20 世纪的文学批评》，史忠义译，天津：百花文艺出版社 1998 年版。

［荷］佛克马、易布斯：《二十世纪文学理论》，林书武等译，北京：生活·读书·新知三联书店 1988 年版。

［加拿大］弗莱：《批评的解剖》，陈慧、袁宪军、吴伟仁译，天津：百花文艺出版社 2006 年版。

［美］爱德华·希尔斯：《论传统》，傅铿、吕乐译，上海：上海人民出版社 2009 年版。

［美］爱莲心：《向往心灵转化的庄子》，周炽成译，南京：江苏人民出版社 2004 年版。

［美］保罗·H. 弗莱：《耶鲁大学公开课：文学理论》，吕黎译，北京：北京联合出版公司 2017 年版。

［美］勃利司·潘莱：《诗之研究》，傅东华、金兆梓译，上海：商务印书馆 1923 年版。

［美］布鲁克斯、维姆萨特：《西洋文学批评史》，颜元叔译，北京：中国人民大学出版社 1987 年版。

［美］布鲁姆：《影响的焦虑：一种诗歌理论》，徐文博译，南京：江苏教育出版社 2006 年版。

［美］丹尼尔·霍夫曼主编：《美国当代文学》，王逢振等译，北京：中国文联出版公司 1985 年版。

［美］费正清：《剑桥中国晚清史》(上卷)，北京：中国社会科学出版社 1985 年版。

［美］兰色姆：《新批评》，王腊宝、张哲译，北京：文化艺术出版社 2010 年版。

［美］列文森：《梁启超与中国近代思想》，刘伟译，成都：四川人民出版社 1984 年版。

［美］米勒：《重申解构主义》，郭英剑等译，北京：中国社会科学出版社 1998 年版。

［美］乔纳森·卡勒：《结构主义诗学》，盛宁译，北京：中国社会科学出版社

1991 年版。

〔美〕乔治·斯坦纳：《斯坦纳回忆录：审视后的生命》，李根芳译，杭州：浙江大学出版社 2012 年版。

〔美〕韦勒克：《批评的诸种概念》，丁泓、余徽译，成都：四川文艺出版社 1988 年版。

〔美〕韦勒克：《二十世纪西方文学批评》，刘让言译，广州：花城出版社 1989 年版。

〔美〕韦勒克、沃伦：《文学理论》，刘象愚等译，南京：江苏教育出版社 2005 年版。

〔美〕韦勒克：《近代文学批评史》（第 1 卷、第 8 卷），杨自伍译，上海：上海译文出版社 2009 年版。

〔美〕韦努蒂：《译者的隐形——翻译史论》，张景华、白立平、蒋骁华译，北京：外语教学与研究出版社 2009 年版。

〔美〕叶维廉：《中国诗学》，北京：人民文学出版社 2006 年版。

〔美〕宇文所安：《他山的石头记：宇文所安自选集》，田晓菲译，北京：生活·读书·新知三联书店 2019 年版。

〔美〕张灏：《梁启超与中国思想的过渡（1890—1907）》，崔志海、葛夫平译，南京：江苏人民出版社 1988 年版。

〔日〕遍照金刚著；周维德校注：《文镜秘府论》，北京：人民文学出版社 1980 年版。

〔意〕克罗齐：《美学原理·美学纲要》，朱光潜等译，北京：外国文学出版社 1983 年版。

〔英〕戴维·洛奇编：《二十世纪文学评论》（上册），葛林等译，上海：上海译文出版社 1987 年版。

〔英〕克莱夫·贝尔：《艺术》，周金环、马钟元译，北京：中国文联出版公司 1984 年版。

〔英〕路易斯：《文艺评论的实验》，邓军海译，上海：华东师范大学出版社 2015 年。

〔英〕乔治·艾略特：《弗洛斯河上的磨坊》，伍厚恺译，重庆：重庆出版社 2008 年版。

［英］托·斯·艾略特:《传统与个人才能》，李赋宁译注，见《艾略特文学论文集》，南昌：百花洲文艺出版社 1994 年版。

［英］王尔德:《作为艺术家的批评家》，林语堂译，《语丝》1928 年第 4 卷第 13、18 期；《北新》1929~1930 年第 3 卷第 18、22、23 期。

Geoffrey Hartman, Crossing Over: Literary Commentary as Literature. Comparative Literature XXVIII. 3. 1976.

Kirk A. Denton, Modem Chinese Literary Thought: Writings on Literature 1893~1945. Stanford, California: Stanford University Press, 1996.

后 记

  本书是我承担的国家社科基金项目的最终成果，项目以"优秀"等第结题，这对我来说既是一份安慰，也是一种压力。说安慰，是因为从撰写申报书到书稿付梓，四年来我不敢稍作懈怠，投入了太多的心力。说压力，是未曾想到会获得这么好的成绩，自己深知此中还有很多遗憾和不足，例如，我原想将钱先生的英文著述也纳入研究视野，与他的中文著述作一番细致的比较，但最后还是因为限于学力而作罢，这其实是一个很大的遗憾，因为这种比较可以考察语体的差异对文体的风貌有多大的影响，以及这种影响背后是否隐含了学术思维、学术旨趣、学术方法的不同。再如，对于钱先生个性化学术文体的生成，本书虽从文化史观、文体意识、文体观念、个性气质等方面作了多方位的探讨，但依然感到有所遗漏，一些应该更深入的地方也未能深入下去。我诚恳地希望读到此书的学界中人不吝赐教，让我认识到其中的问题与欠缺。

  本书并非纯粹修辞学意义上的文体学研究，全书之旨归，是为了阐明这样一个事实：钱先生的学术文体，乃是英国学者贝尔说的一种"有意味的形式"（significant form）。一方面，文体呈现的外在特征，如体裁、语体、修辞、结构、风格等，属于"形式"的范畴；但另一方面，作者先天的"才""气"，后天的"学""习"，以及他的学术思想和学术方法等，也隐含在文体这一"形式"中。视文体为纯粹之"形式"，忽略文体的本体性意义，这是文体学研究长期以来存在的误区。换言之，作为现代中国学术史上一位特立独行的言说者，钱锺书的学术思想很有个性，学术文体也极具特色，而如果我们细致深入地考察他这套自成一番天地的话语系统，则不难发现其中丰富的蕴含，意识到他个性化的学术文体其实关乎"谈艺"的观念、旨趣、维度、路径及策略，是这些学术研究要义"内化"于文体的表现。也正是在这个意义上，我们说文体是"有意味的形式"。

　　本书的研究及出版，得到淮阴师范学院文学院的资助，学校还给了我非常珍贵的半年学术假，使我有更多的时间从事研究，在此深表谢意。感谢上海三联书店的郑秀艳编辑一直以来的帮助，她的专业素养和敬业精神给我留下了深刻印象。感谢淮阴师范学院文学院的田祝老师多次不辞辛苦地帮我查阅、整理研究资料。更要感谢我的家人，使我在"冰冷""枯燥"的研究之余常能感受到温暖和快乐。这些都是我不断前行的动力！

焦亚东

2024 年春于淮上

图书在版编目(CIP)数据

钱锺书学术著述的文体学研究 / 焦亚东著. -- 上海 ：
上海三联书店，2024．7．-- ISBN 978-7-5426-8622-0

Ⅰ．I206.7

中国国家版本馆 CIP 数据核字第 2024V76B97 号

钱锺书学术著述的文体学研究

著　　者 / 焦亚东

责任编辑 / 郑秀艳
装帧设计 / 一本好书
监　　制 / 姚　军
责任校对 / 王凌霄

出版发行 / 上海三联书店
　　　　　 (200041)中国上海市静安区威海路 755 号 30 楼
邮　　箱 / sdxsanlian@sina.com
联系电话 / 编辑部：021 - 22895517
　　　　　 发行部：021 - 22895559
印　　刷 / 上海惠敦印务科技有限公司

版　　次 / 2024 年 7 月第 1 版
印　　次 / 2024 年 7 月第 1 次印刷
开　　本 / 710mm×1000mm　1/16
字　　数 / 290 千字
印　　张 / 20.75
书　　号 / ISBN 978 - 7 - 5426 - 8622 - 0/I · 1900
定　　价 / 98.00 元

敬启读者,如发现本书有印装质量问题,请与印刷厂联系 021 - 63779028